rowohlt
KINDLER

Maria Turtschaninoff

Moorhöhe

Roman

Aus dem Schwedischen von Ulla Ackermann

Rowohlt KINDLER

This work has been published with the financial support of
FILI – Finnish Literature Exchange.

Die schwedische Originalausgabe erschien 2022 unter dem Titel «Arvejord»
bei Förlaget, Helsinki.

2. Auflage Oktober 2024
Deutsche Erstausgabe
Veröffentlicht im Rowohlt Verlag, Hamburg, November 2024

Redaktion Annika Krummacher

Satz Garalda bei CPI books GmbH, Leck
Druck und Bindung GGP Media GmbH, Pößneck
ISBN 978-3-463-00053-4

FSC
www.fsc.org
MIX
Papier | Fördert
gute Waldnutzung
FSC® C014496

Für Malin,
meine Pomodoropartnerin

Inhalt

Wessen Tochter

Ich stelle die Urne auf den Verandatisch
während wir das Auto ausladen
schenke Talisker in ein Glas
Für einen kurzen Moment
möchte ich den Urnendeckel abnehmen
und einen winzigen Schluck hineingießen
die Vorliebe für Whisky habe ich von dir
Stattdessen proste ich der Abendsonne zu
Der Rasen vor dem Haus,
gelb von Löwenzahn
die Fliederbüsche und Tränenden Herzen
am Brennholzschuppen
All dies ist nun meins
weil du nicht mehr bist

ich wohne so weit weg
wie soll ich das schaffen
wie soll das gehen
der Wald und das Land
ich weiß nichts
kann nichts
und gehöre zu niemandem

die letzte Preiselbeermarmelade aufessen
die die Mutter gekocht hat –
von da an ist man niemandes Tochter mehr

Der Hof war nie
mein Sommerparadies

so wie er deines war
als du klein warst
Du hattest Erinnerungen an diesen Ort
Freundschaftsbande mit
Menschen Tieren Feldern
hier bist du zum Tanzen gegangen
hier hast du mit deiner Großcousine gezeltet
hier bist du auf Skiern um die Wette gefahren
Du hast mir das alles gezeigt
und ich habe mit halbem Ohr zugehört
Du hast nie hier gewohnt
gehörtest aber hierher

Ich weiß nicht einmal
wo der Kellerschlüssel liegt
warum es in den Heizkörpern seltsam knackt
wann der Bücherbus kommt
wen man anruft
um das Dach reparieren zu lassen

Aber
du hast eine Liste hinterlassen
Anweisungen
Vorausschauend
für alle Fälle
für die Zeit, in der sie vielleicht gebraucht
wird

Drei Monate vor deinem Tod
warst du hier und
hast ins Hoftagebuch geschrieben:
Danke, lieber Hof, für alles

Dieser Ort war dir so wichtig
ich möchte verstehen, weshalb

Deine Gewohnheiten sitzen in den Wänden
zaghaft führe ich meine eigenen ein
verändere
stelle um
rücke zurecht
Bitte um Verzeihung, wenn ich die Küche
umräume
du hattest dein System
man durfte es nicht durcheinanderbringen
das machte dich fuchsteufelswild
Ich versuche mich mit dem Gedanken zu
trösten
dass es dir gefallen würde, dass ich hier bin
(das würde es doch?)
Ich nehme deine Kleidung aus den Schränken
bin unfähig, sie zu entsorgen
bringe sie hinaus in den Schuppen
der windschief mit abblätternder Farbe und
zerbrochener Fensterscheibe dasteht
noch etwas, das ich in Angriff nehmen sollte

Deine Gummistiefel kann ich tragen
und Doris' alte Jacke
Ottos Rucksack aus dem Krieg hängt an
seinem Haken
neben dem Mangelbrett mit der Jahreszahl
1683 in schiefen Ziffern
und dem Handbohrer mit dem Horngriff

Die Bettlaken tragen noch deinen Duft
und Großmutters Monogramm

Zum ersten Mal bin ich in dieser Gegend
ohne dich
ohne eine ältere Generation
der Dialekt vertraut in meinen Ohren
aber nicht aus meinem Mund

Als mein Auto eine Reifenpanne hat
rufe ich die Kfz-Werkstatt im Dorf an
(die Nummer hast du auf den Zettel
geschrieben, der an der Wand neben
dem Festnetztelefon hängt)
Der Mann am anderen Ende sagt
«Sie rufen von Nevabacka an, oder?»
Obwohl du und ich nicht denselben
Nachnamen tragen
und keiner von uns Nevabacka heißt

Als ich die Bäckerei betrete
um für die Beerdigung eine Sandwichtorte
zu bestellen
sagt die Frau hinter dem Tresen
«Man sieht, wessen Tochter Sie sind»
ehe ich mein Anliegen vortragen kann

Als ich in der Stadt neue Matratzen
für die Kinder kaufe
erkundigt sich der Mann im Möbelgeschäft
wie es kommt, dass sie nach Nevabacka
geliefert werden sollen

«Eva-Stina hab ich gut gekannt»
Ihr hattet im Sommer 1967 denselben
Ferienjob

Fäden erstrecken sich in alle Richtungen
Wurzeln, die mir in deinem Beisein
nie bewusst geworden sind
Du standest irgendwie im Weg
Doch jetzt sind sie deutlich sichtbar
leuchtend hell
jetzt, da ich die Älteste bin
und diejenige
die die Fäden hält
bis die nächste Generation übernimmt

Der Zehnjährige fasst meine Hand
als die Urne in die Erde gelassen wird
die Sechsjährige kniet am Rand der Öffnung
blickt Oma nach
als sie
hinunter in die Erde
verschwindet

Irgendetwas in dieser Erde
kennt dich
und macht sich nun mit mir bekannt

wittert

Ich wandere durch die Geschichte
auf dem Weg, den meine Vorfahren angelegt
haben

vorbei an Steinhaufen, die sie errichtet
an Scheunen, die sie mit Heu gefüllt
an Korndarren, in denen sie Getreide
getrocknet
an Äckern, die sie bestellt haben
Jahr für Jahr für Jahr
Die Spuren ihres Lebens
wachsen zu
verfallen
sind überdeckt von Gehölz und Gestrüpp
und Moos

ich wandere durch eine Juninacht ohne
Dunkelheit
den Geschmack von Talisker im Mund
Düfte von gemähtem Heu
frisch geernteten Kartoffeln
Teerbrennerei und Mittwinterschnee

Meine Schritte klingen auf der Erde
und sie lauscht
und sie flüstert
Ich kenne deine Schritte
ich weiß, wessen Tochter du bist

17. Jahrhundert

Sie alle leben und werden leben
und alle geben allen von ihrem Leben ab
und leihen allen ihr Licht
alle verbergen ihr Licht vor allen und leben
und zehren von allen
Es ist nichts Gutes und nichts Böses
Es ist einfach

GUNNAR EKELÖF

Nevabacka

Ein Soldat aus der Westhälfte des Königreichs hatte von der Krone ein Stück Land im Osten bekommen, als Lohn für treuen Dienst. Mit dem Schiff fuhr er übers Meer zur jungen Stadt Gamlakarleby, folgte einem Wasserlauf und gelangte an einen kleinen Weiler. Eine Kirche gab es dort nicht, und die Ansiedlung, die sich über ein weites Gebiet erstreckte, zählte nur fünfzehn Höfe. Er fragte sich durch, und die Leute, denen er begegnete, redeten Schwedisch, aber es gab auch Menschen, die Finnisch sprachen.

Am äußersten Rand, an der östlichen Grenze des Fleckens, lag das Land, das er fortan bestellen durfte. Das Wohnhaus musste er von eigener Hand errichten, doch das machte ihm nichts aus. Die Bäume des Waldes, durch den er ging, standen dicht und dunkel, ganz anders als die lichten Laubwälder seiner Heimat. Hier gab es reichlich Bauholz für ein hübsches Häuschen. Die Wipfel rauschten wie das Meer, das er überquert hatte, als er in den Krieg gezogen war. Er hatte sich gut angestellt im Krieg, hatte das Vertrauen und den Respekt seiner Offiziere und der anderen Landsknechte erworben. Doch er war nicht geboren worden, um zu töten und zu plündern. Er war dazu geboren, einen Spaten zu führen, eine Hacke und einen Pflug. Während er ausschritt, spürte er die Ackergeräte in seiner Hand.

In der Nacht schlief er im Wald und wanderte vor Tagesanbruch weiter. Als er die Anhöhe erreichte, auf der er sein Häuschen errichten würde, war es früher Morgen. Der Vollmond hing tief über den Baumwipfeln, fahlweiß leuchtete er am hellen Frühlingshimmel und war vor der Sonne aufgestanden. Eine ganze Weile stand er da und betrachtete die Landschaft. Die Bäume wuchsen dicht an dicht, und am Fuß der Steigung entsprang ein Bach, breit und schäumend vom Wasser der Frühjahrsschmelze. Er sah vor sich, wo das Haus stehen und wo er den ersten Acker anlegen würde. Wasser konnte er vom Bach heraufholen, bis er einen Brunnen gegraben hatte. Feuerholz bot der Wald im Übermaß. Hier gab es alles, was ein Mann wie er zum Leben brauchte. Dies war jungfräuliches Land, und er war bereit, es zu bezwingen, seine Saat in den Boden zu bringen und ihn urbar zu machen. Er würde ebenso fleißig sein wie der Maimond, vor der Sonne aufstehen und sein Tagewerk beginnen.

Nevabacka, Moorhöhe, so sollte sein Hof heißen. Die Anhöhe war die einzige Erhebung inmitten eines feuchten Marschlandes mit zahlreichen Sümpfen. Viele Ortsnamen der Gegend waren aus finnischen und schwedischen Wörtern und mitunter noch weiteren Sprachen gebildet. Nach altem Brauch würde er von nun an heißen wie sein Hof. Aus Matts Mattsson Rask wurde Matts Mattsson Nevabacka.

Und er war ein ausdauernder und fleißiger Mann, dieser Matts Nevabacka. Er fällte hohe Fichten und errichtete oben auf der Anhöhe ein Häuschen mit einem einzigen Raum und einer ordentlichen Feuerstelle, die den Raum selbst im strengsten Winter warm hielt. Neben dem Haus rodete er sich einen kleinen Acker. Er brachte seine erste Saat in den Boden. Sie war bescheiden, doch er wusste, damit hatte er die Möglichkeit, sein eigener Herr zu werden, sich ein eigenes Leben zu schaffen, ein Leben, über das er bestimmte anstelle von Offizieren und Königen. Nie wieder würde er Befehlen folgen, nie wieder sein Leben für die Launen irgendwelcher Herrscher aufs Spiel setzen. Fortan würde er sein Leben so führen, wie er es für gut befand. In jedem Axthieb, in jedem Stich mit Spaten und Hacke schwang Freude mit.

Doch der Wald war nicht leicht zu zähmen. Er leistete Widerstand. Die Bäume waren harzig und schwer zu fällen. Ihre Stümpfe wollten nicht aus dem Boden, sosehr er auch grub und stemmte. Und das Erdreich bestand aus Stein, Stein und noch mehr Stein. Er trug die Steine die Anhöhe hinauf und umfriedete damit seinen kleinen Acker. Abends fiel er in den Schlaf und träumte von Steinen. Er hob Wurzeln aus, die sich mit einer Kraft in dem steinigen Land festkrallten, die fast menschlich schien.

Er war mit seiner Einsamkeit zufrieden gewesen, hatte sie nach der aufgezwungenen Gemeinschaft des Soldatenlebens geradezu begrüßt. Doch nun wuchs ein neuer Wunsch in ihm: Er träumte von einem Sohn, der ihm bei der Arbeit zur Hand ging. Von zwei Söhnen womöglich. Stark und tüchtig sollten sie sein. Mit ihrer Hilfe würde der Wald sich seinem Willen beugen. Mit Söhnen an seiner Seite würden die Steine förmlich aus dem lehmigen Boden herausfliegen.

Doch er hatte keine Söhne, und er hatte keine Frau. Frauen waren rar gesät in dieser Einöde. Im nächstgelegenen Weiler gab es nur zwei kleine Höfe und kein einziges Mädchen im heiratsfähigen Alter. Matts fehlte die Zeit, um auf Märkten oder an anderen Orten, wo er eine geeignete Frau hätte finden können, auf Brautschau zu gehen.

Da fiel ihm ein, dass nicht weit von seinem Hof, ein Stück weiter nördlich, ein fast baumloses Moorland lag. Er ging nicht gerne dorthin. Irgendetwas beobachtete ihn, sobald er sich dem Moor näherte, davon war er überzeugt. Es war keineswegs Papisterei, so etwas zu sagen: Im Wald hausten nämlich noch andere Geschöpfe als wilde Tiere und Vögel. Die Einheimischen stellten sich gut mit ihnen oder gingen ihnen aus dem Weg, je nachdem, was Brauchtum und Umstände angeraten sein ließen. Von Zeit zu Zeit brachten sie ihnen Opfer dar, heimlich, weil es gegen die Lehre der Kirche verstieß. Doch mitunter gab es einfach niemand anderen, an den man sich wenden konnte, um einer Krankheit abzuhelfen oder Missernten und Hungersnöte abzuwenden.

Als Zugewanderter war Matts mit diesen Wesen nicht vertraut. Er kannte weder ihre Namen noch ihre Gebräuche. Jedes Mal, wenn er in den Wald ging, trug er ein Stück Eisen am Leib und stimmte, falls nötig, aus voller Kehle Kirchenlieder an. Er besaß eine tiefe und tragende Stimme, und das Waldvolk hielt nicht viel vom Christengott, das war allgemein bekannt. Nicht, dass Matts sich fürchtete, aber er wusste sich in Acht zu nehmen.

Wenn es ihm gelänge, das Moor trockenzulegen, würde er bestes, weichstes Ackerland bekommen, frei von Baumstümpfen und Wurzeln. Das würde ihm eine Menge Arbeit ersparen. Er sah die wogenden Roggenfelder schon vor sich. Das Moor verhieß Reichtum. Während seiner Zeit in der Fremde hatte er einiges über Trockenlegung gelernt und wusste, wie es anzupacken war. Auch wenn es ihm, einem einzelnen Mann, viel Schweiß und Mühsal abverlangen würde. Doch als er seinen Entschluss einmal gefasst hatte, zögerte er keinen Augenblick. Er nahm Spaten und Hacke auf die Schulter und machte sich auf ins Moor.

Es war ein heißer Sommertag, dichte Schwärme von Fliegen und Kriebelmücken tanzten über dem Riedgras in der Luft. Der Himmel war von einem tiefen Blau. Nicht ein einziger Vogel sang. Nur ein rothaubiger Schwarzspecht trommelte am Rand des Moors seinen Rhythmus an einen hohlen Baumstamm. Als Matts Spaten und Hacke abstellte, fiel sein Blick auf einige Blümchen mit goldenen Blütenblättern, die zu seinen Füßen wuchsen. Blumen wie diese hatte er noch nie zuvor gesehen. Sie waren ein gutes Zeichen, befand er. Hier, genau an dieser Stelle, würde er den ersten Graben ziehen.

Ohne Zaudern schritt er zur Tat. Dass sein Vorhaben unendlich mühsam sein würde, hemmte weder die Kraft seiner Spatenstiche noch seinen Willen, mit dem er die Hacke schwang.

Er schuftete hart, nahm sich nicht einmal Zeit, um die Mücken und Fliegen zu verscheuchen. Als die Sonne am höchsten und heißesten am Himmel stand, trank er ein paar Schlucke Wasser und hielt im Schatten einer Fichte Mittagsruhe.

Im Traum erschien ihm jemand, eine Gestalt mit triefnassem langem Haar und Augen wie goldene Blütenblätter. Sie roch nach Moos und Sumpfwasser, ihre Hände waren knochig und knorrig wie die Äste einer Krüppelkiefer und ihre Kleider wie aus Moorgras gewebt. Matts bekreuzigte sich im Traum, denn er wusste wohl, was das für ein Wesen war. Mit erhobenen Händen stand es vor dem Moor, das es zu verteidigen schien. Es deutete zum Wald hinüber, eine einladende, allumfassende Geste. Dann zeigte es abwehrend auf das Moor.

Matts erwachte, beklommen und mit trockener Kehle. Doch er war niemand, der sich leicht erschrecken ließ. Er hatte so vieles gesehen, das ihn abgehärtet, ja, verhärtet hatte, das seine Seele hatte hart wie Granit werden lassen: seine Landsleute, die sich genommen hatten, was sie wollten – Frauen, Nahrung, Gold. Ein Traum kümmerte ihn nicht weiter.

Er setzte seine Arbeit fort. Doch tags darauf geschah es wieder, dass er im Moor einschlief, mit einem Baumstumpf als Kopfkissen. Erneut erschien ihm das Wesen. Diesmal war es zornig. Die goldenen Augen blitzten. Der Untergrund unter ihnen schwankte, als stünden sie auf Mahlsand. Matts begriff sehr wohl, was das Wesen wollte. Er sollte das Moor nicht anrühren.

Als er erwachte, schritt er ohne Zögern ans Werk. Niemand würde ihn mehr schrecken oder willfährig machen. Er war sein eigener Herr und schwang seine Hacke, wie er wollte. Doch er hatte unablässig das Gefühl, bei der Arbeit beobachtet zu werden.

Eine Woche später übernachtete er im Moor, um gleich in der Frühe weitermachen zu können. Er erwachte, als der Morgen graute und leichte Nebel über das Riedgras zogen. In der Nähe rief ein Kranich. Misteldrossel und Singdrossel tirilierten in den Bäumen ringsumher. Der Schwarzspecht hämmerte wie stets am Rand des Moors. Ein Grauspecht ließ seinen wehmütigen Klagegesang hören.

Matts ergriff seinen Spaten.

Da kam über das Moor eine Gestalt auf ihn zu. Oder waren es aufwallende Nebelschwaden? Wenn es eine

Gestalt war, dann ging sie dort, wo es am sumpfigsten war.

Er bekreuzigte sich und umklammerte das Eisenstück, das er in der Hosentasche trug.

Der Nebel verdichtete sich, nahm Form an, eine Form voller Kurven und Weichheit, die sich unbeirrt auf ihn zubewegte. Es war eine Frau, mit Haaren ebenso golden wie die kleinen Blumen, die seinem Spaten hatten weichen müssen. Es war lang und zerzaust und fiel ungebändigt herab. Ihre Arme und Beine waren rank und schlank wie Riedgras. Sie lächelte ihn an, und ihre Augen waren grün wie Moos. Matts glaubte, ihresgleichen noch nie gesehen zu haben, nicht einmal draußen in der Welt, wo er viele schöne Frauen gesehen und gehabt hatte. Stumm blieb sie vor ihm stehen, in ihrer vollkommenen Blöße und Lieblichkeit. Als sie ihm die Hände auf die Schultern legte, spürte er einen intensiven, dunklen Duft. Sie drückte ihn hinab ins Moos, schnürte seine Beinkleider auf und setzte sich rittlings auf ihn. Dergleichen hatte er noch nie erlebt, nicht einmal bei den Freudenmädchen in Prag.

Hinterher entschwand sie ohne ein Wort über das Moor. Matts fühlte sich am Ende seiner Kräfte, nur mit Mühe schleppte er sich heimwärts. An weiteres Gräbenziehen war nicht zu denken.

Matts wusste sehr wohl, mit welcher Art Geschöpf er das Lager geteilt hatte. Doch es war kein Schaden entstanden, redete er sich ein, und er werde seine Christenseele schützen und es nicht wiederholen. Trotzdem blieb es nicht aus, dass er immer wieder an sie dachte: im Herbst, als er das Wenige erntete, was er hatte anbauen können, im Winter, als er auf Skiern in den Wald fuhr und Kleinwild und Großwild jagte, um zu überleben. Häufig führte ihn sein Weg dabei ins Moor, weil, so rechtfertigte er sich, es dort ein Leichtes sei, den Fährten der Tiere zu folgen. Aber mindestens ebenso oft hielt er nach anderen Spuren Ausschau, doch die Goldhaarige sah er nicht wieder.

Zu Frühlingsbeginn, als es draußen regnete und stürmte, klopfte es zu seinem Erstaunen eines Abends an seiner Tür. Bevor er den Riegel anhob, vergewisserte er sich, dass sein Messer am Gürtel saß.

Als er öffnete, blickte er geradewegs in zwei moosgrüne Augen. Matts konnte nicht an sich halten. Er schloss sie in die Arme, zog sie ins Haus herein und atmete ihren Duft nach Wald und Moos und Stein ein. Doch dann merkte er, dass sie etwas bei sich trug. Zwischen ihren Körpern war etwas. Er schaute nach unten. Sie hielt ein Kind im Arm.

«Er ist dein», sagte sie. «Ich schenke dir diesen Erben, wenn du schwörst, das Moor in Frieden zu lassen.»

Matts betrachtete die kleinen, runden Fäuste, die großen, blauen Augen, die seinen Blick neugierig erwiderten, und in seinem Herzen regte sich etwas, was er nie zuvor empfunden hatte.

«Ich schwöre es», antwortete er. «Ich mache mein Land urbar, das Moor aber lasse ich unberührt.»

Damit zufrieden verließ ihn die Frau.

Sein Sohn gedieh prächtig und war ganz und gar wie andere Kinder, nur außergewöhnlich gesund und stark. Natürlich verwunderte man sich auf den umliegenden Höfen, wo der Neubauer plötzlich einen Sohn herbekommen hatte. Dass ein Mann seinen Flughafer säte, war weder ungewöhnlich noch neu, das Ungewöhnliche daran war, dass er seinen Spross allein großzog. Als Matts das erste Mal auf den Nachbarhöfen erschien und um Milch und Kleidung für den Kleinen bat, schossen die Gerüchte ins Kraut. Doch er erklärte, die Mutter sei verstorben, und als man sah, wie gut er sich um den Jungen kümmerte, versiegte das Gerede. Matts ließ seinen Sohn in Gamlakarleby, dem nächstgelegenen Kirchdorf, taufen und gab ihm den Namen Henric.

Er umsorgte Henric wie die zärtlichste Mutter. Nur das beste Essen sollte Henric haben, und er schlief mit seinem Vater in einem Bett. Henric wuchs rasch heran, rascher als andere Kinder. Und es dauerte nicht viele Jahre, bis er Matts bei der Arbeit zur Hand gehen konnte. Sie bauten Roggen und Gerste und Rüben an, und schon bald konnten sie eine Milchkuh kaufen. Wenn Matts überhaupt an das Moor dachte, dann mit Dankbarkeit für die Gabe, mit der er beschenkt worden war.

Doch als Henric zu einem halbwüchsigen jungen Mann herangereift war, bereits ebenso groß wie sein Vater, begann Matts' Sinn sich zu ändern. Immer öfter zog es ihn zum Moor. Was für ein Schatz dort lag, direkt vor seiner Nase! Was für ein fruchtbares und ertragreiches Ackerland daraus werden könnte! Das Moor gehörte ihm, es war sein Eigentum, über das er entscheiden konnte.

Eines Frühlings, als die Äcker rings um Nevabacka bestellt waren, schulterte er Hacke und Spaten und machte sich mit Henric auf ins Moor, um es trockenzulegen.

In der ersten Nacht, in der sie ihr Lager am Moor aufschlugen, schlief Matts tief und traumlos, doch Henric machte am Morgen ein düsteres Gesicht. Matts fragte ihn, was los sei.

«Mutter ist mir im Traum erschienen. Sie sagte, du brichst das Versprechen, das du ihr gegeben hast. Was hast du Mutter versprochen, Vater?»

Matts wischte die Frage seines Sohnes mit einer Handbewegung beiseite. Sie gingen wieder an die Arbeit, und jetzt, da sie zu zweit waren, schritt sie zügig voran.

In der nächsten Nacht schlief Matts wieder gut, doch Henric erwachte erneut mit Kummer im Herzen. «Mutter sagt, was sie dir gegeben habe, könne sie dir auch wieder nehmen, solltest du weiterhin wortbrüchig bleiben.» Er ergriff Matts' Hände. «Die Verzweiflung zerreißt mir das Herz, Vater. Was hast du ihr versprochen?»

Doch Matts wischte die Besorgnis seines Sohnes abermals beiseite und sagte, Träumen dürfe man keinen Glauben schenken.

Sie setzten ihre Arbeit fort, unter der sengenden Frühsommersonne, die Matts an jenen Sommer erinnerte, in dem er seinen Sohn gezeugt hatte, der nun so breitschultrig neben ihm ging. Sein Sohn gehörte ihm. Er hatte den Samen gesät, also gehörte ihm auch die Frucht. Er richtete sich auf und schaute über das Moor, während er sich den Schweiß von der Stirn wischte. Hier würde sein Reich wachsen. Hier würde dessen Gold sprießen. Hier würde er etwas Bleibendes schaffen, um es eines Tages an seinen Sohn weiterzugeben.

Vom Wald her klang das stete Trommeln eines Schwarzspechts.

In dieser Nacht sank Matts nicht in einen traumlosen Schlaf. Diesmal bekam er Besuch von der Frauengestalt mit den goldenen Augen. Wie fünfzehn Jahre zuvor sagte sie kein Wort, doch ihr Kummer und ihr Zorn erfüllten Matts' Traum und wirbelten ihn umher wie ein finsterer, alles verschlingender Sturm. Sie streckte ihre klauenartigen Hände nach ihm aus, ihr Zorn strömte in ihn hinein, durch Nase, Mund und Augen, und Matts hatte das Gefühl, als müsse er ersticken.

Keuchend wachte er auf. Das Lager seines Sohnes war leer. Matts sprang auf und ließ seinen Blick über das Moor wandern, das still und stumm vor ihm lag, eingehüllt in die samtene Dämmerung der Sommernacht. Er rief Henrics Namen, doch sein Ruf blieb unbeantwortet. Voller Entsetzen lief er um das ganze Moor herum, rief und rief, ohne eine Antwort zu bekommen oder auch nur die geringste Spur von seinem Sohn zu entdecken. Er fiel auf die Knie und rief ein Gebet übers Moor und in den Wald hinaus, flehte darum, seinen Sohn zurückzubekommen, versprach, alles zu tun, was man von ihm verlange, wenn er nur das Einzige zurückbekäme, was er je geliebt habe.

Dunkel und stumm lag das Moor da. Kein Vogel sang, kein Schwarzspecht hämmerte. Einzig die Mücken waren zu hören, blutdürstig und Tausende an der Zahl.

Matts kehrte auf seinen Hof zurück, ein gebrochener Mann. Er ging nie wieder ins Moor. Danach lebte er nicht mehr viele Jahre: Kummer und Trauer bewirkten, was der Krieg nicht vermocht hatte, sie brachen seinen Willen und seine Kraft, bis er sein Land nicht mehr bestellen konnte. Er zog sich von den Nachbarn zurück und ernährte sich von Selbstgebranntem und Wildbret, das er im Wald jagte. Am Ende starb er vor der Zeit, einsam und verbittert.

Das Häuschen stand leer, und der Wald rückte auf die kleinen Ackerflächen zu. Da kennt der Wald kein Zögern. Er bildet ein, zwei erste Triebe, streckt seine Fühler aus, und im Jahr darauf wachsen die Ranken bereits mannshoch und vielfach, bis kaum noch zu erkennen ist, dass hier einst ein Acker gelegen hat, dass hier jemand gepflügt, geeggt und gesät hat.

Die Jahre vergingen. Das Dorf am Flussufer wuchs. Die tiefer gelegenen Felder waren leichter zu bestellen und brachten bessere Ernte als kleine, steinige Waldäcker. Auf dem Fluss transportierte man den Teer, der in den Wäldern gebrannt wurde, Tierhäute, Butter und die Tonnen mit Roggen, die als Steuer zu entrichten waren. Im Fluss tummelten sich Fische, und in den Wintermonaten konnte man seinem Lauf zu Fuß oder auf Skiern bis nach Gamlakarleby an der Küste folgen.

In einer Hütte, die halb in der Erde eingegraben am Flussufer lag, wohnte eine alte Frau mit ihrer jüngsten Tochter, Estrid Johansdotter. Die Mutter war eine strenge und gottesfürchtige Frau. Sie lehrte ihre Tochter den Katechismus und Gottes Gebete und erzog sie in der Zucht und Ermahnung des Herrn. Als sie merkte, dass dem Mädchen das Auswendiglernen leichtfiel und es obendrein eine reine und schöne Stimme besaß, lehrte sie Estrid alle Kirchenlieder, die sie kannte. Estrid sang für ihr Leben gern, und als der Vorrat an Liedern aus dem Gesangbuch erschöpft war, ging sie zu den Leuten aus der Gegend, die Volkslieder und Balladen beherrschten, und lernte diesen Liederschatz. Das aber musste sie heimlich tun, denn derlei war in den Augen der Mutter weltliche Sünde. Durch dieses Liedgut erfuhr Estrid so manches über die Welt, was ihre Mutter sie nie gelehrt hätte, vieles handelte von Fabelwesen und Trollen und den ungesehenen Bewohnern des Waldes. Schon bald waren diese ihr ebenso vertraut wie die Apostel und die heilige Mutter Gottes. Die Leute sprachen von Estrid als dem Mädchen, das immerzu sang: wenn sie im Fluss Wäsche wusch, wenn sie für ein paar Groschen die Schafe des Dorfes hütete, wenn sie im Schwitzbad saß oder die Stube ausfegte.

Als die Mutter dahinterkam, dass Estrid auch weltliche Lieder sang, versuchte sie, ihre Tochter mit dem Besen von dieser Sünde rein zu prügeln, und es war nicht das erste Mal, dass sie den Besen gebrauchte, um Estrid auf dem schmalen Pfad des Herrn zu halten.

Estrid tat, was sie immer tat, sie ging in den Wald und setzte sich unter eine Eberesche. Ebereschen waren Schutzbäume, das wusste sie aus den uralten Trollliedern, die sie heimlich gelernt hatte. Der Eberesche sang sie von ihrem Kummer, und der ganze Wald hörte zu. Estrid sang der Eberesche alle Lieder vor, die ihre Mutter ihr verboten hatte, und der Baum bewahrte sie für sie auf.

Waren Leute in der Nähe, sang Estrid fortan nur noch Kirchenlieder. Dann starb die Mutter, und Estrid verlor das Wohnrecht in der Hütte. Als das Begräbnis vorüber und die Hütte ausgeräumt war, setzte Estrid sich auf den Stein vor ihrem ehemaligen Zuhause. Sie hätte verzweifelt sein müssen, so mutterlos und ohne Heimat. Doch ihr war eigentümlich leicht ums Herz. In der Hand hielt sie eine Traube Vogelbeeren. Es war September, und die Bäume begannen die Farbe zu wechseln.

Sie könnte sich als Magd verdingen. Das taten die meisten mittellosen Mädchen. Wenn sie keine Stellung fand, würde sie an den Bettelstab kommen und in fremden Häusern und Höfen leben müssen, angewiesen auf die Mildtätigkeit der Leute.

Aber Estrid wollte keine Dienstmagd werden.

Sie stand auf und ließ ihr Zuhause hinter sich, ohne noch einmal zurückzublicken. Sie ging nach Norden, in den Wald, denn dort würde sie allein sein. Schon bald umgaben sie die Bäume, dicht und dunkel. Hohe Föhren rauschten über ihr. Das weiche Moos federte unter ihren Schritten. Sie kam zu ihrer Freundin, der Eberesche, ließ sich darunter nieder und lehnte den Kopf an den glatten grauen Stamm. Singvögel zwitscherten in der Krone über ihr. So saß sie lange da. Die Eberesche rauschte, sang ihr alle alten Lieder und Weisen vor, die sie ihr anvertraut hatte. Und Estrid lauschte. Als sie alle Lieder zurückerhalten hatte, stand sie auf und lief tiefer in den Wald hinein. Sie stieß auf einen Pfad, ausgetreten vom Waldvolk, und folgte ihm, ohne ein Ziel im Sinn zu haben. Als der Pfad von einem anderen gekreuzt wurde, schlug sie diesen ein. So entfernte sie sich immer weiter von ihrem ehemaligen Zuhause, und schon bald befand sie sich abseits aller Wege, die sie kannte.

Als sie an eine kleine Lichtung kam, wo ein Sturm mehrere stattliche Föhren entwurzelt hatte, war sie endgültig sicher, sich verirrt zu haben. Sie ließ sich auf einem der umgeknickten Stämme nieder, der grau und glatt war wie Seide. Die alten Weisen klangen in ihr wider, doch sie sang nicht. Noch nicht, dachte sie. Noch nicht.

Ihr Blick fiel auf einen Käfer, der über den Stamm krabbelte und den Weg einer Ameise querte, die eifrig ihre Fühler reckte. Ein Stück weiter unten wuchsen winzig kleine gelbe Schwämme aus dem Stamm. Als Estrid sich vorbeugte, sah sie, dass dazwischen reges Insektentreiben herrschte. Ein verspielter Windhauch strich durch die Bäume. Das Licht begann zu schwinden, der Abend brach an. Doch Estrid wartete weiter.

Am Rand der Lichtung rief ein Schwarzspecht. Estrid schaute auf, ließ ihren Blick umherschweifen. Als sie den roten Scheitel des Vogels entdeckte, kam ihr eine Geschichte in den Sinn, die Mutter ihr einst erzählt hatte, von einer geizigen Bäuerin, die vom Teufel in einen Schwarzspecht verwandelt worden war, mit schwarzem Witwenstaat und einer roten Haube auf dem Kopf. Worauf ihr ein Lied einfiel, das ein alter Mann sie gelehrt hatte und das von der Verwandtschaft zwischen Schwarzspecht und Bär erzählte und davon, dass der Mensch mit beiden Arten verwandt sei. Schwarzspechte konnten Todesboten sein, doch der Tod hatte ihr Zuhause bereits heimgesucht.

Sie hatte erwartet, dass der Vogel davonfliegen würde, aber er hüpfte nur ein Stück den Baumstamm hinunter und richtete ein schwarz glänzendes Auge auf sie. Dann flatterte er ein Stück in den Wald hinein und ließ sich auf einem Birkenstamm nieder. Ohne Zögern stand Estrid auf und folgte ihm. Der Schwarzspecht flog von Baum zu Baum, und jedes Mal, wenn Estrid fast zu ihm aufgeschlossen hatte, flog er weiter in den Wald hinein.

Die Dunkelheit senkte sich herab. Es war Herbst, und das Licht schwand schnell. Estrid lief und lief, ohne zu wissen, wohin sie ihre Füße setzte oder wie weit sie gelaufen war. Sie konnte sich nicht erklären, warum sie dem schwarzen Vogel mit dem gespenstischen Schrei folgte, und sie hatte das Gefühl, als ginge sie im Traum. Nichts von dem, was im letzten Monat geschehen war, kam ihr wirklich vor, und dass sie jetzt einem Vogel in den tiefsten Wald hinein folgte, erschien ihr weder wirklicher noch unwirklicher als alles andere. Das Gefühl von Leichtigkeit verließ sie nicht. Oder war sie womöglich leer oder frei oder mutterseelenallein auf der Welt?

Der Vogel leitete sie derart hintersinnig und listig, dass sie nicht merkte, dass sie an ein großes Moor gelangt war.

Als es ihr bewusst wurde, stieß der Schwarzspecht einen Schrei aus, schoss wie ein von der Sehne schnellender Pfeil geradewegs über das Moor davon und verschwand. Ein fast voller Mond hing über dem Waldrand. Estrid stand eine Weile da und betrachtete den Mond und das Moor. Die Nacht war still und stumm. Sie wartete. Was sie als Nächstes tat, würde alles entscheiden – das wusste sie.

Estrid schloss die Augen und begann zu singen.

Ich hülle mich in mein Menschengewand
unter andrem Namen im Schattenland
nur der Mond weiß, was die Nacht kann
Und alle Kühe auf der Weide

Niemand ahnt, niemand weiß
was der Wechselbalg verschweigt
die Nacht setzt ihre Schritte leicht
die Milch versiegt bei den Kühen auf der Weide

Estrid hörte, wie jemand auf sie zukam, hielt die Augen aber weiter geschlossen. Erst bei der letzten Strophe schlug sie sie auf. Vor ihr stand ein junger Mann mit langen blonden Haaren und blondem Bart und betrachtete sie neugierig. Sie sollte Angst empfinden, doch sie fühlte keine Angst. Sie fühlte gar nichts.

Wesen wechseln Gestalt und Gewand
sind im tiefen Wald schließlich unbekannt
der nie geleerte Kelch ist voll bis zum Rand
Die Nacht schreitet über die Weide

Henric war von ihrem Gesang angelockt worden. Nie zuvor hatte er eine Melodie wie diese gehört, nicht in all seinen Jahren beim Waldvolk. Es war, als hätte der Gesang des Mädchens ihn in den Bann geschlagen. Und in dem Moment, als er in Estrids Augen blickte, begann er, seine Zeit und seine Erlebnisse in der Wildnis zu vergessen.

«Ich bin Estrid», sagte das Mädchen. «Was kannst du mir bieten?»

«Ich besitze nichts», antwortete Henric. «Nichts außer zwei starken Armen und meiner Jugend.»

Estrid betrachtete den Mann, der da vor ihr stand, und dachte, dass er eine Zukunft verhieß, mit der sie leben konnte.

Und sie reichte ihm die Hand.

Grenzbewohner

Eines Herbstes kamen Gerüchte auf, im Wald halte sich ein Straßenräuber versteckt. In den Dörfern entlang des Flusses brach jemand in die Vorratsschuppen ein und stahl aus Roggentonnen und Salzheringsfässern. Auf einem Hof fehlte plötzlich ein Spaten, auf einem anderen alle Rundbrote, die die Bäuerin unter die Decke gehängt hatte, bevor die Familie sich auf den langen Weg zur Kirche in Gamlakarleby machte. Auf Nevabacka verschwanden ein Paar Fausthandschuhe und ein kleiner Kübel, und in der dazugehörigen Häuslerkate Skogsperä, Waldeck, vermisste man Salz und eine Axt.

An feindliche Überfälle und an die Soldaten des Königs, die aufkreuzten und junge Männer zwangsrekrutierten, war man in der Gegend gewöhnt, von Räuberunwesen jedoch war man seit etlichen Mannesaltern verschont geblieben. Nun wagte man nicht mehr, die Frauen unbegleitet zwischen den Dörfern hin und her wandern zu lassen, und in die Stadt, um den Gottesdienst oder den Markt zu besuchen, fuhr man am liebsten in einer größeren Gemeinschaft. Eines Sonnabends schwärmten die Männer von fast allen Höfen mit Speeren, Armbrüsten und Knüppeln bewaffnet aus, um zu sehen, ob man des Übeltäters nicht habhaft werden könne. Im Wald bei Nevabacka, unweit des Vittermåsa-Moors, war Holz gestohlen worden, doch obwohl man Hunde mitgenommen hatte, verlor man die Fährte und kehrte unverrichteter Dinge nach Hause zurück.

Jon Henricsson Nevabackas Ehefrau Karin Hansdotter lag ihrem Mann tagtäglich in den Ohren, alle Gebäude des Hofs mit Schloss und Riegel zu versehen, wozu Jon, da niemand an Leib und Seele Schaden genommen hatte, allerdings keine Veranlassung sah. Doch seine Frau funkelte ihn wütend an und sagte, wenn im Stall Kuh und Kalb fehlten, würde er anders reden.

Die alte Mutter Estrid, die das Nesthäkchen der Familie mit Brei fütterte, hörte schweigend zu. Im Haus ihres ältesten Sohnes war sie es gewohnt zu schweigen, so gab es weniger Zank und Streit mit der Schwiegertochter. Nebenan auf Skogsperä nahmen ihr jüngster Sohn Elim Henricsson Skogsperä und dessen Frau sie mit Wärme und Freundlichkeit auf. Aber in der Häuslerkate war es mit dem Geld knapp bestellt, und Estrid wollte ihnen nicht zur Last fallen. Ihr mittlerer Sohn, Abraham Henricsson, der sich in Wald und Flur stets am wohlsten gefühlt hatte, war im vorigen Jahr in die Armee des Königs eingezogen worden. Seitdem hatten sie keine Nachricht von ihm. In Gedanken versuchte Estrid, ihn auf seinem Marsch in den Süden, in große, unbekannte Kriege, zu begleiten. Was mochte er essen, wie mochte er gekleidet sein? Mit wem redete er? Wie sahen wohl die Bäume aus, dort, wo er sich befand?

Zu Hause, in ihrem kleinen Altenteil, erzählte sie Jons und Karins Kindern gerne von deren Urgroßvater, der einst in der Nähe von Vittermåsa einer Waldfrau begegnet war, und wie auch sie an ebenjener Stelle auf den Großvater der Kinder getroffen war, an einem Herbsttag, als das Moor sumpfig und nass und voller Gefahren dagelegen hatte. Diese Geschichten konnte sie nicht erzählen, wenn ihre Schwiegertochter zuhörte. Karin duldete es nicht.

Doch nun machte ihr etwas das Herz schwer. Sobald die Familie gegessen hatte, verließ sie das warme Häuschen und ging über den Hof zu ihrem Altenteil. Eine Weile blieb sie draußen stehen und sah in den Sternenhimmel. Bald war Martini. Der Winter stand vor der Tür. Sie zählte die Dinge auf, die von den Höfen gestohlen worden waren: Handschuhe, Nahrungsmittel und Werkzeug.

Dinge, die man benötigte, um den Winter zu überstehen.

Sie ging in ihre Hütte, legte einige Zweige in den Ofen und sah im Schein des auflodernden Feuers ihre wenigen Habseligkeiten durch. Schließlich war sie zufrieden und setzte sich auf die Ofenbank. Dort blieb sie lange und blickte in die tanzenden, gelben Flammen.

Am nächsten Morgen war Estrid zeitig auf den Beinen. Noch bevor die Sonne sich zeigte, richtete sie ein kleines Bündel und schlug den Pfad hinter dem Kuhstall ein, der in den Wald führte. Es fiel ihr nicht schwer, ihm zu folgen, obwohl der Mond noch nicht voll war, verströmte er ein kaltes Licht, und die Bäume warfen lange Schatten über den Schnee.

Sie erreichte Vittermåsa, als eben die Sonne aufging, das Moor in Gold und Rosa tauchte und die weiß bereiften Grashalme glitzern und funkeln ließ. Nebelschwaden stiegen auf, und Estrid bekreuzigte sich. Alles sprach dafür, dass das Waldvolk an diesem Morgen zum Tanz zusammenkommen würde. Sie musste auf der Hut sein. Nur weil sie einen von ihnen zum Mann genommen hatte, bildete sie sich nicht ein, vor ihnen gefeit zu sein.

Estrid umschloss die einzige Silbermünze, die sie besaß, mit fester Hand, hauchte sie an und sang – alte Worte, die sie gelernt hatte, und neue Worte, die sie selbst ersann, Mutterworte, Worte übers Schützen und Bewahren. Daraufhin warf sie die Münze weit ins Moor hinaus und lauschte dem silbrigen Klang, mit dem sie auf eine Wasserfläche traf.

Der Nebel trieb hin und her, als mache er einen Knicks oder einen Diener. Die alte Frau fühlte sich nun ganz beruhigt. Mehr konnte sie nicht tun.

Sie tastete nach dem Stück Eisen in ihrer Schürzentasche, bekreuzigte sich zur Sicherheit ein zweites Mal, dann ließ sie sich nieder, um zu warten.

Das konnte sie gut. Früher oder später geschah immer etwas, wenn sie nur lange genug wartete. Die Sonne wanderte langsam über den blassblauen Spätherbsthimmel. Estrid fror, harrte aber weiter aus. Während sie aufs Moor hinausblickte, dachte sie daran, wie sie hergekommen war und hier ihre Zukunft gewählt hatte. Sie hatte dem Moor gedankt, dass es ihr ihren Henric geschenkt hatte. Und die Kinder. Viele Male. Der Pfarrer in der Kirche sagte, das sei nicht recht, das dürfe man nicht tun. Man dürfe zu den Bewohnern des Waldes weder beten noch ihnen Opfergaben darbringen. Man solle so tun, als gäbe es sie nicht.

Aber wenn man doch wusste, dass es sie gab. Wenn man wusste, dass man mit ihnen zusammenlebte, in nächster Nähe. Estrid achtete stets darauf, sich gut mit ihnen zu stellen. Während der Schafschur hängte sie immer ein Büschel Wolle für das Waldvolk an den Zaun, als Dank, dass sie die Schafe vor dem Wolf beschützten. Buk sie Brot, legte sie immer einen Laib auf den flachen Stein an der Hofgrenze, als Dank, dass sie Waldrene und Elche vom Roggen fernhielten. Machte sie Butter oder Käse, legte sie von beidem etwas neben das Steinfundament des Kuhstalls, als Dank an das Waldvolk, dass es die Kühe vor Bär und Vielfraß bewahrte, wenn sie draußen im Wald weideten.

Als Jons Ehefrau Karin sah, was Estrid tat, wurde sie wütend und verbot ihr, jetzt, da sie selbst Bäuerin auf Nevabacka war, diesen Opferglauben zu praktizieren.

Doch Estrid hielt es, wie sie es immer gehalten hatte. Sie stahl sich davon und tat, was sie tun wollte, im Verborgenen.

Endlich geschah das, worauf sie gewartet hatte. In einem entlegenen Winkel des Moors stieg ein dünner Rauchfaden auf. Ein Zeichen, dass sich dort etwas anderes verbarg als wilde Tiere, Waldgeister und andere Unnaturen.

Die Alte erhob sich und strich ihren Rock glatt. Dann holte sie tief Luft und stieß ihren Lockruf aus, mit dem sie die Kühe nach Hause rief, seit sie Vieh besaßen, das sie zum Weiden in den Wald trieben. Erst Goldbäckchen, dann Rotflöckchen und nun Tärna und ihr Kälbchen. Estrid hatte ihre eigene Art des Lockrufs, und ihre Stimme hallte noch immer weit und kräftig übers Land. Die Kühe waren bereits für den Winter eingestallt. Sie waren es nicht, die Estrid nun rief.

Sie begann, um das Moor herumzuwandern, um dem Rauch so nahe wie möglich zu kommen, ohne dabei Gefahr zu laufen, auf den trügerischen Sumpfboden zu geraten. Auf der Erde verstreute Moosbeeren verrieten ihr, dass Jungbären hier gewesen waren. Aber Jungbären, die nach dem Sommer satt und fett waren und sich bald eine Winterbehausung suchen würden, machten ihr keine Angst. Sie gab wieder ihren Lockruf von sich, und dort, im Sumpf auf zwei Moorschuhen, erschien eine hochgewachsene, magere Gestalt.

Sie traf ihn auf einer kleinen steinigen Anhöhe. Er trug einen Bart, und seine Haare waren lang und verfilzt, aber seine Augen leuchteten, wie sie es schon getan hatten, als er ein kleiner Junge gewesen war.

Er war nicht fern von daheim in den großen Kriegen. Er war hier. In der Nähe. Zu Hause.

Er trug eine Axt, die er nun abstellte und an einen Stein lehnte.

«Hier bist du also», sagte die Alte, und es klang sehr viel strenger, als sie beabsichtigt hatte. «Du kommst deine Mutter nicht besuchen, und die da gehört wohl deinem Bruder.» Sie nickte in Richtung der Axt. «Er hat im Sommer Axt und Salz vermisst.»

«Ja.» Die Antwort klang wie ein Knurren, nicht unfreundlich, aber ungewohnt. Als sei der Mann vor ihr das Reden nicht gewohnt, als sei es sehr lange her, dass er das Wort an einen anderen Menschen gerichtet hatte. «Er kann sie entbehren.» Abraham blickte seiner Mutter in die Augen. «Du kannst ihm ausrichten, dass es die Bezahlung für mein Messer ist, das er kaputt gemacht hat, als wir Kinder waren.»

«Wenn du deinen Brüdern etwas zu sagen hast, musst du es selber tun. Ich denke, es ist besser, wenn niemand weiß, dass du hier bist.»

«Da hast du recht, Mutter.» Er räusperte sich, strich sich über den Bart und blickte verstohlen auf das Bündel zu ihren Füßen, dem die Alte jedoch keine Beachtung schenkte.

«Du hast dich von deinem Regiment entfernt.»

«Der Krieg war nichts für mich», sagte er. «Krankheiten. Tod. Hier ist es besser.» Er betrachtete das Riedgras und die Krüppelkiefern. Inzwischen hatte die Sonne die letzten Nebelschleier vertrieben. Dunst stieg nur noch von den bemoosten Steinen am Waldrand auf, die feucht vom Nachtfrost waren und nun in der Sonne trockneten.

«Bist du schon lange hier?»

«Ich bin mit dem Kuckuck zurückgekehrt», antwortete er. «Eine Zeit lang konnte ich von dem leben, was ich bei mir hatte, doch dann brauchte ich Gerät und Werkzeug. Und weil ich kein Jagdglück hatte, habe ich mir ein wenig Brot und Fisch genommen.»

«Hast du vor zu bleiben?» Estrid musterte ihn aufmerksam. Er hatte zahlreiche Narben an Wangen und Händen, die früher nicht da gewesen waren, und sein Gesicht war zerfurchter. Trotzdem hatte er sich nicht sehr verändert. Wie in seiner Kindheit schweifte sein Blick unablässig in die Ferne. Immerzu Ausschau haltend nach etwas, das niemand außer ihm sehen konnte.

«Ich weiß es nicht», erwiderte er langsam. «Wir werden sehen. Ich fühle mich wohl hier.»

«Wenn du weiterhin stiehlst, werden sie nach dir suchen», sagte Estrid. «Karin stachelt Jon täglich auf. Sie glaubt, dass die Kuh und das Kalb nicht sicher sind.»

Abraham schnaubte. «Was soll ich mit einer Kuh? Glaubst du, ich habe hier draußen angefangen zu melken und Käse zu machen?»

«Du könntest sie verkaufen, gegen Kupfermünzen.»

Er spuckte ins Moor. «Ich will nichts mehr mit den

Menschen zu schaffen haben. Aus der Menschheit erwächst nichts als Elend.»

«Wird es dir nicht einsam?» Estrid dachte daran, wie es gewesen war, ihn als Kind auf ihren Knien zu halten. Wie sie ihn genährt hatte. Zuerst an ihrer Brust, dann mit Brei und vorgekautem Brot.

«Niemals.» Er lächelte, dass seine Zähne zwischen den Barthaaren aufblitzten. «Ich habe Gesellschaft genug.»

Estrid schüttelte den Kopf. «Du musst dich in Acht nehmen. Sie sind keine Christenmenschen wie wir.»

«Du solltest sehen, was wir Christen uns draußen in der Welt gegenseitig antun, Mutter. Dann würdest du jene, die dir nie ein Leid zugefügt haben, nicht so schnell verurteilen.»

«Du hast es wohl im Blut.» Estrid dachte an ihren Henric, den sie vor so vielen Jahren aus dem Wald hervorgesungen hatte. Henric war damals auch halbwild gewesen. Abraham musste seinen eigenen Weg wählen, so wie sie es getan hatte. Sie beugte sich hinunter, ergriff das Bündel, das sie mitgebracht hatte, und reichte es ihm.

«Damit du nicht mehr stehlen musst. Ein wenig warme Kleidung. Ein bisschen Salz.»

«Vielen Dank, Mutter», sagte Abraham ernst. «Der Winter kommt bald. Jede Hilfe ist willkommen.»

Estrid ließ ihren mittleren Sohn im Moor zurück und wanderte heimwärts. Jetzt wusste sie, wo er war. Und dafür konnte sie dankbar sein.

Von Zeit zu Zeit kam Abraham und klopfte des Nachts an ihre Tür. Estrid hatte keine Angst, denn sie wusste sofort, wer es war. Einmal erschien er mit einem stattlichen Hecht, den er aus dem See gezogen hatte, bevor das Wasser zufror, und bat um etwas Zwirn, um seine Fausthandschuhe zu stopfen. Ein anderes Mal hatte er sich böse in den Daumen geschnitten, und sie verband und besprach die Wunde. Da blieb er die ganze Nacht und ging erst bei Tagesanbruch.

«Du verrichtest doch hoffentlich regelmäßig deine Gebete?», fragte sie, als sie gemeinsam vor dem Ofen saßen und sich wärmten.

«Ich bete, und ich opfere», antwortete er geistesabwesend und blickte in die Glut. «Es gibt so viel Heiliges im Wald, Mutter. Das Wasser, das meinen Durst stillt. Die Tiere, die ihr Leben geben, damit ich meines erhalten kann. Die Bäume, die mir Schutz und Feuerholz schenken. Ja, für die Gaben, mit denen mich der Wald Tag für Tag segnet, gibt es kein Maß.»

«Gott der Herr hat den Wald erschaffen», entgegnete sie. «Und es ist Sein Wille, dass wir die Erde bebauen und die wilde Natur zähmen.» Estrid hatte zu gleichen Teilen Kirchenlieder und Sagen im Blut. «Und in der Kirche Gottes Wort hören.»

«Das höre ich auch draußen im Wald», antwortete ihr Sohn und tätschelte ihr die Hand. «In der Kirche höre ich durch das Geschwätz des Pfarrers kein einziges, aber im Wald ... Hast du nach einem langen Winter schon einmal die erste Lerche singen hören, Mutter? Ist das nicht Gottes Wort in seiner reinsten Form?»

«Du musst doch Gesellschaft vermissen. Die Gesellschaft eines Mädchens. Es ist höchste Zeit, dass du dir eine Frau nimmst – niemand ist dafür geschaffen, allein zu leben.»

«Ach, es gibt Mädchen jedweder Art, die nicht Nein zu mir sagen», erwiderte er, und der Ton, in dem er es sagte, gefiel Estrid ganz und gar nicht. «Für derlei brauche ich nicht den Segen des Pfarrers.»

Was Estrid auch vorbrachte, es erreichte ihn nicht.

Die Jahre vergingen. Von den umliegenden Höfen wurde nichts mehr gestohlen, und die Alte wusste, wenn ihr Sohn etwas brauchte, beschaffte er es sich in weit entlegenen Dörfern, um nicht entdeckt zu werden.

Skogsperäs Jüngste war ein Mädchen, dem immerzu irgendwelche Dinge widerfuhren. Zur Zeit ihrer Geburt, die ebenso schnell vonstattenging wie alles, was dieses Kind sich in den Kopf setzte, befand sich eine alte Bettlerin auf dem Hof. Sie warf einen Blick auf das Neugeborene, nahm einen tiefen Zug aus ihrer Tonpfeife und sagte: «Dieses Mädchen wird Glück und Unglück über Skogsperä bringen» – und so kam es. Das Mädchen fand im Wald die besten Beerenstellen, zerriss beim Pflücken aber seinen einzigen Rock. Es stöberte die Kuh und die Färse auf, die beim Weiden zu tief in den Wald hineingelaufen waren, erschreckte die Kuh mit seinen Rufen jedoch so sehr, dass diese ins Moor galoppierte und ertrank, ehe die Erwachsenen vor Ort waren, um sie herauszuziehen. Die Kleine hatte mehr Kraft in ihren mageren Ärmchen als ihre älteren Geschwister und hielt beim Butterstampfen sehr viel länger durch als diese, doch oft stieß sie dabei das Butterfass um, sodass die Molke auf den Boden rann und verloren ging.

Das Mädchen hieß Kristin Elimsdotter.

An einem sonnigen, warmen Sommermorgen spielte Kristin mit einem der jungen Hofkätzchen unten am Bach, der zwischen Skogsperä und Nevabacka floss. Dort wuchsen Weidenröschen und Sumpfdotterblumen, die

Schmetterlinge anlockten, und Kristin saß lange auf einem Stein und sah dabei zu, wie das Kätzchen Schmetterlinge jagte. Es war kein ganz junges Tier mehr, sondern lang und wendig und schnell in seinen Bewegungen.

Über ihnen sausten Schwalben dahin und fingen Insekten. Die Luft war warm und still. Nach einer Weile bekam Kristin Durst und löschte ihn mit Wasser aus dem Bach. Dann wurde sie hungrig und erinnerte sich daran, dass Mutter und sie vor ein paar Tagen am Kuhpfad Himbeeren hatten wachsen sehen. Ob sie inzwischen reif waren? Sie verließ Bach und Kätzchen, rannte auf flinken kleinen Beinen die Anhöhe zur Wiese hinauf, zum Anfang des Kuhpfads, und lief auf ihm in den Wald hinein. Nicht einmal im Schatten der Bäume war es kühl, die Luft flirrte vor Hitze. Aber da waren die Himbeeren! Ein ganzes Gebüsch voll. Kristin pflückte von der Hand in den Mund. Erst als keine einzige Beere mehr an den Ranken hing, bekam sie ein schlechtes Gewissen. Sie hatte selbstsüchtig und maßlos gehandelt und die ganzen schönen Himbeeren aufgegessen, die Mutter hatte pflücken wollen. Oh, wie traurig würde Mutter sein!

Es müssen mehr Himbeeren im Wald wachsen, dachte Kristin. Wenn diese reif sind, gibt es sicher woanders noch welche. Ich werde meine Schürze voll pflücken und sie Mutter mitbringen! Sie folgte dem Kuhpfad tiefer in den Wald hinein, doch es war seltsam – nirgends leuchteten weitere Himbeeren. Kristin lief und lief. Bald hatte sie sich weit von daheim entfernt, doch Himbeeren fand sie keine. Sie sollte wohl besser umkehren, damit Mutter sich keine Sorgen machte. Wenn sie den Kuhpfad zurückliefe, wäre das ein Umweg. Querfeldein durch den Wald wäre sie viel schneller zu Hause.

Gesagt, getan. Auf ihren sechsjährigen Beinen stapfte Kristin los. Der Wald war ihr wohlvertraut. Diesen Weg war sie zwar noch nie gegangen, und zwischen den hohen, rauschenden Fichten gab es keine Pfade, denen sie folgen konnte, aber das Moos federte weich unter ihren Füßen, und schon bald würde sie zu Hause bei Mutter sein.

Kristin ging, und die Sonne wanderte über den leuchtend blauen Sommerhimmel, doch nirgends tauchte das Schindeldach von Skogsperä zwischen den Bäumen auf. Sie musste zu weit nach links gelaufen sein, also wandte sie sich nach rechts und lief weiter. Hier lag ein hübsches Birkenwäldchen, dessen Bäume freundlich mit ihren grünen Blättern winkten, da ein kleiner Wassertümpel mit Sumpfweidenröschen und Wollgras. Wollgras benutzte die Trollmutter für die Nester ihrer Trollkinder, das wusste Kristin. Aber es war heller Tag, und sie hatte keine Angst vor Trollen. Kein bisschen. Trotzdem beschleunigte sie ihre Schritte, obwohl ihre kurzen Beine inzwischen sehr müde waren.

Als sie an einen kleinen Weiher kam, den sie nie zuvor gesehen hatte, musste sie sich eingestehen, dass sie sich verlaufen hatte. Zudem war sie müde, hungrig und verängstigt. Erschöpft setzte sie sich am Ufer des Weihers ins Moos und weinte eine ganze Weile. Dann beugte sie sich vor, um ihren Durst mit dem kühlen Wasser zu stillen.

Ihr Gesicht spiegelte sich auf der Oberfläche des Weihers. Doch da war noch etwas anderes, etwas Glänzendes und Schimmerndes, unten auf dem Grund. War es eine Silbermünze? Wie froh Vater und Mutter sein würden, wenn sie, Kristin, mit einer Silbermünze nach Hause käme! Sie tauchte ihre Hand ins Wasser, aber der glitzernde Gegenstand lag tiefer unten, als sie geglaubt hatte, und sie musste sich weit vorstrecken. Da rutschte sie auf den nassen, glitschigen Ufersteinen aus und fiel kopfüber in den dunklen Weiher. Obwohl es an der Stelle gar nicht tief war, sank sie auf den Grund hinab, ohne zu begreifen, wie sie sich anstellen musste, um wieder an die Oberfläche zu kommen. Und unter ihr gab es etwas, das sie zu sich herabzog, das sie in die Tiefe holen wollte. Die Verlockung war groß, machte ihre Glieder schwer, und es war ihr unmöglich, dagegen anzukämpfen. Kristin gab auf und ließ sich von dem Dunklen, Kalten umfangen. Vielleicht war es gar nicht so gefährlich, vielleicht ...

Da packte sie irgendetwas, eine feste Hand fasste sie am Arm und zog sie nach oben ans Tageslicht.

Triefnass saß Kristin am Ufer und hustete Wasser aus. Neben ihr hockte ein Troll. Denn das musste ein Troll sein, mit buschigen grauen Augenbrauen und struppigem Bart und Haupthaar. Der Troll starrte sie mit einer grausigen Fratze an, und Kristin fürchtete sich mehr als eben im Weiher.

«Haben dich dein Vater und deine Mutter nicht vor dem Nöck gewarnt?», knurrte der Troll mit dumpfer, unheimlicher Stimme.

«Ich habe eine Münze gesehen», sagte Kristin. «Ich wollte sie mit nach Hause nehmen und Vater eine Freude machen.»

«Katzengold», erwiderte der Troll. «Damit führt der Nöck kleine Kinder in die Irre, damit er sie ertränken kann. Du darfst dich nicht noch einmal von ihm narren lassen, versprich mir das!»

Kristin nickte entsetzt. Sie zitterte in ihrem nassen

Kleidchen, denn der Abend war gekommen und mit ihm die Schatten.

«Wir müssen dich trocken bekommen», murmelte der Troll. «Versprichst du mir, keiner Menschenseele zu erzählen, was ich dir zeige?»

Kristin versprach es ihm, und der Troll nahm sie auf den Arm und lief mit ihr über Pfade, die sie nicht sehen konnte, denen er jedoch zügig und mit langen Schritten folgte. Als sie das Versteck draußen auf dem Moor erreichten, war Kristin zu dem Schluss gelangt, dass ihr Retter doch kein Troll war, denn er hatte keinen Schwanz. Und er wohnte in einer kleinen Holzhütte mit einer aus Steinen gebauten Feuerstelle, und, wie jeder wusste, hausten Trolle in Höhlen und Grotten und fürchteten das Feuer. Sie durfte ihr nasses Kleid ausziehen und sich am Feuer wärmen, das er rasch aufschürte, ehe er sie in eine Decke wickelte, die er von seinem eigenen Bett nahm.

Kristin saß da und strich stumm über den Stoff. Sie kannte diese Decke. Voriges Jahr hatte sie sie in Großmutters Häuschen gesehen, doch dann war die Decke auf einmal verschwunden. Kristin war ein kluges Mädchen, und langsam machte sie sich einen Reim auf Dinge, über die sie die Erwachsenen hatte reden hören.

«Du bist dieser Räuber.» Sie blickte in sein unheimliches Gesicht, das ihr kein bisschen Angst mehr machte. Er war gut zu ihr gewesen, und gerade schnitt er Trockenfleisch für sie in mundgerechte Stücke. Kristin schob sich einen Bissen in den Mund und kaute. «Meine Tante hat schreckliche Angst vor dir. Sie will, dass mein Onkel dich findet und verjagt.»

«Und wer ist deine Tante?», brummte der Räuber.

«Karin von Nevabacka, natürlich.»

Der Räuber verstummte, dann drehte er sein großes Haupt mit den zotteligen Haaren und musterte sie mit einem neuen Blick. «Bist du die Kleine von Skogsperä-Elim?»

Kristin nickte. Der Räuber lachte. «Sieh mal einer an! Wenn das so ist, sollte man meinen, du hättest mehr Verstand, als dich vom Nöck locken zu lassen.» Nach einer Pause fügte er hinzu: «Wie geht es deiner Großmutter?»

«Sie sitzt meistens in ihrem Häuschen. Ihre Augen sind nicht mehr so gut, also helfe ich ihr manchmal.»

In Wahrheit waren es Kristins ältere Geschwister, die der alten Großmutter zur Hand gingen. Aber Kristin besuchte Großmutter gern und saß bei ihr, wenn die Dämmerung hereinbrach. Nur im Sommer, wenn es so viele lustige und spannende Abenteuer zu erleben gab, wurde Großmutter oftmals vergessen, von Kristin wie von ihren Geschwistern.

«Das ist recht von dir», sagte der Räuber. Schweigend blickte er eine Weile ins Feuer und dachte nach.

«Ich sollte dich besser zur Nacht nach Hause bringen», sagte er schließlich. «Damit man sich auf Skogsperä keine Sorgen macht.»

Er blickte zu seinem Bett, wo Kristin mit einem Stück Trockenfleisch in der Hand eingeschlafen war. «Dann wird es wohl erst morgen werden», murmelte er.

An diesem Abend blieb er lange auf und betrachtete das schlafende Mädchen, seine feinen Wimpern, die langen, blonden Zöpfe, die um den Kopf geflochten waren, den kleinen, halb geöffneten Mund, die im Schlaf geschürzten Lippen. Er verspürte eine Zärtlichkeit, wie er sie bei aus dem Nest gefallenen Vogelküken empfand oder bei Jungfüchsen, die sich zu weit von ihrem Bau entfernt hatten. Auch sie brachte er nach Hause zurück. Er kannte jeden Fuchsbau und jedes Vogelnest im Umkreis des Moors und viele Meilen entfernt. Er konnte jedes Tierjunge heimbringen. Er tat es, weil er Mitleid mit ihnen hatte, aber auch, weil die Jungfüchse heranwuchsen und zu Rüden und Fähen wurden, die er ihrer schönen Pelze wegen jagte. Jeden Herbst wanderte er hoch nach Kalajoki, um ein Bündel Felle gegen Waren einzutauschen, die er benötigte: Salz, ein neues Kochgefäß oder eine neue Messerklinge, Angelhaken, manchmal etwas Tabak. In Kalajoki war das Risiko, erkannt oder festgenommen zu werden, nicht übermäßig groß. Er blieb nie länger dort als unbedingt nötig, trank nie Bier mit anderen Pelzjägern und kam nicht mit anderen Menschen ins Gespräch. Die Leute hielten sich von ihm fern: Er war, wonach er aussah, ein Wilder, ein Räuber, der nach Rauch und schlecht gegerbten Tierhäuten roch. Jeder, der ihn sah, wusste, was er für einer war, aber die Händler nahmen ihm die schönen Felle von Wölfen, Füchsen und Waldrenen gerne ab.

Doch die Zärtlichkeit, die er für dieses kleine Mädchen empfand, das so unschuldig und arglos in seiner Hütte schlief, war nicht nur die Zärtlichkeit, die er gegenüber wehrlosen Tierjungen verspürte. Sie ging mit etwas anderem einher. Einer Sehnsucht, einem Kummer, den er nicht benennen konnte. Er stand auf, trat an die offene Tür und blickte auf das sommernächtliche Moor hinaus, wo die Mücken über Ried, Gagel und Wollgras tanzten und sangen.

Seit vielen Jahren war der einzige Mensch, mit dem er ein Wort gewechselt hatte, seine Mutter. Manchmal vergaß er sie für lange Zeit, er vermisste ihre Gespräche nicht, aber zuweilen, wenn er sich in der Nähe des alten Familienhofs aufhielt oder etwas sah oder hörte, was ihn an sie erinnerte – Moltebeeren, die auf dem Moor reiften, ein Lied, das ihm über die Lippen kam und das sie ihm in seiner Kindheit vorgesungen hatte –, fiel ihm ein, dass es sie gab. Dann schlich er sich des Nachts im Schutz der Dunkelheit auf leisen Sohlen an ihre Tür und weckte sie mit dem verabredeten Klopfzeichen. Oft hatte er etwas bei sich, das sie versorgen oder in Ordnung bringen sollte: eine Wunde, die verbunden, ein Kleidungsstück, das geflickt werden musste. Er wusste, dass sie es in ihrem Altenteil nicht üppig hatte, und er versuchte stets, ihr etwas mitzubringen, das ihr nutzen, jedoch keinen großen Argwohn wecken würde: einen Auerhahn, den er in einer Schlinge gefangen hatte, oder ein paar Fische. Er schnitzte ihr ein neues Buttermesser, er flocht für sie Gefäße aus Birkenrinde. Manchmal brachte er ihr Holzscheite für den Herd.

Häufig wurde er schon rastlos, bevor er überhaupt zu ihrer Tür hereingekommen war, blieb stehen und wippte auf den Füßen, wollte weg, wollte fort. Wollte nach Hause. Er war kurz angebunden zu ihr, antwortete einsilbig auf ihre Fragen. Er war kein Grübler und erging sich nicht in weitschweifigen Überlegungen, warum oder weshalb. Er nahm einfach nur die gestopften Socken an sich, sobald die Mutter fertig war, und verschwand in die Nacht hinaus. Heim in den Wald, ins Moor und zu den Sternen. In die Welt, die seine war. Mutter nannte diese Welt Wildnis und Ödmark, sie verstand nicht, warum er Jahr für Jahr dort draußen blieb. «Du könntest anderswo neu beginnen», sagte sie oft. «An einem Ort, wo dich niemand kennt. Du könntest dir einen Hof bauen und ein Mädchen zur Frau nehmen. Dir ein eigenes Heim erschaffen.»

Nur sein Vater hatte ihm Verständnis entgegengebracht, wenn Abraham als Kind von einem seiner vielen langen Waldausflüge heimgekehrt war. Henric hatte ihn gelehrt, wie man im Wald lebte und sich verhielt. Wie man jene ehrte, die dort wohnten, und wie man Seite an Seite mit ihnen lebte. Als Abraham vor dem Soldatendasein geflohen war, hatte er Zuflucht zu dem Ort genommen, wo er sich stets am sichersten und wohlsten gefühlt hatte. Zum Moor und zum Wald hinter seinem Elternhof. Dort war er sein eigener Herr, dort vermisste er nichts. Aber er blieb nicht dort. Er wanderte monatelang durchs Land, kehrte jedoch stets ins Moor zurück, spätestens im Winter, wenn die Hütte sein Überleben sicherte. Menschliche Gesellschaft vermisste er nicht. Mit seinen Brüdern war er nie gut ausgekommen. Im Wald gab es alles, was er zum Leben brauchte. Wenn der Wald eine Wildnis war, nun gut, dann war er eben ein Wilder und stolz darauf. Die Mutter war sein letztes Band zum Leben und zur Welt der Menschen, ein Band, das zu lösen er nicht fertigbrachte. Und das war es, was er spürte, wenn er sie besuchte. Das Band, das existierte und ihn daran hinderte, vollkommen frei zu sein. Er drehte sich um und warf abermals einen Blick auf die schlafende Kleine. Und da spürte er es wieder, diese Sehnsucht, dieses Gefühl, dass es doch etwas gab, was er aufgegeben hatte, trotz allem. Etwas, das jeder Fuchs und jeder Vogel erleben durfte, Jahr für Jahr.

Am nächsten Morgen brachte er Kristin zurück nach Skogsperä, doch auf dem Weg dorthin ließen sie sich viel

Zeit. Er zeigte ihr, wo Engelsüß und süße Walderdbeeren wuchsen. Er brachte ihr bei, sich im Wald zurechtzufinden. Er warnte sie vor dem Nöck und der Waldfee und sagte ihr, dass sie ein Stück Eisen in der Tasche tragen sollte und dass Ebereschen Schutz vor den unsichtbaren Waldbewohnern böten. Er zeigte ihr die Quelle, die er im Wald entdeckt hatte und von der niemand in der Gegend wusste. Er zeigte ihr Vogelnester, in denen Küken mit hungrig aufgesperrten Schnäbeln hockten, und die Blumenwiese, zu der die Kühe zogen, wenn sie draußen im Wald weideten, und das hübsche Birkenwäldchen, wo im Frühsommer Waldveilchen blühten. Und währenddessen hielt das kleine Mädchen die Hand des großen, bärtigen Mannes und lief voller Fragen neben ihm her. Alles erfüllte sie mit Neugier, und über alles und jedes wollte sie mehr erfahren.

«Weißt du, Onkel, dass ich im ersten Moment glaubte, du seist ein Troll?», vertraute sie ihm an. «Ich habe mich nur gewundert, wo du deinen Schwanz hast.»

«Was denkst du, werden dein Vater und deine Mutter sagen, wenn du ihnen erzählst, ein Troll hätte dich geholt?» Er lächelte hinunter auf das helle Gesichtchen, das ernst zu ihm aufschaute.

«Sie werden mir nicht glauben», antwortete das Mädchen betrübt. «Das tun sie nie.»

«Na schön, dann lass sie zweifeln. Aber erzähl es auch deiner Großmutter. Dann werden wir sehen, was sie dazu sagt.»

«Darf ich dich wieder besuchen kommen?», fragte das Mädchen freudestrahlend. «Es war so lustig in deiner Hütte! Ich bin sicher, dass ich den Weg finde. Du hast mir ja gezeigt, worauf ich achten muss.»

«Nein, der Weg ist für ein kleines Menschlein wie dich viel zu weit. Und du darfst niemandem erzählen, wo ich lebe. Dieses Geheimnis kannst du doch für dich behalten?»

Die Kleine machte ein enttäuschtes Gesicht, und ihre Unterlippe begann zu zittern. Doch Abraham konnte nicht das Risiko eingehen, dass seine Brüder anfingen, im Wald nach ihm zu suchen. Er hatte keine Ahnung, wie sie reagieren würden, wenn sie erfuhren, dass der Räuber, der sie vor Jahren bestohlen hatte, ihr eigener Bruder war.

«Wenn du mir versprichst, niemandem zu erzählen, wo meine Hütte steht, bekommst du etwas von mir», sagte er und griff in den Beutel, den er am Gürtel trug und in dem er ein wenig Tabak, einen Feuerschläger, ein paar Münzen und andere Habseligkeiten verwahrte. Seine Finger fanden den kleinen Bernstein, den er von einem Kaufmann eingetauscht hatte, der von weither übers Meer nach Kalajoki gesegelt war. Abraham zog ihn hervor und hielt ihn ins Licht. «Schau, ich schenke dir diesen Sonnentropfen, den ich aufgefangen habe.»

Das Mädchen sah den Bernstein mit großen Augen an. Er fing das Sonnenlicht ein und leuchtete und glänzte wie Honig. Sie hielt die Hand auf und nickte andächtig. «Versprochen. Aber ist die Sonne denn nicht heiß?»

«Nein, die Sonne ist erstarrt und hart und kalt geworden. Aber wenn der Winter kommt, kannst du den Sonnenstein hervorholen und gewiss sein, dass die Sonne zurückkehren wird, wie sie es seit Jahr und Tag tut, ganz gleich, wie unmöglich es dir vorkommt, wenn draußen die Winterstürme heulen und sie sich wochenlang nicht zeigt.»

Als das Mädchen den Stein an sich genommen hatte, richtete er sich auf und blickte sich um.

«Wir sind ganz in der Nähe deines Zuhauses. Schau mal, da drüben zwischen den Bäumen ist der Holzzaun zu sehen. Sei jetzt ein braves Mädchen und lauf das letzte Stück so schnell du kannst, damit deine Mutter sich keine Sorgen mehr machen muss.»

Kristin umschloss den Sonnenstein fest mit ihrer kleinen Faust und machte vor dem Räuber einen raschen Knicks. Dann rannte sie auf bloßen Füßen zwischen den Bäumen hindurch nach Skogsperä und zu ihren besorgten Eltern.

Abraham blieb noch eine Weile auf dem Pfad stehen und blickte ihr nach. Sie drehte sich nicht noch einmal um. «Ich muss fort von hier, wenigstens den Sommer über», murmelte er. «Es wird ihr nicht gelingen zu schweigen.»

Doch Kristin erzählte keiner Menschenseele von der Hütte des Räubers. Jedes Mal, wenn Mutter und Vater herauszufinden versuchten, wo sie gesteckt hatte, als sie einen ganzen Tag lang verschwunden gewesen war, entlockten sie ihr nur, dass sie fast vom Nöck geholt worden wäre, aber von einem netten Troll gerettet worden war, von dem sie Trockenfleisch und einen Stein aus Sonne bekommen habe. Viele Jahre lang sprach man in der ganzen Gegend von dem Mädchen, das von einem Troll gerettet worden sei, und man verwunderte sich darüber, dass Trolle so hilfsbereit sein konnten. Doch stets gab es einen klugen Kopf, der die Zweifler an den Landsknecht erinnerte, der einst mit einer Waldfrau ein Kind gezeugt hatte, und dass derlei Dinge häufiger geschahen, als man meinen mochte.

An diesem Abend aber lief Kristin zu Großmutters kleiner Hütte, schlüpfte in die dämmrige Stube und ging zum Bett, auf dem die Großmutter lag und sich ausruhte. In den Jahren, als sie Bäuerin von Nevabacka gewesen war, hatte sie sich nie einen Moment der Ruhe gegönnt, doch nun tat sie es immer häufiger.

«Großmutter!», rief Kristin. «Ein Troll hat mir einen Tropfen von der Sonne geschenkt!» Sie kletterte neben die alte Frau aufs Bett hinauf und hielt ihr den goldenen Stein hin, der die Strahlen der Abendsonne einfing und schöner leuchtete als alles, was die zwei je gesehen hatten.

«Ein Troll», sagte Großmutter langsam. «Wie schrecklich.»

«Nein, gar nicht, Großmutter. Er war lieb und gut und hat mich vor dem Nöck gerettet. Und er war gar kein Troll, sondern ein Räuber. Er hatte deine Decke, Großmutter. Ich durfte in seiner Hütte schlafen, und dann hat er mich nach Hause gebracht und mir diesen Sonnenstein geschenkt.» Kristin legte den Stein auf Großmutters Hand.

«Das ist gut», murmelte die Alte. Sie nahm den Stein fest in die Hand und strich ihrer Enkeltochter über die Wange. «Das ist wahrhaftig gut, dass er so lieb war.»

Von da an hielt sich Abraham von dieser Gegend fern, aus Angst, die Landjäger könnten ihn gefangen nehmen und zurück in die Armee zwingen. Zum Herbst baute er sich in einem anderen Wald eine kleine, sehr viel einfachere Hütte und blieb dort den ganzen Winter über. Er dachte oft an das kleine Mädchen. Und wenn er im Wald umherwanderte, kam es vor, dass er ihre fröhliche

Stimme neben sich hörte und ihre kleine Hand in seiner spürte.

Das hatte Mutter gemeint, als sie sagte, er habe etwas verloren gegeben, indem er dem Wald den Vorzug vor den Menschen gegeben habe.

Als es auf den Frühling zuging, erschien dreimal ein Schwarzspecht und hämmerte an die stattliche Kiefer, die neben seiner Hütte wuchs. Nach dem dritten Besuch schnürte Abraham sein spärliches Bündel und begann die lange Wanderung zurück in sein Heimatmoor. Er wusste, wie eine Todesbotschaft klang.

Er schaffte es nicht rechtzeitig zum Begräbnis. Beigewohnt hätte er dem Gottesdienst wohl ohnehin nicht. Aber er hätte sich eine Stelle suchen können, an der er den Trauerzug hätte vorbeiziehen und das kleine Mädchen wiedersehen können.

Abraham legte ein Kreuz auf das Grab. Er hatte es aus Wacholderholz geschnitzt. «Leb wohl, Mutter», sagte er, dann nahm er sein Bündel auf den Rücken, wandte sich ab, verließ den Friedhof und wanderte weiter.

18. Jahrhundert

Doch durch Finsternis und Stille
binden starke unsichtbare Bande
Generation an Generation,
binden sie so fest, dass sie nie gelöst werden.

HELENA WESTERMARCK

Der Hilfspfarrer

Der Hilfspfarrer ist ins Moor gekommen, um sich zu verstecken. Das Moor liegt weit von der Kapelle entfernt. Er hofft, dass es weit genug ist.

Er ist allein. Seine Frau ist tot, wie so viele andere Bewohner des Kirchspiels. Er weiß weder, wo seine Söhne sind, noch, ob er sie je wiedersehen wird. Der Russe hat sie verschleppt. Der Russe, der Städte und Dörfer niedergebrannt, der Kirchensilber und Waffen gestohlen, der alles geplündert hat, was ihm in die Hände gefallen ist, und den Rest in Brand gesteckt hat. Der gemetzelt und gemordet, der Kinder geraubt und Frauen geschändet hat. Der den Pfarrer von Ilmola gezwungen hat, bei Eiseskälte und an die Pferde der Kosaken gefesselt bis nach Närpes zu laufen. Der Pfarrer von Ilmola hat überlebt, wird aber nie wieder gehen können.

Der Hilfspfarrer kann gehen. Aber er geht mit den Schritten eines Mannes, der sich wünscht, auch er wäre tot. Er hat zu Gott gebetet, dass Er ihn von diesem Erdenleben erlösen möge. Doch Gott hat ihn nicht erhört. Gott verlangt, dass er sich weiter um seine Herde kümmert. Seine Schäfchen haben niemand anderen mehr, an den sie sich halten können.

Auch wenn er Hilfspfarrer ist, so wurde er doch auf einem Bauernhof geboren und weiß mit seinen Händen zu arbeiten. Er ist bereit, sich ein Obdach zu bauen, eine

Axt hat er bei sich. Als er den Rand des Moors erreicht, stößt ein Schwarzspecht einen seiner katzenähnlichen Schreie aus. Oder klingt er wie das Weinen eines Säuglings, dessen Kopf gleich vom Stiefel des Feindes zertrümmert wird?

Der Hilfspfarrer hält eine Weile inne, bis sein Herzschlag sich beruhigt hat und er seinen Weg am Rand des Moors fortsetzen kann. Er hat ein Ziel. Seine Haushälterin Kristin hat ihm von einem Straßenräuber erzählt, der sich jahrelang in den umliegenden Wäldern versteckt gehalten haben soll. Niemand hat ihn je gefasst, und niemand wusste, wo er sich verborgen hielt. Aber Kristin zufolge hat er angeblich hier draußen bei Vittermåsa eine Hütte gehabt. Sie hat den Ranzen des Hilfspfarrers gepackt und ihn gezwungen, sich des Nachts, im Schutz der Dunkelheit, davonzumachen. Er müsse sich retten, hat sie gesagt: «Fliehen Sie, in Gottes Namen!»

Der Hilfspfarrer hat gelernt, dass man die Wildnis fürchten soll. Gott hat die Menschen auf Erden erschaffen, damit sie das Wilde christianisieren, den Boden bebauen und fruchtbar und ertragreich machen. Die Wildnis birgt nichts als Finsternis und Gefahr. Werke des Teufels. Nur Widernatürliches und Räuber verbergen sich dort.

Und nun auch der Hilfspfarrer, auf der Flucht vor der Bosheit der Menschen.

Es dauert einen halben Tag, bis er die Hütte entdeckt. Sie steht mitten im Moor, auf einem kleinen Hügel. Der Hügel ist mit krummen Kiefern bewachsen, die die Hütte weitgehend verbergen, deshalb sieht er sie zunächst nicht. Doch dann schärft sich sein Blick. Es hilft ihm, dass er weiß, wonach er sucht. Ein Dach, eine verwitterte, glatte Wand. Er schickt Kristin in Gedanken einen dankbaren Gruß. In seinem Herzen ist noch immer Platz für Dankbarkeit. Die Entdeckung überrascht ihn.

Er macht sich auf zur Hütte. Wenn jemand so weit draußen im Moor einen Unterschlupf aufstellen konnte, muss ein trockener Pfad dorthin führen. Er geht langsam, macht einen falschen Tritt, versinkt bis zu den Knien im Sumpf und kann sich nur mit viel Mühe wieder herauskämpfen. Er wünscht, er hätte seine Moorschuhe an. Da entdeckt er ein winziges Wegzeichen, dem er folgen kann. Ein Pflänzchen mit dunklen, glatten Blättern, das nur an Stellen wächst, wo der Untergrund ein wenig fester ist. Indem er diesen Pflänzchen folgt, gelangt er schließlich zur Hütte.

Sie ist alt, aber stabil gebaut. Das Dach war einst mit Gras und Moos gedeckt, davon ist nicht mehr viel übrig, aber die Wände sind aus robusten Baumstämmen, sie werden den Winterstürmen standhalten – falls er so lange hier draußen ausharren muss. Und der Hilfspfarrer glaubt, er wird es müssen.

Er nimmt seinen Ranzen vom Rücken und macht sich daran, das Dach abzudichten.

Ein paar Abende später sitzt der Hilfspfarrer am Feuer, das er draußen vor der Hütte entfacht hat. Er isst kein Nachtmahl – sein Proviant, den er dabeihatte, ist bereits verzehrt. Ohnehin hatte er Glück, dass er überhaupt etwas mitnehmen konnte. Er hat Bibel und Gesangbuch, er hat eine Axt und ein Messer und den alten Wolfspelz seines Vaters. Noch ist es nicht Herbst. Aber die Kälte wird bald kommen. Gerade hat er sich den Pelz locker um die Schultern gelegt, mehr als Gesellschaft denn als Wärmespender.

Der Hilfspfarrer ist nicht alt. Sein Haar ist noch immer gelb wie die Sonne und sein Blick klar. Scharf. Geschärft von allem, was er mitansehen musste. Deshalb sieht er den alten Mann sofort, der über das Moor kommt. Die Hand des Hilfspfarrers wandert zur Axt, doch dann entspannt er sich. Es ist kein Feind, es ist auch keines seiner Gemeindemitglieder. Der alte Mann ist gebeugt und grau, und es fällt dem Hilfspfarrer schwer, ihn im Blick zu behalten. Seine Finger sind lang und krumm. Sein Bart wirkt ebenso grau und spröde wie die Flechten auf den hohen Föhren am Waldrand, und seine Gestalt ist so verdreht und verkrümmt wie eine Moorkiefer. Der Hilfspfarrer bekreuzigt sich, worauf der Alte einen Moment innehält, ehe er ans Feuer tritt. Der Hilfspfarrer nimmt all seinen Mut zusammen. Er hat Gott den Herrn auf seiner Seite. Gott hat sich dem Hilfspfarrer schon lange nicht mehr gezeigt, trotzdem hat er seinen Glauben nicht verloren. Noch nicht.

«Guten Abend, Väterchen», sagt er. «Möchtet Ihr Euch eine Weile am Feuer wärmen?»

Der Alte nickt kurz und setzt sich auf der anderen Seite des Feuers auf einen Stein. Wegen des flackernden Scheins und durch den Rauch hindurch lassen sich seine Gesichtszüge nur schwer erkennen. Mal sieht er aus wie das winzigste Hutzelmännchen, das man sich denken kann, mal wie ein Riese, dreimal so groß wie der Hilfspfarrer selbst. Als das Feuer sich in seinen Augen spiegelt, glühen sie rot. Doch der Hilfspfarrer weiß, es ist nicht der Teufel, der sich an seinem Feuer niedergelassen hat. Er hat den Teufel gesehen, in den Augen des Kosaken, der seine Frau vor seinen Augen geschändet hat, in den Augen des Soldaten, der seine beiden Söhne mitgenommen hat, sieben und elf Jahre alt waren sie.

Der Alte will irgendetwas. Das ist offensichtlich. Er hat ein Begehr, und der Hilfspfarrer lässt ihm Zeit, es vorzubringen. Es ist wie früher, wenn ein Gemeindemitglied mit einem wichtigen Anliegen auf dem Pfarrhof vorstellig wurde, aber zunächst nicht mit der Sprache herauswollte. Dann hieß der Hilfspfarrer Kristin Bier und Brot auftragen, um dem Gast das Mundleder zu schmieren, las vielleicht eine Stelle aus dem Neuen Testament vor und erkundigte sich, wie es zu Hause gehe. Doch nun weiß er nicht, ob der Alte um eine Gefälligkeit bitten möchte oder ob er eine Drohung überbringen wird. Der Hilfspfarrer ist sich uneins, wie er vorgehen soll.

«Ich würde Euch etwas zu essen anbieten», sagt er. «Aber meine Speisekammer ist leer.»

«Es sind böse Zeiten», erwidert der Alte zuletzt. Seine Stimme ist nicht knarrend, aber sie ist auch nicht tief. Sie ist wie ein Flüstern, ein Rascheln in den Bäumen.

«Das sind sie wahrlich, Väterchen. Seid Ihr vom Wüten des Feindes verschont geblieben?»

«Die Menschen pflegen sich nicht in meine Angelegenheiten einzumischen», erwidert der Alte. «Aber ich sehe, was geschieht. Alles, was geschieht. Ich sehe, dass ein Schwarzrock in mein Moor gekommen ist und sich hier niedergelassen hat.»

«Gehört Euch das Moor, Väterchen?», fragt der Hilfspfarrer und glaubt zu wissen, mit wem er da spricht. Es ist der Gebieter des Moores, dem einige seiner Gemeindemitglieder nach wie vor Opfer darbringen, im Geheimen. Sie glauben, der Hilfspfarrer wüsste es nicht, doch derlei dringt früher oder später immer zum Pfarrhof durch. Viele Sonntage hat er versucht, dagegen anzupredigen, hat von der Kanzel mit Inbrunst und Feuereifer gegen gottlosen Aberglauben gewettert. Er weiß einiges darüber, denn er hat Mikael Agricolas Psalter gelesen. Schon vor fast zweihundert Jahren zeigte dieser sich entsetzt über die Unwissenheit und Lenkbarkeit des Volkes. Bis zum heutigen Tag muss man gegen die falschen Götter und Vorstellungen der Leute ankämpfen.

Aber seine Gemeindemitglieder beharren hartnäckig darauf, dass es keineswegs Papistereien seien, dass die Waldgeister tatsächlich existierten und man klug daran tue, sich gut mit ihnen zu stellen. Der Wald ist der Arbeitsplatz des Landvolks, und sie können es sich nicht leisten, es sich mit jenen zu verderben, die dort wohnen.

«Was will der Schwarzrock im Moor?»

«Ich möchte mich hier verstecken», antwortet der Hilfspfarrer. «Mit Eurer Erlaubnis. Ich muss mich auf eine Weise verborgen halten, dass meine Herde mich finden kann, sollten sie meiner Hilfe bedürfen, der Feind jedoch nicht.»

Beim Wort «Herde» nickt der Alte, das scheint etwas zu sein, was er versteht.

«Du musst für die Deinen Sorge tragen.»

«So ist es», sagt der Hilfspfarrer. «Sie haben niemand anderen, an den sie sich wenden können.»

«Und ich muss für die Meinen Sorge tragen, Schwarzrock.» Der Alte verstummt, sitzt unbeweglich da, lange. Währenddessen wird er beinahe eins mit dem Wald, graugrün und uralt wie ein Stein oder ein Baumstumpf. Nur weil der Hilfspfarrer weiß, dass er dort sitzt, kann er ihn sehen. Schließlich ergreift der Alte wieder das Wort.

«Die Meinen müssen vor dir und dem, was du bei dir

hast, geschützt sein. Du darfst so viel nehmen, wie du brauchst, aber nicht mehr. Und keine Spaten.»

Der Hilfspfarrer ist sich nicht sicher, was der Alte meint. Er weiß nicht, welche Zusagen er geben kann.

«Ich werde Eurer Herde nicht schaden», sagt er vorsichtig. Dieses Versprechen glaubt er halten zu können.

Der Alte beugt sich vor und spuckt ins Feuer, als Zeichen der Übereinkunft, die zwischen ihnen getroffen worden ist. Das Feuer lodert auf, die Funken stieben zum Sternenhimmel über ihnen empor. Nachdem sie als verglühte Ascheflocken auf die Erde zurückgekehrt sind, sitzt der Hilfspfarrer allein am Feuer.

Am nächsten Tag findet er draußen vor seiner Hütte drei Hasen, die Hinterläufe säuberlich zusammengebunden. Sie liefern ihm Nahrung für eine Woche. Er ist nicht sicher, ob es sündhaft ist. Er weiß nicht, woher sie kommen. Doch ihm selbst ist kein Jagdglück beschieden gewesen, und er ist drauf und dran zu verhungern. Je länger er über die Unterhaltung, die er im Feuerschein geführt hat, nachdenkt, umso fester reift in ihm die Überzeugung, dass er einem Räuber begegnet ist. Womöglich sogar jenem Straßenräuber, von dem Kristin erzählt hat, sofern er noch am Leben ist. Ja, so muss es sein. Der Hilfspfarrer redet es sich ein, bis er seiner Sache sicher ist. Er hat mit einem Waldräuber verhandelt, und es ist keine Sünde, dessen Gaben anzunehmen. Auch ein Räuber ist ein Kind Gottes. Im Unterschied zum Volk des Waldes.

Am Sonntag verrichtet er den Gottesdienst in seiner Hütte, achtet jedoch darauf, im Stillen zu beten. Sicherheitshalber.

Ein Schwarzspecht trommelt an einen morschen Baumstamm. Es klingt wie eine Botschaft, wie ein Herold, der eine Bekanntmachung ausruft.

Viele Familien des Kirchspiels sind aus ihren Häusern geflohen, aber nicht so viele wie in den Städten und den Küstenstrichen. An der Küste steht jenen, die vom Feind drangsaliert werden, der Seeweg nach Westen offen. Doch hier, im Landesinneren, ist diese Fluchtmöglichkeit nicht gegeben. Man besitzt keine Boote. Man kann nicht ans Meer gelangen, ohne den feindlichen Kosaken zu begegnen. Sie rauben alles, was ihnen in die Hände fällt, und den Rest stecken sie in Brand, damit dem Heer des Königs kein neuerlicher Vorstoß nach Süden gelingt. Der Hilfspfarrer wollte nicht fliehen, wollte sich nicht verstecken. Er wollte sich in den Überresten seines Heims niederlegen und sterben, wie seine Frau es getan hat. Aber Kristin hat ihn auf die Füße und auf die Flucht gezwungen. Sie hat ihm auch etwas Brot und ein paar Salzheringe eingepackt, die sie vor dem Feind hatte retten können, und ihm gesagt, wohin er gehen soll.

Es ist Kristins jüngerer Bruder, ein Junge von ungefähr dreizehn Jahren, der hinaus ins Moor kommt, als der Hilfspfarrer sich dort seit einem Monat versteckt hält. In dieser Zeit haben ihn die Gaben, die hin und wieder auf einem Stein draußen vor der Hütte liegen, am Leben erhalten: ein fetter Lachs, ein Auerhahn, eine Handvoll Barsche. Der Hilfspfarrer hat jede Speise gesegnet und Gott gedankt, aber auch um Vergebung gebeten. Er sollte eine Gegengabe für die Gastfreundlichkeit erbringen, die ihm gewährt wird, doch er weiß nicht, worin sie bestehen könnte.

Der Junge, Anders Elimsson Skogsperä, ist ernst und still. Er hat einen kleinen Beutel dabei, den er dem Hilfspfarrer in die Hand drückt: Darin sind Brot und Salz. Kristin ist nach Hause zurückgekehrt, zu ihren Eltern nach Skogsperä. Sie hat Anders geschickt.

«Gesegnet seist du, Anders», sagt der Hilfspfarrer und legt dem Jungen eine Hand auf den Schopf. Das weiche Haar fühlt sich an wie das Haar seiner Söhne. Rasch zieht er die Hand zurück. «Gibt es Neuigkeiten?»

«Der Russe hat Nevabacka geplündert. Den Kuhstall haben sie niedergebrannt, aber das Haus steht.»

Nevabacka ist der Nachbarhof von Skogsperä. Dem Hilfspfarrer fällt ein, dass die beiden Familien miteinander verwandt sind. Es ist ganz natürlich, dass der Junge sich hauptsächlich dafür interessiert, was in der Nähe seines Elternhauses geschieht.

«Bei uns waren sie auch, aber die Bäuerin auf Nevabacka hat uns gewarnt, bevor sie kamen. Wir konnten uns mit den Kühen im Wald verstecken. Die Tiere sind noch immer dort. Vater ist zum Hof gegangen und hat sich umgesehen. Die Gebäude stehen, aber sie waren im Haus und haben alles genommen, was nicht niet- und nagelfest war. Und das Heu haben sie angezündet. Aber Mutter sagt, dass wir am Leben sind, ist das Wichtigste.»

«Da hat deine Mutter recht. Weißt du, wie es in Forskant aussieht?»

Seine Kapelle steht in Forskant, im Herzen des Kirchspiels.

«Wir haben niemanden aus Forskant getroffen, seitdem Ihr von dort fort seid.»

Mögen sie nicht die Kapelle niedergebrannt haben,

betet der Hilfspfarrer im Stillen. Mögen sie nicht das Gotteshaus geschändet haben.

Der Junge bleibt nicht lange. Er will heim zu den Seinen.

«Richte deinem Vater und deiner Mutter Grüße aus und sag Kristin, dass es am besten ist, wenn niemand erfährt, wo ich bin. Doch ein jeder, der in Not ist und Gottes Wort oder Sakramente bedarf, soll zu mir kommen.»

Die Worte hallen in seinem Kopf wider. *Ein jeder soll zu mir kommen*, als wäre er der Menschensohn höchstselbst. Er errötet und senkt den Kopf.

Der Junge dreht sich noch einmal um. Er hat sich schon ein Stück weit über das Moor entfernt, der Hilfspfarrer hat ihm erklärt, wie er gehen muss. Schmal und schmächtig zeichnet er sich gegen das goldene Riedgras ab. «Kristin sagt, der Herr Pfarrer soll sich gut mit jenen stellen, die hier wohnen.»

Der Hilfspfarrer blickt dem Jungen nach, bis dieser am Rand des Moors im Wald verschwindet. Ein Schwarzspecht flattert von einer Krüppelkiefer auf, seine Haube leuchtet rot im Grau des Waldes.

An diesem Abend wirft der Hilfspfarrer ein Stück Brot ins Moor. Dann bereut er sein Tun und verbringt die Nacht in tiefster Seelenqual. Ein Diener Gottes, der den alten Göttern opfert? Kann es eine schlimmere Sünde geben?

Mit der Zeit finden die Leute den Weg zu ihm ins Moor. Die junge Bäuerin von Nevabacka kommt mit einem Neugeborenen, das getauft werden muss, eine Magd begleitet sie. Anders führt die Frauen übers Moor. Er weiß jetzt, wo der Pfad verläuft. Es ist Winter, geschneit hat es noch nicht, aber es ist bitterkalt. Die Frauen sind von Kopf bis Fuß in graue Wolle gehüllt. Die Magd trägt das Kind unter ihren vielen Schultertüchern auf dem Rücken. Der Hilfspfarrer empfängt sie mit einem Segen, lädt sie ein, in der verräucherten kleinen Hütte Platz zu nehmen. Die Mutter ist nach der Niederkunft schwach und bleich.

«Du hättest nicht mitkommen sollen», sagt der Hilfspfarrer zu ihr. «Du bist noch schwach. Anna hätte allein mit dem Kind kommen können. Auch den Muttersegen hast du noch nicht empfangen.»

Die junge Mutter mag blass sein, aber ihr Blick ist fest.

«Was, wenn sie auf dem Weg dem Russen in die Hände geraten wären und ich nie erfahren hätte, was geschehen ist?», erwidert sie.

«Wenn wir uns verstecken müssen, ist Sigrid die Einzige, die der Kleinen Milch geben kann», sagt Anna ganz pragmatisch, wickelt die Schultertücher ab und nimmt das Kind routiniert heraus. «Sie braucht die Brust, damit sie nicht weint.»

«Seid ihr unterwegs jemandem begegnet?»

Anders nimmt seine Mütze ab. Er steht noch immer in der Tür der Hütte. «Nein. Aber ... ich glaube, ich habe etwas gehört. Es könnten Schüsse gewesen sein.»

«Gibt es Neuigkeiten aus Forskant?» Die Sorge um seine Kapelle bringt den Hilfspfarrer um den Schlaf. Er liegt nachts wach und sieht vor sich, wie sie geschändet wird, wie sie in Flammen steht. Seine gute, geliebte Kapelle.

«Der Feind soll jetzt da sein. Aber mehr ist nicht in Erfahrung zu bringen. Niemand wagt sich dorthin.»

Anna reicht das Mädchen der Mutter, die es an die Brust legt. Die Kleine fuchtelt beim Trinken mit ihren kleinen runden Fäusten.

«Sie sieht kräftig aus», sagt der Hilfspfarrer.

«Sie haben den Kuhstall abgebrannt und unsere Tiere geschlachtet. Wir haben kein Vieh mehr auf dem Hof und nichts, womit wir Tiere oder Milch kaufen könnten. Ich habe keine Ahnung, wie wir den Winter überstehen sollen.»

«Habt Gottvertrauen», erwidert der Hilfspfarrer und verspürt dabei einen seltsam bitteren Geschmack im Mund. Er schluckt, fährt sich mit der Zunge über den Gaumen, um den Geschmack zu vertreiben. «Nicht wir Menschen herrschen über das Leben auf Erden, sondern Gott der Herr.» Diesmal scheinen ihm die Worte die Zunge schier zu verbrennen. Der Hilfspfarrer steht auf, geht zum Wassereimer und trinkt eine Kelle voll, um das Bittere aus dem Mund zu spülen. Die drei Besucher in der Hütte sehen ihn an. Nur das Kind liegt mit geschlossenen Augen im Arm seiner Mutter und saugt an deren Brust, jetzt halb im Schlaf.

Der Hilfspfarrer verrichtet die Taufe in aller Eile. Die Leute müssen sich auf den Heimweg machen, bevor es dunkel wird, redet er sich ein. Sie können nicht hierbleiben. Das ist zu gefährlich. Doch während er hastig die Gebete spricht, fürchtet er jeden Moment, dass die Worte ihn verbrennen, zu ätzender Lauge in seinem Mund werden könnten.

Nach der Taufe ist der Hilfspfarrer nassgeschwitzt. Er nimmt die Gaben an, die die Frauen mitgebracht haben: ein wenig Brot, Rüben, Graupen, aus denen er Grütze kochen kann. Anders hat einen kleinen Kessel dabei. Ein Kochgefäß hatte der Hilfspfarrer bisher nicht.

«Kristin meinte, Ihr könntet ihn gebrauchen», sagt der Junge. Der Hilfspfarrer sieht ihn an. Das glatte Haar, die klaren, jungen Augen – wie sehr sie Kristins ehrlichen grauen ähneln. Die schmalen Schultern im Wollpullover. Plötzlich befällt den Hilfspfarrer die böse Vorahnung, dass dem Jungen etwas zustoßen wird. «Gott segne dich, Anders», sagt er mit Nachdruck, und diese Worte brennen nicht. Anders macht einen linkischen Diener. Die Frauen haben sich wieder in sämtliche Tuchschichten gehüllt. Das Kind schläft. «Also dann, vielen Dank», sagt Anna. Die junge Mutter schweigt. Ihr Blick ist schon in weiter Ferne, auf der anderen Seite des Moores. Der Hilfspfarrer will das Wort an sie richten, ihr Trost spenden, ihr die Gnade des Herrn einflößen. Doch er wagt nicht, den Mund zu öffnen. Er hat keine Worte.

Als sie gegangen sind, kocht er Grütze, über dem offenen Feuer am Boden der Hütte. Aber die Grütze, zubereitet aus Graupen von christlichen Leuten, schmeckt faulig auf seiner Zunge. Er bringt keinen Löffel hinunter. Er, der sich Fisch und Fleisch hat schmecken lassen, die auf unrechten Wegen und ohne Gottes Segen zu ihm gelangt sind, kann die Speise, die Gott gesegnet hat, nicht essen.

In der Nacht hört er die Wölfe heulen. Es ist ein einsamer, trostloser Laut. Auf einmal will er von seinem Wolfspelz aufspringen, der als Schutz vor der Kälte unter ihm liegt, will ihn überstreifen, zu den Wölfen hinauslaufen und ihnen zurufen: Brüder! Nehmt mich mit!

Aber er tut es nicht. Er will beten, doch er kann sich nicht eines einzigen Gebets entsinnen. In seiner Angst wendet sich sein Herz an Gott, wortlos, er weiß, dass Gott eine derart verdammte Seele wie die seine nicht hören kann. Ein Mann Gottes, der das Gottvertrauen verloren hat.

Zuletzt schläft der Hilfspfarrer ein, träumt unruhige

Träume, in denen er vom Moor wegläuft, durch den Wald, an den Feldrainen entlang. Schnell wie der Wind ist er, lautlos und unsichtbar. Er läuft auf vier Beinen, und er hat seine Brüder und Schwestern an seiner Seite. Ihre Augen leuchten gelb in der Nacht. Er sieht den Feind im Dorf, aber die Kapelle steht noch. Jetzt ist es nicht mehr seine Kapelle. Er verlässt das Dorf, läuft zurück ins Moor, mit den Winterwinden in der Nase.

Als er am nächsten Morgen vor die Hütte tritt, sitzt ein junges Mädchen auf einem Stein. Es ist noch dunkel, er kann sie nicht genau erkennen, nur ihre Silhouette. Die Nebelschwaden, die vom Moor aufsteigen, hüllen sie ein. Der Nebel scheint voll von solchen Erscheinungen zu sein, die lautlos und unbemerkt dahingleiten. Die Besucherin ist nur eine von ihnen, eine, die sich zufällig einen Augenblick niedergelassen hat.

Er bleibt stehen, zögert, ob er sie ansprechen oder darauf warten soll, dass sie das Wort an ihn richtet. Vom Wald jenseits des Moores schallt ein rhythmisches Hämmern herüber, von irgendeinem Vogel, der in einem Baumstamm nach Nahrung pickt. Das Mädchen scheint dem Geräusch zu lauschen. Erbost schüttelt sie den Kopf und erhebt sich. Da entdeckt sie ihn und macht einen ungelenken kleinen Knicks. Aber sie spricht nicht.

«Guten Morgen, mein Kind», sagt er. «Was führt dich zu dieser frühen Stunde zu mir?»

«Ich habe gestern andere gesehen, die zu Euch gekommen sind», antwortet sie. «Sie haben Euch um Rat und Beistand gebeten. Denn Ihr erteilt doch Ratschläge, nicht wahr?»

«Ja, mein Kind.» Aber die Worte schmecken so bitter

wie seine Worte am Vortag. Ratschläge erteilen? Wie soll ein armer Sünder wie er so etwas tun?

«Auch jemandem wie mir?»

Nun begreift er, was sie für eine ist. Eine gefallene Frau. Gott hat eine gefallene Frau zu meiner Hütte geführt, denkt er. Er wird mich mich Seiner würdig erweisen lassen, wenn ich ihre Seele retten kann. Davon ist der Hilfspfarrer jetzt fest überzeugt. Er betrachtet das Mädchen, als sei es die Mutter Gottes selbst. Ja, umgibt ihren Kopf nicht ein heller Schein? Das Licht leuchtet so klar, dass es den Nebel vertreibt! Ihr Gesicht vermag er nicht zu erkennen, aber ihr Gewand ist grau, schlicht, wie es sich für eine Frau von ihrer Sorte schickt. Sie mag gefallen sein, aber sie zeigt die rechte Gesinnung. Sie ist demütig. Diese Frau kann er retten, und indem er sie rettet, kann er sich selbst retten. Er will die Hand ausstrecken und den Saum ihres Gewands berühren, seine Retterin berühren, doch er beherrscht sich.

«Gerade für solche wie dich hat Gott uns seinen einzigen Sohn geschickt. Um die Geringsten zu bekehren und zu retten, die Schwächsten, die Sündhaftesten unter uns. Gott liebt uns alle.» Ja, diese Worte kann er sagen, sie verbrennen ihn nicht, er glaubt an sie. Er glaubt an die Liebe Gottes.

Die Frau scheint zu überdenken, was er gesagt hat. Etwas in ihrer Haltung lässt ihn ahnen, dass sie mit seiner Antwort nicht recht zufrieden ist. Dass es nicht das ist, was sie hören wollte.

«Wie ist diese Liebe beschaffen?» Sie neigt sich vor, sie wartet auf seine Antwort. Er kann sehen, dass ihr viel daran liegt, was und wie er antwortet. Er geht all seine Worte durch, alle Predigten, die er geschrieben, alle Ratschläge, die er erteilt hat zum Trost und zur Ermahnung seiner Gemeinde. Die Worte tanzen an ihm vorüber, er sieht sie vor sich in Form von Schmetterlingen, von Fliegen, bis zurück in seine Seminarzeit führen sie ihn. Er hört sich selbstbewusst reden, von Gottes unendlicher, gnadenreicher Liebe – dass jeder, der auf sie vertraue, ins Himmelreich komme, dass für jene das Himmelreich auch auf Erden zu erreichen sei. All diese Worte stocken ihm nun im Hals, stauen sich dort, verdichten sich zu einer Masse. Die Atemluft kann nicht an ihnen vorbeiströmen, er beginnt zu röcheln, er greift sich an die Kehle, er erstickt, er stürzt zu Boden ...

Da fällt die Frau neben ihm auf die Knie. Sie löst den Kragen an seinem Hals, sie legt ihm die Hand auf den Kopf und spricht Worte über ihm, einen rhythmisch fallenden und steigenden Singsang.

Kurz bevor er das Bewusstsein verliert, bekommt er wieder Luft. Er liegt lange auf dem Boden und ringt nach Atem, den Kopf in ihren Schoß gebettet. Er wagt nicht, den Blick zu heben.

Jetzt weiß er, dass sie keine gefallene Frau ist. Nein, sie ist eine Zauberin, eine Hexe. Eine, die dem alten Glauben und den alten Bräuchen anhängt. Sicher ist sie hier im Moor, um den alten Göttern zu opfern, die in Wald und Sumpf und Gewässern hausen. Er muss seine unsterbliche Seele vor ihrem Einfluss schützen, aber er hat die Fähigkeit verloren, Gottes Wort im Mund zu führen. Seine früheren Überzeugungen ersticken ihn, widern ihn an. Ist er denn etwas Besseres als sie? Nein. Er liegt da, während Wellen der Scham und Verzweiflung über ihn hinwegspülen.

Schließlich richtet er sich auf. Er will die Hexe nicht

ansehen, er sitzt da und blickt aufs Moor und auf den angrenzenden Wald. Dann spricht sie wieder.

«Einst hat man mich geliebt, mir Opfer dargebracht, eine Mutter, eine Schwester in mir gesehen. Aber heute …» Ihre Stimme bricht. «Heute begegnen mir nur noch Furcht und Habsucht. Die Menschen wollen mich zwingen, dass ich mich ihnen unterwerfe.» Ihre Stimme ist jetzt klar und tief wie die Sorge selbst. «Sie schänden mich und die Meinen. Sie rauben und nehmen, ohne etwas zurückzugeben. Deswegen frage ich mich, was das für eine Liebe ist, von der Ihr sprecht, denn davon sehe ich nichts.»

Der Hilfspfarrer ist sich nicht sicher, ob er versteht, was sie meint. Aber er muss eine Antwort finden – nicht ihretwegen, sondern seinetwegen. Er muss neue Worte finden. Die alten sind faulig und giftig geworden. Wenn er noch einmal versucht, sie im Mund zu führen, die alten, abgedroschenen, ausgedienten Worte, dann werden sie ihn das Leben kosten.

Ihm ist klar: In sich selbst muss er die Worte finden. Nicht in den Schriften. Nicht bei Agricola oder in der Bibel. Es müssen seine eigenen Worte sein. Und sie müssen absolut wahr sein.

«Meine Frau ist an den Verletzungen gestorben, die sie erlitt, als sie den Feind daran hindern wollte, unsere beiden Jungen mitzunehmen», sagt er langsam. «Meine Jungen, Mikael und Mattias, waren sieben und elf Jahre alt. Ich habe versucht, ein Lösegeld für sie zu entrichten, aber als Antwort hat man mich davongejagt, und ich bin hier gelandet, im Moor.» Der Hilfspfarrer holt Luft. Es ist schwer, über diese Finsternis zu sprechen und nicht das winzige Flämmchen erlöschen zu lassen, das noch in ihm glimmt. «Ich glaube nicht, dass es Gottes Wille ist. Ich glaube nicht, dass es Gottes Strafe ist. Auch wenn ich das glauben soll. Das ist die Haltung, die von mir erwartet wird. Mit solchen Worten habe ich zu meiner Gemeinde gesprochen, als ihre Väter und Mütter, Brüder und Schwestern, Söhne und Töchter gestorben waren. Als man sie von Haus und Hof verjagt hatte. ‹Es ist Gottes Wille›, habe ich gesagt. ‹Gott ist allmächtig. Gott ...›»

Er blickt sich um. Noch immer ziehen die Nebelschleier leicht und geheimnisvoll übers Moor. Ein einsamer Vogel ruft vom Wald herüber.

«Dies alles ist Gottes Liebe. Das Moor. Der Vogel. Der Wald. Der neue Morgen, der über der Welt anbricht. Gottes Liebe zeigt sich, indem er – ganz gleich, wie sehr ich auch trauere und wüte und rase – nicht seine Hand von mir nimmt. Was ich auch tue, was auch in meinem Leben geschieht, es wird einen Morgen geben, das Moor und Gott.»

Keines dieser Worte hat ihn verbrannt oder erstickt. Er sitzt da und blickt auf die Landschaft, und ganz allmählich beginnt er die Liebe zu spüren. Sie strömt ihm aus dem Moor entgegen, aus dem anbrechenden Morgen, und erfüllt sein ganzes Wesen mit ihrer Wärme. Sie vermittelt ihm, dass er auch das Schwere in seinem Leben ertragen kann, wenn er nur die Welt und seinen Nächsten liebt und diese Liebe so weit hinausträgt und verbreitet, wie er nur kann. Denn so ist sie beschaffen, die Liebe: Je mehr man sie teilt, umso mehr wird man von ihr erfüllt.

«Ihr sagt also, dass man diese Liebe auch im Wald findet?»

«Ja, sie ist überall», sagt der Hilfspfarrer. Er hört, dass

seine Stimme verändert klingt. Sie ist fest, von einer neuen Gewissheit erfüllt. «Unter den Bäumen des Waldes, auf dem offenen Moor, in der spiegelblanken Oberfläche des Weihers.» Er lacht. «All das ist Gott, welches Antlitz und welchen Namen wir ihm auch geben mögen.»

Was er sagt, ist Ketzerei, das weiß er. Es ist wider die kirchliche Lehre. Und er erkennt – die Erkenntnis ist kristallklar wie Wasser –, dass er nicht mehr Hilfspfarrer sein kann. Dieser Weg ist ihm fortan verschlossen. Es ist mehr als eine geschlossene Tür, es ist eine Mauer, die bis hinauf in den Himmel reicht. Es gibt viele träge Bauchpfaffen, die nicht gläubig sind, die es nicht schert, ob das, was sie predigen, Wahrheit ist oder nicht. Er kann nicht einer von ihnen werden. Das ist vollkommen ausgeschlossen.

Die Erkenntnis sollte ihn in tiefste Seelenqualen stürzen. Was soll er sein, wenn nicht Pfarrer? Welchem Weg soll er folgen, wenn nicht dem der Kirche? Doch er empfindet keine Seelenqualen. Er füllt seine Lungen mit Luft. Er empfindet Freiheit.

Denn der Weg zu Gott ist ihm nicht verwehrt.

«Dann sollt Ihr es Euren Brüdern und Schwestern verkünden.» Sie ist ganz ernst, der Kummer ist aus ihrer Stimme gewichen. «Sagt ihnen, dass es hier draußen nichts zu fürchten gibt, sondern nur Liebe.»

«Das werde ich tun. Ich weiß nicht, wer zuhören wird, aber ich werde die Botschaft verkünden.» Es ist die Wahrheit. Bis zu dem Tag, an dem er stirbt, wird er jedem, dem er begegnet, diese Gewissheit geben, diese Liebe verkünden.

Sie steht auf, und da sieht er ihr ins Gesicht. Zum ersten Mal sieht er sie genau an. Sie hat eine hohe, glatte Stirn, Haare so golden wie Moltebeeren und tiefgrüne Augen.

Er schaut in ihre Augen, und es ist wie eine Umarmung des Waldes, wie ein Herbsttag im Moor mit dem Duft von Moltebeeren und Sumpfporst in der Luft. Es ist, wie mit bloßen Füßen über einen Teppich aus Buschwindröschen zu laufen, es ist wie ein rauschender Fichtenwald in einer Mittwinternacht.

Es ist, wie im Traum mit den Wölfen zu laufen.

Dann wendet sie sich um und geht über das Moor davon, genau in dem Moment, als die Sonne aufgeht. Sie läuft quer über das Moor, wo kein Mensch seinen Fuß setzen kann, wo es am sumpfigsten und tiefsten ist. Ohne zu zögern, ohne zu versinken, geht sie, und er sieht nicht, wie sie den Waldrand erreicht, denn plötzlich ist sie einfach verschwunden.

Zwei Jahre hält sich der Hilfspfarrer, der bloß nach außen hin noch Hilfspfarrer ist, in der Hütte im Moor versteckt und vollzieht Taufen und Trauungen. Nur einen Menschen gibt es, der regelmäßig zu ihm kommt, ohne etwas von ihm zu fordern. Kristin kommt nur seinetwegen. Es erfüllt ihn jedes Mal mit Licht und Freude, wenn er sieht, wie sie das Moor vorsichtig auf dem trockenen, sicheren Pfad überquert.

Er bedient sich nicht mehr der alten, abgenutzten und besudelten Worte, er findet neue, lichte und leichte. Worte, aus denen die Wahrheit spricht, die er in seinem Herzen gefunden hat. Er liest das Neue Testament, er liest Gottes Worte und spürt, dass er sie neu und anders versteht.

Jeden Tag betet er zu Gott, während er den kleinen Acker bestellt, den er im Wald angelegt hat, in direkter Nachbarschaft zum Moor, während er in einem weiter entlegenen Weiher angelt, während er sein Feuerholz spaltet und seine Fische brät, während er seine Rüben erntet, und er hat nicht den Eindruck, dass Gott sich von ihm abgewendet hat.

Als der Feind sich zurückzieht und er sein Versteck sicher verlassen kann, tut er es. Sein erster Weg führt ihn nach Skogsperä, wo Kristin wartet. Es waren harte Zeiten, aber die Leute von Skogsperä und Nevabacka haben ihre Höfe nicht verlassen. Kristin empfängt ihn auf der Treppe der kleinen Häuslerkate.

«Kristin», sagt er und nimmt ihre Hände in seine. «Ich kann nicht mehr Pfarrer sein. Aber wenn du mich haben willst, dann will ich der Deine werden und mein Leben mit dir teilen.»

Sie drückt seine Hände. Sie will.

Er spricht mit niemandem über die beiden, denen er im Wald begegnet ist. Über das Volk des Waldes macht man besser nicht viele Worte. Lassen wir sie in Frieden leben, dann lassen sie auch uns in Frieden, denken die Leute.

Doch der ehemalige Hilfspfarrer vergisst nicht, wie es sich angefühlt hat, sich in den grünen Augen zu verlieren. In seinen Träumen geht er in ihren Wald, schwimmt in ihren klaren Weihern und wandert über die wohlduftenden Moore. Und er verliert keine Silbe mehr darüber, dass die Wildnis gerodet und domestiziert und christianisiert werden muss.

An einem Frühlingstag, als eben die Birken ausgeschlagen haben, ist der ehemalige Hilfspfarrer draußen auf dem Feld und pflügt den Acker. Er hilft seinem Schwiegervater und seinem jungen Schwager bei der Frühjahrsarbeit. Zu dritt geht es zügiger voran. Kristin und er müssen bald ein eigenes Zuhause finden, doch noch ist der Schwiegervater froh, ihn als zusätzliche Hand auf dem Hof zu haben. Sein Schwiegervater ist alt und wurde von den Kosaken so schwer verletzt, dass das eine Bein nie wieder richtig verheilen wird.

Der ehemalige Hilfspfarrer hat die Hemdsärmel aufgerollt, er ist staubbedeckt. Seine Kristin kommt über den Acker auf ihn zu. Sie hat einen Eimer voll Wasser dabei. Dankbar unterbricht er seine Arbeit, trinkt eine Kelle kaltes Brunnenwasser und wäscht sich den Staub aus Gesicht und Augen.

Hoch oben über dem Wald erschallt der Ruf eines Schwarzspechts. Es klingt wie ein Kind. Beide heben sie den Blick zum Himmel und sehen, wie der Vogel über den Wipfeln davonfliegt, in Richtung Waldrand.

«Wer kommt da?» Es ist Kristins Vater, der sie entdeckt.

Der ehemalige Hilfspfarrer trocknet sich mit dem Hemdsärmel das Gesicht und sieht genauer hin. Es kommt tatsächlich jemand den Weg herauf. Zwei Wanderer sind es. Sie sind nicht erwachsen. Es sind junge Burschen, noch keine Männer, aber auch keine kleinen Jungen mehr. Blond, in Lumpen gekleidet und barfüßig laufen sie den Pfad herauf.

In der Sekunde, ehe er begreift, wer da den Weg heraufgewandert kommt, sieht er eine dritte Gestalt. Am Waldrand steht eine grau gekleidete junge Frau. Sie blickt den beiden Jungen nach und sorgt dafür, dass sie sicher an ihr Ziel gelangen.

Dann ruft er laut. Es ist ein Ruf ohne Worte, der über die Baumwipfel emporsteigt und hinauf in den Himmel fliegt, während er mit ausgebreiteten Armen auf seine Söhne zuläuft.

Johannes

Auf dem Lammashof hatte man einen neuen Knecht angestellt. Er war etwa zwanzig Jahre alt, von hohem Wuchs und gut aussehend, mit dunklem Haar und großen, braunen Augen. «Kuhaugen», sagten die Burschen des Kirchspiels verächtlich. Doch die Frauen betrachteten ihn keineswegs mit Verachtung. Denn schon bald stellte sich heraus, dass dieser Johannes Andersson herausgefunden hatte, wie er das schöne Geschlecht um den Finger wickeln konnte. Er tat es nicht auf berechnende Weise. Er schmeichelte sich nicht ein oder tat ihnen schön. Nein, er war den Frauen so offensichtlich zugetan, und zwar allen Frauen, allen voran denjenigen, die fast doppelt so alt waren wie er selbst, dass sie schlicht keinen Anstoß nehmen konnten an seiner Aufmerksamkeit und seinem Werben. Er hatte nichts Böses an sich, er war wie ein junges Kätzchen oder ein Lämmchen, sprang ungestüm umher, wollte belustigen und erfreuen und gestreichelt werden. Er wusste all die Dinge an ihnen ehrlich und aufrichtig zu schätzen, die noch nie jemand gesehen oder gewürdigt hatte: ihre runden Hüften, die Grübchen in den Wangen, ihr langes glänzendes Haar, ihr Lachen, die kleine Mulde, wo Hals und Brustkorb aufeinandertrafen. Er beugte sich über sie, wenn sie Butter stampften, wenn sie Wolle kardierten und wenn sie strickten, er interessierte sich für ihre Arbeit. Er neigte sich dicht an sie heran, sodass sie seinen warmen Atem in ihren gebeugten Nacken spürten. Er lief ihnen entgegen, half ihnen beim Tragen von Holz und Wasser und Milch und Kleinkindern oder was auch immer sie gerade schleppten. Und er hatte für jede Frau ein Lächeln übrig, egal welchen Alters. Großmütter gluckten vergnügt und hoben die Hände: Wie er mit mir spricht, mir altem Hutzelweib! Mütter erröteten und wollten davon nichts wissen: Was untersteht er sich, mit mir zu reden, einer verheirateten Frau mit fünf Kindern! Kleine Mädchen stoben kichernd vor ihm davon, lugten hinter der nächsten Hausecke hervor, starrten ihn an und flüsterten miteinander.

Wer seinem Charme gänzlich erlag, waren die Frauen, die schon lange darauf warteten, unter die Haube zu kommen, aber auf das Werben der Burschen mit scharfer Zunge reagierten, die Frauen, die zu wissen glaubten, was sie wollten: den Bund der Ehe, ein eigenes Heim und ein Haus, einen Mann, der die Familie versorgte. Die auf eine gute Partie harrten und einen forschen Knecht ohne Aussichten oder einen Witwer mit einer allzu großen Kinderschar vielleicht schon abgewiesen hatten. Diese Frauen stellten mit einem Mal fest, dass sie gegen Johannes' warmes Lächeln machtlos waren. Seiner Hand, die sich an einem Sommerabend um ihre noch schlanke Taille legte, konnten sie sich nicht erwehren, gegen die glühende Wertschätzung in seinen Augen war kein Kraut gewachsen.

Die Erste, die ihm erlag, war die Magd Anna-Maria vom Lammashof, die Tag für Tag gemeinsam mit ihm arbeitete. Sie war jenseits der dreißig, und niemand hatte sie bisher für besonders hübsch gehalten. Doch durch

Johannes' Blicke strahlte sie wie die Mittsommersonne selbst, und mit einem Mal gingen auch manch anderem Burschen die Augen auf, dass sie ganz und gar nicht so uneben aussah. Am Ende hatte das Verhältnis Folgen, im Frühjahr gebar Anna-Maria eine Tochter mit Namen Anna, und Johannes stand als Vater im Kirchenbuch.

Doch zu diesem Zeitpunkt war er schon zum Såkahof weitergezogen und hatte dort ein Mädchen geschwängert, das an Fallsucht litt. Und das war ein wahres Unrecht, denn Fallsüchtigen war die Ehe per Gesetz verboten, damit die Krankheit sich nicht fortpflanzte. Das Mädchen lebte von der kleinen Unterstützung, die es von der Gemeinde bekam. Um diese Stütze zu erhalten, musste man jedoch von untadeligem Lebenswandel sein, und nun gab es eine kleine Tochter, geboren im selben Jahr wie Anna Johannesdotter, als Beweis, dass sie keineswegs frei von Sünde war.

Im Jahr darauf war es Liisa, die Tochter des Dorfschäfers, die Johannes' Umarmung und schönen Worten nicht widerstehen konnte, und später im Jahr brachte auch sie ein Töchterchen zur Welt, Juliana. Im Kirchspiel schüttelte man den Kopf und konnte nicht begreifen, wie dieses Jüngelchen sich aufführte. Drei Kinder mit drei Frauen in weniger als zwei Jahren? Johannes begriff es selbst kaum. Er konnte den Frauen einfach nicht widerstehen, ihrer weichen Fülle, ihrer zarten Haut, ihren wunderbaren Düften und all den herrlichen Stellen, die es zu streicheln, zu liebkosen und zu herzen gab. Da er sich nicht mit Heiratsplänen trug, entrichtete er Geldbußen wegen Jungfernschändung und zog dann weiter, denn er war in der Gegend nicht mehr wohlgelitten. So kam er nach Nevabacka, unter das Dach des verwitweten Hofbauern Erik Jonsson. Erik hatte vier Kinder, eine junge Tochter und drei noch jüngere Söhne. Die beiden ältesten waren gerade so weit herangewachsen, um ihm bei der Feldarbeit zur Hand zu gehen, aber kräftig wie zwei ausgewachsene Männer waren sie nicht, und weil der frühere Knecht von Nevabacka im Oktober ins Nachbardorf gezogen war, brauchte Erik eine neue Hilfe.

Vielleicht vergaß er für den Moment, dass er auch eine Tochter hatte, oder ihm war das Gerücht von Johannes' Treiben im benachbarten Kirchspiel noch nicht zu Ohren gekommen. In Eriks Augen war Brita noch ein Kind, was der Grund gewesen sein mochte, weshalb er Johannes so unbedacht einstellte, zumal dessen Interesse bisher älteren Frauen gegolten hatte, und Brita war siebzehn.

Brita war ein Mädchen von ernstem Wesen mit geraden Augenbrauen und, trotz ihrer Jugend, einer kleinen Falte dazwischen. Nach dem Tod der Mutter vor fünf Jahren hatte sie die Rolle der Hausfrau übernommen, mit ihrer Großmutter Karin, die zwar am Leben war, jedoch kaum noch etwas sah. Ihre drei Brüder waren das Liebste, was Brita hatte, und sie betrachtete sie fast als ihre eigenen Kinder. Über die Nevabacka-Leute ging das Gerücht, sie trügen einen Tropfen Trollblut in den Adern. Ein Mann der Sippe, so munkelte man, habe einst einer Frau aus dem Waldvolk beigewohnt, sodass in den nachfolgenden Generationen mitunter absonderliche Fähigkeiten auftraten oder ein Kind mit einem Schwanz oder sechs Fingern zur Welt kam. Ja, es hieß sogar, der Vetter von Britas Vater habe gesehen, wie die Waldfee zwei Jungen, die während des Unfriedens von den Russen verschleppt worden waren, den Weg zu ihrem Vater gewiesen habe.

Trotz ihrer jungen Jahre verstand Brita sich auf mancherlei Künste. Die Leute auf dem Hof waren dankbar für ihre Gabe, Blutungen zu stillen und Fieber zu senken. Doch missgünstige Zungen behaupteten, Brita habe einst ein Kind vor dem Nöck gerettet, indem sie an ihre Blutsverwandtschaft erinnerte. Andere hingegen sagten, nicht Brita habe dies getan, sondern einer ihrer Verwandten, und im Übrigen sei es kein Nöck, sondern ein Troll gewesen. Und Smalabacka-Lisa schwor Stein und Bein, dass sie gesehen habe, wie Brita während der Heuernte den Regen fortgezaubert habe. Doch das glaubten ihr nicht viele.

Brita maß ihrem Aussehen keine große Bedeutung bei. Ihr kam es darauf an, ihre Familie zu unterstützen und ihnen zu helfen, so gut sie konnte. Es war nicht leicht für sie gewesen, als Zwölfjährige den Platz ihrer Mutter einzunehmen, doch es hatte auch bewirkt, dass sie ihren Wert kannte. Es hatte noch niemand um sie gefreit, aber sie war ja noch jung. Als einzige Tochter auf einem großen Hof würde sie eine reichliche Mitgift erhalten und musste sich nicht mit jedem beliebigen Bewerber zufriedengeben. Der Nevabackahof war während des Unfriedens, zur Zeit von Britas Geburt, stark verwüstet worden, hatte von der Krone jedoch nach Kriegsende einige Jahre Steuerfreiheit gewährt bekommen und nannte heute stolze sieben Kühe, zehn Schafe, einen Hengst und eine Stute sein Eigen. Sie würde keinen Geringeren als einen reichen Bauernsohn zum Ehemann nehmen, das hatte Brita beschlossen, und sie behielt die wohlhabendsten Höfe und die jungen Männer, die dort aufwuchsen, genauestens im Auge, bewertete ihr Geschick mit Messer und Axt, Pflug und Spaten. Gingen sie zur Kirche? Ehrten sie Vater und Mutter? Nahmen sie in Gesellschaft von Frauen ihre Mützen ab oder pfiffen sie auf dem Kirchenhügel den Mädchen hinterher? Boten sie Nachbarschaftshilfe beim Aufstellen des Dachstuhls und der Heuernte an? Ihrer Heilkünste wegen wurde Brita oft auf andere Höfe gerufen, sodass sie einen Eindruck davon gewann, wie man dort lebte, und Kühe und Schafe, Getreidetonnen, Salzheringsfässer und die unter dem Dach hängenden Rundbrote zählen konnte. Sie lauschte den Erzählungen der anderen Mädchen von den Nachtfreiereien, wenn die jungen Burschen der Gegend ihre Angebeteten aufsuchten und bei ihnen in Scheunen und auf Heuböden lagen. Sie erfuhr, wer mit dem einfallsreichsten Gesang um Einlass bat, wer die Hände nicht auf der Bettdecke behalten konnte, wer einen Korb erhielt und keinen Zutritt gewährt bekam. All diese Dinge prägte sie sich hinter ihrer ernsten Stirn ein und überdachte sie gründlich. Bei ihr hatte noch kein Bursche liegen dürfen. Sie würde nur die Besten einlassen, das stand fest.

Brita sprang Johannes sogleich ins Auge. Bisher hatten ihn reifere Frauen angesprochen, Frauen mit weicher Körperfülle und feinen Linien um die Augen, doch Brita hatte etwas an sich, das Johannes anzog. Sie war so zart und gleichzeitig so ernst. Er wollte ein Aufleuchten in diese dunklen Augen zaubern, er wollte den rosenroten Mund zum Lachen bringen. Er wollte ihre Bluse aufknöpfen, um zu sehen, ob ihre Brüste das gleiche Rosenrot zierte. Er vermochte kaum, sich an ihr sattzusehen, an ihrem glänzenden Zopf, der bis auf ihren runden Hintern reichte, an ihren wohlgeformten Armen, ihrem unvergleichlich schlanken Leib. Sie war wie ein Vögelchen, fand er, ein Vögelchen, das er einfangen und zähmen wollte.

Doch ihr nahezukommen erwies sich als Prüfung. Selbst auf sein gewinnendstes Lächeln reagierte sie kühl und abweisend. Wie hilfsbereit er sich auch zeigte, er erhielt nichts als einen höflichen Dank, und dabei wünschte er sich doch ein Lächeln, ein Grübchen in der mädchenzarten Wange, ein sanftes Neigen der Wimpern. Johannes begann, sich so viel wie möglich in Britas Nähe aufzuhalten. Er eilte ihr entgegen, wenn sie mit den Kühen aus dem Wald heimkam. Er half ihr, den Wäschezuber vom Bach heraufzutragen. Er erbot sich, das Wasser ins Haus zu schleppen, und blieb in der Stube, während Brita Grütze kochte oder buk oder welcher häuslichen Pflicht sie auch immer nachging.

Brita war so jung und unerfahren, dass es eine Weile dauerte, bis sie verstand, dass Johannes ihr den Hof machte. Johannes war neu auf Nevabacka, für sie war es einfach seine Art. Erst als sie einmal Besuch von Eva von Skogsperä hatte, gingen ihr die Augen auf.

Eva blickte Johannes nach, als dieser sich endlich nach draußen in den Stall und zu seinen Verrichtungen trollte. «Da hast du jemanden, der Tag und Nacht an nichts anderes denken kann als daran, wie schön du bist», sagte Eva.

Brita sah erstaunt von ihrer Handkarde auf. «Johannes?»

«Dass dieser Bursche überhaupt irgendeine Arbeit zu Ende bringt, ist ein Wunderwerk Gottes. Er kann ja keine Sekunde die Augen von dir lassen.»

Die Leute auf Skogsperä und Nevabacka waren miteinander verwandt. Eva war Britas Großcousine. Das Verhältnis zwischen dem Hof und der Häuslerkate war nicht immer das beste, denn in der Kate war man der Meinung, Erik Jonsson verlange zu viele Tagewerke von seinen Häuslern. Aber Eva und Brita waren immer gute Freundinnen gewesen, wenngleich Eva fast zehn Jahre älter war. Seit Brita nach dem Tod der Mutter die Verantwortung für ihre Brüder hatte schultern müssen, war ihr keine Zeit mehr für Spiel und Freundschaften geblieben, und es kam nur selten vor, dass die Mädchen beisammensaßen und redeten. Für Brita waren diese Stunden von größter Bedeutung. Eva hatte eine Schwester, während es in Britas Umgebung nur wenige Frauen gab. Zudem hatte Eva etwas an sich, das Brita Vertrauen einflößte, sodass sie ihre Großcousine stets aufsuchte, wann immer sie die Zeit fand, wie rar diese Momente auch sein mochten.

Von da an gab Brita genau auf Johannes Acht und stellte fest, dass Eva recht hatte. Doch davon ließ sie sich nicht beirren, sie war die Tochter eines Hofbesitzers und würde keinen Knecht zum Mann nehmen. Denn dann würde sie eine Magd werden oder bestenfalls eine Häuslerin – sofern ihr Vater ihnen auf Nevabacka eine Kate zur Verfügung stellte. Und solcherlei Pläne hatte sie wahrlich nicht.

Zuweilen, in den Nachtstunden, gingen ihr Gedanken ganz anderer Natur im Kopf herum. Einmal, während der Weidezeit, hatten sie und die Magd Margareta im Wald übernachtet, weil zwei Färsen von der Herde ausgerissen und unauffindbar gewesen waren. Bei dieser Gelegenheit war Nils, Margaretas Bräutigam, erschienen und hatte seine Verlobte aufgesucht. Die beiden hatten geglaubt, Brita schliefe, aber sie hatte wachgelegen und gehört, wie Nils und Margareta das Lager miteinander teilten. Die Laute, die sie da vernommen hatte, klangen des Nachts in ihren Ohren, und sie wälzte sich ruhelos hin und her. Sie hatte keine Worte für das, was sie empfand, aber ihr Körper brannte, und sie schwitzte und fand keinen Schlaf.

Tagsüber gewährte sie diesen Gedanken niemals Raum. Sie hatten nichts mit ihren Plänen für eine gute Heirat zu tun. Sie hatten keinen Namen, sie gehörten in die dunklen Nachtstunden, und dort sollten sie bleiben, für immer.

Der Sommer kam und mit ihm die Zeit der Nachtfreierei. Brita schlief draußen auf dem Heuboden, und in diesem Jahr erschienen etliche Burschen, die untereinander das Los warfen, wer von ihnen wohl bei Nevabacka-Eriks schöner Tochter würde liegen dürfen. Doch Brita gewährte nur wenigen Einlass, und nicht ein einziges Mal wurde diese Ehre Johannes zuteil, obgleich er es wieder und wieder versuchte. Den ganzen Sommer über mühte Johannes sich ab, Britas Gunst zu gewinnen, durch Hilfsbereitschaft, Scherze und schöne Worte, aber vergeblich. Einmal, auf einem Scheunenball, gelang es ihm, sich einen Tanz mit ihr zu stehlen. Doch jedes Mal, wenn er Anstalten machte, den Arm um sie zu legen und sie zu sich heranzuziehen, hielt sie Abstand und entschlüpfte ihm dann. Und so wäre es wohl weitergegangen, wenn nicht die Seuche gekommen wäre.

Sie kam, wie so oft, ohne Vorankündigung. Diesmal waren es die Pocken, die die Kinder der Gegend am schlimmsten trafen. Brita, nach der die Leute in ihrer Not schickten, eilte von Hof zu Hof und versuchte zu helfen und zu heilen. Doch auf diese Weise brachte sie die Seuche auch nach Nevabacka. Britas drei Brüder erkrankten, ebenso wie ihr Vater. Brita kämpfte wie eine Bärin. Sie wandte all ihre Heilkünste an, sie betete, sie tat kaum ein Auge zu, sie kochte Absude und sagte Zaubersprüche auf. Aber sosehr sie sich auch aller Künste und Kniffe bediente, deren sie kundig war, sie konnte nicht alle retten. Die beiden älteren ihrer kleinen Brüder starben nach nur zwei Wochen. Der dritte, ihr jüngster Bruder, erblindete. Ihr Vater kam durch, blieb jedoch lange Zeit krank und schwach.

Johannes, der von der Seuche verschont blieb, fand Brita am Abend, nachdem ihr Bruder Daniel gestorben war, vor dem Haus auf der Treppe sitzend. Sie wandte ihm ihr blasses Gesicht zu, und er verspürte wieder diese Zärtlichkeit, die ihn jedes Mal erfasste, wenn sie ihren ernsten Blick auf ihn richtete.

«Du hast gezeigt, dass du mich magst», sagte Brita langsam. Johannes setzte sich neben sie auf die Stufe und nahm ihre Hände in die seinen. Es stimmt, versicherte er sich stumm. Er mochte Brita schrecklich gern. Aber sie hatte ihm niemals auch nur das kleinste Lächeln geschenkt. Nie hätte er zu hoffen gewagt ...

«Ich kann dich im Herbst heiraten, Johannes. Wir machen das, bevor der Schnee kommt. Es kann keine große Hochzeit werden.»

Brita blickte auf die Felder, die sich am jenseitigen Bachufer erstreckten. Sie standen in goldenen Ähren. Es war Zeit, die Ernte einzubringen, aber zwei der jungen Männer auf dem Hof waren tot, und der dritte war blind. Einen Knecht konnten sie sich nicht mehr leisten. Doch sie brauchten einen Schwiegersohn, jemanden, der den Hof übernahm.

Seine Hände um die ihren schien sie kaum zu bemerken.

Johannes war von dem Geschehen überrumpelt, aber alles andere als unzufrieden mit dem Verlauf, den die Dinge nahmen. Brita war hübsch anzusehen, und er mochte sie gern, das tat er wirklich. Sie war so anders als die Frauen, denen er bisher den Hof gemacht hatte. Ernst und schweigsam war sie und sich stets darüber im Klaren, was sie wollte. Eine Einheirat auf den Nevabackahof war auch keine Partie, derer man sich schämen musste, sondern sehr viel mehr, als Johannes vom Leben erwartet hatte. Vom Knecht zum Hofbauer, potztausend!

Erik hatte keine Einwände, Johannes zum Schwiegersohn zu bekommen. Freilich reagierte er überrascht, als Brita an die Schwelle seiner Kammer trat, in der er zu Bett lag, fortwährend schwach nach der Krankheit. Sein Körper plagte ihn nicht mehr allzu sehr, aber seine Seele schmerzte. Zwei prachtvolle Söhne hatte er verloren, und der dritte würde zeitlebens ans Haus gebunden und auf die Hilfe anderer angewiesen sein. Das Schicksal hatte ihn wahrlich schwer geschlagen.

«Vater, ich werde Johannes heiraten», sagte Brita. Sie stand in der Tür, hatte die Hände über der Schürze verschränkt, und ihr langer Zopf fiel vorne über die Schulter.

«Aha», erwiderte Erik langsam. «Siehst du dich dazu gezwungen?»

Mit hochroten Wangen schüttelte Brita heftig den Kopf. «Nein, Vater, aber wir brauchen ihn auf dem Hof.»

Seine Tochter hatte recht, wie gewöhnlich. Nun, da die Sache geklärt war, betrat sie die Kammer, gab ihm etwas zu trinken und legte ihre kühlenden Hände auf seine Stirn. Brita verstand sich darauf, Kranke zu pflegen, Mensch wie Tier. Sie würde eine gute Hofbäuerin sein.

Erik seufzte leise. «Dann müsst ihr das Aufgebot bestellen.»

«Ja, aber jetzt noch nicht. Erst wenn die Ernte vorüber ist.»

Und danach sprachen sie nicht mehr viel davon. Brita musste nicht an ihrer Aussteuer arbeiten, alles, was sie brauchte, war auf dem Hof vorhanden. Vor dem Tod ihrer Brüder hätte sie nichts geerbt, doch nun würde alles ihr gehören. Für ihren jüngsten Bruder trug sie die Verantwortung, bis einer von ihnen das Zeitliche segnete. Die Arbeit auf dem Hof ging ihren gewohnten Gang, und sobald Erik kräftig genug war, half er bei der Ernte.

Zur Arbeit erschienen auch die Leute von Skogsperä, die auf Nevabacka Tagewerke verrichteten. Neben dem Häusler Anders und seiner Frau packten deren Töchter Eva und Marja mit an. Seite an Seite schuftete man auf den Feldern. Erik war nach wie vor schwach und musste sich häufig in den Schatten setzen und eine Weile ausruhen. Brita half so oft mit, wie sie nur konnte, musste jedoch bisweilen nach Hause zurück, um nach dem jüngsten Bruder zu sehen oder das Vieh zu versorgen. Eines Abends, als sie zum Melken gegangen war und Erik die Arbeit schon um die Mittagszeit niedergelegt hatte, weil ihn starker Schwindel plagte, blieben nur Johannes und die Skogsperä-Mädchen Eva und Marja auf dem Feld zurück. Dass Johannes und Brita verlobt waren, war den Leuten auf Skogsperä noch nicht zu Ohren gekommen. Johannes ging mit der Sense vorneweg. Eva folgte ihm und band das geschnittene Korn zu Garben.

Johannes schäkerte und scherzte mit Eva, die schlagfertig und nie um eine Antwort verlegen war. Das hatte er vermisst! Mit einer schönen Frau zu schäkern und sie zu necken. Eva war genau so, wie Frauen ihm gefielen, dachte er und blickte verstohlen über die Schulter zurück. Füllig und reif wie eine Roggenähre. Grübchen in den runden Wangen und ein sonniges, zu Scherzen aufgelegtes Gemüt. Er sah, wie die Bluse über ihren Brüsten spannte, und spürte, wie sich in ihm die Lust zu regen begann.

Eva, der die Männer und ihr Gebaren nicht unbekannt waren, merkte, wohin Johannes' Sinn wanderte. Sie sah seine Blicke, und ihr entging nicht, dass seine Späße immer frecher und unanständiger wurden. Sie kannte das Gerücht, das über ihn kursierte, es war inzwischen bis ins Kirchspiel vorgedrungen. Doch sie scherte sich nicht darum. Sie fühlte sich vielmehr auserwählt. Johannes, der so viele Frauen besessen hatte, sah etwas in ihr, das ihn lockte. Es war nichts Verwerfliches daran, ihn zu ermutigen. Nötigenfalls würde sie sich schon zu zügeln wissen. Und es war auch ein wenig aufregend mit einem Mann, der so viele augenscheinlich ehrbare Frauen zu Fall gebracht hatte. Also zahlte sie ihm seine Neckereien mit gleicher Münze heim und sah seine breiten Schultern vor Lachen zucken, während die Sense durch den Roggen pfiff.

Sie beendeten ihr Tagewerk erst, als der Abend Kühlung brachte. Eva musste heim in die Häuslerkate und Johannes in seine Kammer über der Scheune, wo er im Sommer schlief. Eva war verschwitzt, müde und hungrig: Zu Hause warteten Nachtmahl und Erholung.

«Triff mich am See», raunte Johannes ihr zu, als ihre Wege sich trennten. «Eine kleine Abkühlung, bevor wir essen?» Der Blick, den er ihr zuwarf, war bittend und warm.

Daran kann nichts verkehrt sein, dachte Eva. Ich bin Frau genug, einem kleinen Grünschnabel wie ihm zu widerstehen.

Sie ging mit Marja nach Hause und half Mutter, das Essen zuzubereiten. Dann machte sie sich auf zum See. Sie musste sich nicht erklären oder Ausflüchte erfinden, sie war eine erwachsene Frau, eine alte Jungfer geradezu. Sie arbeitete hart und hatte ihren Eltern niemals Kummer gemacht.

Der Abend war warm und windstill. Um etwas Luft an ihren Nacken zu lassen, hob sie im Gehen ihren Zopf und sehnte das kühle Nass des Sees herbei. Für eine Weile vergaß sie Johannes' braune Augen und breite Schultern, strich mit den Fingerspitzen über Rainfarn und Weidenröschen, die am Wegrand wuchsen, genoss es, die Sonne im Rücken und nicht in den Augen zu haben, und summte ein altes Erntelied vor sich hin. Vor ihr schimmerte der See zwischen den Birkenstämmen hindurch, das Wasser glänzte dunkel und geheimnisvoll.

Eva schrak zusammen, als Johannes seine Arme um ihre Taille schlang, so sehr war sie in ihre eigenen Gedanken vertieft gewesen. Ohne Hemd und mit tropfnassem Haar stand er neben einer weißstämmigen Birke und lachte sie an.

«Du hast mich erschreckt», sagte Eva, aber Johannes zog sie an sich.

«Ich habe nicht geglaubt, dass du kommst», flüsterte er. «Oh, Eva. Wie sehr ich nachts an dich gedacht habe. An deinen Hals.» Er küsste ihn, und Eva ließ ihn gewähren. «An deine Brüste.» Johannes drückte seine Lippen auf ihre Brust. Mit dem festen Vorsatz, ihn von sich zu stoßen, legte Eva ihre Hände auf seinen festen, braungebrannten Brustkorb. Doch seine Lippen sandten ein Kribbeln durch ihren Körper, und es fühlte sich ganz und gar nicht an wie die linkischen Zärtlichkeiten, die sie in den vergangenen Sommern bei den Nachtfreiereien bekommen hatte. Sie seufzte und rührte sich nicht, ließ zu, dass Johannes' Lippen dorthin wanderten, wohin sie wollten, dass seine Hände taten, was sie wollten. Warum nicht, dachte sie. Ich will es doch. Ich bin es wert, zu leben.

Hinterher lagen sie nebeneinander im Ufergras, das die Kühe von Nevabacka kurz geweidet hatten. Eva schlief eine Weile in Johannes' Arm und wachte davon auf, dass er sie ansah. Er streichelte ihre Wange. «Eva, schöne, schöne Eva», raunte er. «Du bist wunderbar, weißt du das?»

Der Gedanke kam wie ein Lufthauch über den See. Sie war nicht die Erste, die er schön nannte, nicht die Erste, die er wunderbar fand, und womöglich nicht die Letzte. Doch dann beugte er sich vor und küsste sie, war wieder über ihr, jung und unersättlich, Johannes, ihr Johannes, und wieder ließ sie ihn gewähren, und dieses Mal war es noch besser.

Sie wusch sich im See, während er am Ufer saß, die Arme um die Knie geschlungen, und ihren Bewegungen mit den Augen folgte. Doch das kühle Seewasser bewirkte etwas in Eva. Johannes' Blick fühlte sich nicht mehr schmeichelnd und schön an, er klebte an ihr. Sie wollte für sich sein, allein mit dem Wasser und dem stillen Abend. Das Wasser war schöner, kühler, erfrischender auf ihrer Haut als Johannes' Blick, seine Hände.

Ich ertrage ihn nicht, dachte sie. «Geh nach Hause,

Johannes», sagte sie und drückte ihren nassen Zopf aus. Seine Kuhaugen wurden traurig, und sie lächelte, um ihren Worten die Schärfe zu nehmen. «Wir dürfen nicht zusammen zurückgehen, das ist dir doch klar.»

Er stand auf und streifte sein Hemd über.

Noch bevor er gegangen war, wandte Eva sich um, hinaus zum offenen See, tauchte abermals unter die dunkle Oberfläche, blieb lange unter Wasser und öffnete die Augen, aber um sie herum war nichts als Schwärze.

Am Sonntag sah sie Johannes in der Kirche. Sie saß links, auf der Frauenseite des Kirchenschiffs, in der Bank hinter den Nevabacka-Frauen, und Johannes in derselben Reihe wie sie auf der anderen Seite des Mittelgangs. Als sie seinen Blick auffing, lächelte er hastig und beinahe verlegen und schaute dann weg. Schämt er sich? Für mich?, dachte Eva. Sie richtete ihren Blick auf die Kanzel und horchte in sich hinein. Schämte sie sich? Nein. Nicht einmal hier, in der Kirche, verspürte sie ein Gefühl von Scham oder Sünde. Nun weiß ich, wie es ist, dachte sie. Nun habe ich es versucht und weiß, dass es viele Wege gibt, sich lebendig zu fühlen. Einem Mann beizuwohnen. In einem See zu baden.

Die Predigt wurde gesprochen, die Kirchenlieder wurden gesungen, und dann wurden die Aufgebote verlesen. Johannes Andersson und Brita Eriksdotter Nevabacka kündigten ihre Trauung an.

Das musste bereits vor dem Abend am See ausgemacht gewesen sein. Lange davor. Britas Gesicht konnte Eva nicht sehen, nur ihren schlanken Mädchennacken, leicht gebeugt, als sei sie im Gebet oder in innerer Einkehr versunken. Auf Johannes aber hatte sie freie Sicht. Alle

Augen wandten sich den beiden jungen Leuten zu, die sich einander versprochen hatten. Den Rücken gerade, das dunkle Haar in der Stirn gelockt, saß Johannes da und schaute mit geröteten Wangen stur geradeaus. Er sah aus wie ein kleiner Junge, der im Hühnerstall beim Aussaugen der Eier erwischt worden war. Beschämt, aber auch ein wenig stolz, fand Eva. Seltsam, wie es ihr möglich war, ihn quasi von außen zu betrachten, als habe es nichts mit ihr zu tun. Und das hat es auch nicht, dachte sie. Ein flüchtiger Moment am See, ein Abend meines Lebens, mehr nicht. Sie blickte auf das junge Mädchen in der Kirchenbank vor ihr und empfand Mitleid mit Brita. Denn sie wusste, mit absoluter Gewissheit wusste sie es, dass sie nicht die Letzte gewesen war, mit der Johannes sich vergnügt hatte.

Noch zweimal wurden Brita und Johannes in der Kirche aufgeboten, und der Herbst schritt voran, mit dem Räuchern des Roggens, dem Dreschen in der Darre, dem Pflügen der Felder und der Schlachtzeit. Die Tage waren wie eh und je mit Arbeit angefüllt. Das Wetter zeigte sich von seiner schönsten Seite, und Ende Oktober nahte die Hochzeit zwischen der Hoferbin Brita und dem Knecht Johannes.

Doch ehe die Hochzeit gehalten wurde, war Eva sicher. Sie erwartete ein Kind. Es war noch früh, aber in ihrem Herzen bestand Gewissheit: Johannes hatte sie an jenem Abend geschwängert, und nun würde er eine andere heiraten. Eva wusste nicht, was sie tun sollte.

Nicht, dass sie Johannes hätte haben wollen. Sie wusste nun, von welchem Schlag er war. Aber sie säße in Schande da, ihrer Jungfräulichkeit beraubt und mit einem unehelichen Kind. Und wenn das Kind bei der

Geburt starb, würden alle glauben, sie habe es getötet, und dann endete sie womöglich am Galgen. Sie wollte Johannes nicht, aber sie wollte einen Vater für ihr Kind. Johannes musste das Kind als seines anerkennen, sie mit einer Geldbuße wegen Jungfernschändung entschädigen oder sie heiraten.

Sie hatte niemandem von ihrer Lage erzählt, nicht einmal Marja. Aber am Abend vor der Hochzeit lief sie hinüber nach Nevabacka, um mit Johannes zu reden.

In die Stube wollte sie nicht gehen. Es sähe merkwürdig aus, wenn sie als Kätnertochter um eine Unterredung mit dem zukünftigen Schwiegersohn der Hofleute bäte. Vorsichtig schlich sie um die Hausecken, bemüht, nicht gesehen zu werden, aber überall waren Leute. Sie hatte nicht daran gedacht, dass natürlich schon Hochzeitsgäste eingetroffen waren, von weither angereist, die sich frühzeitig eingefunden hatten.

Schließlich entdeckte sie Johannes, der mit ein paar Knechten hinter dem Stall becherte. Eva verharrte im Schatten und betrachtete ihn. Seine dunklen Stirnlocken fielen ihm in die Augen, er strich sie zur Seite, hob seinen Krug, trank und ließ ihn weiterwandern. Eva versuchte, die Empfindungen in sich wachzurufen, die sie bei der Roggenernte und am Seeufer verspürt hatte. Die Lust, die Anziehung zu ihm, zu seinem Körper. Doch sie spürte nichts außer der Angst, das Kind zur Welt zu bringen und keinen Vater für es zu haben.

Der Krug war geleert, die anderen Knechte erhoben sich torkelnd, Johannes kam, ohne zu schwanken, auf die Füße. Zum Glück schien er nicht so betrunken zu sein wie die anderen. Er sagte etwas, und die Burschen verschwanden lachend um die Ecke des Kuhstalls. Johannes schlug an der Stallwand sein Wasser ab. Eva wandte sich ab. Als er seine Schritte in Richtung Scheune lenkte, trat sie aus dem Schatten hervor.

«Johannes», flüsterte sie leise, und er drehte sich um.

«Eva!» Sein Gesicht leuchtete auf. Er blieb stehen. Als sie näher kam, streckte er die Hände nach ihr aus. Ohne nachzudenken, ergriff Eva sie. Doch Johannes ließ ihre Hände sogleich wieder los, legte ihr den Arm um die Taille und zog sie an sich. Er weiß es, dachte Eva verwirrt. Wie auch immer, aber er weiß es, und alles wird in Ordnung kommen. Sie lehnte sich an ihn, und die Last, die auf ihr lag, war mit einem Mal leichter zu tragen.

Dann spürte sie seine Lippen an ihrem Hals. Seine Hände umfassten ihren Körper, wanderten hoch zu ihren Brüsten. Sie erstarrte und versuchte, ihn von sich zu schieben.

«Bitte, Eva.» Er atmete heftig, sein Atem stank nach Branntwein. Seine Hände fummelten an ihrem Rock. «Es war so schön letztens, oder etwa nicht?»

Zorn wallte in ihr auf. Sie stieß ihn weg, hart.

«Ich erwarte ein Kind, Johannes.»

Er stand mit hängenden Armen da und sah sie an, sein Atem ging immer noch heftig.

«Dann kann es doch nicht schaden, ein letztes Mal ...» Er hob die Arme und neigte den Kopf zur Seite. Versuchte es mit Lachgrübchen, mit schönen Worten und Schmeicheleien.

Seine Worte sanken langsam in Eva ein.

«Ein letztes Mal? Du willst Brita also trotzdem heiraten?»

Er wirkte erstaunt. «Wir sind verlobt.»

«Und das Kind?»

Er fuhr sich mit der Hand durchs Haar, eine kokette, mädchenhafte Geste, fand Eva. Hilflos zuckte er die Schultern. «Da kann man nicht viel tun.» Dann schien ihm ein Gedanke zu kommen. «Oder vielleicht doch? Die Schwangerschaft ist noch nicht weit fortgeschritten. Brita versteht sich auf diese Dinge. Vielleicht kann sie ...»

«Du willst, dass deine Verlobte unser Kind wegmacht?» Johannes nickte eifrig, wie ein Welpe. Wie konnte er das vorschlagen? Das war Sünde. Doch dass er nicht zu verstehen schien, wie irrsinnig sein Vorschlag war, war noch viel unbegreiflicher. Sie musste sich vergewissern, dass sie ihn richtig verstanden hatte. «Du willst deiner Verlobten, die morgen deine Ehefrau wird, also erzählen, dass du mich in eurer Verlobungszeit geschwängert hast, und sie bitten, das Kind mit schwarzem Zauber abzutreiben?», fragte sie.

«Ich werde euch helfen.»

Eva fuhr herum. Neben der Scheune stand Brita mit einem Krug und einem Rundbrot in der Hand, die sie ihrem Verlobten und seinen Kameraden hatte bringen wollen. Ihr Gesicht war kalkweiß unter dem Tuch, das sie um Kopf und Schultern trug. Der Herbstabend war kalt.

«Brita, ich hatte keine Ahnung. Als Johannes und ich ... Ich habe gedacht, er wäre frei. Ich schwöre es.»

«Ich glaube dir.» Britas Stimme war tonlos. Wie tot. Im Stall brüllte eine Kuh. Vom Wald klang ein einsamer Vogelruf herüber. «Ich weiß, was zu tun ist. Aber wir müssen es gleich tun, heute Nacht.» Sie hielt Johannes Krug und Brot hin. «Trag das. Wir gehen zum Moor. Dort findet sich, was wir brauchen.»

Sie warf Eva einen Blick zu, den diese nicht zu deuten

vermochte, der sie aber gehorchen ließ. Als Brita vorausging, mit Johannes auf schwankenden Beinen hinterdrein, folgte sie ihnen. Sie konnte nicht klar denken. Alles war so fürchterlich, so entsetzlich. Der Schwarzspecht rief, die Nacht war finster und kalt, und sicher gab es im Wald Bären und Wölfe. Eva wollte Brita und Johannes um nichts in der Welt folgen, aber es war, als sei sie unfähig, etwas anderes zu tun. Johannes hatte nicht die Absicht, sie zu heiraten, und er hatte nicht vor, sich um das Kind zu kümmern. Sollte sie es alleine großziehen? Diese Schande über ihre Eltern bringen? Sie sah das Gesicht ihres Vaters vor sich, die Enttäuschung und vielleicht auch Verachtung in seinen Augen.

Auf einmal fiel ihr die Magd ein, die sie als kleines Mädchen im Schandkragen neben der Kapelle hatte stehen sehen. Russenbraut hatten die Leute sie geschimpft. Die Kosaken hatten ihr Gewalt angetan, als sie versucht hatte, sich mit ihren Brüdern im Wald zu verstecken. Ihre Brüder hatten sie zu Tode gefoltert und der jungen Frau ein Kind gemacht.

Die Magd hatte das Kind in ihrer Verzweiflung nach der Geburt getötet. Das war ein schlimmes Verbrechen. Das schlimmste, das man sich denken konnte. Anschließend hatte sie sich ertränkt, und ihr Leichnam war gemeinsam mit dem des Kindes außerhalb der Friedhofsmauern bestattet worden.

Auf einmal war Eva wieder das elfjährige Mädchen, das diesen Erzählungen lauschte, aber sie war auch die Magd mit dem unehelichen Kind, deren lebloser Körper im Wasser trieb, die nicht in geweihte Erde gekommen war. Dasselbe Schicksal konnte ihr bevorstehen. Wenn sie das Kind jetzt wegmachte ... Aber es war auch Sünde.

Ringsum rauschte der Wald, flüsterte von ihrem Vergehen. Es war, als sollten alle erfahren, was sie Schlechtes getan hatte. Sie schluchzte und stolperte, folgte aber Britas heller Gestalt den Pfad entlang. Johannes konnte sie in der Dunkelheit kaum erkennen, aber Brita schritt vorneweg, hoch aufgerichtet, das Tuch mehrmals um den Hals geschlungen. Als sie Evas Schluchzen hörte, blieb sie stehen und wandte sich um. Als Eva in ihrer Verzweiflung erneut stolperte, eilte sie zu ihr hin und fasste ihre Hand.

Sie liefen weiter durch den Wald, Hand in Hand, wie zwei Kinder, die für ihre Mutter zum Beerenpflücken gingen. Und so fühlte sich Eva, klein und hilflos wie ein Kind, das sich im Dunkeln verirrt hatte. Ihr einziger Halt war Britas warme Hand in der ihren.

Sie erreichten das Moor, das sich weit und farblos vor ihnen erstreckte. Der Mond war aufgegangen und spiegelte sich in den Wasserflächen. Brita nahm Johannes schweigend Krug und Brot aus der Hand und warf beides weit hinaus ins Moor, wo sie mit einem leisen Platschen versanken.

«Diese Gaben sind für euch.» Britas klare Mädchenstimme trug über das stille, wie lauschend daliegende Moor hinweg. Johannes, der sich auf einen Stein gehockt hatte, gähnte heftig. Brita drehte sich zu ihnen um.

«Ich werde euch helfen. Das habe ich versprochen. Aber zuerst muss ich wissen: Johannes, bist du willens, das zu tun, was rechtens ist, die Verlobung mit mir zu lösen und die Frau zu heiraten, die dein Kind erwartet?»

Johannes fuhr zusammen und blickte verblüfft auf. Zwischen seinen Augen bildete sich eine kleine Sorgenfalte.

«Willst du das, Brita? Das Aufgebot wurde schon verkündet, der Hochzeitstermin steht fest.»

«Es geht nicht darum, was ich will. Es geht darum, was du tust.»

Johannes zögerte. «Also, ich finde schon, es ist rechtens, wenn ich mein Versprechen dir gegenüber halte.» Er schien mit der Formulierung zufrieden zu sein. «Kinder kommen zur Welt, und manchmal kommen sie nicht zur Welt. Das liegt in Gottes Hand.»

Er spricht von seinen anderen Kindern, dachte Eva. Ihm hat nie etwas an ihnen gelegen, genauso wenig wie an den Mädchen, die er ins Unglück gestürzt hat. Er denkt bloß an sich selbst.

Diese Erkenntnis ließ sie vollkommen ruhig werden. Mit einem solchen Vater konnte sie kein Kind haben, noch dazu auf dem Nachbarhof. Sie blickte Brita an, nickte ihr kurz zu. Brita begann, sich im Mondlicht zu entkleiden, und bedeutete Eva, es ihr gleichzutun. Begeistert erhob sich Johannes und schwankte betrunken hin und her. Das hatte er nicht erwartet, aber ein solches Angebot schlug er beileibe nicht aus.

Bald standen die beiden Frauen nackt vor ihm, Seite an Seite.

Dann zeigte Brita Eva, was zu tun war und wie.

Es war Brita, die Evas Ehre rettete. Sie schwor vor Landjäger und Pfarrer, dass Johannes die Verlobung mit ihr, Brita, in der Nacht vor der Hochzeit gelöst und stattdessen Eva das Eheversprechen gegeben habe. Und obgleich in der Verlobungszeit gezeugte Kinder dem Gesetz nach unehelich waren, galten sie der Bevölkerung als ebenso legitim, als wären sie innerhalb einer Ehe geboren. Johannes war ein Schürzenjäger, das stand außer Zweifel, und hatte viele Mädchen ins Unglück gestürzt. Was er Nevabacka-Brita angetan hatte, war unrecht. Doch am Ende war er seiner Verpflichtung gegenüber Skogsperä-Eva nachgekommen. Was danach mit ihm geschehen war, wusste niemand. Vielleicht hatten ihn Wölfe oder Bären geholt, vielleicht hatte er seine Meinung geändert und sich kurzerhand davongemacht – das glaubten jedenfalls die jungen Burschen des Kirchspiels. Wie auch immer, Johannes ward nie wieder in der Gegend gesehen.

Im Frühjahr, als bei Eva die Wehen einsetzten, wollte sie Brita an ihrer Seite haben. Das Kind kam im Schwitzbad der Häuslerkate zur Welt und war wohlgestaltet und gesund. Der Junge erhielt den Namen Johan Johannesson. Aber etliche Frauen warfen Brita lange Blicke zu. Verstand man sich so vortrefflich darauf, Blutungen zu stillen und zu heilen wie sie, beherrschte man ganz bestimmt noch andere Künste. Verfluchen und verzaubern, das konnte ihresgleichen seit Menschengedenken, das war allgemein bekannt. Und manche behaupteten, am Rand von Vittermåsa wachse auf einmal eine junge, schlanke Eberesche, die, das versicherte Smalabacka-Lisa hoch und heilig, früher noch nicht dort gestanden habe. Greta aus Backsjö, die zum Moor gegangen war, um sich dort heimlich mit ihrem Verehrer Juuso aus dem Nachbarkirchspiel zu treffen, den ihre Eltern nicht als Schwiegersohn billigten, schwor Stein und Bein, eine Männerstimme habe ihr süße Worte ins Ohr geraunt, als sie unter dem Baum gesessen und gewartet habe.

Es war eine stattliche Eberesche, die auch dann noch rote Beeren trug, wenn alle anderen in der Gegend die ihren längst verloren hatten.

Gerichtsverfahren

Der Schöffe Nils Forshälla befand sich auf dem Heimweg vom Gericht. Er war müde und hungrig, und der Weg war weit und dunkel. Sein Hof lag am Fluss, ein gutes Stück von der Kirche entfernt. Daheim wartete seine Frau mit dem Abendessen. Die Kinder schliefen sicher schon. Nils Forshälla arbeitete seit über zehn Jahren als Gerichtsschöffe und war mit den unterschiedlichsten Streitsachen und Zivilprozessen vertraut. Doch die Klagesache, die er heute bezeugt hatte, stimmte ihn auf eine Weise beklommen, wie es nicht oft vorkam.

Vor einem Jahr, als die Korndarre des Nevabackahofs bis auf den Grund abgebrannt war, hatte Evert Wilhelmsson Nevabacka seinen Häusler Johan Skogsperä vor Gericht der Brandstiftung beschuldigt. Als Motiv nannte er, Johan habe Feuer gelegt, weil er, Evert, nicht von seinem Vorhaben habe abrücken wollen, das Moorland, welches zu Nevabacka gehörte, urbar zu machen. Johan war als Letzter in der Nähe der Darre gesehen worden, und eine natürliche Erklärung für den Ausbruch des Feuers gab es nicht. Johan hatte geschworen, die Darre nicht angezündet zu haben. Da jedoch mehrere Zeugen gesehen hatten, wie Johan verschiedentlich versucht hatte, den Bauern von Nevabacka an der Trockenlegung des Moors zu hindern, war er zu Zuchthaus und Geldbuße verurteilt worden, eine harte Strafe für einen armen Häusler.

Nun hatte Evert Wilhelmsson Nevabacka erneut vor Gericht Klage erhoben: Er bezichtigte Johans Ehefrau Fredrika, schwarze Künste ausgeübt zu haben. Sie habe eine Schlange auf ihn gehetzt, seinem sechsjährigen Enkel die Englische Krankheit und seiner Tochter Rosenfieber angehext. Überdies habe sie das Totenvolk auf ihn losgelassen, sodass er sein Tagewerk nicht in Ruhe habe verrichten können, und alle Kälber, die in diesem Jahr auf Nevabacka zur Welt gekommen seien, totgezaubert. Ja, er war mit zahlreichen Anschuldigungen vor Gericht gezogen.

Die großen Hexenprozesse, die in der Gegend geführt worden waren und bei denen man Handeisen und andere zweifelhafte Methoden angewandt hatte, um Frauen und Männern das Geständnis abzuringen, der Teufel habe sie in Schulter und Brust gebissen, ihnen Gold und Reichtümer und alles versprochen, was sie begehrten, lagen erst hundert Jahre zurück. Daher waren mehr Zuschauer als gewöhnlich zugegen, als das Gericht heute zusammentrat. Hardenrichter Sturesson, der eine wahre Festtagsstunde gekommen sah, nahm sich reichlich Zeit, dem Saal den Fall in allen Einzelheiten zu schildern, angefangen bei den Geschehnissen im vorigen Herbst. Währenddessen saß Johans Ehefrau Fredrika stumm und gefasst da, das schwarze Kopftuch fest um ihre hellen Haare geknotet, und sah Nils unverwandt an. Sie war jünger als ihr Mann, und auf dem Schoß hielt sie ihr einziges Kind, eine Tochter von etwa sieben Jahren. Nils war Fredrika vorher nie begegnet. Gut möglich, dass sie auf der Frauenseite der Kirche gesessen hatte, wenn er den Gottesdienst besuchte, aber er hatte sie nie bewusst wahrgenommen. Sie war weder eine Schönheit noch auffallend hässlich.

Allerdings war sie sehr mager – in der Häuslerkate war sicher Schmalhans Küchenmeister – und ganz in Schwarz gekleidet, sie trug ihren feinsten Sonntagsstaat. Doch an ihren Augen war etwas Sonderbares, er spürte, wie sie sich buchstäblich in ihn hineinbohrten. Warum sie ausgerechnet ihn ansah, war ihm ein Rätsel. Hatte sie etwas über ihn gehört? Etwas, das sie hoffen ließ, er werde ihr gegenüber Barmherzigkeit walten lassen?

Dann hatte Evert begonnen, Fredrikas sämtliche Vergehen aufzuzählen. Er bezeichnete sie zwar nicht als Hexe, führte jedoch ein Unglück nach dem nächsten ins Treffen, das sich stets genau dann zugetragen habe, wenn Fredrika auf Nevabacka gewesen sei. Sie habe seine Kühe angesehen, sie gelobt und gemeint, es seien prächtige Rinder. Kurz darauf seien alle Kälber verendet, die in jenem Frühjahr geboren waren! Kein einziges habe überlebt. Und als Evert Fredrika einmal unten am Bach begegnet sei, wo sie mit ihrer Tochter Wäsche wusch, da habe sie ihn mit einem derart bösen Blick angesehen, dass er gewusst habe, nun werde etwas Entsetzliches geschehen. Und tatsächlich sei noch am selben Tag, als er abends zum Abort gegangen sei, eine Schlange durchs Gras auf ihn zu geglitten und habe ihn in die Wade gebissen. Das wisse schließlich jedermann, dass manche dazu imstande seien, ihren Mitmenschen eine Schlange auf den Leib zu hetzen, die dann durch nichts aufgehalten werden könne, weder durch Wasser noch durch Feuer. Die Schlange suche ihr Opfer auf und beiße zu, gleichgültig, welches Hindernis ihren Weg kreuze. Danach hatte Evert mehrere Wochen mit dem Fuß krank gelegen und nicht bei der Frühjahrsarbeit helfen können, was ein großes Unglück gewesen sei.

Nun war es Sache der Schöffenbank, über Fredrikas Schuld oder Unschuld zu befinden, und Sache des Richters, über Strafe und Beweiswürdigung zu entscheiden. Doch zunächst musste Fredrika selbst angehört werden. Sie schob ihre Tochter von ihrem Schoß, erhob sich, trat aufrecht und würdevoll vor die Schöffenbank und blickte ihm, Nils, geradewegs ins Gesicht.

«Ich bin weder mit Schlangen noch mit anderem Teufelswerk im Bunde. Ich kann Krankheiten weder jemandem anhexen, noch kann ich sie heilen, wobei ich die Fähigkeit zu Letzterem gerne hätte. Ich habe gehört, dass Everts Mutter Brita sich auf solche Künste verstanden haben soll. Darum ist mir schleierhaft, warum er sie so sehr fürchtet. Das Einzige, was ich seit dem Herbst getan habe, ist, meine Ingrid und mich am Leben zu erhalten. Welchen Vorteil sollte ich davon haben, Nevabacka-Evert von einer Schlange beißen zu lassen? Wo er doch auch so schon vor Gift schäumt.»

Manchem Schöffen zuckten bei dieser Bemerkung die Mundwinkel, Nils aber blieb ernst. Irgendetwas in dieser Geschichte erinnerte ihn an ein Gerücht in Zusammenhang mit Evert, dessen genauer Inhalt ihm jedoch gerade nicht einfiel.

«Ich war auf Nevabacka, um zu betteln, wenn die Herren es wissen wollen.» Fredrika stand noch ebenso aufrecht da wie zu Beginn, doch nun flammte eine leichte Röte auf ihren Wangen. «Ich habe nach Milch für Ingrid gefragt. Und die Magd auf Nevabacka hat ein gutes Herz. Sie ist mit mir hinüber in den Kuhstall gegangen, damit der Bauer es nicht mitbekam. Und als ich sah, was für prächtige Milchkühe dort standen, entschlüpften mir ein paar lobende Worte. Daran kann doch nichts

Unrechtes sein. Und ich wasche immer unten am Bach, das weiß jeder im Dorf. Es war Nevabacka-Evert, der dort nichts Ehrbares im Sinn hatte.» Die leichte Röte steigerte sich zu zwei tiefroten Flecken. «Er dachte wohl, eine arme, alleinstehende Häuslersfrau wie ich wäre nun, da ich keinen Mann im Haus habe, eine leichte Beute. Doch da hatte er sich geirrt. Es gibt genug Zeugen, die bestätigen können, dass er an jenem Tag in triefenden Kleidern vom Bach zurückkam. Ich habe ihn hineingestoßen – das habe ich getan, und dafür stehe ich ein –, um meinen Anstand und meine Ehre zu schützen. Er ist ein ausgemachter Hurenbock, da müsst Ihr nur die Mägde auf seinem Hof befragen.»

Die Schöffen tauschten verstohlene Blicke. Vor einigen Jahren war vor Gericht ein Fall verhandelt worden, bei dem es um ein uneheliches Kind ging, das der Hofbauer mit einer seiner Mägde gezeugt haben sollte.

«Aber er fühlte sich wohl in seiner Ehre gekränkt und hat sich diese Geschichte vom Schlangenbiss ausgedacht. Im vorigen Sommer wurde sein Pferd von einer Schlange gebissen und zwei Jahre zuvor sein Knecht. Auf Nevabacka scheint es eine wahre Schlangengrube zu geben.»

«Und das ist deine Schuld, Satansweib!» Evert hieb mit der Faust auf die Bank, auf der er saß. «An dem Tag, als du nach Skogsperä kamst, hast du meinen Hof verflucht!»

«Dann habe ich wohl schlechte Arbeit geleistet, so vortrefflich, wie es dir in all den Jahren ergangen ist, in denen ich auf Skogsperä schaffe», entgegnete Fredrika bitter. «Welcher Hof in dieser Gegend entrichtet den größten Zehnten an die Krone? Sag, ist es nicht Nevabacka?»

Nils wusste, dass das stimmte. Auf Nevabacka gab es

fünfzehn Kühe, zwanzig Schafe, einen Ochsen und ein Pferd. Die letzte Sommerernte belief sich auf fünfzehn Tonnen Gerste und fünf Tonnen Roggen.

«Und was das Totenvolk betrifft, das den Nevabacka-Bauern plagt, möchte ich daran erinnern, dass es häufig die Stimme des eigenen Gewissens ist, die sie anlockt.»

Der Pfarrer, der mit auf der Schöffenbank saß, nickte nachdenklich.

Nun wurde Fredrikas Stimme mit einem Mal ernst und mild.

«Es hat mich sehr geschmerzt, von Klein Tomas' Krankheit zu hören», sagte sie leise. «Aber meine Ingrid war ebenfalls sehr krank. Im Winter grassierte eine böse Seuche, daran bin ich schuldlos. Und Kajsa leidet jeden Winter am Rosenfieber, das weiß ich ganz sicher.»

«Was sagst du zu all dem Unglück, das Nevabacka seit Johans und Everts Disput um das Moor widerfahren ist?»

«Was sagt Ihr zu all dem Unglück, das Skogsperä widerfahren ist?» Fredrika rückte ihr Kopftuch zurecht, das verrutscht war, und eine lange blonde Locke fiel heraus. Sie schien es nicht zu bemerken. Die Locke verlieh ihr etwas Mädchenhaftes, und Nils fragte sich, ob ihr dies bei den Mitschöffen zum Vorteil oder Nachteil gereichen werde. «Mein Mann im Zuchthaus. Mein einziges Kind im Winter an der Schwelle zum Tod. Unsere einzige Kuh habe ich gegen Brotgetreide eintauschen müssen. Kein Saatgut, keine Milch. Bald werde ich auf Kirchenhilfe angewiesen sein, wenn wir unsere Kätnerstelle nicht verlieren wollen.»

Bei ihren letzten Worten lehnte Evert sich zufrieden auf der Bank zurück und rieb sich frohlockend die Schenkel.

«Niemand hat meinem Johan geglaubt, als er sagte, die brennende Darre sei eine Warnung des Waldvolks an die Nevabacka-Leute.» Fredrika zögerte und warf Evert einen Blick zu. Nils Forshälla betrachtete sie prüfend. Es gab etwas, das sie verschwieg. Etwas, das mit diesem Prozess zusammenhing. Davon war er überzeugt. Fredrika schluckte und sah wieder zu den Schöffen. «Das Waldvolk hat eine letzte Warnung ausgesprochen. Seit Frühlingsbeginn hat Nevabacka-Evert wieder damit begonnen, das Moorland aufzugraben und trockenzulegen. Bald warnen die Geschöpfe des Waldes nicht mehr, sondern werden ihm das Liebste nehmen, was er hat.»

«Hört Ihr!» Evert sprang auf die Füße. «Sie droht mir, genau wie ihr Alter!»

Der Hardenrichter wies ihn an, sich wieder hinzusetzen, doch ruhig verhielt er sich nicht.

«Drohst du dem Bauern?», fragte der Hardenrichter streng.

Fredrika schüttelte den Kopf. «Ich spreche nur aus, was die Wahrheit ist. Rechnet es also nicht mir zur Schuld, wenn das Unglück eintritt.»

Sie täuscht sich, dachte Nils. Indem sie die Katastrophe vorhersagt, glaubt sie, ihre Unschuld zu beweisen. Doch das Gegenteil ist der Fall.

Nun verhielt es sich so, dass Hardenrichter Sturesson nicht auf dem Land, sondern als Pfarrerssohn in der Kreisstadt aufgewachsen war und keine Ahnung hatte, was für Wesen und Geschöpfe in Wald, Erdreich und Gewässern hausten. Was er sah, war eine Frau, die versuchte, sich mit Ammenmärchen von ihrer Schuld reinzuwaschen. Er hatte in Turku studiert und war ein Mann der Wissenschaft. Sie hat den Kühen bestimmt etwas ins

Futter gemischt, dachte er, irgendein Kraut oder eine Pflanze, die den Tod der Kälber herbeigeführt hat. Und die Seuche im vorigen Winter hatte, wie sie selbst zugibt, ihre eigene Tochter befallen – möglicherweise hat sie sie willentlich nach Nevabacka getragen. Den Vorfall mit der Schlange konnte er ihr nicht anlasten. Er neigte dazu, sie für die anderen Taten mit Geldbußen zu belegen.

Doch der Pfarrer auf der Schöffenbank wusste, dass man auf Skogsperä nie und nimmer Geld für die Bußzahlung würde aufbringen können. Und sollten den Häuslern weitere Belastungen aufgebürdet werden, müsste die Kirche bald noch eine Familie mit Almosen und mildtätigen Gaben versorgen. Johan würde beizeiten aus dem Zuchthaus entlassen, und es bestand die Chance, dass Skogsperä wieder auf die Beine kam. Dem Kirchspiel wäre damit wesentlich besser gedient, und der Pfarrer war willens, Fredrika von sämtlichen Anklagepunkten freizusprechen.

Nils für seinen Teil konnte sich des Gefühls nicht erwehren, dass auf Nevabacka etwas im Argen lag, und unterstützte die Meinung des Pfarrers.

Am Ende sprachen die Schöffen Fredrika Karlsdotter Skogsperä von den Anklagen frei, die Evert Wilhelmsson Nevabacka gegen sie erhoben hatte, und ohne festgestellte Schuld war es Hardenrichter Sturesson nicht möglich, sie mit Geldbußen zu belegen, weswegen er missgelaunt nach Hause fuhr.

Als das Gericht auseinanderging, wurde Nils Zeuge einer Szene, die nicht für seine Augen bestimmt gewesen war. Er hatte den Saal vor allen anderen verlassen, war dann jedoch unten an der Wegkreuzung vom Pfarrer aufgehalten und in ein Gespräch über die Straßenverhältnisse verwickelt worden. Deshalb sah er Fredrika mit ihrer Tochter kommen, die den langen Heimweg durch den Wald antrat. Es dämmerte bereits. Als Fredrika und ihre Tochter am Fuß des Hügels anlangten, wo ein ausladender Traubenkirschbaum wuchs, der kurz vor der Blüte stand, löste sich ein Schatten vom Stamm und trat auf Fredrika zu. Nils war zu weit entfernt, um das Gesicht der Person zu erkennen, doch an Hut und Haltung erkannte er Nevabacka-Evert. Nils hielt inne. Vielleicht hatte Evert etwas Unrechtes im Sinn, vielleicht würde Fredrika Hilfe benötigen.

«Du weißt, dass du ohne Johan nicht in der Kate bleiben kannst», erklang Everts knurrende Stimme unter dem Hut hervor. «Gib endlich auf. Zieh mit deinem Gör ins Armenhaus. Ihr habt keinen Sohn, der euch bei der Bewirtschaftung helfen könnte. Skogsperä fällt zurück an Nevabacka.»

Fredrika, die sich während der gesamten Verhandlung so aufrecht und stolz, so beherrscht und würdevoll gehalten hatte, umfasste nun Everts Arm mit beiden Händen und beugte sich zu ihm vor. Ihr helles Gesicht leuchtete in der Dunkelheit.

«Bitte, Evert, nimm Vernunft an! Lass vom Moor ab, bevor es zu spät ist. Denk an die Kleinen, an Göstas und Kajsas Kinder. An deinen Arne! Du willst doch nicht, dass ihnen ein Leid geschieht!»

Der Bauer schien von Fredrikas plötzlichem Ausbruch überrascht zu sein. Er fuhr zurück, einen Augenblick lang unfähig zu antworten. Ein kurzes Zögern, ein Zweifel, ließ die hochgewachsene Gestalt erbeben. Dann schüttelte er Fredrikas Hände ab. Er wandte sich dem Mädchen zu, das neben seiner Mutter stand, und griff ihm unter das Kinn. Die Kleine stand unbeweglich da, und auch die Mutter war wie zu Eis erstarrt. Evert fuhr mit den Fingern am Hals des Mädchens entlang. Langsam.

«Pass besser auf, dass deiner kleinen süßen Ingrid kein Leid geschieht», sagte er leise, und etwas in seiner Stimme veranlasste Nils, auf die drei zuzugehen. Doch bevor sie ihn bemerkten, drehte Evert sich um und lief mit langen Schritten davon.

Nils ging zu Fredrika, die ihre Tochter an sich gezogen hatte. Sie starrte ihn an, schien ihn im ersten Moment nicht zu erkennen. Dann drehte sie sich wie beschämt halb von ihm weg und schob ihre Tochter hinter sich.

«Ich muss Skogsperä verlassen.»

«Ich kann mit ein wenig Saatgut behilflich sein, sollte dies das Problem sein.»

«Nein, nein.» Mehr sagte sie nicht, doch dann wandte sie sich zu ihm, ihre Augen lagen im Schatten. «Wir sind dort nicht mehr sicher ohne Johan.»

Sie nahm ihre Tochter bei der Hand und begann, die Straße hinunterzulaufen.

Nils blieb eine Weile stehen, um sicherzugehen, dass Evert nicht im nächsten Augenblick an ihnen vorüberführe. Dann ging er, tief in Gedanken, am Flussufer entlang heimwärts.

Er dachte an Nevabacka. An die Magd, die sie dort im vorigen Sommer gehabt hatten, ein blutjunges Ding, fast noch ein Kind war sie gewesen. Evert hatte sie bei der Auktion des Armenhauses ersteigert. Dreizehn oder vierzehn Jahre alt war sie gewesen, und im Herbst war sie urplötzlich verschwunden. Von seiner Frau wusste Nils, dass man munkelte, sie habe ein Kind erwartet.

Als er durch die Tür seines Hauses trat, atmete er tief

durch. Für einen Moment schien die Dunkelheit von draußen an ihm haften zu bleiben. Doch da war seine Frau in ihrem gestreiften Kleid und mit der Haube auf dem Kopf, da brannten die Kerzen in ihren Haltern, und auf dem Tisch dampfte eine Schüssel mit Grütze. Nils zog seinen Mantel aus und setzte sich zu Tisch.

Seine Frau reichte ihm einen Löffel. «Wie ist es heute gegangen?», erkundigte sie sich.

«Fredrika von Skogsperä und ihre kleine Ingrid werden im Armenhaus landen, fürchte ich. Dafür wird Nevabacka-Evert sorgen. Irgendetwas ist dort faul.»

«Auf Nevabacka?» Seine Frau setzte sich ihm gegenüber und sah ihn ernst an. «Das Gefühl habe ich auch. Ich frage mich, ob der Brand in der Korndarre ein Unglücksfall gewesen sein könnte.» Nils schaute sie erstaunt an. Sie schüttelte den Kopf. «Ich weiß es nicht mit Gewissheit. Mir sind auch keine dahingehenden Gerüchte zu Ohren gekommen, aber ... Ja, du erinnerst dich an die Magd, die im Herbst verschwunden ist. Alle glaubten, sie habe das Durcheinander während des Brandes genutzt, um davonzulaufen. Sie war schwanger, das weiß ich. Evert kann die Hände nicht von seinen Mägden lassen. Ich habe gehört, dass sie Tabak-Maria um Rat gefragt haben soll.»

Nils tat sich von der Grütze auf und wartete. Seine Frau würde gleich zum Punkt kommen. Sie musste ihn nur erst über sämtliche Einzelheiten ins Bild setzen, damit er sich eine eigene Meinung bilden konnte. Sie wusste, dass ihm das wichtig war – eine Folge seiner langjährigen Schöffentätigkeit.

«Ein Kniff für eine Frau, die ihr Kind abtreiben will, ist es, sich rittlings über einen Zuber mit kochend heißer Milch zu hocken.» Seine Frau schaute ihn flüchtig an.

«Ich weiß, dass es strafbar und sündhaft ist. Ich erzähle nur, was ich gehört habe. Das ist das Mittel, zu dem Tabak-Maria dem Mädchen geraten haben soll. Und seit ich das weiß, denke ich darüber nach. Wohin kann eine Magd gehen, um heimlich Milch zu erhitzen? Wo gibt es einen Räucherofen, der überwiegend nicht genutzt wird?»

«Du meinst, die Magd hat den Ofen in der Darre benutzt, um Milch zu erhitzen, dabei ist das Feuer ausgebrochen, sie hat es mit der Angst bekommen und ist davongelaufen?»

Seine Frau sah ihn an.

«Vielleicht war es so. Vielleicht hat sie es rechtzeitig nach draußen geschafft.»

«Man hat in der Darre keine Spuren gefunden», sagte Nils langsam. Seinen Löffel hatte er beiseitegelegt. Die Grütze schmeckte ihm nicht mehr. «Sie ist bis auf den Grund abgebrannt.»

Er dachte daran, wie schwer es beim ersten Mal gewesen war, Evert Nevabacka dazu zu bewegen, Geldbuße wegen Jungfernschändung zu entrichten. Er dachte an Everts Hand auf Ingrids schmalem Hals. Er dachte daran, wie schnell ein Feuer um sich griff und wie oft es vorkam, dass Darren und Scheunen und Häuslerkaten in Flammen aufgingen.

Waldschwester

Als der Schnee geschmolzen ist, kann Ingrid endlich hinaus zu ihrer Schwester. Sie läuft barfuß, lange bevor die anderen ihr Schuhwerk ablegen. Anfangs schmerzen ihre Füße vor Kälte. Aber wenn sie Stiefel trägt, kann sie ihre Schwester nicht finden. Mit Schuhen an den Füßen sind sie Fremde füreinander, ihre Schwester und sie. Dann laufen sie aneinander vorbei, ohne sich zu kennen.

Mit bloßen Füßen ist es anders. Hinter ihrer Kate beginnt ein Pfad, der in den Wald hineinführt. An jedem Tag ihrer Sommerleben ist sie dort entlanggegangen. Das erste Mal, wenn sie barfuß auf dem Pfad läuft, für gewöhnlich Ende April, kommt es ihr so vor, als würden ihre Füße zum Leben erwachen. Sie begrüßen jede Wurzel und jeden Stein. Sie wissen, wo es eben ist und wo unwegsam, wo es nass ist, wenn die Bäche wild schäumen, und wo weich federndes Moos den Boden bedeckt. Zuerst geht sie langsam, genießt die Fichtennadeln, das Laub und den Lehm unter ihren nackten Sohlen. Das Gefühl aufzuwachen durchströmt sie von Kopf bis Fuß. Sie atmet den Geruch von Humus und Moder, von Wasser und erwachender Erde, von aufsteigenden Baumsäften und sonnenwarmer Rinde ein. Ihre Ohren, die im Winter fast nur das Rauschen des Windes in den Baumkronen und das Heulen der Stürme vernommen haben, die um die Hausecken fegten, hören nun die Rufe der

Kraniche hoch über dem Wald, das Summen der Fliegen und überall das Zwitschern der Singvögel. Nachts hört sie das Schuhu des Uhus, und in den frühen Morgenstunden erklingt das Spiel der Birkhühner manchmal ganz in der Nähe des Hofs. Es tropft von den Bäumen, der Wind klingt verändert in den schneekahlen Kronen. Sobald sie spürt, dass ihr Körper von Kopf bis Fuß wach ist, beginnt sie zu rennen, und sie ist glücklich, dass ihre Füße den Weg genauso sicher finden, wie sie es im letzten Sommer getan haben. Sie muss nicht einmal gucken, wohin sie tritt.

Während Vater im Zuchthaus saß, haben Mutter und sie ein Jahr lang auf Forshälla gewohnt. Da hat sie ihre Schwester schrecklich vermisst und große Angst gehabt, sie könnten einander vergessen. Doch als sie wieder hatte in den Wald laufen und ihre Schwester besuchen können, war es, als seien sie nie voneinander getrennt gewesen.

Ihre Schwester wartet am Weiher auf sie. In der Hütte, die sie zusammen unter den dichten Ästen der alten Fichte gebaut haben. Endlich sind sie wieder zusammen.

Ingrid ist überglücklich über ihre Schwester. Zu Hause, auf Skogsperä, hat sie keine Geschwister. Nevabacka-Arne ist zu groß, als dass er mit ihr spielen wollte, und die anderen Höfe liegen zu weit entfernt, um zum Spielen dorthin zu gehen.

Aber Ingrids Schwester im Wald hat immer Zeit für sie. Und sie haben so herrliche Spiele! Ihre Schwester zeigt ihr, wo Engelsüß wächst, und sie knabbern die bittersüßen Wurzeln, nachdem sie sie im See abgespült haben. Wenn sie mit ihrer Schwester zusammen ist, nascht sie die herrlichsten Leckereien: Sauerklee im Frühling, Harz, wenn die Wärme die Bäume bluten lässt, Walderdbeeren, Blaubeeren, Himbeeren und Moltebeeren im Sommer, Preiselbeeren und Moosbeeren im Herbst. Auch die Weidenflöte, die Ingrid selbst geschnitzt hat, hat ihren eigenen, ganz speziellen Geschmack. Ingrid und ihre Schwester probieren alles: Moos und Birkenlaub, Fichtenspitzen und Giersch, Blaubeerblätter und Löwenzahnknospen.

Während der Weidezeit ist es Ingrid, die Skogsperäs einzige Kuh in den Wald und wieder zurück nach Hause treibt, und das ist eine Aufgabe, die sie liebt, weil sie dann den ganzen Tag lang mit ihrer Schwester zusammen sein kann.

Anfangs war Mutter beunruhigt.

«Sie ist so klein», hatte sie an dem Maitag zu Vater gesagt, als der Boden endlich zu grünen begann, die letzten Vorräte an Heu und Reisig zur Neige gegangen waren und die dürre Kuh und ihr mageres Kälbchen Futter im Wald suchen sollten.

Aber außer ihr gab es niemanden, der die Aufgabe hätte übernehmen können, denn die Eltern hatten alle Hände voll mit der Frühjahrsarbeit zu tun. Vater gab ihr ein Horn mit, in das sie blasen sollte, wenn ihr Wölfe, Vielfraße oder andere Gefahren begegneten. Sie trug das Horn stolz über der Schulter, benutzte es aber nie. Ihre Schwester sorgte dafür, dass sie genug Lärm veranstalteten, um die Raubtiere auf Abstand zu halten, und in den Sommermonaten fanden sie ohnehin andere Beute als kleine Mädchen. Als eine Waldrenkuh mit ihrem Kalb ganz dicht an ihrer Hütte am Weiher vorbeizog, lag Ingrid ebenso mucksmäuschenstill und unbeweglich da wie ihre Schwester und beobachtete, wie die staksigen Beinchen des Kalbs genauso lautlos wie die seiner Mutter durchs Moos schritten. Sie sah die Mücken, die um das weiche Maul des Kälbchens schwirrten, und wie es mit den Ohren zuckte, um sie von seinen großen Augen fernzuhalten.

«Kein Wort davon zu Vater», flüsterte Ingrid, als Kuh und Kalb auf der anderen Seite des Weihers verschwunden waren. «Er würde sie erschießen.» Onkel Ivar hatte im vorigen Winter ein Waldren erlegt und seitdem damit herumgeprahlt. Ihr Vetter Lauri und ihre Cousine Anna hatten erzählt, wie lecker das Fleisch gewesen sei und wie lange sie sich daran hatten satt essen können. Seit jenem Tag wollte auch Vater ein Waldren schießen, aber es war lange her, dass jemand eins gesichtet hatte. Früher hatte es viele Waldrene in den Wäldern gegeben, das hatte ihr Urgroßvater Anders erzählt. Urgroßvaters Vater war jeden Herbst und Winter auf Waldrenjagd gegangen und selten mit leeren Händen heimgekehrt.

«Aber wir sagen kein Wort», wiederholte Ingrid mit Nachdruck und setzte sich auf. Das kleine Kalb sollte in Frieden leben.

Ingrid und ihre geliebte Schwester angelten in dem kleinen Weiher, während Rosenauge sich am Riedgras satt fraß, und ab und zu zappelte tatsächlich ein Fisch am Haken. Ingrid wusste nicht, wie man Feuer machte. Sie nahm die Fische mit nach Hause, wo Mutter aus ihnen und ein paar Rüben eine schmackhafte Suppe kochte. Dann lobte Mutter sie, was Ingrid nicht gewohnt war. Morgens, wenn sie mit den Kühen loszog, steckte Mutter ihr einen Kanten Brot zu, und wenn ihr Hunger im Lauf des Tages allzu groß wurde, trank sie aus Rosenauges Zitzen einen Schluck Milch.

Von ihrer Schwester hatte Ingrid einen kleinen zahmen

Grünfinken geschenkt bekommen, der sie immer besuchen kam, wenn sie oben am Weiher war. Er ließ sich auf ihrer Angelrute nieder, die sie selbst gebastelt hatte, und sah ihr beim Angeln zu. Sie fütterte ihn mit Brotkrumen, liebte es, seinem trillernden Gesang zu lauschen und seinem Flug mit den Augen zu folgen.

Ingrids Schwester konnte alles. Sie konnte mit den Lummen unter Wasser tauchen, sie konnte mit den Raben hoch oben in den Lüften fliegen, und sie konnte in die Baue der Füchse und Dachse kriechen. Das Einzige, was Ingrid fast genauso gut konnte wie ihre Schwester, war, hoch hinauf in das grobe Astwerk der Föhren zu klettern, die Zehen fest um die Äste geklammert und das Haar voller Nadeln und Ameisen.

Manchmal, wenn Ingrid nicht zu ihrer Schwester kommen konnte, hinterließ sie ihr am Waldrand hinter dem Hof Nachrichten und kleine Geschenke: einen hübschen glatten Stein oder eine Feder von einem ihrer Hühner in dem hohlen Baumstamm neben dem Steinhaufen, ein Stück Eierschale auf dem Trollstein hinter dem Vorratsschuppen, einen Kranz aus Löwenzahnblüten auf dem knorrigen Baumstumpf am Pfad zum Weiher. Ingrid wusste, dass ihre Schwester diese kleinen Nachrichten fand und ihre Botschaft verstand: Ich denke an dich. Ich vermisse dich. Du bist mir wichtig.

Eines Frühlings bekam Ingrid endlich das, was sie sich so sehnlich gewünscht hatte: einen kleinen Bruder. Mutter war lange Zeit breit wie ein Scheunentor gewesen, und schließlich kam Haapa-Kajsa, um Mutter bei der Niederkunft zu helfen. Aber Ingrid durfte nicht dabei sein, sie musste mit Vater zu Onkel Ivar und Tante Elna ins Nachbardorf gehen und dort zu Abend essen. Sie war so zappelig vor Ungeduld und Neugier, dass sie kaum einen Bissen hinunterbrachte. Vater sah besorgt aus, und Tante Elna schüttelte in einem fort den Kopf und murmelte, dass es diesmal hoffentlich gutgehen möge. Ingrid verstand nicht, weshalb sie nicht zu Hause bei Mutter sein durfte. Doch dann machten sie sich endlich auf den Heimweg, und Ingrid tanzte vor Vater die Straße entlang.

Zu Hause wartete Haapa-Kajsa mit einem kleinen Bündel in den Armen. Sie flüsterte Vater etwas zu, der einen Blick auf das Bündel warf und dann hinaus in den Stall ging. Haapa-Kajsa brachte das Bündel zu Mutter, die in ihrem Bett lag. Ingrid setzte sich auf den Bettrand und betrachtete ihren kleinen Bruder neugierig. Er sah nicht ganz so aus wie die anderen Säuglinge, die sie gesehen hatte, aber das waren auch nicht viele. Mutter wirkte traurig und erschöpft, doch Ingrid wurde nicht müde, ihr Brüderchen anzusehen.

«Wie heißt er?», fragte sie.

«Lars», antwortete Mutter müde. «Wir werden sehen, wie lange er überlebt.»

Lars überlebte und wuchs, doch aus den Unterhaltungen der Erwachsenen hörte Ingrid heraus, dass Lars nicht wie andere Kinder war. Sein Kopf war zu groß, und er hatte Schwierigkeiten, ihn auf seinem schmalen Nacken gerade zu halten. Seine Gliedmaßen wirkten im Vergleich zu seinem übergroßen Kopf wie dünne Stöcke. Seine Augenlider dagegen waren dünn wie die Blütenblätter von Stiefmütterchen, und seine Haut war weich wie Huflattichblätter. Er schaute mit großen, dunkelblauen Augen zu Ingrid auf und umklammerte ihre Finger mit einer Faust, die erstaunlich kräftig war. Und er war ihr kleiner Bruder, nach dem sie sich so lange gesehnt hatte.

Ingrid war glücklich.

Natürlich merkte sie, dass Mutter und Vater alles andere als glücklich waren. Vater schaute Lars nur selten an, und Mutter kümmerte sich zwar gut um ihn, aber sie strahlte dabei keine Freude aus. Sie hatte nie besonders fröhlich gewirkt, und die vielen Schwangerschaften, die mit zu frühen Niederkünften und Totgeburten geendet hatten, hatten das Lächeln ausgelöscht, an das Ingrid sich aus ihrer frühesten Kindheit erinnerte und das da gewesen war, wenn Mutter ihr «Liebes Gänschen» vorgesungen und sie dabei auf ihren Knien hatte reiten lassen. Jetzt war es, als wäre dieses Lächeln nicht mehr vorhanden und als wären Mutters Lippen auf ewig versiegelt zu einem schmalen, harten Strich. Erst an einem Wintersonntag auf dem Kirchplatz verstand Ingrid den Grund.

Mutter und Vater standen an der Kirchentür, Mutter mit Lars im Arm, und sprachen mit dem Pfarrer, aber Ingrid war zu Teer-Mattas' Pferd gelaufen, das schon angespannt vor dem Schlitten stand, während Teer-Mattas und sein Bruder mit einigen alten Männern aus dem Dorf redeten. Teer-Mattas' alter Zosse war so lieb, und Ingrid hatte überhaupt keine Angst vor ihm. Sie stand neben seinem Kopf, kraulte ihm den Hals und redete ihm gut zu. Da kamen drei alte Frauen des Wegs. Ingrid wusste, wer sie waren: Walborg, Mårtens Elin und Tabak-Maria. Sie wohnten im Dorf, Walborg ganz in der Nähe der Kirche, und zogen ihren ganzen Stolz daraus, stets zu wissen, wer ins Dorf kam und weshalb. Das hatte Ingrid Onkel Ivar sagen hören. Die drei Frauen bemerkten sie nicht, als sie aber Mutter und Vater auf der Kirchentreppe sahen, blieben sie stehen. Walborg zog ihr Wolltuch fester um die Schultern und schnaubte verächtlich durch die Nase.

«Jetzt ist es zu spät, Gottes Gnade und Vergebung der Sünden zu erflehen», sagte sie. «Man sieht doch an ihrem Kind, wie verhärtet ihr Herz ist. Das ist die Strafe für ihre Sünden.»

Ingrid erstarrte. Hatte Mutter gesündigt? Das durfte man nicht. Dann kam man in die Hölle, hatte der Herr Pfarrer an vielen Sonntagen gesagt.

«Haapa-Kajsa hat erzählt, dass sie Zauberei angewandt hat, um ihrer Kinderlosigkeit abzuhelfen», sagte Tabak-Maria und sog an ihrer Pfeife. Rauchwolken qualmten in den leuchtend blauen Winterhimmel hinauf. Ingrid stand so unbeweglich da, wie sie nur konnte, damit die Frauen nicht hörten, wie der Schnee unter ihren Sohlen knirschte. «Sie ist zum Johannesbaum bei Vittermåsa gegangen, draußen im Moor. Ihr wisst, welchen ich meine. Die Eberesche, von der es heißt, sie verleihe Fruchtbarkeit.»

«Ja, wenn sie Hilfe vom Waldvolk bekommen hat, ist es kein Wunder, dass das Kind wie ein Wechselbalg aussieht.» Walborg nickte.

«Das ist kein Wechselbalg, das ist die Strafe Gottes!» Mårtens Elins Stimme klang gallebitter. «Mit dem Volk des Waldes soll man nicht verkehren. Der Pfarrer hat gesagt ...»

Jetzt kamen Mutter und Vater die Kirchentreppe herunter, die drei Frauen verstummten und hasteten weiter. Ingrid schmiegte sich an das Pferd und kaute auf ihrem Zopf.

Ein Wechselbalg? Sie wusste, was ein Wechselbalg war, und Lars war keiner. Er war ein richtiger kleiner Mensch, auch wenn er anders aussah. Aber war Lars' übergroßer Kopf eine Strafe, die Mutter galt? Darauf konnte sie sich keinen Reim machen. Ingrid wünschte, sie hätte die bösen Lästereien der Frauen nicht gehört, und spuckte hinter ihnen zornig in den Schnee.

Lars war keine Strafe. Er war ihr geliebter kleiner Bruder.

Ein gutes Jahr nach Lars' Geburt brachte Mutter Zwillinge zur Welt, die überlebten, die kräftig und gesund und in jeder Hinsicht so waren, wie Kinder sein sollten. Trotzdem kehrte keine Freude in Mutters Stimme und Bewegungen zurück. Die Zwillinge forderten ihre volle Aufmerksamkeit, und Lars wurde immer mehr zu Ingrids eigenem kleinen Schützling. Die Jahre vergingen, die Zwillinge wuchsen heran, und schon bald waren sie Lars an Kraft und Verstand überlegen. Lars lernte nie sprechen, er musste stets wie ein Säugling getragen und gewickelt und gefüttert werden, obwohl seine jüngeren Brüder schon laufen und eigenständig essen konnten. Ingrid merkte, dass Mutter das als großes Ärgernis ansah und keinerlei Geduld mit Lars hatte, und sie sorgte dafür, dass er ihr so wenig wie möglich im Weg war. Sie fütterte ihn, bevor sie selbst aß, sie nahm ihn mit, wenn sie spielen ging oder ihre Arbeiten verrichtete, und sie schien zu verstehen, was er wollte. Sie brachte ihm bei, auf Dinge zu zeigen, die er sich genauer ansehen wollte, und wenn er die Arme auf eine bestimmte Weise bewegte, wusste sie, dass er fröhlich war, während eine andere Geste bedeutete, dass er traurig war oder ihm irgendetwas wehtat.

Und sie spielten jeden Tag zusammen im Wald mit

ihrer Schwester. Ihre Schwester verurteilte Lars nicht, sagte nicht, dass er eine Strafe oder irgendwie absonderlich sei. Gemeinsam dachten sie sich alle möglichen Spiele aus, um Lars bei Laune zu halten: Ingrid lockte den Grünfink mit Brotkrumen an, und Lars fuchtelte fröhlich gurgelnd mit seinen Fäustchen in Richtung des Vogels, als dieser pickend zwischen ihnen auf dem Boden umherhüpfte. Ihre Schwester ließ es am gegenüberliegenden Seeufer regnen, und Ingrid hielt Lars hoch und zeigte ihm den schönen Regenbogen, der sich auf der anderen Seite über dem Moor wölbte. Die Mädchen pflückten die Naschereien des Waldes und verwöhnten Lars mit süßen Walderdbeeren, Himbeeren und Blaubeeren. Ihre Schwester half ihr, die hübschen, gelben Blümchen zu finden, die am Rand des Moors wuchsen, und Ingrid schmückte mit ihnen das Dach der Hütte, damit Lars von seinem weichen, trockenen Moospolster zu der gelben Blütenpracht aufblicken konnte, die einen milden, süßen Duft verströmte. Ihre Schwester führte an ihrer Hütte eine Fuchsfamilie vorüber, damit Lars die drolligen kleinen Welpen am Seeufer herumtollen sehen konnte. Im Wald mit seinen Schwestern war Lars stets glücklich und zufrieden, und Ingrid fand nicht, dass er in irgendeiner Weise eine Last sei.

Schwieriger war es im Winter, wenn sie im Haus bleiben mussten, weil die Tage kurz waren und die Kälte kein Erbarmen kannte, falls sie sich einmal hinauswagten. Da war es mühselig, Lars bei Laune und von den Eltern fernzuhalten. Ingrid wurde das Herz schwer, wenn Mutter Lars schalt, weil er beim Essen sein Kittelchen beschmutzte, oder Vater in seiner Stubenecke grollend fragte, ob denn niemand das Kind zum Schweigen bringen könne, wenn Lars weinte oder quengelte. Lars wollte immer da sein, wo die Zwillinge waren, und dasselbe machen wie sie, was Mutter häufig missfiel.

«Kannst du ihn nicht aus dem Weg halten?», bekam Ingrid ein ums andere Mal zu hören. Und Ingrid tat, was sie konnte, und sehnte währenddessen den Frühling herbei, damit sie und Lars endlich wieder in die Freiheit des Waldes hinauskönnten.

In diesem Jahr ließ der Frühling jedoch auf sich warten. Das Licht nahm zwar zu, aber der Schnee wollte nicht weichen, obwohl die Rufe der Zugvögel über der Landschaft erklangen. Die Zeit für die Aussaat kam, doch die Felder waren immer noch mit Schnee bedeckt. Jeden Morgen ging Vater hinaus und hielt Ausschau nach Anzeichen von Tauwetter, und Mutters Stirnfalte vertiefte sich. Immer öfter ging Ingrid zu Bett, während der Hunger wie ein wütendes kleines Tier in ihrem Magen wühlte.

Mutter buk Brot, das mehr aus Baumrinde und Spelzen denn aus Gerste und Roggen bestand.

Im Mai lag der Schnee unverändert hoch, und auf dem Hof fand sich weder Heu noch trockenes Birkenreisig, das das Vieh hätte fressen können. Vater blieb nichts anderes übrig, als alle Tiere notzuschlachten. Als Erstes die Schafe, dann die Färse. So hatten sie etwas zu essen, und Vater ein wenig Brotgetreide für die Aussaat, sobald der Boden taute.

All das verstand Ingrid. Sie sah, wie schwach Lars und die Zwillinge von der kargen Kost wurden, dennoch war das Schlimmste für sie, nicht hinaus zu ihrer Schwester zu können, nach der sie sich so sehnte.

Erst im Juni begann es von den Dächern zu tropfen.

Erst im Juni konnten Vater und Mutter das Saatkorn in den Boden bringen, und erst im Juni konnte Ingrid Lars mit hinaus in den Wald nehmen. In diesem Jahr baute Ingrid eine zweite Hütte, in einer Senke im Wald direkt hinter dem Hof, damit sie Lars nicht so weit tragen musste. Mittlerweile konnte sie ihn nicht mehr mühelos überallhin mitnehmen. Und in der neuen Hütte hörte sie auch, ob Mutter nach ihr rief. Sie war inzwischen groß genug, um bei der Arbeit auf dem Hof zu helfen, doch meistens ließ Mutter sie frei umherstreifen, weil sie sich so gut um Lars kümmerte und dafür sorgte, dass er daheim nicht im Weg war.

Nach den langen Monaten im Haus sehnten sich ihre Beine danach zu rennen, zu hüpfen und zu klettern. Die Hungerzeit hatte sie geschwächt, aber sie wusste, dass sie bald wieder stark und kräftig sein würde, solange sie nur nach Herzenslust mit ihrer Schwester spielen konnte. Als die zweite Hütte fertig war, bettete sie Lars auf ein weiches Nest aus Gras und Moos und rannte los. In der Hütte konnte ihm nichts geschehen: Er konnte nirgendwohin gehen, in seiner Reichweite gab es nichts Gefährliches, was er sich hätte in den Mund stecken können, und so nah am Haus und mitten im Sommer drohte auch keine Gefahr von wilden Tieren. Es gab so vieles zu entdecken und zu erforschen, so viele Pfade, die Ingrids bloße Fußsohlen begrüßen mussten, so viele Orte, denen sie einen Besuch abstatten musste, um zu sehen, ob alles noch so war wie im letzten Jahr. Wuchsen die Leberblümchen unten am Bach? Wo zeigten die Birken ihre ersten grünen Spitzen? Hatten die Fliegenschnäpper schon ihre Nester gebaut? Ingrid rannte durch den Wald, der Rock wehte um ihre spindeldürren Beine, und ihr

Herz flatterte wie ein Vogelküken in der Brust. Es gab so vieles in den Mund zu stecken und zu kosten: Sauerklee und Engelsüß und Fichtenspitzen schmeckten einfach herrlich nach dem bitteren Rindenbrot.

Sie blieb lange im Wald.

Als sie schließlich zur Senke hinterm Haus zurückkehrte, sah sie etwas, das sich hastig von der Hütte entfernte. Ein Rocksaum, der zwischen den Bäumen verschwand, oder war es ein schmaler Schwanz oder ein Flügel? Ingrids Herz begann heftig zu klopfen. War ein wildes Tier in die Hütte eingedrungen und hatte Lars verletzt, ihn gar angefallen? Aber es war kein Weinen zu hören. Als sie mit klopfendem Herzen in die Hütte kroch, gab ihr Bruder seine zufriedensten Laute von sich, und als er sie sah, machte er sein Handzeichen für «Mehr, mehr!».

Die Sache war nämlich die: Ingrid hatte ihre Waldschwester nie wirklich gesehen. Sie wusste, dass es sie gab, und sie wusste, dass es ihre Schwester war, die ihr alle Wunder und Herrlichkeiten des Waldes zeigte, die durch den Gesang der Vögel zu ihr sprach, die ihr den Grünfinken und die Füchse geschickt hatte. Ingrid spürte ihre Gegenwart so deutlich, wie sie Lars auf ihrem Arm spürte, und im Wald fühlte sie sich nie allein, weil ihre Schwester da war und ihr Gesellschaft leistete, und Ingrid redete mit ihr und wusste, worauf sie lauschen musste, um die Antworten ihrer Schwester zu hören.

Doch nun hatte sie gesehen, wie sich etwas – jemand – eilig von der Hütte entfernte, und das löste ein Wirrwarr an Gefühlen in ihr aus, die sie nicht benennen konnte.

Ihr Gewissen plagte sie, weil sie Lars so lange allein gelassen hatte.

Sie hatte Angst vor dem, was sie möglicherweise gesehen hatte.

Und sie war zutiefst eifersüchtig.

Sie gab Lars ein paar Fichtenspitzen zum Kauen, dann saß sie lange da, sah aus der Öffnung der Hütte, den Blick auf den Waldrand gerichtet, und versuchte, eine Bewegung auszumachen, ein Gesicht, etwas, das nicht Baum, Stein oder Stumpf war. Doch alles, was sie sah, waren Ameisen, die über den Pfad marschierten, eine frühe Hummel, die im Blaubeergestrüpp summte, und die Sonne, die die schlanken Schatten der Birken langsam wandern ließ.

In der darauffolgenden Zeit begann sie Zeichen zu entdecken, dass jemand oder etwas Lars besuchte, sobald sie ihm den Rücken kehrte. Eines Tages, als sie nach dem Melken zurück in die Stube kam, wo Lars auf dem Flickenteppich lag, hielt er einen Löwenzahnstängel in der Hand. Woher er ihn bekommen hatte, war ihr ein Rätsel, und sie nahm ihn ihm rasch weg, bevor Mutter ihn sah. Während der Heuernte, als der ganze Hof helfen musste, das dürre Heu einzubringen, das in diesem kalten Sommer gewachsen war, legte Mutter Lars in den Schatten einer Eberesche. Dort lag er den ganzen Tag und gurgelte und gluckste vergnügt vor sich hin, und jedes Mal, wenn Ingrid verstohlen zu ihm hinüberschaute, meinte sie zu erkennen, dass er nicht alleine war. Doch sobald sie einen Schritt näher trat, verschwand, was oder wer es auch gewesen sein mochte, und Lars begann erbost zu brüllen. In seinen Händen oder neben ihm fand sie häufig kleine Geschenke: Blumen, Beeren, glatte Holzstückchen. Nie etwas, was ihm hätte schaden können, falls er es sich in den Mund steckte.

Ingrid begann, ihre Schwester – wenn es denn ihre Waldschwester war, mit Sicherheit wusste sie es nicht – zu bitten, ein Auge auf Lars zu halten, wenn sie zwischendurch nach Hause musste, um die Kühe zu melken, oder wenn Mutter nach ihr rief. Und sie wusste, dass Lars bis zu ihrer Rückkehr in sicherer Obhut war.

Aber sosehr sie sich auch anstrengte, sie erhaschte nie einen Blick auf denjenigen, der Lars besuchen kam. Und das machte sie traurig.

«Du kennst mich so lange», flüsterte sie eines Abends im August, als sie mit Lars auf dem Arm auf dem Steinhaufen hinter dem Haus saß und am rasch dunkler werdenden Himmel die ersten Sterne zu funkeln begannen. Lars spielte mit ihrem Zopf. Die Warzenbeißer sangen, und von der Scheune strömte der Duft von frisch geschnittenem Heu herüber. Die Schwalben hatten zum zweiten Mal Nachwuchs bekommen und flogen auf der Jagd nach der letzten Mahlzeit des Tages wie schmale schwarze Pfeile über die abgemähte Wiese hinter dem Haus. Ingrid spürte die Anwesenheit ihrer Schwester, ihren Atem auf der Schulter, ihre Stimme im Ruf der Fledermäuse und im Gesang der Abendvögel. «Du warst zuerst *meine* Schwester.»

Doch ihre Schwester antwortete nicht oder antwortete doch – mit Fledermausrufen und Vogelgesang und Sternenglanz. Mit einem Mal fühlte Ingrid sich alt. Uralt wie die Steine, auf denen sie saß. Mit Lars im Arm sprang sie vom Steinhügel und ging mit entschlossenen Schritten zurück ins Haus.

Es war ein kurzer und kalter Sommer, und der Winter kam früh. Die Ernte fiel dürftig aus, und im ganzen Land klopfte erneut der Hunger an die Türen – ja, die ganze

Welt litt in diesem Jahr, die Kälte hatte allerorten zu Missernten geführt. Vater gelang es, mit seiner Schrotflinte ein Waldren zu schießen – ein Jungtier, das allein gewesen war. Normalerweise zogen Waldrene um diese Jahreszeit in Herden umher, aber Waldrenherden waren schon lange nicht mehr gesichtet worden, und dieses Tier hatte Vater auf Skiern verfolgt und draußen bei Vittermåsa im Moor erlegt.

Der Kadaver wurde im Speicher unter die Decke gehängt, wo er einfror, und das Fleisch war eine willkommene Abwechslung im kargen Speiseplan des Hofs, der sonst hauptsächlich aus wässriger Gerstengrütze und Rindenbrot bestand.

«Nun können wir Korpholmen doch noch fernbleiben», sagte Mutter zufrieden. Sie kam immer auf das Spital in Kronoby zu sprechen, wenn der Hunger auf der Türschwelle stand. Dort landeten die Siechen, die Geistesschwachen und die Armen, die nicht mehr für sich selbst sorgen konnten.

Mutter blickte verstohlen auf Lars und sah dann zu Vater.

«Vielleicht hätte der Junge es dort besser. Jetzt nimmt er den anderen Kindern das Essen aus dem Mund.»

«Das kostet aber», wandte Vater ein und legte das Messer aus der Hand, das er gerade schliff. «Dafür haben wir kein Geld, wo wir in diesem Jahr weder Wolle noch Butter haben verkaufen können.»

Ingrid ging zu Lars und hob ihm vom Fußboden auf, wo er und die Zwillinge mit ihrer alten Holzkuh spielten. Sie trug ihn hinüber in die Schlafstube und zeigte ihm die hübschen Eisblumen am Fenster, damit er nicht zu weinen anfing, weil er zurück zu seinen Spielgefährten wollte. Er sollte Mutters und Vaters Unterhaltung nicht hören. Sie glaubten, dass Lars nichts verstand, aber Ingrid wusste es besser.

Allerdings waren Mutters Worte bis in die Schlafstube deutlich zu hören.

«Was ist mit dem Teer? Du hast doch mit Teer-Mattas zwei Fässer gewonnen. Wenn ihr die im Winter verkauft ...»

«Wenn wir sie in die Stadt transportiert und verkauft bekommen, müssen wir Steuern dafür zahlen.»

Mutter schwieg. Aber Ingrid wusste, wenn Mutter sich einmal etwas in den Kopf gesetzt hatte, ließ sie sich nicht so leicht davon abbringen. Falls nötig, konnte sie jahrelang auf ihrem Vorhaben beharren.

Ingrid drückte Lars an sich und küsste ihn auf die Stirn. Wenn Mutter und Vater die Entscheidung trafen, Lars ins Spital zu geben, würde sie mit ihm davonlaufen und sich im Wald verstecken. Sie konnte angeln und Beeren pflücken. Großmutter Eva hatte ihr von dem Hilfspfarrer erzählt, der sich während des Großen Unfriedens draußen auf dem Moor vor dem Feind verborgen hatte. Sie wusste, wo die Überreste seiner alten Hütte standen. Vielleicht gelang es ihr, sie instand zu setzen, damit sie dort leben konnten, sie und Lars. Wenn sie niemandem zur Last fielen, würde sich vielleicht auch niemand die Mühe machen, nach ihnen zu suchen.

«Niemand wird dich mir wegnehmen, kleiner Lars», flüsterte sie und pustete ihm zärtlich ins Ohr. «Du bist mein, was Mutter auch tut.»

Wie so oft, folgten Seuchen den Missernten auf dem Fuß. In diesem Winter brach in der Gegend ein heftiges Fieber aus, das viele dahinraffte, die von Notkost und Hunger geschwächt waren. Es gab kaum einen Hof, der nicht mindestens eine Seele verlor, und es waren die Jüngsten und Ältesten, die es traf.

Auf Skogsperä erkrankten alle, und alle wurden wieder gesund – mit Ausnahme des kleinen Jungen. Ihn mussten sie begraben, bevor der Winter ein Einsehen zeigte.

Wie eine Gnade kam der Frühling in diesem Jahr zeitig, mit schneefreien Böden, Vogelgezwitscher und sprießendem Grün bereits zu Ostern.

Als Ingrid wieder zu Kräften gekommen war, ging sie zu ihrer Hütte, wo das trockene Laub an den dünnen Birkenreisern kummervoll im Wind raschelte. Sie konnte nicht weinen. Ihr kam es vor, als wären alle Tränen, die sie in sich gehabt hatte, während der Fieberkrämpfe verdunstet.

Sie saß auf einem Baumstumpf, umgeben von grauen Schneeflecken, stützte das Kinn auf die Knie und füllte die Lungen, die vom schweren Husten noch immer schmerzten, mit schneidend-kalter Frühlingsluft.

Dann erzählte sie, geradewegs in die Luft, dem Frühling und dem Wald und wer auch immer ihr zuhören mochte, von den letzten Tagen ihres Bruders. Dass sie es gewesen war, die ihn gepflegt, die ihn gefüttert, die ihm etwas zu trinken eingeflößt hatte. Dass sie ihn in den Armen gehalten hatte, als er gestorben war.

«Sie sagen, es sei ein Akt der Barmherzigkeit, dass Gott Lars zu sich genommen hat.»

Eine Weile saß sie schweigend da. Dann riss sie ein paar Grashalme vom Vorjahr aus und wand sie um ihre steifgefrorenen Finger.

«Alle scheinen der Meinung zu sein, dass ich erleichtert sein sollte, jetzt, wo Lars nicht mehr da ist, weil ich ihn nicht mehr herumtragen muss.» Ingrid zog die Nase hoch. Sie weinte nicht. Sie hatte keine Tränen mehr. «Aber er war mein Bruder. Er fehlt mir.»

Sie verstummte und horchte, horchte mit allen Sinnen auf eine Antwort. Doch sie konnte ihre Schwester weder in den Baumkronen singen hören noch ihren Duft im Südwind wahrnehmen oder ihren Atem in ihrem bloßen Nacken spüren.

Da war niemand. Hatte es jemals jemanden gegeben? Hatte sie sich alles nur eingebildet?

Von da an ging sie nie wieder zur Hütte. Sie hatte keine Zeit mehr für Spiele, sie war jetzt ein großes Mädchen, und Mutter brauchte sie, damit sie auf die Zwillinge aufpasste und ihr bei den täglichen Hausarbeiten half. Darum sah sie nicht, dass die trockenen Birkenreiser in der Nacht, nachdem sie vor der Hütte gesessen hatte, frische, grüne Knospen bildeten. Sie sah nicht, dass die Buschwindröschen ihre Köpfchen aus dem Schnee reckten, dass die Fichtenzweige auf dem Dach neue, grüne Triebe bekamen. Sie sah nicht, dass das trockene Vorjahresgras, aus dem sie ihrem Bruder ein Bett gebaut hatte, wieder grün und saftig wurde, als wäre es an einem Frühsommertag gepflückt worden. Dass Schmetterlinge und Hummeln zwischen den Buschwindröschen hin und her flogen, während der Rest des Waldes noch schlief, grau und scheinbar vollkommen tot.

Nesseln

Viele fragten sich, wie es Arne von Nevabacka gelungen war, Kristiina Mikaelsdotter, Pfarrerstochter aus Oulu, zur Frau zu bekommen. Arne besaß einen stattlichen Hof, das ließ sich nicht leugnen. Seit dem Großen Unfrieden war es den Leuten auf Nevabacka gut ergangen, und mittlerweile besaßen sie fünfzehn Kühe, dreißig Schafe, mehrere Schweine, drei Pferde sowie etliche Färsen und Fohlen. Arne war in der Gegend ein hoch geachteter Bauer, bekleidete zahlreiche wichtige Ämter und war bekannt dafür, ehrlich, gottesfürchtig und streng zu sein. Obendrein verdiente er nicht gerade wenig, indem er Bauholz an die Schiffswerften in Gamlakarleby verkaufte. Er war lange unverheiratet geblieben, und es hatte mancherlei Spekulationen darüber gegeben, wen er zur Frau nehmen würde. Niemand auf Nevabacka vergaß je Kristiinas Anblick, als sie auf dem Hof erschien. So herrschaftlich kleidete sich nicht einmal Elisabet, die Pfarrfrau des Kirchspiels. Es war Winter, und Kristiina trug einen mit Feh gefütterten grünen Damastpelz, auf ihrem Kopf saß eine blaue Samtmütze, unter dem Pelz trug sie einen schwarzen Seidenrock, der so viel gekostet haben musste wie eine ganze Kuh, und dazu ein kariertes Jäckchen aus Russendamast. Ihre Füße steckten in blauen Schuhen mit hohen weißen Absätzen.

Als die alte Mutter Serafina ihrer Schwiegertochter

half, deren Garderobe auszupacken, staunte sie über die vielen verschiedenen Kopfputze, Hauben, Kragen, Manschetten, Flossenärmel, Muffe, Strümpfe und Pantoletten. Darunter waren Farben und Stoffe, die sie ihr Lebtag nicht gesehen hatte und deren Namen sie nicht kannte.

«Es schickt sich nicht, dass eine Bauersfrau sich derart herausputzt», sagte sie zu ihrem Sohn. «Für eine Pfarrerstochter mag es angehen, aber Kristiina hat in den Bauernstand eingeheiratet, und wir schämen uns nicht für das, was wir sind. Sie muss sich anpassen.»

Darauf gab Arne keine Antwort, und seine Mutter fragte sich wieder einmal, was ihren Sohn dazu bewogen hatte, diese zartgliedrige Pfarrerstochter zur Frau zu nehmen, wo er doch unter den vielen Bauerntöchtern von echtem Schrot und Korn hätte wählen können.

Doch das Sonderbarste war, dass Kristiina sich anpasste, und nicht nur das. Alle erwarteten, dass sie ein verwöhntes Püppchen sein würde, das ihnen auf dem Hof keine Hilfe wäre. Doch entweder hatte Arne sich umgehört, ehe er um ihre Hand anhielt, oder er hatte unerhörtes Glück. Denn die junge Bäuerin erwies sich in den Dingen, die den Haushalt betrafen, als geschickt und tüchtig. Bei der Arbeit im Freien, dem Bestellen und Bewirtschaften der Felder und Äcker, half sie nicht. Doch das schien Arne auch nicht zu erwarten. Dafür verstand Kristiina sich auf alle übrigen Frauentätigkeiten, und nachdem Schwiegermutter und Schwägerin ihr gezeigt hatten, was wo seinen Platz hatte und wie man die Dinge auf Nevabacka verrichtete, war sie von früh bis spät auf den Beinen: Sie molk die Kühe, sie machte Käse und Butter, sie pökelte und räucherte, kochte Marmelade ein und bereitete die Mahlzeiten zu. Manch neues Gericht hielt auf Nevabacka Einzug, denn die junge Bäuerin hegte aus der Stadt ihrer Kindheit eine Vorliebe für geräucherten und gebeizten Lachs, und von dort hatte sie ebenfalls die Angewohnheit, das Essen mit allerlei Kräutern zu würzen, die in Nevabacka unbekannt und fremdartig waren. Kristiina setzte auch durch, dass Nevabacka als zweiter Hof im Kirchspiel Kartoffeln anpflanzte. Außer ihnen baute nur der Pfarrer im Dorf Kartoffeln und Kräuter an. Der Hofbauer schien mit der neuen Kost mehr als zufrieden, doch der Knecht Jöns Eriksson murrte im Beisein anderer Knechte oft über die eigenartige Verpflegung.

Wenn Kristiina nicht im Vorratsschuppen, in der Speisekammer oder im Erdkeller beschäftigt war, fand man sie an der Handkarde, am Spinnrad oder am Webstuhl. Sie verstand sich aufs Spinnen von Flachs wie von Wolle, sie überzeugte Arne, mehr Lein anzubauen und Schafe mit guter Wolle anzuschaffen, und sie verbrachte viel Zeit damit, Garn herzustellen, Stoffe zu weben und für sich und ihren Mann Kleidung daraus zu nähen. Wenn sie darüber hinaus ab und zu ein wenig Spitze für eine ihrer Hauben klöppelte, sei's drum. So blieb Kristiina weiterhin eines der bestgekleideten Frauenzimmer des Kirchspiels. Doch nun fuhr sie in selbst gewebten und selbst genähten Kleidern zur Kirche, und ihre Haube zierte eigenhändig geklöppelte Spitze. Die Haube selbst war aus Ras-de-Sicile-Seide, doch das galt auch für die Haubenbänder vieler Bauersfrauen.

Die bemerkenswerteste Neuerung, die Kristiina auf Nevabacka einführte, war der Garten, den sie anlegte. Mit Ausnahme des Pfarrers hatte niemand im Kirchspiel einen Garten. Auf den Äckern baute man Rüben und Zwiebeln an, mehr benötigte man nicht. Doch als die junge Frau Kristiina nach Nevabacka kam, erkannte sie sogleich die Möglichkeiten, welche die lange, nach Süden gelegene Hauswand bot, die vor dem kalten Nordwind geschützt war. Hier würde sie all die Dinge verwirklichen, die ihr Vater sie gelehrt hatte.

Zunächst begann sie, Samen zu sammeln. Sie schrieb an ihre alten Freunde in Oulu, wo man mancherlei Handel mit den Städten jenseits der Bottenwiek unterhielt, und an einen Vetter, der in Stockholm lebte. Alle schickten ihr Beutel und Pakete mit Samen.

Die meisten Samen und Ideen aber bekam Kristiina vom Pfarrhof. Obwohl sie um einiges älter war, wurde Elisabet ihr bald eine liebe Freundin. Die Ehe der Pfarrleute war kinderlos geblieben, und möglicherweise nahm Elisabet sich deshalb der jungen Kristiina, die ja selbst Pfarrerskind war, ein wenig wie einer Tochter an.

Pfarrer Alexander, der in Turku studiert hatte, war ein unternehmungslustiger Mann. Er hatte eine Sumpfwiese neben dem Pfarrhof entwässert und einen Garten angelegt, in dem er allerlei Seltenes und Fremdartiges zog: Petersilie, Mohrrüben, rote Zwiebeln, Steckrüben, Pastinaken und Sellerie.

«Er bestellt Samen und sät sie aus, und ich darf das Unkraut jäten», meinte Elisabet gutmütig. Sie hatte ihren Mann zur Glaubensbefragung nach Nevabacka begleitet und ließ sich nun von Kristiina deren Gärtchen zeigen. «Mein Alexander hat mehr Interesse an den Ideen als an der täglichen Arbeit. Aber seine Einfälle erweisen sich häufig als vortrefflich. Er hat einen Graben angelegt, durch den das Wasser vom Fluss zu unserem kleinen Kräuter- und Küchengarten fließt, was mir viel mühselige Schlepperei erspart.» Sie sah sich um und nickte anerkennend. «Du hast in kurzer Zeit viel geschafft, liebe Kristiina. Holst du das Wasser vom Bach herauf? Wäre es nicht klüger, den Garten näher am Bach anzulegen?»

«Das würde einiges erleichtern, aber hier oben am Haus ist es wärmer, und die Pflanzen sind vor Wind und Frost geschützt», antwortete Kristiina. «Viele meiner Kräuter und Früchte würden unten am Bach nicht gedeihen, wo schon im Frühherbst Frostdämpfe aufsteigen. Aber vielleicht kann ich dort Pflanzen ziehen, die weniger empfindlich sind.»

«Hast du gehört, dass Gabriel Aspegren vor einigen Jahren einen Garten in Pedersöre angelegt hat, mit den ersten Apfelbäumen in Österbotten? Allerdings haben viele Bäume die kalten Winter nicht überstanden.»

«In Oulu gibt es keine Obstbäume», erzählte Kristiina. «Aber im Garten meines Vaters wachsen zahlreiche Johannisbeersträucher, und ich habe von zu Hause ein paar Stecklinge mitgebracht. Dieses Jahr haben sie noch keine Beeren getragen, aber nächstes Jahr hoffe ich auf eine reiche Ernte.»

«Ich denke, du könntest auch Glück mit Stachelbeeren haben», sagte Elisabet und deutete auf die Johannisbeersträucher. «Hier ist es wärmer als in Oulu, würde ich meinen.» Sie rückte ihren grünen Taftsonnenhut zurecht und schaute zum Hofplatz, wo ihr Mann soeben das Pferd zur Abfahrt vor den Wagen spannte. «Ich hoffe, wir kommen wohlbehalten heim. Nach der letzten Glaubensbefragung hat Alexander so waghalsig kutschiert, dass die Deichsel gebrochen ist.»

Kristiina verabschiedete die vornehmen Gäste, dann

ging sie ins Haus, um all die guten Dinge fortzuräumen, mit denen sie den Pfarrer und seine Frau bewirtet hatten.

Als Kristiina ihr erstes Kind erwartete, sagte Arne, sie sollte eine Magd anstellen. Bisher hatten sie auf dem Hof nur einen Knecht beschäftigt. Die alte Mutter Serafina und Kristiina verrichteten sämtliche Haushaltsarbeiten selbst. Auch wenn er es sich nicht immer anmerken ließ, war Arne besorgt um seine junge Frau, und nun wollte er, dass eine Magd ihr mit den Tieren half.

In jenem Jahr mangelte es jedoch an Gesinde. Die meisten hatten sich entschieden, auf den Höfen zu bleiben, wo sie angestellt waren, oder es zog sie in die Stadt, wo die Tätigkeiten angeblich leichter und die Zerstreuungen zahlreicher waren. Kristiina hatte die Hoffnung auf eine Magd schon aufgegeben. Michaeli kam und ging, und in der Woche des Jahres, in der es dem Gesinde freistand, den Dienst zu wechseln, tauchte kein geeignetes Mädchen auf.

Doch eines Tages im Oktober ging Kristiina durch den Wald, um die Kühe zur Nacht heimzuholen. Sie ahnte, dass es der letzte Tag gewesen sein könnte, an dem sie die Kühe zum Weiden in den Wald hatten treiben können. Seit einigen Tagen hatte Nachtfrost eingesetzt, und die Tiere fanden nicht mehr viel Futter, weshalb sie sich ungewöhnlich weit vom Hof entfernt hatten. Die Leitkuh Weißhaupt war alt und klug und ungemein geschickt darin, die letzten Gräser und Sträucher aufzustöbern, die noch nicht alle Blätter verloren hatten.

Kristiina lief seit mehreren Stunden. Sie schwitzte, sie war wütend, und ihr Rücken schmerzte, weil das Kind inzwischen recht schwer und groß war. Es würde um

Weihnachten herum zur Welt kommen, schätzte sie. Die Niederkunft bereitete ihr keine allzu großen Sorgen. Kristiina Mikaelsdotter war es gewohnt, ihren Willen zu bekommen, und nur ein einziges Mal hatte sich ihr Herzenswunsch nicht erfüllt. Sie hatte Arne gewählt, nicht umgekehrt, doch außer ihr und ihrer Schwester Catariina wusste das niemand. Catariina hatte im vorigen Jahr Timotheus geheiratet, den Hilfsprediger ihres Vaters. Mittellos, jung und gut aussehend, hatte Timotheus die Herzen beider Schwestern im selben Moment erobert, als er über die Schwelle des Pfarrhofes getreten war. Aber Catariina hatte den Sieg davongetragen und den hübschen Pfarrer zum Mann bekommen. Kristiina hatte es nicht ertragen, die beiden Seite an Seite durch Oulu spazieren zu sehen, am Fluss entlang, um dabei zuzuschauen, wie er seine Eisdecke ablegte, oder im Park, um zu lauschen, ob schon die erste Lerche sang. Sie als Paar zu sehen, verursachte ihr Übelkeit, und Kristiina beschloss zweierlei: Sie würde keinen Mann heiraten, der aus Oulu oder der näheren Umgebung stammte, und ihr Auserwählter durfte nicht so arm sein wie Timotheus.

Sie war mit ihrer Wahl zufrieden, denn sie hatte auf einen großen und wohlhabenden Hof eingeheiratet, auf dem sie nach eigenem Gutdünken schalten und walten konnte. Ihre Schwiegermutter hatte sich als umgänglich entpuppt und stellte sich ihr selten in den Weg. Arne war bisweilen nicht ganz leicht zu durchschauen, doch er war nüchtern und bescheiden, und das genügte ihr. Mitunter schien es fast, als habe er Angst vor ihr. In der Hochzeitsnacht hatte er nicht gewagt, sie anzurühren. In jener Nacht hatten sie nur nebeneinander im

Bett gelegen. An diesem Tag hatte er ein wenig getrunken, was, wie sie später verstand, so gut wie nie vorkam, und das hatte dem ansonsten so schweigsamen Mann die Zunge gelöst. Er hatte ihre Hand in seine Hände genommen, und im Schutz der Dunkelheit hatte er sich getraut, die Dunkelheit zu lichten, die in seinem Inneren herrschte. Sein Vater Evert, erzählte er, sei ein Teufel in Menschengestalt gewesen. Er habe seine Frau und seine Kinder geprügelt, betrunken wie nüchtern – und er habe nicht nur einmal zugeschlagen und nicht nur mit der flachen Hand. Arnes Stimme bebte. Kristiina strich ihm mit ihrer freien Hand über die Wange. Der Vater habe Arne gezwungen, seine Schwestern zu schlagen. Und er habe es getan, weil er klein gewesen sei und sich vor seinem Vater gefürchtet habe. Das habe er sich nie verziehen, flüsterte er.

Außerdem habe sein Vater jedem Weiberrock nachgestellt und sich nicht mit seiner Ehefrau begnügt. Einmal … nein, Arne brachte es nicht über sich zu erzählen, was sich zugetragen hatte. Doch einmal habe sein Vater etwas derart Unsühnbares getan, dass Arne klargeworden sei, dass seinem Wüten ein Ende gesetzt werden müsse.

«Er ist mit mir raus ins Moor nach Vittermåsa gegangen», flüsterte Arne. «Er hatte seit einigen Tagen ohne Unterlass getrunken. Ich war damals vierzehn Jahre alt und noch nicht zu voller Manneskraft herangereift. Er sagte, wir würden auf die Jagd gehen. Ich hatte schreckliche Angst, aber ich wusste, was ich tun musste.»

Kristiina ahnte, was Arne als Nächstes erzählen würde. Es hätte sie mit Angst erfüllen müssen, mit Abscheu und Grauen. Doch sie empfand nichts davon.

«Ich habe gesagt, er sei ertrunken. In jenem Herbst hatte

es viel geregnet, das Moor war trügerisch, und alle wussten, dass Vater ein Trunkenbold war. Aber die Wahrheit ist: Ich habe ihn ertränkt, Kristiina. Du hast einen Mörder geheiratet. Es tut mir leid, dass ich dich hintergangen habe. Du musst jetzt furchtbare Angst haben.»

Nach den letzten Worten lag Arne stumm und wie erstarrt da.

Kristiina stützte sich auf den Ellbogen und sah ihn im Dunkel der Kammer an. «Ich habe einen Mann geheiratet, der tut, was er tun muss, um seine Familie zu beschützen», sagte sie. «Das macht mir keine Angst. Und ich habe einen Mann geheiratet, der niemals seine Hand erheben wird, weder gegen mich noch gegen unsere Kinder. Habe ich recht?»

«Niemals. Das schwöre ich.» Arne schlang die Arme um sie und vergrub sein Gesicht an ihrer Brust.

Kristiina verspürte eine seltsame Erleichterung. Nun verstand sie, warum Arne nie geheiratet hatte, obwohl er wohlhabend war und auf dem Hof eine Jungbäuerin gebraucht wurde. Es hatte ihr ein wenig Sorge bereitet, dass ein Mann seines Alters so lange unverheiratet geblieben war. Jetzt, da sie die Ursache kannte, war sie beruhigt.

Kristiina war schon bald die wichtigste Frau im Kirchspiel, nur die Frau des Pfarrers stand über ihr. Und falls der nächste Pfarrer unverheiratet sein sollte, würde sie ganz gewiss die erste Frau werden. Mit ein wenig Überzeugungsarbeit würde sie Arne in die wichtigsten und bedeutendsten Ämter treiben, damit ihr ein Platz in der vordersten Kirchenbank zustand und sie einige ihrer schönsten und kostspieligsten Kleider hervorholen und tragen konnte, ohne ihrem Stand Schande zu bereiten.

Doch gerade konnte sie weder ihre Kühe noch eine

Magd finden. Das war ein Ärgernis, und Kristiina war keine Frau, die sich mit Ärgernissen abfand.

Zum zigsten Mal gab sie ihren Lockruf von sich, und diesmal meinte sie, von Vittermåsa her Muhen und das Geläut von Kuhglocken zu vernehmen. Sie schlug den Pfad zum Moor ein. Das Moor war ihr vertraut. Im Sommer hatten Arne und sie dort Moltebeeren gepflückt, und sie hatte die Kühe schon einmal vom angrenzenden Weiher heimgeholt.

Die Kühe weideten einträchtig am Rand des Moors und rupften das letzte Gras und ein paar welke Blumen, die dort wuchsen. Aber neben Weißhaupts hellem Kopf stand jemand. Eine junge Frau – war sie wirklich jung? Rank und schlank war sie jedenfalls, in ein schlichtes graues Gewand gekleidet, das in der zunehmenden Dämmerung schimmerte. Ihr blondes Haar lag in einem dicken Zopf um ihren Kopf, und sie stand da und strich Weißhaupt übers Maul. Als Kristiina zu ihr trat, knickste sie artig. Kristiina wollte sich gerade erkundigen, wer sie sei und was sie mit ihren Kühen zu schaffen habe, denn es kam nicht oft vor, dass man im Wald einem Fremden begegnete. Doch die Frau kam ihr zuvor.

«Ich habe der Kuh aus dem Moor geholfen», sagte die Fremde. «Sie wäre fast darin versunken und ohne Hilfe nicht wieder herausgekommen.»

Jetzt fiel Kristiina auf, dass Weißhaupts Fell nass und bis an die Flanken hoch mit Schlamm verkrustet war. Dankbar sah sie die fremde Frau an.

Mit ihrem großen Bauch wäre es ihr niemals gelungen, Weißhaupt aus dem Moor zu ziehen. Sie hätte Arne holen müssen, und das hätte Zeit gekostet, in der die Kuh möglicherweise ertrunken wäre.

«Ich danke dir sehr», sagte Kristiina. Sie presste ihre Hand ins Kreuz und streckte sich. «Alleine wäre es mir nicht geglückt. Wie hast du es angestellt?»

«Ich habe ihr nur gesagt, was sie machen soll», erwiderte die Frau und sah Weißhaupt fest in die Augen. «Ich habe ihr gezeigt, wo der Boden trocken und fest ist.»

Kristiina ging auf, dass die Frau womöglich gar nicht so jung war, wie sie im ersten Moment geglaubt hatte. Ihre Augen verrieten mehr Lebensjahre als ihr weizenblondes Haar.

«Soll ich dir helfen, die Kühe nach Hause zu treiben?»

«Gerne», erwiderte Kristiina. «Aber du warst vielleicht schon auf dem Heimweg? Was hat dich um diese Tageszeit ins Moor geführt?»

An dieser Frau war irgendetwas sonderbar, das spürte Kristiina. Sie schob die Hand in ihre Schürzentasche. Ja, die Schere lag an Ort und Stelle. Sie sollte vor Trugbildern und davor, auf dem Moor in die Irre geführt zu werden, geschützt sein.

«Ich habe Goldkraut gesammelt», antwortete die Frau und deutete auf einen kleinen Beutel, der am Rand des Moors lag. «Es wächst nur hier. Ich benutze es, um Wolle einzufärben.» Nun wies sie auf ein unansehnliches kleines Pflänzchen mit schmalen, spitzen Blättern, das Kristiina nie zuvor aufgefallen war.

In der wachsenden Dunkelheit gingen sie zum Hof zurück. Die Frau sagte, sie heiße Myrsky, und als Kristiina fragte, woher sie käme, deutete sie nach Norden. Auf der anderen Seite des Moors, hinter dem Wald, lag ein ausnahmslos finnischsprachiger Marktflecken, und Kristiina nahm an, dass sie von dort herübergewandert war.

Myrsky half ihr beim Melken, und die Kühe gaben mehr Milch als zur Zeit der saftigsten Sommerweide. Kristiina betrachtete Myrsky, die auf dem Melkschemel saß und mit kräftigen, geübten Händen arbeitete.

«Ich bin auf der Suche nach einer Magd», sagte sie langsam und zündete eine Laterne an, um ihnen damit gleich zurück zum Haus zu leuchten. «Bist du schon einmal in Stellung gewesen?»

Myrsky schmiegte ihre Wange an Weißhaupts Kopf und antwortete, dass sie es gewohnt sei zu arbeiten, aber noch nie als Magd gedient habe.

«Dann kannst du erst im zweiten Jahr Lohn erhalten», sagte Kristiina. Sie kannte die Gepflogenheiten. Ihre Mutter hatte sie den Umgang mit Dienstboten gelehrt.

Myrsky nickte langsam. «Zwei Jahre bleibe ich», antwortete sie mit ihrer dunklen Stimme, die mitunter wie die eines Mannes klang. «Ich möchte gerne erfahren, wie ihr auf Nevabacka lebt.»

Myrskys Antwort kam Kristiina sonderbar vor, aber sie brauchte dringend eine Magd und konnte nicht allzu wählerisch sein. Das sagte sie auch ihrer Schwiegermutter, als diese Kristiina Vorhaltungen machte, eine Fremde angestellt zu haben, über die sie nicht das Geringste wussten.

«Sie könnte geistesgestört sein! Eine Irre, die den Brunnen vergiften oder die Scheune in Brand stecken will!» Die alte Serafina spuckte ins Herdfeuer. «Eine alleinstehende Frau ohne Anstellung – ein leichtes Frauenzimmer ist sie allemal. Du weißt, was passiert, wenn ihresgleichen dich auch nur ansieht, während du ein Kind unter dem Herzen trägst.»

Nun kamen Kristiina doch Bedenken. Serafina hatte

recht – wurde eine schwangere Frau vom Blick einer Hure getroffen oder lebte mit ihr gar unter einem Dach, konnte das Kind mit der Englischen Krankheit geboren werden. Aber Myrsky hatte sie längst angesehen – der Schaden war also bereits geschehen. Und irgendetwas hatte Myrsky an sich, was Kristiina daran zweifeln ließ, sie könne eine Dirne sein. Sie war so ernst, so sauber und adrett, so vollkommen anders als die Freudenmädchen, die man ihr in Oulu gezeigt hatte.

Arne nahm das Ganze mit Langmut. Myrsky war zwar eine Fremde, aber er sah, wie kundig sie mit Kühen und Schafen umging, Wassereimer und Holzklafter trug sie wie ein ganzer Mann, und sie entlastete Kristiina bei der Arbeit mit den Tieren. Das genügte ihm.

Kristiinas einzige Sorge, warum es mit einer jungen Magd zu Problemen kommen könnte, rührte daher, dass der Nevabacka-Knecht Jöns Eriksson ein ausgemachter Schwerenöter war. Doch Myrsky hatte eine Art, Jöns geradewegs ins Gesicht zu blicken, wenn er herumschäkerte und versuchte, sie zu zwicken und zu kneifen, die den Schwengel des Burschen augenblicklich erschlaffen ließ, darauf konnte Kristiina einen Eid schwören. Und umso besser, so würde es weder eine Hochzeit noch einen Rechtsstreit wegen eines unehelichen Kindes geben.

Viele Arbeiten erledigte Myrsky selbstständig und ohne dass Kristiina sie anleiten oder korrigieren musste. Sie hatte ein besonderes Händchen für das Vieh. Die Kühe gaben mehr Milch, wenn Myrsky sie molk, und sie stießen weder den Eimer um, noch verhielten sie sich sonst wie störrisch oder widerspenstig. Myrsky war ausgesprochen reinlich, wischte und kehrte in einem fort.

Von anderen Dingen wiederum hatte sie nicht die leiseste Ahnung. Sie schien weder Butter gemacht noch je einen Laib Brot gebacken zu haben.

«Dort, wo ich herkomme, bauen wir keinen Roggen an», antwortete sie schlicht, als Kristiina sich über Myrskys Umgang mit dem Brotteig beklagte. Dafür nahm sie die Barsche flink und behände aus, die Jöns an den Tagen heimbrachte, an denen er Zeit hatte, am Weiher zu sitzen und zu angeln. Und sie wurde niemals müde: Als Kristiina sie die Handhabe des Butterfasses gelehrt hatte, arbeitete sie so lange, bis der ganze Rahm zu Butter gestampft war, ohne ein einziges Mal über müde Arme oder Kreuzschmerzen zu klagen.

Kristiina hatte einen Wandspiegel und ein Teetischchen mit in die Ehe gebracht. Das Tischchen hatte sie in die große Stube gestellt, der Spiegel hing in ihrer Schlafkammer. Morgens brachte sie oft eine Weile davor zu, um ihre Kleidung zu begutachten und ihr Haar ordentlich zu frisieren. Am Sonntag, wenn man mit dem Schlitten oder der Kutsche zur Kirche fuhr, verwandte sie noch mehr Sorgfalt auf ihre Garderobe, und dann kamen zuweilen auch die eleganteste Samthaube und der edelste Damastpelz zum Vorschein. Auf dem Lande nahm man es mit den Aufwandgesetzen zwar nicht allzu genau, aber mittlerweile war der Import von Seide von wenigen Ausnahmen abgesehen nahezu unmöglich, was bereits im Besitz befindliche Kleidung aus Seide umso wertvoller machte. Kristiina wusste ganz genau, wie weit sie mit ihrem Putz gehen konnte, ohne Anstoß zu erregen. Eine Daumenregel lautete, sich niemals vornehmer oder kostspieliger zu kleiden als die Frau des Pfarrers. Frau Elisabet selbst hätte wohl kaum ein Wort darüber verloren, doch der Rest des Kirchspiels hätte bestimmt noch Jahre später darüber gesprochen.

Kristiina ging häufig in den Wald, um Pflanzen und Moose zu sammeln, mit denen sie Wolle und Garn färbte, und jetzt, da Myrsky ihr die Arbeit mit den Tieren abnahm, verbrachte sie noch mehr Zeit mit Weben und Stricken. Vieles von dem, was sie anfertigte, war für das Kind gedacht, das bald zur Welt kommen sollte. Als um Weihnachten herum die Zeit der Niederkunft kam, war es Myrsky, die Kristiina bei der Geburt beistand. Und Myrsky war so ruhig und kundig, dass die Entbindung leichter verlief, als Kristiina es je zu hoffen gewagt hatte.

Serafina murmelte etwas von Hexenkünsten, doch der kleine Karl war gesund und munter und ohne die leiseste Spur von der Englischen Krankheit. Den ganzen Winter widmete Kristiina sich ihrem Sohn, und solange das Licht es zuließ, saß sie an Spinnrad und Webstuhl. Aber auch aus Tuchballen aus der Stadt nähte sie Kleidung, und bei einem Schneider gab sie für sich ein Miederkleid und für Arne einen Lodenmantel in Auftrag. Ihre Schwester Catariina und Timotheus hatten nach der Erntezeit im Herbst ihren Besuch angekündigt. Und bis dahin wollte Kristiina eine solche Pracht an Kleidungsstücken und Speisen vorweisen, dass ihre Schwester mit Neid im Herzen heimreisen würde. Der Groll zwischen ihnen rührte hauptsächlich daher, dass Catariina siegreich aus dem Kampf um Timotheus' Gunst hervorgegangen war. Von Herzen geliebt hatte Kristiina ihn nie, ihr Neid war größer gewesen als ihre Eifersucht.

Mit dem Frühling kam die Gartenarbeit. Kristiina düngte die Beete mit dem kostbaren Stallmist, sie grub die Erde um, säte und arbeitete unermüdlich. In diesem Jahr hatte sie sich vorgenommen, einen Kräutergarten anzulegen, der ebenso beeindruckend und gepflegt sein würde wie der des Pfarrhofs, und sie zählte und hütete die Samen, die sie von Frau Elisabet und ihren Freunden aus allen Ecken des Landes bekommen hatte, wie ihren Augapfel. Myrsky half ihr, den Stallmist heranzuschaffen und die größten Steine aus der Erde zu entfernen, die genau dort lagen, wo Kristiina Petersilie anpflanzen wollte. Myrsky sagte nicht viel, das tat sie nie, doch diesmal kamen Kristiina die Blicke der Magd besonders verständnislos vor.

«Hast du schon einmal einen Kräutergarten gesehen?», fragte sie, als sie die Gartenarbeit für den Tag beendeten und sich wuschen, bevor sie die Kühe molken.

«Natürlich, aber der ist viel größer und erfordert nicht so viel Mühe, damit er Ernte bringt.»

«Wo liegt denn dieser Zauberkräutergarten?», erkundigte sich Kristiina lachend.

«Es ist der Kräutergarten meines Vaters», erwiderte Myrsky.

Verärgert über die Antwort der Magd lief Kristiina mit raschen Schritten in Richtung Stall, um das Melken zu erledigen. Die meisten Kühe gaben keine Milch, da sie bald kalben würden, es gab also weniger zu tun, und schon bald war sie im Haus und tischte Brot und Grütze und Salzhering auf. Zu Beginn des Frühjahrs, wenn die meisten Vorräte zur Neige gegangen waren, mussten sie sich mit schlichter Kost begnügen, doch bald würde sich ihre Tafel unter allerlei Köstlichkeiten biegen! Arne hatte ihr einen Salzstreuer aus echtem Meissener Porzellan geschenkt, der einen Ehrenplatz auf dem Tisch erhalten würde, wenn sie im Sommer die Bewohner des Pfarrhofs zum Essen einlud.

Myrsky kam ins Haus und begann, die Löffel aus der Wandhalterung zu nehmen. Die Abendsonne, die durch das Stubenfenster hereinschien, ließ den Stoff ihres Rocks fast wie Silber glänzen. Aber mit Silberfäden war der Rock der Magd ganz gewiss nicht durchwirkt. Kristiina beugte sich vor und betrachtete den Stoff genauer, doch einen Stoff wie diesen hatte sie noch nie gesehen. Ob es Seide war? Aber wie um alles in der Welt sollte eine Magd in einen Seidenrock gekleidet sein?

Hatte sie doch leichtfertig gehandelt, als sie eine fremde Frau in Dienst nahm? Vielleicht war Myrsky doch eine gefallene Frau, eine Dirne, eine Hure? Wie hätte sie sonst ein so ungewöhnliches Tuch für ihren Rock bekommen sollen?

«Wo hast du diesen Stoff her?», fragte Kristiina. Draußen erklangen die Schritte der Männer, die vom Pflügen heimkamen.

«Meine Mutter hat ihn gewebt», antwortete Myrsky und strich den Rock mit einer gedankenverlorenen Geste glatt. «Sie hat das Garn selbst gesponnen.»

«Wo wächst eine Pflanze, aus der man Silberfäden weben kann?», fragte Kristiina argwöhnisch.

«Im Garten meines Vaters», antwortete Myrsky, und damit musste Kristiina sich zufriedengeben, denn nun betraten die Männer die Stube, und es war an der Zeit, die alte Serafina zu Tisch zu holen.

Die Frühlingswärme kam mit Macht, und schon bald stand der Wald goldgrün rings um den Hof. Kühe, Kälber und Schafe wurden zum Weiden ins Freie getrieben, man begann mit der Aussaat, und als der Juni angebrochen war, nahmen Kristiina und Myrsky den kleinen Karl mit hinunter an den Bach zum Kartoffelacker und setzten einen ganzen Vormittag lang Kartoffeln. Über ihren Köpfen flogen die Schwalben auf der Jagd nach Nahrung für ihre Jungen, die Amsel sang wunderschön, und Kristiina summte bei der Arbeit zufrieden ein Volkslied vor sich hin. Sie war stolz auf ihren Kartoffelacker und darauf, bei der Einführung einer solchen Neuheit geholfen zu haben. Nach getaner Arbeit wuschen sie sich die Hände im Bach und tranken durstig vom kalten humusreichen Wasser.

Kristiina setzte Karl auf ihre Hüfte und ließ ihren Blick über Nevabacka und die umliegenden Felder schweifen. Da lag der Kartoffelacker, da ihr kleiner Kräutergarten. Dort wuchsen die Johannisbeersträucher in schnurgerader Reihe. Und da drüben lagen die Felder, bedeckt mit einem frischen Grünschleier. Das Land war bebaut, wohlgeordnet und gut, so wie Gott es geboten hatte. Wir verrichten hier Gottes Werk, dachte sie zufrieden. Sie freute sich darauf, ihre Eltern als Gäste auf ihrem Hof zu empfangen und ihnen zu zeigen, wie ihr Mann und sie Gottes Gebot befolgten und den wilden, unchristlichen Wald in Äcker und Felder verwandelten. Ihren Vater würde das ganz besonders erfreuen.

«Na, baut dein Vater in seinem Wundergarten auch Kartoffeln an?», fragte sie mit gutmütigem Spott.

Myrsky stieg die Uferböschung hinauf. Das kalte, erfrischende Wasser rann ihr von Kinn und Händen.

«Nein, Kartoffeln wachsen dort nicht», erwiderte sie in ihrer üblichen ernsten Art. «Aber allerlei Wurzeln, Beeren und Nüsse.»

«Wenn dein Vater einen so großen Kräutergarten und

ein so ertragreiches Land besitzt, muss er sehr viel Vieh haben, das ihm reichlich Dung beschert», sagte Kristiina.

Myrsky schüttelte den Kopf. «Nein, wir düngen nie. Das tun unsere Diener für uns, als Dank dafür, dass sie sich im Garten meines Vaters satt essen dürfen.»

«Dann kann er ja nicht viele Diener haben», schnaubte Kristiina verächtlich.

Myrsky lächelte, dass sich ihre sommersprossige Nase kräuselte.

«Mehr, als du oder ich zu zählen vermögen», erwiderte sie. «Und so viel sie auch essen, die Früchte des Gartens gehen nie zur Neige.»

«Ja, dann hast du als Kind gewiss nie arbeiten müssen», meinte Kristiina hart. Ihr war klar, dass das Mädchen log und Unwahrheiten von sich gab. Alles andere hätte sie glauben können, aber keine unermessliche Dienerschar.

«Und ob ich arbeiten musste. Garn spinnt sich nicht von allein, und Stoff webt sich nicht von allein. Pelze müssen gegerbt und genäht und Lebensmittel vor dem Winter getrocknet und gepökelt werden. Aber wir schinden uns nicht so, wie ihr es hier auf dem Hof tut. Ich sehe, wie sehr du dich abmühst und plagst, damit in deinem Garten ein paar wenige Beeren wachsen, während der Garten meines Vaters so voller Beeren ist, dass niemand sie alle zu pflücken vermag.» Myrsky sah Kristiina an, lächelte wieder und nahm sie bei der Hand. «Ich werde es dir zeigen. Komm!»

Myrsky zog Kristiina mit sich, und es war, als könne Kristiina sich Myrsky nicht widersetzen, dem warmen, festen Griff ihrer Hand, ihrem eifrigen Blick und dem Lächeln, das in ihren Mundwinkeln spielte. Myrsky zog sie zum Misthaufen, wo Nesseln einen dichten, stacheligen grünen Teppich bildeten.

«Hier siehst du die Seide, aus der Mutter meinen Rock gewebt hat», sagte sie. «Aber sie ist auch das beste Gemüse meines Vaters, das wichtigste Schönheitsmittel und die schmackhafteste Speise für mich und meine Schwestern. Und hier ...» Myrsky zog Kristiina ein Stück vom Hofplatz fort und deutete auf die Grasböschung, die in den Wald hineinführte. «Hier wachsen die köstlichsten Beeren meines Vaters, die Walderdbeeren. Keine Johannisbeeren der Welt können sich mit ihnen messen!» Jetzt zog sie Kristiina mit sich in den Wald und legte ihren freien Arm um eine schlanke Birke, die im lauen Frühlingswind mit ihren zartgrünen Blättern winkte. «Hier ist sein Weinkeller. Aus der Birke zapfen wir Saft zum Trinken, und es gibt nichts, was so frisch und gut schmeckt, weder Malzbier noch Sauermilch. Und hier!» Myrsky pflückte einige Fichtenspitzen und schob Kristiina, die sich nicht rechtzeitig wehren konnte, eine davon in den Mund. «Koste! Schmeckt das nicht herrlicher als die Kräuter des Pfarrhofs?» Myrsky hockte sich neben den Sauerklee, der als hellgrüner Teppich auf dem Moos unter den Fichten wuchs. «Hier ist noch mehr vom Blattgrün meines Vaters. Kaffee trinken wir keinen, sondern Tee aus Birkenblättern und Himbeeren.» Myrsky hob einen Stock vom Boden auf und beugte sich zu einem großen, bemoosten Stein, neben dem Engelsüß mit zarten, gefiederten Blättern wuchs. Mit dem Stock grub sie eine Wurzel aus und hielt sie Kristiina lachend hin. «Das ist unsere Kartoffel! Und niemand hat sie setzen, düngen oder häufeln müssen!»

Tiefer und tiefer zog Myrsky Kristiina in den Wald hinein und zeigte ihr Blaubeerpflanzen und Preiselbeersträucher, Himbeerbüsche und Löwenzahn, Schafgarbe und Weidenröschen und rühmte deren schönen und prächtigen Wuchs und die köstliche Nahrung, die sie gaben, ohne dass jemand sie anbauen oder düngen müsse. Sie strich über den Stamm einer Kiefer und sprach von dem Mehl, das man aus der Rinde mahlen könne. Sie führte Kristiina an einen kleinen Weiher, deutete auf Schlangenwurz und Seerosen und sagte, dies seien Rüben und Roggen ihres Vaters. Sie zeigte ihr Krähenbeeren, Traubenkirschbäume und Ebereschen. Auf eine Pflanze nach der anderen wies sie, auf ein Blatt nach dem anderen, sprach über Wurzeln und Moose, über Nutzen und Nahrung.

Myrsky drückte Kristiinas Hand und blickte ihr voller Eifer in die Augen.

«Hier gibt es so viele gute und herrliche Gaben, und auch ihr dürft euch daran bedienen. Vieh benötigt Vater nicht, denn der Wald ist voll von Wildbret. Einen Stall braucht er auch nicht, denn der Wald ist für seine Herden und Rudel Schutz und Wohnstatt. Auch Vorratsschuppen muss er keine aufstellen, denn hier ...» Myrsky machte eine weit ausholende Geste. «... denn das hier ist sein Vorratsschuppen, seine Scheune und sein Keller, sein Salzheringsfass und seine Darre. Hier sind seine Apotheke und sein Arzneimittelschrank. Überall wachsen die schönsten Blumen, ohne dass jemand sie aussäen oder beschneiden muss. Und jedermann darf sich an ihrer Schönheit erfreuen. Alles ist wohlgeordnet und gut, die Nahrung reicht für alle Geschöpfe, die in der Obhut meines Vaters leben, solange niemand mehr nimmt, als er zum Leben braucht, und jeder das zurückgibt, was nötig ist.»

Kristiina stand vollkommen reglos da. Karl saß ruhig auf ihrer Hüfte und kaute zufrieden auf einem ihrer Schürzenbänder herum. Myrsky hielt noch immer ihre Hand.

Ein Windstoß fegte über den See und hob die Bänder ihrer Haube. In der Nähe murmelte ein Bach, der Wind ließ das Laub der Bäume rascheln und flüstern. Obwohl heller Tag war, erklang plötzlich der Ruf einer Eule. Der Laut jagte Kristiina einen Schauder über den Rücken. Sie sah Myrsky an, die mit leuchtenden Augen in ihrem grau schimmernden Rock vor ihr stand. Eine frische Röte überzog ihre Wangen, und ihr dickes, blondes Haar funkelte in der Sonne. Obwohl ihre Kleidung sehr viel schlichter war als Kristiinas, sah sie in diesem Moment herrschaftlicher aus als jede Frau, der Kristiina begegnet war. Nicht einmal die Frau des Bürgermeisters von Oulu hatte in ihrem Brautstaat schöner ausgesehen als Myrsky in diesem Augenblick, mit dem spiegelblanken blauen Weiher hinter sich und ihrem vor Eifer glühenden Gesicht. Eine Welle von Gefühlen brandete in Kristiina auf. Sie wusste nicht alle zu benennen, aber sie durchfluteten sie von Kopf bis Fuß und trieben ihr abwechselnd Röte und Blässe ins Gesicht. Eines der Gefühle war Neid. Neid angesichts der Schönheit und Jugend dieser einfachen Magd. Doch sie verspürte auch Angst. Denn nun erkannte sie, wer Myrsky war. Wen sie in ihr Haus gelassen, wem sie ihr Kind in die Arme gelegt hatte.

Und die Furcht gewann die Oberhand. Kristiina entzog Myrsky ihre Hand und drückte Karl fest an ihre Brust.

«Weshalb bist du zu uns gekommen? Was willst du haben? Mein Kind? Das bekommst du niemals.»

Der Eifer in Myrskys Augen erlosch. Sie blinzelte. Ihre

Hand, die Kristiinas losgelassen hatte, hing schlaff herab.

«Ich wollte sehen, wie ihr wohnt. Wie ihr lebt. Das habe ich mich immer gefragt.»

«Warst du auf meinen Mann aus? Wolltest du meinen Platz an seiner Seite einnehmen? Ich durchschaue dich, du Hexenweib!» Kristiina spuckte Myrsky vor die Füße. Sie zitterte vor Angst, zwang sich jedoch, es nicht zu zeigen.

Myrsky trat einen Schritt zurück. Stirnrunzelnd kreuzte sie die Arme.

«Das hast du also aus meinem Mund vernommen, Bäuerin?»

«Ich bin nicht mehr deine Bäuerin. Du wirst dich nie wieder auf Nevabacka blicken lassen, hörst du? Deinesgleichen hat nichts zu schaffen unter einem christlichen Dach.» Kristiina spuckte abermals aus.

Jetzt verfinsterten sich Myrskys Augen, als zöge ein Sturm in ihnen auf. «Meine zwei Jahre sind noch nicht vorüber», erwiderte sie, und Kristiina wusste nicht, ob es eine Drohung war oder eine Bitte.

Sie wich vor Myrsky zurück, lief fort von Weiher und Moor. Als sie den Wald erreichte, drehte sie sich um und eilte auf bloßen Füßen den nadeligen Pfad entlang. Sie trat auf Fichtenzapfen, stolperte über Wurzeln und stieß sich die Zehen an Steinen, doch sie hielt erst inne, als sie zu Hause auf dem Hofplatz stand. Dort setzte sie Karl neben dem Brunnen auf die Erde und wartete, bis ihr Herzschlag sich beruhigt hatte. Sie schwitzte, und ihre Kopfhaut und ihr Nacken juckten unter der Haube.

Da lag der Kartoffelacker, frisch umgegraben und dunkel. Da waren ihr kleiner Kräutergarten und das Gemüsebeet, dort wuchsen ihre Johannisbeersträucher mit den noch winzigen Blättchen. Hier würde sie etwas Großartiges schaffen. Einen Garten mit zahlreicheren Pflanzenarten als im Garten des Pfarrhofs. Sie würde so viele Beerensträucher und so viel Wurzelgemüse anbauen, dass sie niemals auch nur eine einzige Frucht im Wald würden pflücken müssen. Vielleicht konnte sie von diesem Aspegren aus Pedersöre ein paar Apfelbaumableger bekommen. Sie würde sie hegen und pflegen wie ihre eigenen Kinder. Hier, in diesem kargen nördlichen Landstrich, würde sie einen paradiesischen Garten Eden schaffen. Sie würden Tiere haben, viele Tiere, und Blumen, Rosen vielleicht.

Wir sind dazu geschaffen, im Schweiße unseres Angesichts zu arbeiten, dachte sie. So lautet Gottes Wille. Es ist nicht Sein Wille, dass wir in der heidnischen Wildnis umherwandern und von den wilden Früchten der Erde essen.

Kristiina riss ihre Haube herunter und kratzte sich an der Kopfhaut. Nun juckte auch ihre Brust.

Sie kurbelte einen Eimer eiskaltes Wasser aus dem Brunnen herauf und trank in tiefen Zügen direkt aus dem Eimer. Das Wasser rann ihre Mundwinkel hinab und durchnässte ihre Bluse und ihren Rock. Plötzlich schien die Kleidung sie zu verbrennen, es juckte und brannte überall, wo der Stoff ihre Haut berührte. Sie nahm Karl auf den Arm, rannte ins Haus, schloss die Tür hinter sich und riss sich an Ort und Stelle die Kleider vom Leib. Ihre Haut war rot und fleckig. Was sie auch versuchte, der Juckreiz wollte nicht abklingen.

Auch am Abend ließ er nicht nach. In der Nacht brannten die Bettlaken, als wären sie aus Brennnesseln gewebt. Kristiina lag wach neben ihrem Mann und wand sich in stummer Pein. Am nächsten Tag heizte sie die Badestube glühend heiß ein, blieb länger im Dampfbad als jemals zuvor und schlug sich mit Birkenreisig blutig. Doch es half nicht. Nach dem Schwitzbad kleidete sie sich nicht an, sondern lief nackt über den Hof. Ihre Haut ertrug weder Tuch noch Kleidung. Jöns, der Knecht, gaffte sie an. Arne jagte ihn zornig davon und schob seine Frau eilig ins Haus, doch er konnte sie nicht dazu bringen, sich wieder anzukleiden. «Es brennt», sagte sie nur.

Bald stieg das Fieber, und die alte Serafina machte ihrer Schwiegertochter Umschläge und sprach Gebete. Arne musste sich um den kleinen Karl kümmern. Kristiina ertrug es nicht mehr, ihn auf dem Arm zu halten oder ihn an ihre Brust zu legen: «Es brennt.»

Nachts schrie sie, dass man sie mit Brennnesseln peitsche, dass Bettdecke und Laken aus Nesseln gewebt seien. Sie schrie, dass sie alles verbrennen müssten, was die Magd Myrsky angefasst habe, ausnahmslos alles müsse verbrannt werden. Serafina ging mit finsterer Miene hinaus, pflückte Brennnesseln und braute daraus einen Aufguss. Ihre Mutter hatte sie gelehrt, ein Übel mit demselben Übel zu vertreiben.

Doch vergebens. Das Fieber stieg und wollte nicht weichen. In der dritten Nacht war Arne endlich auf der Küchenbank eingenickt, und Klein Karl schlief bei Serafina in der Kammer. Kristiina lag hellwach in ihrem Ehebett, starrte in die Dunkelheit und versuchte, keinen Muskel zu rühren, damit die hervorstehenden Halme der Strohmatratze ihr nicht die Haut aufrissen. Sie war nackt und hatte sich nicht zugedeckt, trotzdem hatte sie das Gefühl, zu verbrennen. Alles hatte Myrsky angefasst. Alles. Das Fieber dörrte ihren Mund aus, und ihr langes blondes Haar war verschwitzt und strähnig und juckte so fürchterlich, dass sie glaubte, den Verstand zu verlieren. Kristiina stand auf. Sie musste die Schafschere finden. Wo war die Schafschere? Im Fieberdelirium lief sie hinüber in den Stall. Da hing die Schere an ihrem Haken. So dicht an der Kopfhaut, wie es nur ging, führte Kristiina die Schere durch ihr Haar. Die Kühe muhten leise, als sie ihre Anwesenheit spürten. Ihre langen Locken fielen zu Boden. Sie trat auf den Hofplatz hinaus, hinaus aus der Wärme des Stalls. Es ging ein leichter Wind, und sie schüttelte ihren kurz geschorenen Kopf, nun erreichte die Nachtluft ihre Kopfhaut. Das brachte ein wenig Linderung. Ein wenig Kühlung.

Nackt und glühend stand sie in der Sommernacht.

Um sie herum kreisten der Hof, der Wald und die blassen Sterne des Junihimmels.

19. Jahrhundert

Schlummernde Klänge aus ferner Zeit,
Klänge aus Hütten, von Feldern und von sanften Hügeln,
seltsame Stimmen aus dem Grabesdunkel
Jubel und Klagelieder vergangener Schlachten –
erwachet alle, erhebet euch! Bringet der Väter Botschaft
den Söhnen, zu leuchtender Zeit.

Unter der Eberesche steht die Hütte schief,
Moos auf der Treppe, Unkraut sprießt.
Hinter spangrünen Fensterkreuzen
schlafen Erinnerungen in lautloser Ruh.
Neige dein Haupt! Schreite achtsam voran!
Heilig ist der Ort,
an dem die schützenden Geister der Ahnen wohnen.

Erlöschende Kohlen entfachen wir im Herd.
Behutsam nehmen wir uns des Lieben an.
Das Spinnrad surrt am brennenden Feuer,
und wir weben der Sagen Band.
Lodere, Feuer der Vorzeit! Erleuchte unsere Tat!
Leuchte durch die Zeit –
führe die Söhne zurück zum Hof ihrer Väter!

ALEXANDER SLOTTE

Bittere Kräuter

War Karl krank, bestand Arne darauf, dass Sofia im Haus blieb und sich um ihn kümmerte. Das waren die einzigen Gelegenheiten, an denen Sofia froh über den Jungen war. Dann musste sie nicht draußen auf den Feldern schuften oder sich im Stall abrackern. Karl war klein und schmächtig und oft krank.

Heute war ein solcher Tag. Der Junge hatte mal wieder Husten bekommen, die Männer waren draußen auf dem Feld, und Kajsa versorgte die Kühe. Bald würden sie zum Weiden in den Wald geschickt werden. Sofia sehnte den Tag herbei. Im Sommer gab es im Stall weniger auszumisten, und die Tiere verursachten allgemein weniger Arbeit. Karl war eben eingeschlafen, seine kleine Hand fest in ihrer – vermutlich hatte er Fieber. Die Hand war klebrig und warm. Er konnte nicht einschlafen, wenn sie nicht an seinem Bett saß und ihm über den Kopf strich oder seine Hand hielt. Es war einer der ersten etwas wärmeren Frühlingstage, und Sofia wartete ungeduldig auf den Moment, an dem sie sich losmachen und für eine Weile davonstehlen konnte. Das tat sie oft, wenn Arne glaubte, sie kümmere sich um Karl. Sie ging in den Wald und wanderte zwischen den Bäumen umher, versunken in ihren Gedanken.

Sofia hatte seit jeher das Gefühl gehabt, dass das Leben, das sie nach Mutters Tod im Häuschen ihres Vaters geführt hatte, mit den vielen kleinen Geschwistern, die es zu versorgen galt, nicht das ihre war. Die trostlose Plackerei, die enge Stube, die endlosen Arbeiten und der Hunger, der unentwegt auf der Lauer lag. Dieses Leben gehörte einer anderen, das alles kam ihr wie ein Irrtum vor. Manchmal hatte sie am Strand gestanden, hinaus aufs Meer geblickt und gedacht, dass ihr richtiges Leben dort drüben auf sie wartete. Auf der anderen Seite des Wassers.

Als eines Winters Arne Evertsson Nevabacka erschienen war, um Vater Teer zu verkaufen, war sein Blick auf ihr verweilt. Noch nie hatte ein Mann sie mit einem solchen Blick bedacht. Sofia hatte ihre Sehnsucht vom Meer ins Landesinnere gerichtet, hin zu Arnes wohlhabendem Hof. Zu Beginn des Frühlings war er zurückgekommen, obwohl gerade die Aussaat anstand, und hatte um ihre Hand angehalten. Sofia hatte das hübsche Tuch in der Hand gehalten, das Arne gekauft und ihr als Verlobungsgeschenk überreicht hatte, und sie hatte gedacht: Jetzt, jetzt passiert es. Jetzt würde ihr richtiges Leben beginnen, das licht und schön war und weit entfernt von Hunger und laufenden Nasen und kranken Kindern und endloser Wäsche und Brotbacken und Essenkochen und einer verrauchten kleinen Kate auf einer windumpeitschten Klippe. Arne würde sie auf seinen starken Armen in dieses neue Leben tragen, in dem man sie lieben und wertschätzen, in dem sie bedeutsam sein würde.

Die Hochzeit hatte ihr genau das verheißen. In Putz und Schmuck hatte sie an der Seite ihres Ehemannes unter einem laubbekränzten Torbogen gesessen, die Dorfbewohner und ihre eigene Familie hatten an zwei langen Tafeln draußen auf dem Hofplatz gespeist, getrunken und ausgelassen geplaudert, und alles war licht und schön und wunderbar gewesen. Alle Blicke hatten auf ihr geruht, und niemand war so schön gekleidet gewesen wie sie. Unter der vom Pfarrhof ausgeliehenen Brautkrone hatte sie sich gefühlt wie eine Prinzessin aus dem Märchen. Auch die Hochzeitsnacht war mehr als zufriedenstellend verlaufen. Arne schien sie aufrichtig zu lieben, er hatte sie geneckt und war zärtlich zu ihr gewesen.

Dann hatte der Alltag begonnen. Sie war mit ihrem Verlobungstuch, ihrem Brautkleid und ihrer Hoffnung auf ein neues Leben auf den Hof gezogen. Doch schon bald fragte sie sich mit wachsendem Entsetzen, ob sie sich wohl geirrt hatte. Dies war kein neues Leben, dies war eine Fortsetzung derselben alten Schinderei, nur an einem neuen Ort.

Es war nicht so, dass Arne sich ihr gegenüber unfreundlich oder hart verhielt. Aber die Arbeit auf dem Hof beanspruchte ihn, und er erwartete, dass sie ihren Anteil beitrug. Arne schätzte sie auf dieselbe Weise wie seinen Pflug oder sein Pferd. Wobei der Gaul mehr Aufmerksamkeit und Fürsorge erhielt als sie. Auf Nevabacka gab es zwei Knechte, aber keine Magd. Sofia und ihre Schwägerin Kajsa mussten die Kühe melken, Butter stampfen und Käse machen, Getreide schroten und Brot backen und zwei Mahlzeiten am Tag zubereiten. Sie mussten sich in der Schlachtzeit um die Verwertung des Fleischs kümmern und während Ernte und Mahd die Arbeiter auf dem Feld verköstigen. Obendrein musste das Haus sauber gehalten, die Schafe geschoren, Wolle kardiert, gesponnen, gefärbt und gewebt werden. Kleidung musste genäht, gewaschen und geflickt werden. Bier musste gebraut, das Kohlbeet besorgt und im Wald Beeren gepflückt werden.

Kajsa war als Witwe auf den Hof gezogen, um ihrem Bruder mit dem mutterlosen kleinen Karl zu helfen. Sie war in jeder Hinsicht das Gegenteil von Sofia. Niemals hatte sie sich in Tagträumereien verloren oder sich ein anderes Leben gewünscht als das, welches sie führte: ein Leben voller harter Arbeit auf dem Familienhof. Sofia war sensibel und brach ebenso rasch in Tränen wie in Lachen aus – Gefühlsäußerungen, die man auf Nevabacka als höchst unpassend empfand. Es gab Arbeit vom frühen Morgen bis zum späten Abend, und dazu kam Karl.

Arne schien der Auffassung zu sein, dass sie ganz selbstverständlich die Mutterrolle für Karl übernehmen sollte. Der Junge schlief zwischen ihnen im Ehebett, und es blieb nicht viel Zeit für Zärtlichkeiten und Liebkosungen, wofür Arne ohnehin meistens zu müde war.

Jetzt saß sie mit Karls klebriger Hand in ihrer da und dachte an die vergangene Nacht. Der Junge hatte in seinem eigenen Bettchen geschlafen, und plötzlich hatte Arne sie einen Moment lang mit einem Blick angesehen, der fast an ihre Hochzeitsnacht erinnerte. Doch als er die Decke zur Seite schob, hatte er gesagt: «Kinder werden sich wohl kaum einstellen, wenn wir uns nicht an ihre Zeugung machen.» Und was darauf gefolgt war, hatte ganz und gar nicht an ihre Hochzeitsnacht erinnert, in der Arne sie mit schönen Worten und zärtlichen Liebkosungen überhäuft hatte. Es hatte eher dem Verhalten des Bullen geähnelt, der zu den Kühen gebracht wird und zielgerichtet seine Aufgabe verrichtet.

Eine Schwangerschaft würde ihr jedoch erspart bleiben. Bevor sie Arnes Heiratsantrag angenommen hatte, war sie zu Packhaus-Ulla in Neristan gegangen und hatte sie freundlich um ein Mittel gebeten, das Kinderkriegen zu verhindern. Sie hatte miterlebt, wie ihre Mutter im Kindbett gestorben war. Es gab nichts, wovor Sofia sich mehr fürchtete als vor einer Schwangerschaft.

Ulla hatte einen Blick auf ihr schmales Becken geworfen und gemeint, Mittel und Wege seien durchaus vorhanden, aber Sofia dürfe niemandem erzählen, was sie ihr nun verraten werde. Sofia solle in ein Taschentuch spucken, es dann an den vier Zipfeln zusammenknoten und bei Vollmond unter einem Stein auf dem Kirchhof vergraben. Sofia tat, wie ihr geheißen, auch wenn es sie vor Geistern und Totenäckern graute, und willigte anschließend leichten Herzens in Arnes Heiratsantrag ein. Sie empfand keine Schuldgefühle ob ihrer Tat. Arne hatte schon einen vierjährigen Sohn, er brauchte keine weiteren Kinder.

Aber wenn ihr Leben künftig so aussehen würde – keine Liebkosungen, keine zärtlichen Worte, nur das Zeugen von Kindern, die sie nicht haben wollte und auch nicht bekommen würde –, und dazwischen harte Arbeit und Karl, dann konnte dies nicht das Leben sein, für das sie bestimmt war. Es musste mehr geben als das!

Unversehens schlug Karo, der Hofhund, an. Vorsichtig löste Sofia ihre Hand aus Karls verschwitzter kleiner Faust und trat ans Kammerfenster.

Die untersetzte Gestalt von Küster-Elias kam über den Hofplatz, und Sofia strich sich unwillig eine Locke aus dem Gesicht. Was hatte er hier zu schaffen, noch dazu an einem Werktag? Bestimmt war der Kerl wieder betrunken. Er würde es sich auf einer Bank bequem machen und nicht mehr wegzubringen sein, während er glaubte, die junge Bäuerin auf Nevabacka mit weltgewandtem Charme und unschicklichen Liedern, schmachtenden Blicken und fummelnden Händen zu umschmeicheln.

Aber nanu? Er kam nicht allein. Hinter ihm schritt eine hochgewachsene Gestalt mit einem Hut, der ein blasses, fein geschnittenes Gesicht beschattete. Sofia beugte sich dichter zur Scheibe. Dann fiel ihr ein, dass man sie nicht untätig herumstehen sehen durfte, und sie trat rasch zurück. Sie richtete ihr Haar, vergewisserte sich, dass ihre Schürze sauber war, und trat würdevoll aus dem Haus, um die beiden Besucher zu begrüßen.

Es war ein klarer, schöner Frühlingstag mit einer lauen Brise, die die Kälte aus den Schatten vertrieb. Der Hofplatz war nach der Schneeschmelze getrocknet, und Kohlmeisen, Lerchen und Bachstelzen wetteiferten darin, wer von den Bäumen und Dachgiebeln das größte Spektakel veranstaltete.

«Hier haben wir die junge Frau von Nevabacka», sagte Küster-Elias und zog mit übertriebener Geste seinen speckigen, alten Hut. «Jung und hold und mild, ein wahres Prachtweib.» Er deutete auf den Mann, der hinter ihm stand. «Ich habe Besuch aus Turku mitgebracht, Sofia. Per Kollert, ein studierter Magister. Bist du schon einmal einem richtigen Magister begegnet?»

Der Mann hinter Elias nahm seinen Hut ab und verbeugte sich flüchtig. «Noch bin ich kein Magister, aber ich hoffe, dass meine Forschung hier mich diesem Titel ein Stück näher bringen wird.»

Nun, da Per Kollert das Wort an sie gerichtet hatte, durfte Sofia sich erlauben, ihn genauer zu betrachten. Sie sah tiefliegende, graue Augen mit schweren Lidern und einem verträumten Blick. Seine Nase war schmal und gerade, ein entschlossener Zug lag um die fein gezeichneten Lippen. Seine Hände waren weiß, die Finger lang, ganz anders als die Männerhände, die sie kannte. Für einen kurzen Moment sah sie Arnes große Bauernhände vor sich, die über ihre Haut strichen, und spürte, dass ihr eine brennende Röte in die Wangen stieg.

«Ich hoffe, wir drängen uns nicht auf», fuhr Per leise fort, und Sofia musste sich vorbeugen, um ihn zu verstehen. «Elias hat mir erzählt, dass auf dem Moor, das zu diesem Hof gehört, eine seltene Blume wächst, die ich gerne näher bestimmen möchte. Wir wollen uns heute ins Moor begeben, um nachzusehen, ob sie schon blüht.» Er klopfte auf eine runde Ledertasche, die er über der Schulter trug. «Ich möchte einige Exemplare sammeln, sie abzeichnen und ihren Standort beschreiben.»

«Welche Blume meinen Sie?», fragte Sofia. «Möglicherweise weiß ich, wo sie wächst.»

«Die gelbe, die auf der Südseite des Moors blüht. Weißt du, um welche Blume es sich handelt, Sofia?» Elias schob gewichtig die Daumen in seine Weste. «Ich habe sie voriges Jahr entdeckt und meinem guten Freund Wallenius an der Königlichen Akademie zu Turku von meiner Entdeckung berichtet.»

Sofia hatte im Moor nie eine ungewöhnliche Blume bemerkt, aber das wollte sie nicht zugeben, also nickte sie langsam.

«Ja, ich glaube schon. Vielleicht kann ich Sie begleiten und Ihnen helfen, sie zu finden?»

«Wenn Sie so freundlich wären?» Per kniff die Augen zusammen und beugte sich zu ihr herunter, mit einem Mal voller Eifer. «Das wäre eine große Hilfe. Aber wir wollen Sie keinesfalls von der Arbeit abhalten.»

Karl. Schlagartig erinnerte sie sich an Karl, und ein Stich der Enttäuschung durchzuckte sie. Sofia konnte den fiebernden Jungen nicht allein lassen. Im Herbst hatte sie es einmal getan. Karl hatte mal wieder gekränkelt, und sie hatte gedacht, es könnte nicht schaden, wenn sie eine Weile zum See ginge. Sie mochte es, dort spazieren zu gehen und ihren Träumen und Gedanken nachzuhängen. Aber Arne war zwischendurch vom Feld ins Haus gekommen, um irgendetwas zu holen, und hatte den Jungen weinend vorgefunden. Es war das einzige Mal, dass sie Arne wütend erlebt hatte. Für gewöhnlich war er von ruhigem Wesen, doch an diesem Tag hatte er sie mit geballten Fäusten an der Tür empfangen, die Lippen weiß vor Zorn.

«Ich sehe dir nach, dass du dich vor der Arbeit drückst und vor dich hinträumst. Du lebst noch nicht lange auf dem Hof. Es braucht Zeit, sich einzugewöhnen. Das sagt Mutter jedes Mal, wenn ich das Thema anschneide. ‹Lass das Mädchen sich eingewöhnen›, sagt sie. ‹Es ist nicht leicht, das Elternhaus zu verlassen und neue Sitten und Gebräuche zu erlernen.› Aber Kinder zu hüten, das bist du gewohnt! Wie konntest du Karl allein lassen? Er hätte in den Brunnen fallen oder vom Hund gebissen oder vom Troll geholt werden können! Ich habe nur einen Sohn, und du trägst die Verantwortung für ihn!»

Sofia hatte es mit der Angst zu tun bekommen. Sie hatte mit einem Schlag gerechnet, ihr Vater hatte sie oft geschlagen, wenn sie etwas getan hatte, was ihn erzürnte. Doch Arne war nur weiß vor Zorn geworden, und das war fast beängstigender als ein Schlag. Es hatte auch lange gedauert, bis sein Zorn wieder verraucht war. Sofia hatte sich größte Mühe geben müssen, damit er ihr wieder gut gewesen war. Seitdem hatte sie das Gefühl, dass es zwischen ihnen nicht mehr wie früher war. Zudem erschreckte und beschämte es sie, dass er mit seiner Mutter über sie sprach, diesem grausigen alten Weib! Ihre Schwiegermutter hatte eine Art, sie unter ihrem Kopftuch hervor zu mustern, dass es ihr kalt den Rücken hinablief. Das Weib schien alles zu wissen, was Sofia je in ihrem Leben gedacht oder getan hatte, sogar die Sache mit dem Taschentuch und Packhaus-Ulla. Es war zwar von Gottes Gebot und von Menschengesetz verboten, Kinder wegzuzaubern oder sie daran zu hindern, zur Welt zu kommen. Aber, dachte Sofia trotzig, sie haben nicht gesehen, welche Qualen Mutter erlitten hat, erst bei den vielen Geburten und dann durch das letzte Kind, das sie buchstäblich zerrissen hatte, als sie ihm das Leben schenkte.

«Ich kann nicht», sagte sie zu den beiden Herren, die vor ihr standen, während Karo freudig um sie herumtänzelte. «Klein Karl hat Fieber und kann nicht allein daheimbleiben.» Vor Enttäuschung brannten die Worte in ihrer Kehle.

«Das sind betrübliche Neuigkeiten.» Elias verneigte sich tief. Er glaubte, wie ein Großbürger zu wirken, wenn er sich in Anwesenheit von Frauen derart spreizte und aufführte. Dabei hatte er keine Ahnung, dass jedermann ihn für einen Narren hielt. «Dann müssen wir den Weg ins Moor ohne deine holde Gesellschaft finden, Sofia.»

Per Kollert nickte ihr flüchtig zu, ehe er mit langen Schritten seiner dürren Beine Elias nacheilte. Sofia blieb stehen und sah ihnen hinterher. Oh, wie sehr wünschte sie sich, sie könnte die Männer begleiten! Per hatte bestimmt vollkommen andere Dinge zu erzählen als die

Bauern aus der Gegend. Er kam aus Turku. Sofia hatte so viele Fragen über Turku! Sie sah vor sich, wie sie langsam durch den frühlingsgrünen Wald wanderten, Seite an Seite, während sie leise Gespräche führten über ... ja, sie hatte keine Vorstellung, worüber sie sprechen würden, aber in jedem Fall über etwas anderes als Düngemittel und Feldarbeit und lahmende Pferde. Elias war nicht an diesem Zwiegespräch beteiligt. Per würde ihr sein ernstes Gesicht zuwenden, wenn er stehen bliebe, um einen jungen Birkenzweig zur Seite zu biegen, damit sie, Sofia, ungehindert passieren könnte, und da würde sie ...

Ihre Träumereien wurden durch ein Weinen aus dem Haus unterbrochen. Seufzend presste sie die Lippen aufeinander und ging hinein zu Karl.

Den ganzen Tag über begleitete sie Per in Gedanken. Jetzt war er gewiss am Moor angekommen. Jetzt nahm er seinen Hut ab, trocknete sich den Schweiß von der Stirn und spähte gedankenvoll über das Riedgras. Jetzt kniete er sich auf den Boden und holte mit seinen schlanken Fingern einen Stift hervor, um ein kleines, zartes Pflänzchen abzuzeichnen. Sie dachte daran, wie er sich vor ihr verbeugt hatte, zurückhaltend, ohne Elias' albernes Gehabe. Hatte sein Blick nicht ein wenig länger als nötig auf ihr verweilt? Doch, ja, so war es gewesen, diesen Gedanken gestattete sie sich. Sie war so sehr mit ihren Grübeleien beschäftigt, dass sie vergaß, schroff und abweisend zu Karl zu sein. Stattdessen antwortete sie ihm verträumt und selbstvergessen, sodass der Junge vollends verwirrt war und sehr viel weniger jammerte als gewöhnlich.

Gerade als die Männer vom Feld zum Essen heimkamen,

kehrten auch die beiden Herren aus dem Moor zurück. Nach einer allgemeinen Vorstellrunde lud Arne die beiden Besucher ein, sich zu ihnen an den Tisch zu setzen. Essen sei genug da, versicherte er. Dafür sorge stets seine Schwester Kajsa. Zum ersten Mal zuckte Sofia bei diesen Worten zusammen, als sie sah, wie der Küster die Augenbrauen hob. Sie war die Frau des Hauses, und es sollte ihre Aufgabe sein, dafür zu sorgen, dass das Essen auf den Tisch kam. Arne schien ihre Verlegenheit zu bemerken, denn er fügte rasch hinzu: «Mein kleiner Sohn war im Winter häufig krank. Seine Pflege hat meine Frau voll und ganz in Anspruch genommen.»

Elias erkundigte sich sogleich, was dem Kleinen denn fehle und ob man diese oder jene Arznei erprobt habe. Sofia ergriff die Gelegenheit, bei Per Kollert nachzufragen, ob die Herren die gesuchte Pflanze gefunden hätten.

«Leider nein. Es ist vermutlich noch ein wenig zu früh für ihre Blüte», antwortete er.

«Wie bedauerlich, dass Sie nicht das gefunden haben, weswegen Sie hierhergereist sind.»

«Ich werde in der Gegend bleiben, bis die Pflanze blüht. Ein Mann der Botanik wie ich muss ebenso geduldig wie beharrlich sein, um ans Ziel seiner Wünsche zu gelangen.»

Diese Worte brachten eine Saite in Sofia zum Klingen. Galten sie nicht ihr? Es war doch fast zu offensichtlich! Hastig blickte sie reihum, doch niemand schien ihre Unterhaltung ungehörig oder bemerkenswert zu finden. Elias und Arne diskutierten über das Schröpfen, die Knechte löffelten stumm ihre Kohlsuppe, und Kajsa stellte geschäftig Brot und Salz auf den Tisch. Da kam

Sofia mit einem Mal ein Einfall, ein gewagter Einfall, der wie Feuer brannte, und sie wandte sich an Per.

«Wäre es nicht besser, wenn Herr Kollert hier auf Nevabacka bliebe? Dann müsste er nicht jeden Tag den weiten Weg aus dem Dorf ins Moor auf sich nehmen.»

Per straffte die Schultern, und nun lächelte er. Dabei kam es Sofia vor, als würde sein blasses Gesicht in einem nahezu verklärten Licht erstrahlen. «Sind Sie sicher? Würde es Ihnen keine allzu großen Umstände bereiten? Für meine Studien wäre es fürwahr eine Erleichterung.»

«Es bereitet keinerlei Umstände», versicherte Sofia entgegenkommend.

Arne, der diesen Teil ihrer Unterhaltung gehört hatte, beugte sich über den Tisch. «Solange Sie mit dem Heuboden als Schlafplatz vorliebnehmen, gerne. Es ist nicht mehr allzu viel Heu da, aber für einen einzelnen Burschen reicht es allemal.» Sofia hätte Arne am liebsten den Mund zugehalten und ihn am Reden gehindert, so sehr schämte sie sich. Einen studierten Mann im Heu nächtigen zu lassen!

Doch Per schüttelte lächelnd den Kopf. «Ich habe während meiner Forschungsreisen auf vielen Heuböden und in Scheunen übernachtet. Das passt mir ausgezeichnet. Was für Linné gut genug war, ist für Kollert recht und billig!»

Elias, der seine Aussichten auf einen Zechbruder zerrinnen sah, blickte unschlüssig von einem zum anderen. «Aber wer soll dich ins Moor führen?», gab er zu bedenken. «Nach einem einzigen Besuch kannst du den Weg unmöglich alleine finden, lieber Freund.»

«Sobald Karl wieder gesund ist, kann Sofia Sie führen», erwiderte Arne und lehnte sich zurück, Kajsas abfälliges

Schnauben ignorierend. «Sie kennt sich in der Gegend sehr gut aus, obwohl sie erst vergangenen Sommer hierhergekommen ist, denn sie verbringt sehr viel Zeit in Wald und Flur.»

«Mit den Kühen», ergänzte Sofia rasch, damit Per nicht glaubte, sie würde dem Müßiggang frönen. Wenngleich es genau das war, was sie tat. «Wir haben keine Milchmagd.» Die Male, die sie die Kühe zum Weiden hinaus in den Wald getrieben hatte, ließen sich an den Fingern einer Hand abzählen, doch das brauchte Per nicht zu erfahren. Kajsa warf ihr einen langen Blick zu, schwieg aber.

«Das wäre ein Segen», erwiderte Per. «Wir müssen nicht gleich morgen wieder ins Moor, sondern können in aller Ruhe die Genesung des Knaben abwarten. Bis zur Blüte der Pflanze werden wohl noch mehrere warme Tage vergehen.»

Mehrere Tage! Sofias Körper fühlte sich mit einem Mal federleicht an. Mehrere Tage, an denen Per an ihrem Tisch sitzen würde, an denen sie sich an seinem hübschen Gesicht sattsehen, seine leise, nachdenkliche Stimme hören konnte, an denen sie seinen Blick womöglich für einen kurzen Moment auf ihr verweilen sehen würde. Welch ein Glück! Sie spürte, wie das ganze Haus mit einem Mal von Frühlingssonne erfüllt war. Nun würde ihr Leben beginnen, ihr richtiges, wahres Leben!

Später kehrten die Herren ins Dorf zurück, denn der Frühlingsabend war hell und schön. Per würde in zwei Tagen mit seinen wenigen Habseligkeiten nach Nevabacka zurückkommen. Den ganzen nächsten Morgen über war Sofia bester Laune. Sie war Arne gegenüber freundlich und neckisch und mit Karl liebevoll und geduldig. Was spielte die Alltagsplackerei mit ihrem immergleichen grauen Trott für eine Rolle, wenn sie bald eines gänzlich anderen Strahlenglanzes teilhaftig werden würde? Nun gab es einen Ausweg, den Ausweg, auf den sie gewartet und von dem sie gewusst hatte, dass er kommen würde. Ehe er hinaus aufs Feld ging, hielt Arne in der Tür noch einmal inne und sah sie an.

«Mir kommt es so vor, als wäre die Sofia, die ich in der Stadt kennengelernt habe, plötzlich wieder da», sagte er. Ihm schien etwas eingefallen zu sein, denn er kehrte zurück und nahm ihre Hände in seine großen Bauernhände. «Warst du sehr unglücklich hier bei uns?», fragte er.

Sofia wusste nicht recht, was sie darauf antworten sollte. Errötend senkte sie den Blick. Einerseits fühlte sie sich ertappt, jetzt, da sie auf einer Wolke des Glücks schwebte, andererseits vermochte sie es nicht zu sagen. Unglücklich? War sie unglücklich gewesen?

«Verheiratet zu sein ist nicht ganz so, wie ich es mir vorgestellt habe», stammelte sie.

Arne drückte innig ihre Hände. «Meine arme Kleine. Ich vergesse manchmal, dass du noch nicht verheiratet gewesen und fast selbst noch ein Kind bist. Ich war vielleicht nicht der Ehemann, den sich ein junges Mädchen in der Sommernacht auf dem Heuboden erträumt. Verzeih mir, liebste Sofia. Ich werde mich in Zukunft bessern, versprochen.» Arne küsste sie.

Sofia blickte ihm nach, als er über den sonnenhellen Hof davonging. Ohne es zu merken, ließ sie ihre Fingerspitzen auf ihren frisch geküssten Lippen ruhen. Aber es war nicht das Gesicht ihres Ehemannes, das sie vor sich sah. In dem Moment, als Arnes Lippen ihre berührten, hatte sie ein vollkommen anderes Antlitz vor sich gesehen, mit schmalen Lippen und melancholischen, grauen Augen. Der Kuss hatte ihr den Atem geraubt, und sie empfand eine eigentümliche Schwere im Schoß.

Arnes alte Mutter sagte, Karl leide am Kummerfieber, einer Krankheit, die Kinder häufig bekämen, wenn sie sich insgeheim etwas wünschten, das sie nicht zu benennen wüssten.

Sobald die morgendlichen Hausarbeiten erledigt waren und Kajsa in den Stall hinübergegangen war, wickelte Sofia Karl in eine Decke und trug ihn den Hügel hinauf zu Mutter Serafinas kleinem Altenteil.

Sie war noch nie allein dort gewesen und presste Karl fest an sich. Der Junge genoss es, gedrückt, getragen und geherzt zu werden, und er schlang ihr zufrieden seine schmalen Ärmchen um den Hals. Sofia wäre fast lieber zur Geisterstunde auf den Kirchhof gegangen als alleine zur alten Serafina. Die Alte mit ihren Ausdünstungen, ihrem Tabak und diesem Blick, der sie geradewegs zu durchschauen schien, ließ sie erschaudern. Doch nun war guter Rat teuer. Karl musste gesund werden, damit Sofia Per ins Moor führen konnte. Ihr Blick fiel auf Arne und die Knechte, die draußen auf dem Feld die Ackerfurchen abschritten und mit der Aussaat beschäftigt waren. Arne hob grüßend die Hand. Selbst aus der Entfernung meinte sie zu erkennen, wie sich auf seinem Gesicht ein frohes Lächeln ausbreitete. Sie winkte zurück und schöpfte aus seinem Gruß ein wenig Mut.

Mutter Serafinas Altenteil lag am Waldrand neben einem kleinen Ackerstück, das sie nicht selbst bestellte. Von ihrem Sohn erhielt sie jährlich eine Tonne Roggen und ein Fass Salzheringe. Hinter der Hütte lag ein kleines Kohlbeet, wo Sofia ihre Schwiegermutter auf den Knien arbeitend vorfand.

«Hast du schon den Kohl geerntet?» Serafina stand auf, streckte das Kreuz durch und sah ihre Schwiegertochter an.

Sofia schüttelte den Kopf. «Noch nicht. Aber ich glaube, Kajsa wollte bald damit beginnen.» Wer konnte an Kohl denken, wenn es graue Augen auf der Welt gab!

«Damit solltet ihr nicht warten. Die nächsten Tage sollen warm werden.»

Sofia lächelte in sich hinein. Dann würde sie das Wetter nicht daran hindern, Per ins Moor zu führen! Sie rückte Karl auf ihrer Hüfte zurecht. «Habt Ihr vielleicht eine Arznei gegen Kummerfieber? Karl will nicht gesund werden.»

Serafina klopfte sich die Erde von den Händen. «Komm mit hinein. Wir müssen der Ursache auf den Grund gehen.»

In der dunklen, verrauchten Stube setzte Sofia sich mit Karl auf dem Schoß auf eine Bank. Er schlang die Arme um ihren Hals und schmiegte seine Wange an ihr Gesicht. Seine Haut war verschwitzt und roch säuerlich. Serafina griff nach einer Schafschere und schlug sie sorgsam in ein Tuch ein.

«Stell den Jungen auf den Fußboden», befahl sie.

Sofia löste Karls kleine Hände von ihrem Hals, wickelte ihn aus der Decke und stellte ihn vor die alte Frau auf die Dielen.

«Nun wollen wir mal sehen, was ihm fehlt», sagte Serafina. Mit der Schafschere beschrieb sie einen Kreis um Karls schmächtigen Körper und murmelte dabei allerlei Dinge, die er sich womöglich wünschen könnte: Zuckerzeug, Spielsachen, ein Geschwisterchen. Bei der Nennung des richtigen Herzenswunsches würde die Schere aus dem Tuch hervorspringen und anzeigen, was der Kranke brauchte, um wieder gesund zu werden. Karl begann zu weinen und streckte die Arme nach Sofia aus.

«Die Schere kommt nicht hervor. Fällt dir etwas ein, wonach er sich sehnen könnte?» Serafina richtete sich auf und schnaufte angestrengt. «Kinder, die am Kummerfieber leiden, wollen für gewöhnlich irgendeine Nascherei. Sobald sie die bekommen, werden sie gesund. Bei Erwachsenen ist die Sache komplizierter.»

Eine Nascherei, die Karl sich wünschen könnte? Sofia betrachtete den Jungen. «Wir haben es mit Kandiszucker und Butter probiert.» Sie erinnerte sich daran, was sie als Kind gemocht hatte. Blutwurst und Räucherschinken, die es zu seltenen festlichen Anlässen gegeben hatte. Die weißen, bis hinauf zu den Ellbogen mit Mehl bestäubten Arme ihrer Mutter, wenn sie den Teig für das große Brotbacken knetete. Den Duft von frischem Brot. Mutters liebevolle Umarmung, ehe Sofia sie mit ihren Geschwistern hatte teilen müssen. Sie seufzte. «Es wäre so viel einfacher, wenn seine Mutter noch am Leben wäre. Sie wüsste bestimmt, was er sich wünscht.»

Serafina runzelte die Stirn und führte die ins Tuch gewickelte Schere ein zweites Mal im Kreis um den Jungen herum.

«Ja, es ist seine Mutter, nach der er sich sehnt. Schau, die Schere ist gleich herausgekommen. Herrje, das ist wahrlich ein Unglück.» Serafina nahm Sofia die Decke ab, wickelte Karl wieder hinein, nahm ihn auf den Arm und betrachtete sein kleines, zartes Kindergesicht. Ihr Blick wurde sanft, und sie drückte ihn an sich. «Es ist nicht leicht, die Mutter so früh zu verlieren.» Über den Kopf des Jungen hinweg sah sie Sofia an. «Aber er hat ja dich.»

Mit einem Mal spürte Sofia, wie sehr sie ihre eigene Mutter vermisste. Das Gefühl war überraschend stark. Um die Tränen zu verbergen, die ihr in die Augen stiegen, schlug sie ihre Schürze vors Gesicht. Tränen waren in den Augen der Nevabacka-Leute ein Zeichen von Schwäche und Gefühlsduselei. Zu ihrem großen Erstaunen merkte sie, dass Serafina sich neben sie auf die Bank setzte. Sofort griffen Karls kleine Hände nach ihr, bekamen ihre Schürze zu fassen und zogen daran.

«Na, na. Niemand macht dir einen Vorwurf, weil Karl krank ist. Er ist klein und kränklich, seit das Fieber seine Mutter geholt hat.»

Sofias Tränen flossen immer heftiger. Immerzu wurden ihr Gefühle und Gedanken unterstellt, die gar nicht ihre eigenen waren. Genau das zeigte ihr, dass dies das falsche Leben, das falsche Dasein war. Sobald sie ihr wahres Leben begonnen hätte, würde sich alles fügen. Per würde sie verstehen, daran glaubte sie fest. Er würde die Arme um sie legen und fragen: «Denkst du an deine Mutter?» Und sie würde sich an seiner Schulter ausweinen dürfen.

Sofia schnäuzte sich in ihre Schürze und ließ Karl auf ihren Schoß herüberklettern.

«Dieses Kummerfieber wird schwer zu heilen sein. Was wird Arne dazu sagen?», fragte sie.

«Es lohnt nicht, ihm davon zu erzählen. Wir müssen hoffen, dass Karl gesundet, sobald es wärmer wird. Kummerfieberschübe sind im Frühjahr am heftigsten.»

Sofia biss sich in die Innenseite der Wange. Karl musste sofort gesund werden, damit sie Per ins Moor führen konnte.

«Das Fieber schwächt ihn so sehr», sagte sie bekümmert.

Serafina sah sie an. «Deine Sorge um Karl ehrt dich. Vielleicht geht das Fieber zurück, wenn du versuchst, ihm die Mutter zu ersetzen.» Serafina tätschelte dem kleinen blondgelockten Jungen die Wange. «Ich liebe dieses Kind so sehr, dass es sündhaft ist. Ich wünsche mir auch, dass er gesund wird. Und ich hoffe, dass du Arne viele weitere Kinder schenkst, die bei der Arbeit auf dem Hof helfen.»

Die Arbeit, immer nur die Arbeit. Der Hof stand über allem.

Sofia wusste sehr wohl, dass ihrer aller Wohlergehen von den Erträgen abhing, die der Hof abwarf. Doch etwas in ihr hatte begonnen, Nevabacka zu hassen. Als sie den Jungen nach Hause trug, blickte sie von der Anhöhe auf den Hof hinab, der grau und eingesunken und alt am Bachufer lag. Er belegte die gesamte wache Zeit seiner Bewohner mit Beschlag und drängte sich in ihre Träume mit seinen Feldern, Wiesen, Kohlbeeten und Ställen. Immerzu musste irgendetwas instand gesetzt, überholt und erledigt werden. Der Hof beanspruchte mehr Fürsorge als Karl.

In der Stube setzte sie Karl auf den Fußboden, wo er sogleich nach ihren Rockschößen griff, zu weinen begann und wieder auf den Arm genommen werden wollte.

Kajsa stand am Herd und kochte Grütze fürs Mittagessen. Dem Jungen die Mutter ersetzen. Serafinas Worte klangen in Sofia nach. Aber sie hatte kaum eine Ahnung, wie Karls Mutter gewesen war. Über die Toten wurde nicht gerne gesprochen.

«Wie war Arnes frühere Frau?», wandte sie sich unvermittelt an ihre Schwägerin. Kajsa nahm den Blick nicht vom Topf, zuckte aber mit den Schultern, unwillig, mit Sofia ein Gespräch anzufangen, die sie als verhätschelt und nutzlos empfand.

«Sie war eine Pfarrerstochter aus Oulu und konnte lesen. Schwedisch hat sie schnell gelernt, aber mit Karl hat sie Finnisch gesprochen.» Kajsa rührte heftig im Topf.

«Sie verstand zu spinnen, zu weben und zu nähen. Sie hatte stets etwas in den Händen.»

«Arne spricht nie von ihr.»

«Nein, das ist auch kein Wunder, so schrecklich, wie ihr Ende war.» Kajsa schloss den Mund. Es schickte sich nicht, über derlei Dinge zu sprechen. Die Toten sollte man in Frieden ruhen lassen, ganz gleich, wie sie gestorben waren. Sie suchte nach etwas anderem, was sie Sofia erzählen konnte. Etwas Angenehmeres.

«Sie hat sehr schön gesungen und kannte viele Lieder, die sie als Kind in Oulu gelernt hatte. Sie konnte die Kühe mit ihren Rufen zu sich locken wie keine Zweite. In der kurzen Zeit, die ihr mit ihm vergönnt war, hat sie Karl von morgens bis abends finnische Lieder vorgesungen.»

Sofia blickte zu Karl hinab, der mit fiebrigen Wangen und laufender Nase zu ihr aufschaute. Sie kannte viele Lieder, aber nur ein einziges auf Finnisch, und das war kein Wiegenlied. Aber nun gut, ein Versuch konnte wohl kaum schaden. Sie nahm Karl auf den Arm, trug ihn ins Bett und legte sich neben ihn. Er kroch dicht an sie heran und schlang seine Ärmchen um ihren Hals. Sofia strich ihm über den Kopf, so wie es ihre Mutter immer bei ihr getan hatte, als sie klein gewesen war, und begann, mit leiser Stimme das finnische Bänkellied zu singen. Dabei war ihr durchaus bewusst, dass Kajsa ihr zuhörte.

Karl erstarrte und sah sie mit weit aufgerissenen Augen an. Ein Zittern ging durch seinen schmächtigen Körper, und sein Klammergriff um ihren Hals lockerte sich. Bevor das lange Lied zu Ende war, schlief er. Behutsam löste Sofia seine Arme und stand auf. Kajsa hantierte am Herd und sagte nichts. Als Arne und die Knechte zum Essen ins Haus kamen, stellte sie den Grütztopf auf den Tisch, ließ Sofia aber für Brot und Salzhering sorgen. Dann nickte sie ihrer Schwägerin zu.

«Sofia hat Karl ein finnisches Lied vorgesungen, und er ist prompt eingeschlafen», sagte sie zu Arne.

«Ja, Mutter Serafina meint, er habe das Kummerfieber, weil er sich nach seiner Mutter sehnt. Kajsa hat mir erzählt, dass sie Finnisch mit ihm gesprochen hat.»

«Das war ein kluger Einfall!» Arne strahlte sie an. «Jetzt wird er gesund, ganz bestimmt!»

Sofia errötete und senkte den Blick. Arnes Lob tat ihr gut, aber sie hatte nicht das Gefühl, es verdient zu haben, denn sie wusste ganz genau: Ansporn ihres Handelns war keineswegs die Sorge um Karl.

Der Junge verhielt sich den ganzen Tag über sehr viel ruhiger und ausgeglichener als sonst. Jedes Mal, wenn er weinte, begann sie, auf Finnisch zu singen, und er beruhigte sich wieder. Am nächsten Tag war er fieberfrei und aß seinen Brei mit gutem Appetit. Obwohl sie mit Pers Ankunft vorerst noch nicht rechnete, war Sofia guter Dinge und freute sich, dass der Junge so weit genesen war, dass sie Per, sobald er käme, ins Moor führen könnte. Am Abend zog Arne sie an sich und umarmte sie liebevoll.

«Du warst in den letzten Tagen so umsichtig und klug, was Karl betrifft. Es erfreut mein Herz jedes Mal, wenn ich zur Tür hereinkomme und höre, wie du ihm vorsingst. Du singst so schön! Das wusste ich nicht.»

«Ich bin froh, dass die Arznei so einfach war», antwortete Sofia.

«Nein, da irrst du dich. Du warst die Einzige, die sie ersinnen konnte. Mutter oder Kajsa wären nie darauf gekommen, niemals.» Arne spielte mit einer Haarsträhne, die sich aus ihrem Zopf gelöst hatte. «Meine Sofia, seit unserer Hochzeit habe ich dich nicht mehr so fröhlich gesehen.»

Sie lächelte ihn an. «Ich habe mich noch nie derart leicht ums Herz gefühlt.»

«Du hast dich bei uns auf dem Hof eingelebt.»

«Ja, das muss es sein. In den letzten Tagen ist mir alles viel heller vorgekommen.»

«Ob auch du ein klein wenig am Kummerfieber gelitten hast?»

Sofia lachte und errötete, denn Arnes Worte hatten ins Schwarze getroffen. Sie hatte sich nach einem anderen Leben verzehrt, und nun war es hier. Begriff er nicht, dass sie deshalb so glücklich war?

In dieser Nacht war Arne wie in ihrer Hochzeitsnacht, liebevoll und zärtlich. Sofia hatte sich so lange danach gesehnt, dass sie nun fast erbost darüber war, dass er sein Verhalten in dem Moment änderte, als sie das gefunden hatte, worauf sie so lange gewartet hatte. Doch sie ließ ihn nichts merken.

Am nächsten Tag kam Per. Es war genau zur Mittagszeit, und alle Hofleute saßen in der Küche zu Tisch. Als Karo anschlug, wurde Sofia im ersten Augenblick heiß, dann eiskalt. Nun war er hier! Karl saß mit am Tisch, auf dem Schoß seines Vaters. Seit zwei Tagen war er fieberfrei, seine Augen waren klar, und er hatte eine gesunde Gesichtsfarbe. Es würde doch niemand auf die Idee kommen, sie müsse mit ihm daheimbleiben? Hastig blickte sie zu Kajsa, die aufstand, um zu sehen, wer gekommen war.

«Es ist dieser Botaniker aus Turku, der im Moor nach Gräsern suchen will.»

Die Männer am Tisch lachten gutmütig. Sofia blickte sich verwundert um. Verspotteten sie Per? Mit einem Mal sah sie ihn mit ihren Augen – einen verwöhnten Burschen, der sich für Blumen und Bücher interessierte, Dinge, die in ihren Augen vollkommen unnütz waren.

«Es ist nett von dir, dass du ihm hilfst», sagte Arne zu ihr und wischte Karl ein wenig Brei vom Kinn. «Er würde sich im Wald kaum alleine zurechtfinden.»

«Wir würden ihn wohl noch vor dem Abend aus dem Moor ziehen müssen», meinte Kajsa. «Kommen Sie herein, wir sind gerade fertig», fuhr sie fort, als Pers schmale, hochgewachsene Gestalt in der Tür erschien.

Sofias Herz begann heftig zu schlagen. «Möchten Sie etwas Grütze?»

«Vielen Dank, aber ich habe bereits gegessen», antwortete er freundlich. «Küster-Elias hat mich zu einem Abschiedsessen eingeladen.»

«In flüssiger Form, nehme ich an», sagte Arne.

Per lächelte bekümmert. «Was ihn betrifft, ja. Wie dieser Mann die Kinder der Gegend in der Kunst des Lesens unterrichten kann, ist mir ein Rätsel. Er scheint niemals nüchtern zu sein.»

«Deshalb können die Kinder auch nicht lesen», entgegnete Arne gelassen. «Diesen Dingen messen wir hier keinen großen Wert bei, gleichgültig, wozu Geistlichkeit und Amtsleute das einfache Volk zu zwingen versuchen.»

«Tja, nun bin ich hier», wandte Per sich direkt an Sofia. «Wann immer es Ihnen passt, nehme ich Ihr Angebot, mich ins Moor zu führen, gerne an.»

Sofia senkte den Blick auf ihre Hände, die sie im Schoß gefaltet hielt, damit sie nicht zitterten. Sie durfte nicht zu eifrig wirken, nicht zu erpicht auf Pers Gesellschaft. Niemand durfte ahnen, was in ihr vorging.

«Nun, Kajsa und ich haben darüber gesprochen, einen neuen Kettbaum einzusetzen.» Sie blickte zu ihrer Schwägerin. «Und dann ist da Karl. Er ist immer noch nicht vollkommen gesund, aber ...»

«Ich kann für eine Weile nach dem Jungen sehen», sagte Kajsa brüsk. «Das habe ich auch getan, als seine Mutter gestorben ist. Und der Kettbaum läuft nicht weg.»

«Na, wenn das so ist.» Nun wagte es Sofia, Per anzusehen. «Dann können wir jederzeit aufbrechen.»

Der Wald umgab sie kühl und still. Endlich konnte Sofia den Hof hinter sich lassen: den Hof, der Ansprüche stellte, forderte und nahm. Der Wald, dachte sie, der Wald war ihr wahres Heim. Verstohlen blickte sie zu dem Mann, der neben ihr ging. Er musste ebenso empfinden. Per war ein Mann, der sich in Wald und Flur heimisch fühlte, das sah man ihm an. Er ging langsam, aufmerksam. Nicht wie die Bauern, die nur ihre tägliche Arbeit vor Augen hatten. Nein, er blickte zu den Baumwipfeln auf, wenn ein Vogel seinen Triller hören ließ. Er blieb stehen und hockte sich neben ein paar Blumen, die in einer Senke wuchsen. Er studierte die Losung eines Tiers, die er auf einem morschen Baumstumpf entdeckte. Hin und wieder nahm er ein Blatt Papier aus seiner runden Ledertasche, notierte etwas oder fertigte eine Zeichnung an. Dann wartete Sofia schweigend, um ihn nicht zu stören, und genoss es, seinen schmalen Nacken betrachten zu können, seine langen Finger, die den Federhalter so elegant hielten, sein blondes Haar, das unter seiner Studentenmütze hervorschaute.

Sie hätte ewig so stehen bleiben können.

Per war ein höflicher Begleiter und bemühte sich, ein Gespräch mit ihr anzuknüpfen, aber auf die meisten seiner Fragen wusste sie keine Antwort. Sie hatte keine Ahnung, wie viele Tonnen Roggen der Hof abwarf oder woher die Salzheringsfässer kamen. Seine Fragen nach den Kühen, wie viel Milch sie gaben und ob sie gut kalbten, konnte sie notdürftig beantworten, und über die Butter- und Käseherstellung wusste sie auch ein wenig zu erzählen. Bei allem anderen musste sie ihn jedoch bitten, sich an Arne zu wenden. Sie wollte alles über *sein* Leben erfahren, nicht von ihrem erzählen. Pers Leben war das Funkelnde, Verlockende, Neue. Das ihre war grau, verdreht und falsch.

«Wie ist Turku?», brachte sie heraus, als sie einen klar dahinplätschernden Waldbach überquerten, ein Zeichen, dass sie sich dem Moor näherten. Per sah sie mit einem kleinen Lächeln an.

«Größer als Ihr Dorf, kleiner als Stockholm», erwiderte er.

«Sind Sie von dort?»

«Nein, ich komme aus Vaasa. Was vermutlich der Grund ist, weshalb mein Professor mir diesen Forschungsauftrag erteilt hat. Er denkt wohl, ich besäße eine gewisse Lokalkenntnis.»

Sofia war sich nicht ganz sicher, was dieses Wort bedeutete, wollte ihre Unkenntnis aber nicht zur Schau stellen. «Wie war Ihr Elternhaus in Vaasa?», fragte sie.

«Mein Vater ist Buchdrucker von Beruf und wohnt in der Nähe des Amtsgerichts, in einem Haus mit allen Annehmlichkeiten. Meine Unterkunft in Turku ist weitaus bescheidener. Aber ein Student muss den Gürtel häufig eng schnallen. Ich teile mir ein Zimmer mit einem Kommilitonen.» Aus seinen tiefliegenden grauen Augen warf er ihr einen Blick zu, der ihr Herz höherschlagen ließ. «Es ist sehr viel einfacher als Nevabacka, das kann ich Ihnen versichern. Hin und wieder vermisse ich die Behaglichkeit eines richtigen Heims. Daher bin ich sehr dankbar für die Gastfreundlichkeit, die Sie mir erweisen.»

«Denken Sie, dass Sie in Turku bleiben werden?»

«Nein, sobald ich meinen Magistertitel in der Tasche habe, möchte ich auf Reisen gehen. Es gibt so viele Orte, an denen wir die Flora noch nicht ausgiebig erforscht haben. Mein Professor sagt, dass er ein Empfehlungsschreiben an einen Freund in Amerika schicken wird. Dorthin möchte ich gerne.»

«Amerika! Liegt das nicht östlich der Sonne und westlich des Mondes, wie in einem Märchen für Kinder?»

Per lachte. «Nein, ich versichere Ihnen, es ist ein wirklicher Ort. Mein Professor war selbst dort und hat Brombeeren erforscht. Dort leben Menschen wie Sie und ich, mit zwei Beinen, zwei Armen und einem Kopf.»

Sofia lief schweigend weiter, in ihren eigenen Gedanken versunken. Das neue Leben, das sanft glimmend vor ihr gelegen hatte, loderte mit einem Mal mit einer Heftigkeit auf, dass sie fast geblendet wurde. Wo sollte dort

Platz für sie sein, in einem Leben, das einen Mann nach Amerika führte? Aber Per würde irgendwann zurückkehren. Und dann brauchte er ein hübsches Heim, das jemand für ihn geschaffen hatte. Einen Ort der Geborgenheit, wo er sein Haupt betten konnte nach den vielen Reisen und Strapazen. Die lodernde Flamme fiel wieder zu einer sanft glimmenden Glut zusammen.

Sie hatten das Moor erreicht.

«Ja, hier ist es», sagte Sofia. «Dieser Teil des Moors ist sehr sumpfig und gefährlich. Aber dort drüben führt ein trockener Pfad entlang, ungefähr bis zur Mitte. Sehen Sie, dort, wo die Krüppelkiefern wachsen. Da stehen die Überreste einer alten Hütte. Irgendein Kirchenmann soll sich dort während des Unfriedens versteckt gehalten haben.»

Doch Per schritt bereits vornübergebeugt den Rand des Moors ab, die Pflanzen studierend und Wörter einer seltsamen Sprache vor sich hin murmelnd. Sofia folgte ihm. Der Himmel war wolkenverhangen, und kein Lufthauch regte sich. Im Wald herrschte eine eigentümliche Stille. Es war, als hielte alles, sie selbst eingeschlossen, den Atem an. So ist es häufig, bevor etwas Neues beginnt, dachte sie. Eine Pause. Ein Schweigen. Doch dann, dann ...

Sie hatte keine rechte Vorstellung davon, worin dieses Dann bestehen oder wie es aussehen würde. Aber sie klammerte sich an die Gewissheit, dass es kommen würde.

Am Abend kehrten sie unverrichteter Dinge auf den Hof zurück. Per war niedergeschlagen, aber nicht mutlos.

«Ich glaube, ich habe das zarte Pflänzchen gefunden. Aber ich habe erst dann Gewissheit, ob ich eine bis dato unbekannte Art entdeckt habe, wenn sie blüht.» Er nahm einen großen Bissen von seinem dem Gast zu Ehren mit Butter bestrichenen Brot. «Doch das dürfte höchstens noch ein paar Tage dauern. Wenn es Ihnen recht ist, Sofia, können wir am Sonntag wieder ins Moor gehen. Dann halte ich Sie auch nicht von Ihren Arbeiten ab.»

Sofia lag den Großteil der Nacht wach und rief sich jeden Blick, den Per ihr zugeworfen, jedes Wort, das er an sie gerichtet hatte, in Erinnerung. Wie er ihr im Moor die Pflanze gezeigt hatte, die er für eine seltene Blume hielt. Er hatte eine Hand nach ihr ausgestreckt, sie zu sich hinuntergezogen und ihr die Beschaffenheit der Pflanze erklärt: «Schauen Sie, hier in der Blattrosette, hier wird in Kürze der Blütenstand austreiben. An den Blättern können Sie erkennen, dass ...» Und dann hatte er etwas über Blätter und Pflanzenwuchs erzählt, dem sie nicht ganz hatte folgen können, weil seine Hand so nah an der ihren gewesen war und seine blonden Haare sie so sehr gekitzelt hatten, dass ihre Knie weich geworden waren und er ihr hatte auf die Füße helfen müssen. Aber ach, wie herrlich dieser Augenblick gewesen war. Seine Hand unter ihrem Arm, warm und fest, seine langen, schlanken Finger auf der empfindsamen Haut ihres Unterarms! Sein Duft, als er so dicht bei ihr gestanden hatte, sein besorgter Blick! Kein Wunder, dass ihre Beine fast ein zweites Mal unter ihr nachgegeben hatten! Sie hatte geglaubt, er würde sie nun küssen. Er hatte sich ganz dicht zu ihr gebeugt und ihr ins Gesicht geblickt. Beinahe wäre sie in Ohnmacht gefallen. Doch er hatte sie nicht geküsst, sondern gemeint, es sei wohl das Beste, wenn sie zurückgingen, denn sie scheine nicht ganz wohlauf zu sein.

Dann die Stille, während sie durch den Wald zurückgewandert waren, die Wolkendecke, die unvermittelt aufriss, und die goldene Abendsonne, die durch die Bäume hereingeströmt war. Geteilte Stille – war das nicht eines der wunderbarsten Dinge auf Erden? Sofia spürte, dass sie einander voll und ganz verstanden. Per sah sie als die Person, die sie wirklich war – keine Bauersfrau auf einem entlegenen alten Hof, sondern ein glanzvolles Wesen auf dem Weg in ein neues Leben an seiner Seite.

Sie fuhr fort, Karl eine gute Mutter zu sein. So blieb er gesund und bei Laune. Sie wusste, am Sonntag würde es geschehen. Per und sie wären wieder allein im Wald. Er würde seine Chance bekommen, mit ihr zu sprechen, ihre Hände zu nehmen, sie mit seinen ernsten, grauen Augen anzusehen und dann, dann – sie hatte nicht viel weiter als bis hierher gedacht. Hin und wieder streifte sie der Gedanke, dass sie verheiratet war. Sie war die Ehefrau eines anderen. Gott hatte sie mit Arne zusammengefügt, und es gab keinen Weg, das Gelübde, das sie einander gegeben hatten, zu brechen. Sie hatte gehört, dass es etwas gab, das sich Ehescheidung nannte, aber was es damit genau auf sich hatte, wusste sie nicht. Allerdings kannte sie zahlreiche Geschichten über Männer und Frauen, die «von daheim weggelaufen» waren, den Ehemann oder die Ehefrau und die Kinder verlassen hatten. Und über diese Leute wurde in ausgesprochen scharfen und verurteilenden Tönen gesprochen. Aber bei ihr lag die Sache anders. Dies alles – der Hof und Arne und Karl – war *falsch*. Sie war im falschen Leben gelandet, und sie würde diesen Fehler lediglich korrigieren, indem sie die Schwelle zu dem Leben überschritt, das ihr von vornherein bestimmt gewesen war.

Sie war bereit zu tun, worum auch immer Per sie bat. Wenn er sie im Wald aufs Moos legen würde, wenn er sie sofort zu der Seinen machen wollte – sie würde es ihm nicht abschlagen. Sie spürte, dass sie ihm nichts abschlagen konnte.

Am Freitag zog ein Sturm auf, der die Frauen und Per den ganzen Tag ans Haus fesselte. Sofia genoss es, Per bei sich zu haben, aber sie befürchtete, das Wetter könnte sie daran hindern, am Sonntag ins Moor zu gehen. Per saß am Tisch und schrieb, während Karl neugierig versuchte, auf seinen Schoß zu klettern. Sofia hatte alle Hände voll zu tun, den Jungen von ihm fernzuhalten.

«Notieren Sie etwas über die Blume?», erkundigte sich Kajsa, aber Per entgegnete, er schreibe Briefe an seinen Professor und seinen Kommilitonen in Turku.

«Ja, ja. Diese Art von Kommilitonen kennt man», gluckste Kajsa. «Haben Sie in der Stadt etwa eine Liebste?»

Eine eiskalte Hand umklammerte Sofias Herz. Der Gedanke war ihr keinen Moment gekommen. Hatte Per eine andere?

Ihr Mund wurde ganz trocken, und sie verspürte einen bitteren Geschmack auf der Zunge, als hätte sie Bärentrauben gegessen. War er vielleicht mit einem Turku-Fräulein in Seidenrock und Kalbslederschuhen verlobt? Wie hatte sie glauben können, ein Mann wie Per sei ungebunden?

Per lächelte freundlich, errötete aber weder, noch machte er den Versuch, die Frage mit einem Scherz zu überspielen. «Ich schreibe an meinen Kommilitonen, mit dem ich mir ein Zimmer teile, damit er weiß, dass er mich noch nicht zurückerwarten muss.»

Sofias Herz begann wieder normal zu schlagen. Sie nahm Karl auf den Arm und verbarg ihr Gesicht in seinen blonden Locken, um das erleichterte Lächeln zu verbergen, das sie nicht unterdrücken konnte. Natürlich war Per frei! Sonst hätte er sie niemals so ernst angesehen! Er war kein Mann, der mit den Gefühlen eines Mädchens spielte.

Das Gute, was der Sturm mit sich brachte, war, dass Arne Per überredete, heute Nacht im Haus zu schlafen. Sofia lag wach, im quälenden Bewusstsein, dass Per in der großen Stube war, nur ein paar Meter entfernt. Sie lag wach und lauschte, wie der Sturm in den Bäumen rings um den Hof rauschte und toste, wie die Dachbalken ächzten und knarrten und wie es um die Hausecken herum heulte und pfiff. Sie wusste nicht, was sie sich sehnlicher wünschte: dass der Sturm abflaute, damit sie mit Per in den Wald gehen konnte, oder dass er weiter anhielt, damit Per gezwungen sein würde, eine weitere Nacht unter demselben Dach wie sie zu schlafen.

Gegen Morgen hatte der Sturm aufgehört zu wüten, und es wurde stiller. Die Wolkendecke riss auf, und der Vollmond kam hervor. Da wurde Sofia so rastlos, dass sie nicht mehr still liegen konnte. Ohne Arne und Karl zu wecken, stieg sie aus dem Bett, schlich behände und leise durch die Kammer und hinaus in die Stube.

Da, auf der an der Wand befestigten Bank, lag Per und schlief. Sie könnte die Stube durchqueren, sich neben ihn setzen und ihm über das Haar streichen. Vielleicht würde er aufwachen, zu ihr aufschauen, mit diesem sehnsüchtigen Blick, und dann, dann ... Sofia presste die Finger an ihre Lippen, stellte sich Pers brennend heißen

Kuss vor, seine Arme um ihren nachgiebigen Leib, seine Hitze, wie sie ...

Ihr Blick fiel auf seine runde Ledertasche, die auf dem Tisch neben einigen beschriebenen Seiten lag. Im Mondschein, der durch das einzige Fenster der Stube fiel, glänzten sie weiß wie Schnee. Lautlos ging sie zum Tisch hinüber und beugte sich darüber. Der Küster ihres Heimatdorfs war kein betrunkener Taugenichts gewesen, und sie hatte Lesen gelernt. Notdürftig zwar, aber sie konnte lesen. Langsam und mit Mühe buchstabierte sie sich durch die Worte, die ihr Liebster geschrieben hatte.

Lieber Freund!

Wie es scheint, werde ich Österbotten noch für einige weitere Tage erhalten bleiben. Es ist mir noch immer nicht geglückt, der mystischen Moor-Orchidee sämtliche ihrer Geheimnisse zu entlocken, denn sie hat noch nicht zu blühen geruht, aber ich bin fast am Ziel. Sobald ich sie in Gänze erforscht habe, plane ich, zu Fuß weiter gen Süden zu wandern. Wenn es hier eine noch nicht klassifizierte nordische Orchideenart gibt, wer weiß, welch andere Schätze sich in diesen weitläufigen Wäldern versteckt halten? Ich hege große Hoffnungen, weitere seltene Funde zu machen. Vielleicht kann ich mein Magisterexamen ein wenig beschleunigen, wenn es mir gelingt, eine Pflanze zu entdecken, die den alten Wallenius Mund und Nase aufsperren lässt.

Ich denke, dass Du mich frühestens nach Pfingsten zurückerwarten kannst.

Die Tage werden mir lang, während ich warte. Hier

gibt es natürlich nichts zu lesen, nicht einmal die Bibel. Des Lesens mächtig sind sie nicht, die österbottnischen Bauern. Auch von der Welt jenseits ihrer Äcker und Wiesen wissen sie nichts. Über Viehhaltung und Düngemethoden sind sie bestens informiert, aber von den Angelegenheiten unseres Königreiches haben sie nicht den leisesten Dunst. Du kannst Dir nicht vorstellen, was für Wahnvorstellungen hier grassieren! Schröpfen gilt als Allheilmittel gegen jedwedes Gebrechen, desgleichen werden Schlangengiftzähne in der Kleidung getragen, Leute mit Froschschenkeln beworfen und derlei Hokuspokus mehr. Der Bauer, bei dem ich Logis genommen habe, ist kein Dummkopf, doch in etlichen Dingen ist er kaum gescheiter als ein kleines Kind. Stell Dir nur vor, was für ein ausgemachter Spaß es wäre, ihn bei einer von Wallenius' Einladungen zu Gast zu haben! Wir könnten uns darüber austauschen, dass es schlechtes Jagdglück verheißt, wenn man auf dem Weg in den Wald einem Frauenzimmer begegnet! Man hat mich viele Male ermahnt und gewarnt, wie gefährlich das Moor ist, und die Bauersfrau, die mich hinführt, traut sich kaum selbst dorthin. Man merkt, wie bange ihr zumute wird, je näher wir unserem Ziel kommen. Dann wird sie ganz still und wagt kaum, den Mund aufzutun. Beim letzten Mal ist sie vor lauter Furcht fast in Ohnmacht gefallen. Im Moor soll ein Waldgeist hausen, mit dem nicht gut Kirschen essen ist und der einen mit Hinterlist und Tücke in die Irre leiten will, damit man in dem seichten, stillstehenden Tümpel ertrinkt. Auch Wiedergänger sind hier unterwegs – Leute, die im Moor umgekommen sind, wie der Vater des Bauern. Man hat mir geraten, stets ein Stück Eisen bei mir zu tragen, damit mich nicht dasselbe Schicksal ereilt. Ich glaube, sie haben auch die goldgelbe Blume, nach der ich suche, im Verdacht, denn sie haben mich davor gewarnt, dass sie ein Trugbild des Moorgeistes sein könnte, ein fauler Zauber, der mich hinaus in den Sumpf locken soll, oder er verheißt anderes Unheil. Aus dem Moor erwächst nichts Gutes, sagen sie.

Es ist eine himmelschreiende Sünde am gesunden Verstand, dass das Landvolk so ungebildet ist. Die Bäuerin ist eine junge Frau, von grobknochiger Statur wie die meisten österbottnischen Frauen, aber schmuck und reinlich in Kleidung und Wesen. Gesund und frisch auf eine Art, wie es die feinen Fräulein in Turku selten sind. Aber man hat sie glauben gemacht, das Fieber eines Kindes sei auf seine Sehnsucht nach der leiblichen Mutter zurückzuführen, und dass sie und niemand sonst das Fieber geheilt habe, indem sie dem Kind finnische Lieder vorgesungen hat. Ich werde Johan davon erzählen, dann wird er seine medizinischen Studien fortan aus einer ganz neuen Perspektive betrachten! Mit ein wenig Bildung würden die Leute, die Frauen eingeschlossen, ganz andere Möglichkeiten haben, ihrem Vaterland zu dienen. Es ist nicht gut, wenn das Volk so leicht in die Irre zu führen und so ungebildet ist, dass es kaum weiß, wer sein König ist.

Ansonsten habe ich es hier recht bequem und sehe den Strapazen, die eine Fußwanderung gen Süden mit sich führt, nicht mit uneingeschränkter Vorfreude entgegen. Aber: Alles für die Wissenschaft, oder wie sagst Du so gerne, lieber Freund? Scientia potentia nostra! Ein bisschen Regen im Nacken und ein paar Nächte unter freiem Himmel werde ich schon überstehen. Aber ich glaube, in

Vaasa werde ich ein geeignetes Schiff nach Turku besteigen. Weiter reicht meine Selbstaufopferung für Frau Scientia nicht!

In aller Eile
Per

Sofia konnte sie vor sich sehen. Den Kommilitonen, an den Per schrieb, und den Medizinstudenten Johan, mit dem beide offenbar befreundet waren. Wie sie eines Abends nach Pers Rückkehr in Turku zusammensaßen, vielleicht in Pers kleiner Mansarde. Wie er seine Mitstudenten mit lustigen Geschichten über das grobschlächtige, ungebildete österbottnische Bauernvolk und den einfältigen Hokuspokus erheiterte, an den es glaubte. Anscheinend konnte er sich nicht vorstellen, dass auf dem Hof jemand zu lesen verstand, sonst hätte er seinen Brief nicht so unbedacht offen auf dem Tisch liegen lassen. Sofia sah vor sich, wie Per sie alle mit scharfen Worten zeichnete. Wie er sie, Sofia, als reinlich und unverbraucht und dumm wie eine Gans beschrieb. Die Studenten würden ihre Krüge heben und über sie lachen, über den rechtschaffenen, hart arbeitenden Arne, über Kajsa und ihren Aberglauben. Kein Wort würden sie darüber verlieren, dass Kajsa von frühmorgens bis spätabends auf den Beinen war und sich um den Hof kümmerte, als sei er ein Wickelkind. Kein Wort, dass die Butter auf ihren Studentenbroten von Höfen wie Nevabacka kam.

Alle seine ernsten Blicke waren nicht auf Zärtlichkeit und Liebe zurückzuführen gewesen, sondern darauf, dass er sie wegen ihrer Unkenntnis oder einer Dummheit bemitleidet hatte, die sie von sich gegeben hatte. Die ganze Zeit war das einzige Gefühl, das sie in seiner Brust geweckt hatte, Mitleid gewesen. Scham durchflutete sie, und sie musste sich am Tisch festhalten. Per hatte insgeheim über sie gespottet, und sie hatte sich seinetwegen lächerlich gemacht.

Sofia sah sich in der kahlen, grauen Stube um. Das Mondlicht war das einzige Schöne und Glänzende hier. Es gab kein anderes Leben, das auf sie wartete. Sie war genauso dumm gewesen, wie sie in Pers Augen war. Hatte sich Blicke und Gefühle eingebildet, die gar nicht da gewesen waren. Als sie wegen ihrer eigenen starken Empfindungen fast das Bewusstsein verloren hatte, war Per der Meinung gewesen, sie fürchte sich vor dem Moor. Sie bedeutete ihm nichts, überhaupt nichts.

Es gibt keinen Ausweg, dachte sie. Kein anderes Leben. Dies ist alles, was es gibt, alles, was jemals sein wird.

Eine lange Weile blieb sie reglos stehen, dann wandte sie sich um, ging in die Schlafkammer, kleidete sich leise an, trat hinaus in die Nacht, überquerte den Hofplatz und lief, ohne den leisesten Anflug von Angst, in den Wald. Der Einzige, der sie gehen sah, war ein Schwarzspecht, der mit lautem Flügelschlag am Waldrand aufflatterte. Die Dunkelheit verschluckte sie auf der Stelle.

Lieber Freund!

Ich muss meinem Brief ein Postskriptum anfügen. Ich verlasse diesen Teil von Österbotten zutiefst enttäuscht. Gestern hat mich mein Weg abermals ins Moor geführt – diesmal nicht mit der Bauersfrau als Führerin, denn sie hegt nach eigenem Bekunden zu viel Angst vor dem

Geist des Moores, als dass sie noch einmal einen Fuß dort hinsetzen möchte. Also rief man den örtlichen Küster herbei, den Schluckspecht, von dem ich Dir in meinem letzten Brief berichtet habe, und gemeinsam fanden wir die Blattrosetten der Orchidee, die dort seiner Aussage nach wachsen soll und von deren Existenz ich mich bei meinem letzten Besuch im Moor auch habe überzeugen können. Blütenblätter waren jedoch keine vorhanden. Lediglich Spuren, dass sie tatsächlich in Blüte gestanden haben muss. In einigen Blattrosetten saßen noch letzte Blütenstummel. Doch irgendein Insekt oder Tier muss sie genau oberhalb des Blütenbodens abgefressen haben. Ich konnte nicht feststellen, ob es sich bei der Pflanze tatsächlich um eine unbekannte Orchideenart handelt oder nicht. Der Küster perorierte und wütete wie toll, dass es noch drei Dörfer weiter zu hören gewesen sein muss, aber auch er musste sich letzten Endes geschlagen geben. Vielleicht können wir im nächsten Jahr jemanden herschicken, der die Pflanze näher studiert – meine Wenigkeit wird man jedoch nicht wieder hierherkriegen – so abgrundtief betrogen fühle ich mich.

Folglich werde ich nun gen Süden ziehen. Vielleicht habe ich mehr Erfolg in einem Landstrich, in dem blaue Buschwindröschen wachsen sollen.

Wünsch mir Glück für die Reise!

Dein ergebener
Per

Schattengesang

Als der Junge in den Wald ging, schwieg Mutter schon den dritten Tag. Er hatte irgendetwas getan, das sie verärgerte. Was, wusste er nicht. Das wusste er selten. Ein Spaß, der ihr missfallen hatte. Ein Tonfall, den sie als frech empfand. Eine Arbeit, die er nicht auf rechte Weise ausgeführt hatte. Manchmal war es Vater, der ihren Zorn heraufbeschwor, aber es spielte keine Rolle, wer von ihnen es war. Ihr Schweigen galt ihnen beiden.

Doch Vater musste nicht den ganzen Tag mit ihr im Haus zubringen.

Der Junge wusste, dass Mutter womöglich noch wütender sein würde, weil er sich davonstahl. Sie mochte den Wald nicht und hielt sich von ihm fern, so gut sie konnte. Vielleicht würde sie nun noch länger schweigen, als Strafe. Aber genauso gut konnte sie bei seiner Rückkehr wieder ganz normal sein. Sie erwähnte ihre stummen Tage im Nachhinein mit keinem Wort. Jedes Mal benahm sie sich, als sei nichts geschehen, und sagte auch nicht, was ihren Unmut erregt hatte. Also wusste man es nicht. Man wusste nie etwas.

Der Junge war acht Jahre alt. Er konnte sich an keine Zeit erinnern, in der Mutter nicht so gewesen wäre. Doch Großmutter hatte erzählt, dass Mutter früher anders gewesen sei. Als er ganz klein gewesen war. Großmutter hatte nicht gesagt, auf welche Weise anders, aber er vermutete, dass es mit Mutters Schweigen zusammenhing.

Er schlug den Pfad zwischen Häuslerkate und Scheune ein, eine kaum erkennbare Vertiefung im müden, körnigen Vorfrühlingsschnee. Die Morgensonne stand blassgelb an einem blassen Himmel. Alles war blass. Er sehnte sich nach der Wärme des Sommers, seinen kräftigen Farben und Düften. Selbst die Gerüche waren verblasst. Der Winter war wenigstens richtig kalt, richtig dunkel, im Winter gab es glitzernde Tage und Tage fast ohne Licht, dann gab es klirrende Kälte, in der die feinen Härchen in seiner Nase zusammenfroren. Der Vorfrühling war wie Mehlgrütze. Wie Mutters Schweigen.

Er trat einen Klumpen Schnee beiseite und lief weiter in den Wald hinein. Könnte er nur in jeder Hinsicht so sein, wie Mutter es wollte, dann wäre sie immer gut. Das wusste er. Es war seine Schuld, dass sie schwieg. Vater schien ihr Schweigen nicht zu bemerken. Er kam mit dem Knecht von der Feldarbeit heim, setzte sich an den Tisch und aß das Essen, das Mutter ihm hinstellte. Vater machte selbst nicht viele Worte. Aber mit seinem Sohn sprach er, ein paar Sätze hier und da. «Komm mit in den Stall. Du kannst mir helfen, Grålle zu beschlagen.» «Morgen graben wir das Brandrodland um, dabei kannst du uns zur Hand gehen.» Ohne diese Worte hätte der Junge mitunter denken können, er existiere gar nicht.

Auch bei Großmutter, in ihrem kleinen Altenteil, war er sichtbar. Aber Großmutter war alt und hatte nicht immer genug Kraft für einen Besuch.

Jetzt war Vater in die Stadt gefahren und würde lange fortbleiben. Hinterher wollte er noch weiter in den Norden. Der Junge wusste nicht genau, warum. Eines

Abends, als er hätte schlafen sollen, hatte er Mutter und Vater reden hören, Wörter wie Teer und Tonnen und Steuern waren gefallen. Mutter hatte besorgt geklungen, Vater resigniert. Etwas war nicht so, wie es sein sollte. Vater war seit zwei Tagen fort, und Mutter hatte fast die ganze Zeit über geschwiegen. Der Knecht kam nur ins Haus, um sein Essen zu löffeln, dann verschwand er wieder hinaus zu seiner Arbeit. Ohne Vaters tägliche Worte hatte es in den Ohren des Jungen zu rauschen begonnen. Sein Körper fühlte sich leicht und schwerelos an, als genüge ein kräftiger Windstoß, um ihn vollständig aufzulösen.

Er ging tiefer in den Wald hinein als sonst. Hier lag nicht mehr so viel Schnee wie auf den Feldern und Wiesen. Die braune Erde unter den Fichten war schon schneefrei. Die Preiselbeersträucher glänzten dunkelgrün, Farn und Fichtennadeln waren braun und abgestorben. Er entdeckte einige Beeren, die er sich in den Mund schob. Sie waren wässrig und weich, enthielten aber noch ein wenig Süße. Er naschte sie im Gehen. Am Bachlauf entdeckte er Spuren von Fischottern. Sie kamen hierher, um zu spielen, er hatte sie schon einmal gesehen und Vater davon erzählt. Otterfelle waren begehrt. Aber bisher war es Vater nicht gelungen, einen von ihnen zu fangen.

Plötzlich merkte er, dass er den Weg zum Moor eingeschlagen hatte. Er war noch nie allein im Moor gewesen, nur mit Vater, im Spätsommer, um Moltebeeren zu pflücken. Mutter hatte nicht mitkommen wollen. Den Wald mochte sie nicht, doch das Moor verabscheute sie. Aber er fand den Weg auch allein. Er hatte einen guten Orientierungssinn. Da lag der Findling, der größer war als

Vater. Da stand die abgestorbene Föhre mit den unzähligen Löchern des Schwarzspechts. Der Junge zog die Nase hoch und lief weiter, über die Hügelkuppe, am Dunkelweiher vorbei. Dort drüben, auf der anderen Seite, lag das Moor. Weit und schneebedeckt breitete es sich vor ihm aus. Tot und kalt. Am Rand blieb er stehen und wischte sich mit dem Fäustling unter der Nase entlang.

Ein plötzlicher Schrei ließ ihn zusammenfahren. Ein Rauschen ertönte, ein weiterer Schrei. Rasch duckte er sich hinunter in den Schnee, sein Herz hämmerte in der Brust. Konnten es Bären sein? Waren sie schon aus ihrem Winterschlaf aufgewacht? Aber schrien Bären auf diese Weise? Er zwang sich, flach und regelmäßig zu atmen, blickte sich um.

Auf der anderen Seite des Moors bewegte sich eine stelzenbeinige Gestalt mit schlangenartigem Hals. Nicht eine, sondern mehrere. Ein Auf und Ab von Grau und Schwarz, Flügel breiteten sich aus. Beine hoben und senkten sich.

Die Kraniche tanzten auf dem Moor. Sie spreizten ihre Schwingen voreinander, neigten die Hälse und trompeteten. Sie tanzten auf ihn zu. Der Junge rührte sich nicht, atmete so leise, wie er konnte. So etwas Wundersames hatte er noch nie gesehen. Er betrachtete die Schnäbel, die wogenden Schwanzfedern. Die Hälse, die sich neigten und hoben. Die Kraniche hüpften so ungeschickt wie Kälber und zugleich mit einer Geschmeidigkeit und Anmut, wie er es noch nie gesehen hatte.

Als die Sonne ein Stück über den Himmel gewandert war, unterbrachen die Kraniche ihren Tanz, verharrten und sahen sich um. In weiter Ferne rief ein Rabe. Ein Fuchs schnürte über die harsche Schneedecke des Moors, sein Winterpelz war noch wollig. Er schlich sich an die Vögel heran, doch der Kranich in seiner unmittelbaren Nähe hob drohend seine Schwingen, und der Fuchs drehte ab und kam nun hakenschlagend auf den Jungen zu. Er verhielt sich vollkommen still. Mit wenigen Manneslängen Abstand lief der Fuchs an ihm vorüber. Das Herz des Jungen klopfte vor Glück.

Zum Nachtmahl rannte er nach Hause. Mutter und er saßen zusammen am Tisch und aßen Grütze aus der großen Schüssel. Die einzigen Geräusche waren das Schaben der Löffel, das Rauschen des Windes im umliegenden Wald und das Brüllen der Kühe, als es auf die Melkzeit zuging. Der Junge zählte, wie oft Mutter den Löffel in die Grütze tauchte. Als er bei fünfzehn angelangt war, legte sie ihren Löffel beiseite, stand auf, wischte sich die Hände an der Schürze ab, schlang ein Tuch um Kopf und Schultern und ging hinaus in den Stall. Er blieb allein am Tisch zurück, während sich die Dunkelheit herabsenkte.

Als das Brüllen der Kühe verstummte, herrschte vollkommene Stille.

Er stand in aller Frühe auf. Draußen war es noch dunkel. Heute war Sonntag, Ruhetag. Holz und Wasser hatte er am Vorabend hereingetragen, wie Mutter es haben wollte. Er hatte versucht, zu erraten, welche anderen Arbeiten sie von ihm erledigt haben wollte, und er hatte den Fußboden gekehrt und die Kühe mit Heu versorgt.

Jetzt zog er sich warm an, nahm ein Roggenbrot von der Stange an der Decke und schob es unter seine Lodenjacke. Darüber würde Mutter bestimmt böse werden, und er versuchte auszurechnen, wie viele weitere stumme Tage darauf folgen würden. Mutter schlug ihn nie, schalt ihn fast nie. Sie schwieg nur.

Wasser gab es im Weiher. Er konnte ein Loch ins Eis hacken, denn es begann schon zu tauen. Dann ging er hinaus, mit dem fahlen Vorfrühlingsmond als einziger Gesellschaft. Aber der Frühling war da, und der Sonnenaufgang würde nicht lange auf sich warten lassen. Im Osten wurde es schon hell.

Das Erste, was er vernahm, war ein Sausen und Brausen. Es wogte rings um ihn herum, schwoll an und ebbte ab. Wie konnte es so laut sein? Er hatte dieses Geräusch schon öfter morgens im Frühling gehört, aber nur in der Ferne. Jetzt klang es ganz nah, war genauso laut wie der Gesang der Leute in der Kirche.

Ein Schwanenpaar flog trompetend über den Weiher. Auch Kraniche sah er, diesmal hatten sie sich am jenseitigen Ufer versammelt. Sie waren es nicht, die das Geräusch verursachten.

Der griesige Vorfrühlingsschnee knirschte unter seinen Stiefeln, als er näher ans Moor heranschlich. Er entdeckte seine kleine Kuhle und kauerte sich darin zusammen. Seine graue Jacke und Mütze waren in dem grauen Wald, dem grauen Licht, kaum zu sehen. Doch nun kletterte die Sonne über den Himmel, die ersten Strahlen sickerten durch die Bäume und vergoldeten die Nebelschwaden auf dem Moor. Der Junge hielt den Atem an. Wie herrlich es war! Mutter sagte immer, es sei so finster und beengt im Wald. Sie war am Meer aufgewachsen und vermisste die Weite und den Horizont. Doch der Junge liebte die wechselnden Farben und Lichtverhältnisse des Waldes. Er fühlte sich geborgen zwischen den Bäumen, zwischen moosbewachsenen Steinen, an kleinen, dunklen Weihern. Er hatte Vater ein paar Mal nach Gamlakarleby begleitet und das Meer gesehen, und er hatte es nicht gemocht. Es war groß, viel zu groß, es hörte nirgends auf. Am Meer stand man nackt und ausgeliefert da. Für alle und jeden sichtbar. Der Wind zerrte an einem, und man konnte nirgends Schutz vor ihm suchen.

Aber Mutter vermisste die Sonnenuntergänge am Meer. Einmal hatte sie gesagt, das Leben sei dort, auf der anderen Seite des Meeres. Ich bin in die falsche Richtung gereist, hatte sie gesagt.

Der Junge dachte oft über diese Worte nach. Er verstand sie nicht, aber er spürte, dass sie bedeutsam waren. Dass er, sobald er sie begriff, auch Mutter verstehen würde und dass dann ihr Schweigen enden würde. Wahrscheinlich schwieg sie, weil er – wenn sie sprach –, nicht begriff, was sie sagte.

Ein großer, schwarzer Birkhahn flatterte vom Waldrand herüber, landete auf dem Moor, schaute sich um, spreizte seine Flügel und kollerte. Er wandte dem Jungen den Rücken zu, und der Junge bewunderte das schneeweiße Schwanzgefieder und den feuerroten Kamm, der durch den Nebel leuchtete. Der Vogel drehte sich, bewegte ruckhaft den Kopf und kollerte unentwegt. Er hob die Flügel, und die Sonne durchwirkte die sattbraunen Schwungfedern. Fast klang es, als führe er ein Zwiegespräch mit sich selbst. Ein zweiter Birkhahn kam angeflogen und landete vor dem ersten, der seine Flügel spreizte, ein paar Sätze machte und laut zischte. Der Himmel wurde immer heller, und die Pfützen von Schmelzwasser zwischen den Schneefeldern glitzerten und funkelten. Jetzt entdeckte der Junge auch das Weibchen. Braun und unansehnlich trippelte es zwischen den

Männchen in ihren glänzend schwarzen Federkleidern umher und pickte vereinzelte Moosbeeren oder Moltebeeren auf, die es draußen auf dem Moor fand, ohne dabei die beiden Kontrahenten aus den Augen zu lassen.

Jetzt kollerte es von überall her, es mussten Dutzende, wenn nicht Hunderte Birkhühner im Wald sein. Dem Jungen war es, als säße er in der großen Kirche in der Stadt. Er war einmal an einem Sonntag mit Vater und Mutter dort gewesen. Die Orgel hatte wie das Brausen des Sturms in den Baumkronen geklungen.

Das Spiel der Birkhähne um ihn herum stieg wie das Orgelspiel zum Himmel auf, hinauf zu Gott. War dies die Art der Vögel zu beten? Das musste er den Pfarrer fragen, später, wenn er alt genug war, um konfirmiert zu werden. Mutter konnte er nicht fragen, sie würde es als Unfug abtun.

Ein Stück entfernt entdeckte er weitere Birkhähne, die tanzten, im lichter werdenden Nebel Sätze machten und ihre Flügel spreizten. Aber sein eigenes Paar war nur wenige Manneslängen vor ihm, und ihr Kampf wurde zunehmend intensiver. Sie hatten nur Augen füreinander. Der Junge war hungrig, doch er wagte es nicht, nach dem Brot zu tasten. Wenn er ganz genau hinhörte, meinte er zu verstehen, was die beiden Birkhähne zueinander sagten. Er konnte keine Worte in ihrem Kollern und Gluckern ausmachen, das nicht. Es war eher, als sei er einer von ihnen und beherrsche die Bedeutung jeden Lautes.

Ein gewöhnlicher Betrachter hätte nicht zu erkennen vermocht, was den einen Birkhahn am Ende dazu bewog, den Rückzug anzutreten und sich geschlagen zu geben. Doch der Junge hatte bereits gewusst, wer den Sieg davontragen würde.

Als die Sonne hoch über den östlichen Baumspitzen stand und das Spiel der Birkhähne längst verstummt war, verzehrte der Junge sein Brot. Dann kletterte er steif und verfroren aus seiner Kuhle und begann zu laufen. Aber er ging nicht auf direktem Weg heimwärts. Er schlug den Rundweg um den kleinen Weiher ein, suchte auf den Ästen der Fichten nach Anzeichen grüner Triebe und studierte die prallen Knospen der Birken, ob sie bald ausschlagen würden. Noch nicht, antworteten Fichte und Birke. Noch nicht, aber bald.

Mit einem Mal bemerkte er etwas und hielt inne. Er war ans jenseitige Ufer des Weihers gekommen, wo im Sommer ein Bach in den See sprudelte. Hier wuchsen einige stattliche Föhren, und eine Manneslänge über ihm, aus dem Baum, der ihm am nächsten stand, betrachtete ihn ein schwarz glänzendes Augenpaar.

Ein Vielfraß. Der Junge sah die langen Krallen an den kräftigen Pfoten, die den Stamm umklammerten. Ein paar große Rindenstücke fielen herab.

Der Junge verharrte reglos. Der Vielfraß fixierte ihn mit seinen dunklen Augen. Vielfraße konnten Waldrene töten, obwohl sie viel kleiner waren. Und zurzeit hatten sie Junge.

Er wusste nicht, ob das Tier im Baum ein Weibchen war. Es gab keinen Laut von sich, studierte ihn dem Anschein nach ohne Angst oder Hunger. Der Junge verspürte große Lust, seine Mütze zu ziehen und sich zu verbeugen. Stattdessen begann er, langsam, ohne hastige Bewegungen, einen weiten Bogen um den Baum zu schlagen. Der Vielfraß folgte ihm noch ein Stück mit den Augen, dann verlor er das Interesse und schaute hinaus auf den zugefrorenen Weiher.

Bevor der Weg in den Wald abknickte, wandte der Junge sich noch einmal um. Der Vielfraß war als dunkler Fleck in der Baumkrone zu erkennen, eingehüllt in seine ureigene Stille. Irgendwo, in weiter Ferne, rief ein Rabe. Am Baum neben ihm stimmte ein rothaubiger Schwarzspecht ein geselliges Trommeln an.

Der Junge machte sich auf den Heimweg. Nach einer Weile begann er, vor sich hin zu summen. Kein Lied, keinen Choral, nur ein paar einzelne Töne. Es klang nicht wie das Spiel der Birkhähne oder der Ruf der Kraniche. Er sang für niemand anders. Nur für sich selbst.

Daheim betrachtete er Mutter, wie sie geschäftig zwischen Herd und Tisch hin und her eilte. Ihren langen, gebeugten Hals. Ihr graues Schultertuch, das bei jeder Bewegung, die sie machte, aufflatterte. Ihren schwingenden und wippenden Rock. Ihre scharfen Augen, die scharf geschnittene Nase. Ihr Kopf ging hin und her, ein Arm hob sich zu einem Regal, senkte sich wieder. Mutter hatte etwas Graziöses und zugleich Plumpes an sich. Der Junge saß still da, wie er es im Moor getan hatte. Reglos und stumm. Er wollte sie nicht erschrecken, sie nicht daran erinnern, dass er dort saß. Vielleicht gelang es ihm, denn nach einer Weile begann Mutter, ein Lied zu summen. Ein altes finnisches Bänkellied, der Junge erkannte es. Als er ganz klein gewesen war, hatte Mutter es ihm oft vorgesungen. Vor sich hin summend knetete sie den Brotteig, und ein wenig von ihrer Strenge und Schärfe fiel von ihr ab. Ihre bis zu den Ellbogen mit Mehl bestäubten Arme waren voll und rund, und dem Jungen wurde bewusst, dass Mutter jung war. Viel jünger als Vater.

Mutter besaß eine eigene Sprache, auch dann, wenn sie schwieg. Man konnte sie verstehen. Wenn er sie stumm und still studierte, würde er sie am Ende vielleicht verstehen lernen, so wie er die Birkhühner verstanden hatte.

Die Bewegungen der Vögel hatten etwas Selbstverständliches gehabt, gleichzeitig aber war alles, was sie taten, eine Prüfung gewesen. Die Birkhähne prüften einander. Die Kraniche freiten umeinander. Hier bin ich, hier bist du. Was will ich, was willst du. Hör mir zu. Schau mich an.

Indem Mutter schwieg, schloss sie alle anderen aus. Sie sonderte sich von der Herde ab, begab sich in die Einsamkeit. Wie der Vielfraß, den er heute gesehen hatte. Mutter glich eher einem Vielfraß als einem Vogel. Vielfraße waren Einzelgänger, nur die Weibchen blieben eine Zeit lang mit ihren Jungen zusammen. Dann verstießen sie sie.

Vater und er waren mehr wie die Kraniche.

So war es nun mal.

Brot und Stein

BROT

Bei unserer zweiten Begegnung schenkte mir Jakob ein Weizenbrot.

Er war in der Stadt auf dem Markt gewesen und hatte ein Weizenbrot gekauft, nur für mich. In der Nacht bin ich hinausgegangen und habe es unter dem alten Opferstein am Fuß des Föhrenhügels vergraben. Ich hatte Angst, er hätte etwas ins Brot hineingetan, etwas, das mich zwingen würde, ihn zu lieben.

Nicht eine Krume habe ich von dem Brot gekostet.

STEIN

Ich könnte hinauf zum Skogsperä-See gehen, meine Taschen mit Steinen füllen und hinauswaten. Dann wäre es vorbei.

Aber ich habe nicht die Kraft, dort hinaufzugehen.

Manchmal denke ich, ich müsste die Kinder mitnehmen, und dann werde ich so müde, müder als ohnehin schon. Wie soll ich es schaffen, sie zu tragen. Das Gewicht. Und wo soll ich die ganzen Steine verteilen, die nötig wären. Justus schaffe ich. Aber was tue ich, wenn Mina sich wehrt. Wie soll ich ihr erklären, dass es der einzige Weg ist. Und was, wenn einer von ihnen überlebt, was dann, dann

Das ertrage ich nicht.

Manchmal denke ich überhaupt nicht an die Kinder. Eines Nachts war ich schon aus der Tür hinaus, ehe ich umgekehrt bin.

Warum bin ich umgekehrt?

BROT

Bei unserer zweiten Begegnung schenkte mir Jakob ein Weizenbrot vom Markt in der Stadt. Ich vergrub es, weil ich fürchtete, mein Herz zu verlieren.

Ich war erst siebzehn Jahre alt. Ich wollte niemanden lieben. Ich sah, dass er mich liebte. Es war sichtbar, durch die Art, wie er mich ansah, durch die Art, wie er auf mich zuging, durch die Art, wie er atmete. In allem war es sichtbar.

Er fuhr fort, mir den Hof zu machen. Er kam zu den Tanzfesten. An meine Tür während der Nachtfreierei. Zu den Spielabenden im Winter.

Ich ließ andere Burschen in meine Kammer ein. Tanzte mit anderen. Fuhr Schlitten mit Nyjärv-Matts und nahm von Simon Ånäs eine Haarschleife an.

Es war, als würde Jakob die anderen nicht sehen. Er zeigte nie Eifersucht oder Zorn. Er kam zu jedem Tanz. Er sang sich durch meine Tür, Nachtfreierei für Nachtfreierei, berührte meine Hand im Gedränge nach der Kirche, half mir beim Mittsommerfest vom Pferdewagen, fing mich bei einem wilden Spiel auf.

Jedes Mal, wenn er mich berührte, sah er so erstaunt aus, als sei soeben etwas Unerklärliches geschehen, etwas, das er nie zuvor erlebt hatte und sich nie hätte träumen lassen.

STEIN

Ich höre noch immer Jakobs rasselnde Atemzüge. Die Stube ist so still ohne sie, und trotzdem höre ich sie, und es ist niemals still.

Das Gewicht von seinem Kopf in meinem Schoß, als er seinen letzten Atemzug tat.

Und Justus, der nicht aufhören wollte zu weinen. Ich wusste nicht, ob es mit Jakob zu Ende gegangen war, weil ich nicht nach seinen Atemzügen lauschen konnte.

Justus ist ganz aufgedunsen und blau. Ich weiß, was das bedeutet. So sah Isak aus, als Hugo und Elna Johanna Rebeckas Kinder nach deren Tod aus dem Armenhaus zu sich nach Nevabacka genommen haben. Die Mangelernährung färbt die Haut blau. Dann ist Isak gewissermaßen geschrumpft. Am Ende sah er aus wie ein Knochengerippe, er hatte keinen Fetzen Fleisch mehr am Körper. Niemand begriff, wie er noch leben konnte.

Aber er tat es. So schrecklich lange. Am Ende waren es nur noch die großen, flehenden Augen, die sich bewegten.

Nirgends gibt es Gnade. Nirgends Barmherzigkeit. Erst die vielen Missernten und der Hunger, und nun der Typhus.

Hugo will, dass wir im Alten Haus zusammenkommen und unter seinem Vorsitz beten. Wir seien arme Sünder, sagt er. Dies sei Gottes Strafe, und wir müssten noch mehr Demut an den Tag legen und um Gnade flehen.

Elna nimmt nicht mehr an Hugos Gebetsstunden teil. Ich weiß, was sie stattdessen tut. Sie geht in den Wald und opfert und betet dort. Sie glaubt, dass das Alte Volk Hilfe bringen wird.

Doch es gibt keine Hilfe. Nirgends.

BROT

Das Gewicht des Weizenbrotes in meiner Hand. Es duftete nach Butter und Zucker. Meine Hände glänzten vor Fett, als ich es hielt.

Nicht eine Krume habe ich von dem Brot gekostet.

STEIN

Vielleicht fällt die Ernte in diesem Jahr gut aus. Vielleicht haben wir im kommenden Winter richtiges Brot zu essen. Aber wie wird es im Jahr darauf sein?

Ich kann das Land nicht allein bestellen. Meine Kinder sind zu klein, um mitzuhelfen. Ins Armenhaus gehe ich nicht. Jeder, der dort landet, stirbt. Alleine kann ich uns unmöglich durchbringen. Einen Knecht kann ich mir nicht leisten. Und Hugo kann ich nicht um Hilfe bitten. Sie haben kaum für sich selbst genug, und jetzt müssen sie außerdem Johanna Rebeckas zwei Kinder versorgen.

BROT

Im Herbst hielt Jakob um meine Hand an. Ich lehnte ab und bat ihn, sich fernzuhalten. Er sagte nichts, nickte bloß, nahm seine Mütze, die blaue, und ging. Ich sah seinen breiten Rücken über den Hofplatz von Dahl fortgehen.

Dann tat ich alles, was in meiner Macht stand, um den Zauber zu brechen.

Ich bat Vater, einen Tanz auf Dahl zu geben, und tanzte mit allen Burschen des Dorfes.
Als der Winter kam, unternahm ich mit vielen von ihnen eine Pferdeschlittenpartie. Sauste mit ihnen auf dem Rodelschlitten über den zugefrorenen Fluss. Lachte und alberte herum und ließ mich von Samuel hinter der Steinbacka-Scheune küssen.

Aber es war zu spät. Es war vergebens. Nichts davon bereitete mir Freude. Alles, woran ich denken konnte, war, was Jakob währenddessen tun mochte. Ob er mit Granby-Emma tanzte. Ob Hilda im Pferdeschlitten lachend an seinem Hals hing.

Als ich nach dem Weihnachtsgottesdienst aus der Kirche kam, sah ich ihn. Er stand auf der Treppe und unterhielt sich mit seinem Bruder Hugo und Hugos Ehefrau Elna. Ohne mich darum zu scheren, wer es sah, zog ich ihn auf die Rückseite der Kirche. Zornig flüsterte ich ihm zu, welchen Zauber er auch immer angewandt habe, er müsse ihn rückgängig machen. Ich sei erst siebzehn Jahre alt und viel zu jung, um mich an einen Mann zu binden!

Er streifte seine Lederfäustlinge ab, trocknete meine Tränen mit seinen großen Daumen und fragte, ob er mit meinem Vater sprechen solle. Ich schnäuzte mich in mein Sonntagstuch und meinte, das müsse er dann wohl tun.

Vater sagte, wir müssten ein Jahr warten. Jakob schenkte mir ein Paar Ohrringe aus Gold mit den Worten, ich müsse sie bis an mein Lebensende tragen.

Vater und Mutter schenkten uns zur Hochzeit einen Spiegel. Wenn ich mich ausgezogen habe, bleibe ich manchmal davor stehen. Nackt, aber nicht vollkommen nackt. Die Ohrringe sind immer da.

Ich bekam auch vier Fingerringe aus Gold, die Jakob, wie ich später erfuhr, von Frau Chorin auf Kredit gekauft hatte. Die Fingerringe habe ich nicht mehr. Ich habe sie im Winter versetzt, als die Getreidepreise in die Höhe schossen und wir nichts zu essen hatten. Ein Scheffel Mehl kostete zu dem Zeitpunkt 48 Mark.

STEIN

Ich habe gesehen, wie Mina in der Hoffnung auf Teigreste die Innenseite des Backtrogs ausgeleckt hat.

Nichts schmeckt so bitter wie Hungerbrot.

BROT

Als Mina zur Welt kam, war sie das wunderbarste Gewicht in meinen Armen. Ich wollte sie nicht für eine Sekunde hergeben.

STEIN

Der Körper meiner Großmutter, die über neunzig wurde, war über und über mit Narben versehrt, die ihr die Kosaken während des Unfriedens beigebracht hatten. Am Ende haben sie ihr die Augen mit glühenden Eisen ausgebrannt.

Ich denke unentwegt an sie.

Narben trägt man ein Leben lang. Sie verschwinden nicht.

Ich bin gerade mal etwas über zwanzig.

Wie viele Jahre habe ich noch zu tragen und zu ertragen?

BROT

In unserem Verlobungsjahr schaffte Jakob jeden Stein für das Fundament des Neuen Hauses eigenhändig herbei. Ich konnte mich nicht von Nevabacka fernhalten. Abends, wenn alle Pflichten des Tages erledigt waren, ging ich häufig den ganzen weiten Weg zu Fuß, und bei meinem

Eintreffen war er immer mit irgendeiner Arbeit beschäftigt, und obwohl er mich sah, unterbrach er sie nicht. Ich hatte Brot dabei, manchmal einen Zuckerkringel oder eine andere Nascherei. Aber erst nach einer Weile trocknete er sich den Schweiß von der Stirn, kam zu mir und setzte sich neben mich auf einen Stein. Ich reichte ihm von dem, was ich bei mir hatte, und er aß. Uns hatte eine Befangenheit befallen, die vor der Verlobung nicht da gewesen war. Verstohlen betrachtete ich Jakobs nackten Oberkörper, und mich streifte der Gedanke, dass ich in naher Zukunft das Bett mit diesem Körper teilen würde. Dieses Wissen bewirkte, dass ich keine Worte fand.

Später sagte Jakob, dass es ihm ebenso ergangen sei. Dass ihn der Gedanke, dass ich bald die Seine wäre, derart überwältigt habe, dass er kaum habe schmecken können, was er aß.

STEIN

Als der Typhus kam, blieben auf ganz Nevabacka nur Elna und der kleine Bror verschont. Und sie pflegten uns andere, die krank darniederlagen. Ich erinnere mich, wie Brors Kinderhände die Schöpfkelle voll Wasser an meinen Mund hielten.

Ich erinnere mich, wie still es bei uns war, als die Kinder keine Kraft mehr hatten, vor Hunger zu weinen.

BROT

Jakob und ich stellten unsere zwei Kühe in den Stall zu den sieben von Hugo und Elna. Sie waren meine Verantwortung, ebenso wie unsere fünf Schafe. Jakob kümmerte sich um die Felder, ich mich um die Tiere. Melken, buttern, tränken, scheren, Wolle kardieren und spinnen. Und die Kartoffeln. Es war meine Aufgabe, sie zu setzen und aufzunehmen.

Kaum auszudenken, dass wir einmal Schafe hatten. Gerade kann ich mich nicht einmal entsinnen, wie Lammfleisch schmeckt.

Eine Kuh ist uns geblieben. Nach dem Winter ist sie so dürr, dass mir unbegreiflich ist, wie sie noch am Leben sein kann. Aber sie gibt natürlich keine Milch mehr.

STEIN

Der Boden von Nevabacka ist nicht so wie der Boden von Dahl. In Dahl ist das Land fruchtbar und arm an Steinen. In Nevabacka ist es reich an Steinen. Hier erfordert jeder Scheffel Gerste eine unendliche Mühsal desjenigen, der das Land bestellt. Es gibt nichts freiwillig her. Jedes Stück Brot ist ein Kampf.

Viele Male habe ich zu Jakob gesagt, dass wir umziehen sollten, uns ein Stück Land im Pfarrdorf kaufen, uns das Leben ein wenig leichter machen. Aber er lachte nur, nahm meine Worte nicht ernst. Er liebte den dunklen Wald, der um die beiden Höfe rauscht, er liebte es, durch den Wald zu wandern, ohne einer lebenden Seele zu begegnen. Wenn er geschäftehalber ein oder zwei Tage in der Stadt oder auf dem Markt in Kalajoki gewesen war oder das eine Mal, als er bis nach Vaasa fahren musste, um Medizin für die kranke Mina zu besorgen, sagte er immer, es sei ein Segen, so ruhig und friedlich in der Stille der Natur leben zu dürfen.

Aber ich habe von Anfang an die offene Landschaft rings um Dahl vermisst. Ich vermisse das Plätschern und das verspielte Murmeln des Flusses. Ich vermisse es, auf andere Menschen zu treffen, sobald man die Hofgrenze hinter sich lässt, und mit ihnen ins Gespräch zu kommen. Ich vermisse die weiten Äcker und Flure, über denen Schwalben im Gleitflug nach Insekten haschen, ich vermisse den Klang menschlicher Stimmen in der Ferne.

Jetzt, da ich allein bin, kommt es mir vor, als würde der Wald zum Haus drängen. Er wartet. Er wartet darauf, dass wir fort sein werden, wir Menschen, und er das zurückerobern kann, was ihm einst gehört hat. Mit Wurzeln und Samen rückt er näher auf uns zu, Stück für Stück.

STEIN

In unserem dritten Ehejahr schneite es bis in den April hinein. In der Zeitung stand, dass noch im März fünfunddreißig Minusgrade gemessen wurden. Und im Mai schien es, als wollte der Sommer gar nicht kommen. Noch in der zweiten Junihälfte konnten wir über zugefrorene Eisdecken fahren. Erst am 20. Juni durfte man mit Fug und Recht sagen, dass der Sommer kam, und als er kam, kam er mit Macht. Die Knospen sprangen im Nu auf, und die Kühe konnten endlich draußen im Wald Nahrung finden. Die Futternot war unbeschreiblich, und die Preise für Tierfutter stiegen ins Unermessliche. Der Herbstroggen war zum Großteil kaputt, und die Gerste kam sehr spät in den Boden. Die Kartoffeln zeigten sich erst nach Mittsommer.

Im Juli fiel so viel Regen, dass die Heuernte verdarb, aber ein wenig Heu konnten Jakob und ich immerhin einbringen. In der Nacht auf den 23. August setzte Bodenfrost ein, der das Kartoffelkraut auf tiefliegenden Feldern wie unten im Dorf schwarz werden ließ. Auf Nevabacka blieben wir davon verschont. Unsere Felder liegen höher und werden vom umliegenden Wald geschützt. Tagsüber war es sommerlich warm. Als Jakob und Hugo mit der Aussaat des Herbstroggens beginnen wollten, hatten sie kein eigenes Saatkorn und mussten jeder um eine Tonne Roggen als Darlehen aus dem Magazin der Krone ansuchen.

Am 3. September war alles, was auf den Feldern wuchs, erfroren. Die Gerste, deren Stand so vielversprechend ausgesehen hatte, war komplett erfroren. Ebenso wie der Hafer und das Kartoffelkraut.

Jakob wandte sich von mir ab, ohne Worte. Ein weiteres Mal, ohne Worte.

STEIN

Schon im Oktober mischten Elna und ich Moos unter das Brot. Niemand konnte sich an ein Jahr erinnern, in dem man so früh Hungerbrot gebacken hatte. Das geschah für gewöhnlich erst gegen Frühling, wenn Gersten- und Roggenvorräte aufgebraucht waren. Im Dezember, vor dem ersten Schneefall, nahmen Elna und ich die Kinder mit hinaus zum Dunkelweiher, um Schlangenkraut zu pflücken. Bror war so tüchtig, er passte auf meine Kleinen auf, sodass Elna, ich und Elnas Mädchen jede Menge Wurzeln sammeln konnten. Alles, was wir fanden, mischten wir unter das Brot: Stroh, Schwanenblumenwurzeln, Waldbinse und Schlangenkraut.

Aber so ein Brot macht nicht satt.

Der Winter wurde bitterkalt. Minus achtunddreißig Grad, sagte Hugo, der die Zeitung bezog. Wir mussten die ganze Zeit heizen. Wenigstens hatten wir Brennholz. Jakob hatte einen großen

Vorrat angelegt. Die Ebereschen hatten viele Beeren getragen, und er hatte geahnt, was kommen würde. Hugo musste alle Knechte und Mägde entlassen. Trotzdem waren so viele Münder zu stopfen, im Alten wie im Neuen Haus.

Manchmal konnte ich an nichts anderes als an Münder denken. Aufgesperrte schwarze hungrige Schlünde.

BROT

Einst schenkte Jakob mir ein Weizenbrot vom Markt in der Stadt.

Ich träume von diesem Brot. Seinen Händen, die es halten. Dem Duft.

Den Händen, dem Brot, dem Duft.

Davon, das Brot den Kindern geben zu können.

Die Hände durch die Zeit hindurchzustrecken, nach dem Weizenbrot zu greifen, es in Stücke zu brechen und sie in die hungrigen Münder zu schieben.

STEIN

Im Januar öffnete das Armenhaus im Dorf.

Jakob und ich nahmen kaum noch einen Bissen zu uns, damit so viel wie möglich von dem elenden Hungerbrot für die Kinder blieb. Trotzdem weinten sie unentwegt vor Hunger. Das war das furchtbarste Geräusch, das ich jemals gehört habe.

Im April starben im Kirchspiel vierunddreißig Personen. Eine davon war Elnas Schwester Johanna Rebecka im Armenhaus, und Hugo und Elna nahmen ihre Kinder bei sich auf.

Im Mai kam zum ersten Mal der Typhus.

BROT

Im Juni gingen Bror und Jakob zusammen auf Vogeljagd. Da bekamen wir zum ersten Mal ein wenig Fleisch auf den Tisch. Jakob war so geschwächt vom Typhusfieber, dass er sich kaum auf den Beinen halten konnte. Er musste sich auf einen Stock stützen und konnte nicht bei der Feldarbeit helfen. Aber er brachte Essen für uns auf den Tisch. Auerhähne und Birkhühner. Bror und Jakob wussten, wo sie ihre Schlingen auslegen mussten. Selten kamen sie ohne Fang zurück. Bror sagte, sobald er alt genug sei, werde er nach Amerika fahren. In Amerika werde er so viel Geld verdienen, dass niemand auf Nevabacka jemals wieder hungern müsse. Ein eigenes Gewehr werde er haben, einen Hund und zwei, nein, drei Pferde!

Jakob lachte. Er blickte über die Felder. Ich könnte dieses Land, diesen Ort nie verlassen, sagte er. Wir haben diesen Winter überstanden. Wir haben nicht aufgegeben. Sobald ich wieder ganz bei Kräften bin, werde ich dafür sorgen, dass wir nie wieder Hunger leiden. Nie wieder.

Bror und ich besorgten die Aussaat, so gut wir es vermochten. Bror schuftete wie ein halber Mann, obwohl er nach dem Hungerwinter geschwächt war. Aber eine üppige Ernte werden wir nicht bekommen. Nicht einmal, wenn die Saat gut gedeiht.

STEIN

Im Juli ging Jakob zur Gemeindeversammlung auf dem Hof von Gemeindeschreiber Rask, und als er von dort zurückkam, war er krank. Er litt entsetzliche Qualen. Und er brachte den Typhus auch ins Alte Haus. Hugo und zwei der Mädchen erkrankten. Aber ich nicht und auch meine Kinder nicht.

Jakob war so schwach. Er hatte sich kaum vom ersten Fieber erholt. Er hatte kaum etwas gegessen. Die Kinder sollten immer mehr bekommen als er. Er hatte kaum er hatte kaum

Er litt so entsetzliche Schmerzen, dass er nicht wusste, wie er im Bett liegen sollte.

Am Ende flehte er den Herrgott an, ihn zu sich zu holen. Und der Herrgott erfüllte seinen Wunsch.

Ich hielt seinen Kopf auf meinem Schoß, als er starb. Ein wunderbares Gewicht. Ich kann es noch immer spüren. Und die Wärme.

BROT

Jakob hat dieses Haus auf Nevabacka mit seinen eigenen Händen für uns gebaut. Hier konnte ich meine selbst gewebten Teppiche auf den Fußboden legen, und Jakob hat die Wände mit Lehmwasser verputzt, damit es im Haus heller und freundlicher wäre. Er wusste nicht recht, wie er mir zeigen sollte, wie sehr er mich liebte. Er verstand nicht, dass ich es wusste, dass ich es von dem Moment an gewusst habe, als seine Hände mir das Weizenbrot vom Markt in der Stadt schenkten. Ich buk Brot in dem Steinofen, den er mir gebaut hatte. Eigenes Brot, aus eigenem Roggen. Wir krochen in das Bett, das er gebaut, zwischen Laken, die ich gewebt hatte, und fütterten einander mit dem Brot. Der Duft von Leinen und Brot und Jakob.

STEIN

Jetzt ist Hochsommer. Alles wächst, wie es soll. Die Ernte scheint gut zu werden.

Wenn ich die Ohrringe verkaufe, die Ohrringe, die ich bis an mein Lebensende tragen sollte. Hugo kann mir bestimmt etwas für die Kuh geben. Vielleicht habe ich dann genug Geld, um Schiffskarten für mich und die Kinder zu kaufen.

Einst schenkte mir mein Liebster ein Brot aus feinstem Weizen.

Das Vogelmädchen

Wertes Fräulein Sarcelius!

Ich weiß, wir haben ausgemacht, uns beim Vornamen zu nennen, aber es sieht so ungeheuer elegant aus, den ersten Brief an Dich mit Fräulein zu beginnen. Du trägst es mir doch nicht nach, oder? Ich kann kaum glauben, dass die herrlichen Frühlings- und Sommermonate, die wir zusammen verbracht haben, vorüber sind und wir uns nicht mehr so gut wie jeden Tag sehen dürfen. Ich bin von Herzen froh, dass Du in Helsinki eine Lehrerin gefunden hast, die Dir Kunstunterricht gibt, Dir aber auch die Arbeitsdisziplin vermittelt, die Du so lange ersehnt hast. Ich hoffe, dass Du Dich nicht vollends dabei verausgabst, da Du auch an die Schule denken musst! Aber ich kann nicht leugnen, dass Deine Freundin hier oben im fernen Norden ihre liebe Charlotte vermisst. Nie hatte ich eine Freundin wie Dich!

Ich weiß noch, wie ich Dich zum ersten Mal sah, als der gute Pfarrer Rannelius seine Konfirmandenschar versammelte. Ich war nicht darauf gefasst, im Pfarrhof auf jemand anders als meine alten Klassenkameraden aus der Volksschule zu treffen. Deshalb war ich so verblüfft, als ich Dich im Salon des Pfarrhauses sitzen sah, vor der Wand mit der schönen, goldenen Tapete, die ich immer so bewundert hatte, als ich dort war, um irgend-

welche Besorgungen zu erledigen. Und deshalb erinnere ich mich wohl auch noch so genau, wie Du aussahst: Du trugst ein blau-weißes Matrosenkleid mit einer breiten Schärpe und so großen Puffärmeln, wie ich sie noch nie gesehen hatte, und auf Deinem Kopf saß der entzückendste kleine Hut. Deine Haut war cremeweiß und Deine Wangen rosenrot. Als ich in meinem selbst gewebten gestreiften Baumwollrock, mit meinem Mädchenzopf auf dem Rücken und Mutters bester Schürze um den Leib hereinkam, dachte ich, Du wärest viel zu elegant, als dass ich es wagen könnte, Dich anzusprechen. Du glichst einer der schönen Vasen im Pfarrhof, als seist auch Du aus Porzellan gefertigt. Ich kam mir plump und unbeholfen vor. Aber dann sah ich, dass Du in ein Buch vertieft warst. Meine Klassenkameraden, die plaudernd auf dem Sofa saßen, begrüßten mich freundlich. Ich knickste vor der Pfarrfrau und schaute dabei die ganze Zeit verstohlen in Deine Richtung. Ich wollte unbedingt herausfinden, was für ein Buch Du gerade lasest! Und als ich sah, dass es Topelius' «Erzählungen eines Feldschers» war, wusste ich, dass ich mich trauen würde, Dich anzusprechen. Denn es ist das beste Buch, das ich kenne! Doch bevor ich den Mund öffnen konnte, schautest Du von Deiner Lektüre auf und sahst mich mit Deinem klaren, offenen Blick an. Natürlich sprachst Du mich als Erste an. So wird es immer zwischen uns sein. Ich bin diejenige, die träumt und zaudert, und Du diejenige, die handelt und die Dinge in die Hand nimmt.

Ich bin so froh, dass der Pfarrer und seine Frau Deine Taufpaten sind! Sonst wärst Du wohl nie in diesen entlegenen Winkel Finnlands gekommen, um den Konfirmandenunterricht zu besuchen. Und welch ein Glück, dass sie

Dich den ganzen Sommer bei sich aufgenommen haben! Ich weiß nicht, was ich getan hätte, wenn wir uns schon nach Pfingsten wieder hätten trennen müssen. Aber so konnten wir auch den Sommer gemeinsam verbringen, jedenfalls so oft, wie ich mich von der Arbeit daheim freimachen konnte. Hättest Du für immer und ewig bleiben können, wäre es das vollkommene Glück gewesen. Aber solch ein Glück hätte mein junges Herz wohl kaum auszuhalten vermocht!

Wusstest Du, dass in früheren Zeiten hier in unseren Wäldern ein Tier gelebt hat, das als Waldren bezeichnet wurde? Einst kam es so zahlreich vor, dass es das gewöhnlichste Wildbret der Bevölkerung war. Auf dem Hof haben wir noch einen Bohrer, dessen Griff aus Waldrenhorn gefertigt sein soll. Das letzte Waldren wurde in einem der vielen Hungerjahre vor hundert Jahren geschossen, und es hat vielen Menschen das Leben gerettet. Möglicherweise hat es auch meines gerettet, indem es das seine hergab. Gottes Wege sind wahrhaftig unergründlich.

Ich denke oft an dieses Waldren. Ich weiß nicht, warum. Diese Geschichte wird nur noch selten erzählt, denn sie ist weder dramatisch noch interessant. Aber ich habe einen Lieblingsplatz am Moor, das Vittermåsa heißt, das Geistermoor, weil man früher glaubte, dort würden Trolle und andere Waldgeister hausen. Da sitze ich immer auf einer kleinen Anhöhe, von der aus man einen malerischen Blick auf das Moor hat und wo man von den Mücken einigermaßen verschont bleibt. Ich sitze einfach still da und atme den herrlichen Duft ein, der vom Moor aufsteigt, besonders an warmen Sommertagen. Es duftet so würzig und berauschend. Wenn ich vollkommen reglos dasitze, zeigen sich häufig Tiere: im Frühling Auerhähne und Birkhühner, im Sommer, wenn ich früh genug da bin, schnürt hin und wieder ein Fuchs vorbei, und eines Abends ist ganz dicht an mir ein Dachs vorüberspaziert. Er sah so drollig aus mit seinem schaukelnden Gang! Jedes Mal, wenn ich dort sitze, wie schön es auch immer sein mag, kommt mir das letzte Waldren in den Sinn, und eine tiefe Melancholie befällt mich. Wie einsam es gewesen sein muss! Nicht auszudenken, das Letzte seiner Art zu sein, fortwährend auf der Suche nach der Herde, immer weiterzuwandern und zu rufen, ohne Antwort zu erhalten.

Manchmal habe ich mich wie dieses Ren gefühlt. Doch am Ende bekam ich Antwort. Ich bekam Dich. Jetzt bin ich nicht mehr einsam.

Nun muss ich zum Melken in den Stall. Schreibe mir bald und berichte, ob Du die richtige Staffelei gefunden hast! Und ich möchte alles über Frau Såltin wissen. Ist sie sehr alt? Durftest Du schon ihre Altargemälde sehen?

Deine ewig treue
Alina

Liebste Charlotte!

Wie mich Dein Brief gefreut hat! Ich war in letzter Zeit ein wenig matt und müde, eine hartnäckige Erkältung mit anschließendem Husten hat mich in den vergangenen Wochen an meine Kammer gefesselt. Doch Mutter meinte, als ich sah, dass Vater aus dem Dorf einen Brief von Dir mit heimbrachte, sei ich wie ausgewechselt gewesen. Ich habe Deinen Brief sogleich mit in meine

Kammer genommen, und eine ganze Weile habe ich einfach nur dagesessen und ihn angesehen. Ich habe daran gedacht, wie Du den Brief mit Deiner schwungvollen, selbstbewussten Handschrift zu Papier gebracht hast und wie er dann die vielen Kilometer zu mir gereist ist: per Dampfschiff und Kurier. Fast war es, als hätte ich die Reise selbst unternommen und all die Ecken und Winkel unserer schönen Heimat sehen dürfen, von denen ich sonst nur in Topelius' «Buch unseres Landes» gelesen habe.

Wie wunderbar Dein Fräulein Jakobson davon spricht, dass es in der Schule zu Begegnungen zwischen «verschieden gearteten Naturen und verschieden gearteten Intellekten» kommt. Kaum auszudenken, dass Du dieselben Lehrsäle betreten darfst wie Dein Vorbild Fräulein Thesleff! Du schreibst, dass Du zu dem Bild beitragen möchtest, das wir Finnen von unserer Heimat haben. Dass Du alles über Finnland lernen willst, über seine Natur und Geographie, damit Du sie malen und bei denen, die Deine Bilder betrachten, die Liebe zum Vaterland wecken kannst. Das ist ein ehrenwertes Vorhaben, finde ich. Es gibt so viel Schönes und Wunderbares in unserem Land, das seine Einwohner, glaube ich, nur schwer erkennen. So sehr sind wir es gewohnt, unter dem einen oder anderen Joch zu gehen, dass wir den Blick nicht hoch genug heben, um die Schönheit zu sehen, die uns umgibt.

Aber Du und ich heben unsere Blicke auf verschiedene Art und Weise. Du siehst hohe Föhren, majestätische Klippen und Flüsse, du siehst weite Moore, auf denen Auerhähne spielen. Für meinen Vater und meine Mutter ist Schönheit ein Kartoffelacker, der bis in den Sep-

tember hinein frostfrei bleibt. Für sie ist Schönheit ein dicht mit goldenen Ähren bestandenes Roggenfeld, reif zur Ernte. Für sie ist es dieses Ackerland, das uns unser tägliches Brot gibt, und dafür danken sie dem Herrn. Ich sage nicht, dass sie sich irren, weit entfernt! Du weißt, dass vor dreißig Jahren, als meine Eltern klein waren, in ganz Finnland eine große Hungersnot geherrscht hat. Sie haben zusehen müssen, wie viele Angehörige und Freunde zu Grabe getragen wurden, und selbst große Not und Entbehrung gelitten. Außer der Verrichtung der Gebete gibt es für sie nichts, was so wichtig ist wie eine gute Ernte. Und etwas davon ist offenbar auch auf mich übergegangen, obgleich ich nie eine solche Not erlebt habe, wie sie 1868 geherrscht hat. Wie Vater und Mutter verfolge auch ich mit Argusaugen das Wachstum von Roggen und Gerste. Ich bin immer beunruhigt, bis die Ernte eingebracht ist und wir wissen, dass wir einen weiteren Winter überstehen werden. Ich versuche nach Kräften, das Meine zu unserem Auskommen beizutragen, und habe in diesem Jahr ein kleines Gartenbeet angelegt, wo ich Weiß- und Blumenkohl ziehe. Die Pflanzen habe ich vom Dorfschullehrer, der sich für solche Dinge sehr interessiert.

Trotzdem sind es nicht Äcker und Gemüsebeete, die mir als Erstes in den Sinn kommen, wenn ich an unsere Heimat denke. Auch Flüsse und Berge tauchen nicht vor meinem inneren Auge auf.

Ich denke an das Gefühl, wenn nach einem langen und kalten Winter die ersten Blattknospen sprießen. Grün und zum Bersten mit Leben gefüllt warten sie darauf auszuschlagen, sobald der Frühling sie mit seinem Zauberstab berührt. Ich denke an das Gefühl, an einem Sommer-

morgen über blühende Wiesen zu gehen, wenn die Welt ringsum duftet, die Vögel singen und es ist, als bekäme man einen Vorgeschmack von Gottes Himmelreich. Ich denke an das wundersame Gefühl in meinem Herzen, wenn ich an einem Frühsommerabend mit Nebelschleiern auf Feldern und Wiesen unversehens Maja-Stinas Rufe höre, mit denen sie die Kühe anlockt. Sie hat eine so klangvolle und schöne Stimme und ihre ganz besondere Weise zu rufen, von der mir ganz melancholisch zumute wird. Schwer und zugleich leicht ums Herz. Hast Du je so empfunden? Wenn ich an Finnland denke, sind es diese kleinen Dinge, die mir in den Sinn kommen. Und so schwierig, wie sie in Worte zu kleiden sind, kann ich mir kaum vorstellen, dass sie sich auf einer Leinwand einfangen lassen.

Ich vermisse unsere täglichen Gespräche. Das Zusammensein mit Dir war wie ein Studium! Du hast so viel gesehen, Du bist gereist, Du hast Abenteuer erlebt. Als Du mir von Imatra und Turku erzähltest, vom Heringsmarkt in Helsinki und von Stockholm, das sich im Meer spiegelt, war es fast, als erlebte ich es selbst. Oh, die Abende, die wir zu zweit im Pfarrhof und hier bei uns in meinem schlichten Heim verbringen durften! Ich sehe uns noch in meiner Kammer sitzen und über etwas debattieren, das wir uns gerade laut vorgelesen hatten, bis Mutter hereinkam und fragte, warum wir so zankten! Dabei zankten wir gar nicht, wir haben uns nur ereifert über das, was wir gelesen hatten. Wir wollten die neuen Gedanken weiterspinnen, auf die wir in einem Buch oder in der Zeitung gestoßen waren. Mutter meinte kopfschüttelnd, sie verstünde nicht die Hälfte von dem, worüber wir sprächen, und sie wollte wissen, wo wir das alles herhätten. Aber wir hatten es aus Büchern, aus den Zeitungen, aus unseren gemeinsamen Gesprächen. Sollten wir nicht ebenso denken können wie Vater, wie Sven, wie jeder andere Mann?

Und das erinnert mich an etwas: Hab Dank für das Buch, das Du mir geschickt hast. Ich musste Elsa versprechen, dass sie es lesen darf, wenn ich es ausgelesen hätte, was ich gerade eben habe. Fräulein Westermarck schreibt so mitreißend über Dinge, von denen ich selten zuvor gelesen habe: wie junge Mädchen und Frauen auf ihr Leben blicken. Ich liebe zwar die «Erzählungen des Feldschers», aber dass darin besonders viele Jungmädchenträume enthalten seien, kann man dem Buch nicht gerade zum Vorwurf machen!

Besonders gut hat mir «In der Jugend» gefallen. In Westermarcks Zeilen finde ich vieles von dem, was ich selbst oft empfunden, aber nicht so recht begriffen habe, wenn Du verstehst, was ich meine. Ich konnte nicht in Worte fassen, was meine Gefühle ausgelöst hat.

«Ihr sehnlichster Wunsch war es, ein Ziel zu finden, für das sie leben konnte», schreibt Fräulein Westermarck. So habe ich selbst oft empfunden, unzählige Male. Erinnerst Du Dich, dass wir im Sommer sogar darüber sprachen? Es war an einem heißen Tag, als Du mir halfst, die Wäsche aufzuhängen, und mir dabei von Deinen künstlerischen Zielen erzähltest. Deine Wangen glühten vor Eifer, und Du sahst so süß aus, dass ich Dich am liebsten aufgegessen hätte. Aber gleichzeitig brannte der Neid in mir, weil ich mir für mich ein vergleichbares Ziel wünschte, eine Berufung, etwas, was ich auf dieser unserer Erde bewirken könnte. In dieser Erzählung beneide ich fast Högh, dem es trotz seiner ärmlichen Herkunft

gelingt, durch harte Arbeit eine Ausbildung abzuschließen und im Leben voranzukommen. Aber er ist ja auch ein Mann! Für uns Frauen nehmen sich diese Dinge schon etwas anders aus.

Eine Zeile, die mich vom Buch aufblicken und umherschauen ließ, ob nicht etwa Fräulein Westermarck in meiner Kammer säße und direkt zu mir spräche, war diese:

«Wenn ihr wüsstet, wie gefangen ich bin und wie unwissend und unnütz ich mich fühle.»

Wie vermag Fräulein Westermarck so treffend auszudrücken, was ich empfinde, seit ich Dich kenne und die Welt sich in ihrem ganzen Glanz vor mir aufgetan hat? Freilich, die Figur Alice, die diese Worte in der Erzählung spricht, führt ein vollkommen anderes Leben als ich und hat womöglich etwas anderes im Sinn, als sie das sagt. Aber das heißt nicht, dass die Worte nicht wie Kirchenglocken in meinem Inneren geläutet haben.

Ich bin so froh, Dich kennengelernt zu haben, liebste Charlotte. Es bedeutet mir mehr, als Du, umgeben von anderen Schulmädchen und allen Vergnügungen und Verlockungen der Hauptstadt, ahnen kannst. Du bist ein Fenster, das sich geöffnet und den Blick freigegeben hat auf alles, was außerhalb liegt. Doch Du hast mir auch die Wände bewusst gemacht.

Deine auf ewig treue
Alina

Liebste Charlotte!

Als Erstes möchte ich Dir von ganzem Herzen für Deine großzügige Einladung danken. Wie herrlich wäre es gewesen, Euch zu besuchen und Weihnachten mit Dir und Deiner Mutter zu verbringen. Nein, herrlich drückt nicht einmal annähernd aus, was ich empfunden hätte! Wonne und Seligkeit erfüllten mich, als ich Deine Zeilen las, und die Zeilen, die Deine Mutter so freundlich hinzugefügt hat. Ich sah die spannende Reise vor mir, wie ich ein Dampfschiff bestieg und von Dir und Deiner Mutter im Hafen eines sonnigen, winterweißen Helsinki in Empfang genommen wurde, wie ich endlich mit eigenen Augen die weißen und gelben Häuser und Kirchen der Hauptstadt sehen durfte! All die Dinge, von denen Du geschrieben hast – Theater, Soireen, Bälle, Musikabende und Vorträge –, vermochte ich mir kaum vorzustellen, weil ich sie bloß aus Romanen kenne. Stattdessen habe ich mir vorgestellt, wie gemütlich und heimelig es wäre, mit Dir und Deiner Mutter vor einem prasselnden Kaminfeuer zu sitzen und Weihnachtslieder zu singen, während Deine Schwester uns auf dem Pianoforte begleitet.

Doch dann besann ich mich und legte all diese Bilder und Wunschvorstellungen dorthin, wohin sie gehören: in die Schublade meiner kleinen Kommode, in der ich meine liebsten Herzensdinge aufbewahre (zu denen ich auch Deine Briefe zähle). Ich weiß, Dein Brief und Deine Einladung erfolgten mit den besten Absichten. Du hast ein warmes und großzügiges Herz, und das ist einer der Gründe, weshalb ich Dir so innig zugetan bin. Aber ich weiß nicht, wie ich Dir die Unmöglichkeit Deines Vorschlags begreiflich machen kann, ohne Dich zu kränken und meinen eigenen Stolz allzu sehr zu verletzen. Denn ja, ich bin stolz, liebe Charlotte, das ist eines meiner großen Laster, möge Gott mir verzeihen!

Du musst verstehen, Charlotte: Eine Bauerntochter aus einem kleinen Dorf besitzt weder das Geld noch die Kleidung oder die Zeit, um eine Reise wie diese zu unternehmen und die zahlreichen Vergnügungen zu besuchen, die Du aufzählst. Es ist ein Ding der Unmöglichkeit, gegen das ich innerlich häufig aufbegehre, von dem ich aber weiß, dass ich mich ihm fügen muss. Könnten wir ein wenig Geld erübrigen, würde ich – sosehr ich mich auch danach sehne, Dich zu treffen, liebe Charlotte – dieses Geld verwenden, um mir eine Ausbildung zu ermöglichen, wenngleich ich nicht die leiseste Ahnung habe, wie das gehen sollte. Denn obwohl mein eitles Herz von Vergnügungen und Glanz verlockt wird, so gibt es einen Teil von mir, und ich glaube, es ist der reinste, höchste Teil meiner Seele, auf den ich so gut hören sollte, wie ich nur kann, der sich noch stärker nach Wissen, Bildung und Gelehrsamkeit sehnt. Könnte ich mich nur bilden, ich wäre mehr als zufrieden mit meinem Los im Leben, mit meinem selbst gewebten Rock und meinem gestreiften Baumwolltuch, das Vater voller Stolz im Frühjahr vom Markt in Nykarleby mit nach Hause gebracht hat.

Als ich Dir schrieb, wie gefangen und unnütz ich mich hier fühle, war es ganz und gar nicht meine Absicht, Dir eine Einladung zu den Vergnügungen der Hauptstadt zu entlocken. Ich tat es, weil Du die Einzige bist, mit der ich mich über diese Gedanken und Überlegungen austauschen kann. Zu Hause verstehen sie diese Dinge nicht. Vater würde mir auf die Schulter klopfen und sagen, dass wir die Heuernte im Sommer niemals ohne mich geschafft hätten, und vielleicht noch hinzufügen, dass er wisse, welch eine große Hilfe ich Mutter im Haushalt bin. Und Mutter, Gott segne sie, würde erwidern, wenn ich mich nutzlos fühlte, habe sie unendlich viele Aufgaben, die darauf warteten, erledigt zu werden.

Nur Du sprichst dieselbe Sprache wie ich – die Sprache der Sehnsucht. Die Sehnsucht, etwas Verdienstvolles leisten, unserem schwer gebeutelten Vaterland helfen, bedeutsam sein zu dürfen. Du hast die Kunst. Und ich, ich habe die Kühe.

Nein, nun werde ich nicht in Melancholie und Undank verfallen. Es war furchtbar lieb von Dir und Deiner Mutter, Euch so wundervolle Vergnügungen für mich auszudenken. Ich werde heute Abend zu Bett gehen und ein Dankgebet sprechen, weil Gott der Herr Euch in meinen Weg geführt hat. Mögen Du und Deine Mutter gesund und munter bleiben.

Deine Alina

Süße Charlotte!

Ich sitze in meiner Kammer, vor dem Fenster senkt sich die Dunkelheit herab, und nebenan geht Mutter umher und summt ein Kirchenlied vor sich hin. Ich durfte mich nun längere Zeit guter Gesundheit erfreuen und konnte wieder aktiv an unserem dörflichen Vereinsleben teilhaben. Heute war ich bei dem Treffen des Nüchternheitsvereins, wo wir zurzeit ein Theaterstück proben. Es heißt «Der Emigrant». Bei den Proben muss ich jedes Mal an Sven denken. Letzten Sommer haben wir einen

Brief von ihm aus Afrika bekommen, aber seither haben wir nichts mehr gehört. Möge Gott ihn dort beschützen! Bevor er abgereist ist, hat er zu mir gesagt, er wolle das tun, wozu Vater nicht den Mut aufgebracht habe: in die Fremde ziehen und viel Geld verdienen, damit Nevabacka richtig aufblühen könne. Aber ich glaube, Sven irrt sich. Es waren nicht Angst oder Feigheit, die Vater dazu gebracht haben, hierzubleiben. Er war der einzige Sohn seiner Eltern. Wäre er in die Fremde gegangen, hätte es Großmutter das Herz gebrochen, dessen bin ich mir sicher. Großvater ist gestorben, als Vater noch sehr jung war. Hätte Vater sich nicht um den Hof, um Großmutter und seine Geschwister gekümmert, wären sie im Armenhaus gelandet. Für Sven ist es anders. Mutter und Vater sind noch jung und arbeitsfähig, und er weiß, dass ich hier bin und ihnen bei allem helfe.

In seinem Brief vom letzten Sommer erzählt Sven von Löwen und Menschen mit vollkommen schwarzer Haut. Er hat eine Tätigkeit als Minenarbeiter gefunden und glaubt, ein gemachter Mann zu sein. Er hat unzählige Pläne, wofür er das Geld verwenden will, wenn er nach Hause kommt. Für Kachelöfen und Landmaschinen und Vieh. Er will Vittermåsa trockenlegen und Wald dazukaufen, um Holz zu gewinnen, und alles Mögliche mehr. Für Sven ist das, was er hat, nie genug. Schon als kleiner Junge hat er neidisch auf das Pferd, den stattlichen Schlitten oder die hübsche Mütze eines anderen geschaut. Ich bete jeden Abend, dass Gott ihn Dankbarkeit und Genügsamkeit lehrt.

Sag, vermisst Du nicht bisweilen die Gemeinschaft unseres lieben Jugendvereins? Oft denke ich, dass wir ihm niemals zu einem solchen Erfolg verholfen hätten, wären da nicht Dein Tatendrang gewesen und Deine Fähigkeit, Menschen zum Engagement anzustiften. Die Idee stammte von mir, das gebe ich gerne zu, aber mit einer Idee allein kommt man nicht weit. Oh, wie ich Dich bei unseren gemütlichen Treffen und bei unseren Sitzungen vermisse! Kurt Mjölnars hat im Winter eine Turngruppe für Jungen gegründet, und im Herbst möchte ich mich umhören, ob Interesse an einem Studienkreis besteht, in dem wir uns gegenseitig zu Eigenstudium und erbaulicher Lektüre ermuntern. Moa Andersson und Onkel Ingmars Tilda wären dabei, das weiß ich.

In Ermangelung von Besserem muss ich mich mit so etwas zufriedengeben.

Die Ernte ist eingebracht. Roggen haben wir nur mäßig bekommen, aber zumindest wird das Vieh im Winter nicht hungern müssen, und dafür danken wir Gott!

Ach, Charlotte, erinnerst Du Dich an Matilda Wennbergs kleinen Bruder Hans Anders? Der Junge, der so hilfsbereit war, als wir mit Vaters Pferdewagen in den Graben fuhren und Prinz sich vor Panik so wild gebärdete, dass ich mich nicht an ihn heranwagte, um ihn abzuschirren und ihn aus dem Graben herauszubekommen? Hans Anders gelang es, Prinz zu beruhigen und abzuspannen, obwohl er erst knapp zwölf Jahre alt war! Er hat nach dem Konfirmandenunterricht oft auf Matilda gewartet, und sie sind zusammen nach Hause gegangen. Seit ihre Mutter vor einigen Jahren an Schwindsucht gestorben ist, standen sie sich sehr nah. Er ist am Sonntag tödlich verunglückt, ein verirrter Schuss hat ihn getroffen. Es ist schrecklich tragisch, aber es muss Gottes Wille gewesen sein. Die Beerdigung ist am Mittwoch, Mutter und ich werden hingehen.

Das hat mich viel über den Tod nachdenken lassen. Er ängstigt mich nicht allzu sehr, Charlotte. Ich weiß, dass ich zu unserem Herrgott kommen werde, und der Gedanke erfüllt mich mehr mit Freude denn mit Angst. Heute Nachmittag, als ich nach unseren drei Färsen suchte, die weit weg auf der Weide sind und sich nun so gut vor uns verstecken, dass man meinen könnte, ein Troll habe sie geholt, habe ich die Schönheit des Waldes auf mich wirken lassen. Die hohen, geheimnisvollen Fichten, die sich aus leuchtend grünem Moos erhoben. Die roten Preiselbeeren, die mir zwischen immergrünen Blättern freundschaftlich zuzwinkerten. Den frischen, herrlichen Duft, die sehnsüchtigen Rufe der Zugvögel, das Licht, das zwischen den Bäumen hindurchsickerte, die Tautropfen, die die Spinnennetze schmückten und sie zwischen den dunklen Fichtenzweigen wie Kristalle funkeln ließen. Ich war wie berauscht von all dieser Schönheit, und mit einem Mal spürte ich, dass mir der Tod ganz und gar nicht schwer werden würde, solange ich mich unter rauschenden Fichten zur Ruhe betten dürfte, den Kopf auf einem moosbewachsenen Stein, um meinen letzten Atemzug zu tun! Die Schönheit der Natur auf Erden raubt mir schier den Atem. Wie schön muss nicht erst Gottes Himmelreich sein? In dieser Gottes Schöpfung sterben zu dürfen und anschließend in Seine ewige Schönheit einzugehen, wäre reinste Glückseligkeit, nichts, wovor man sich fürchten muss.

Doch zuerst möchte ich die Aufgabe erfüllen, für die Gott mich auf die Erde geschickt hat. Nur worin könnte sie bestehen? Ich hätte so gerne ein Ziel, auf das ich hinarbeiten kann, genau wie Du. Und es muss etwas Höheres, etwas Besseres sein, als einen Burschen aus dem Dorf zu heiraten, Kinder zu gebären und mich auf den Äckern zu schinden. Ich scheue mich nicht vor harter Arbeit! Im Gegenteil, ich sehne mich danach, aber es muss meine Arbeit sein. Meine Aufgabe im Leben. Jeden Abend bete ich zu Gott, Er möge mir dabei helfen, meinen Weg zu finden. Und ich bete, dass Er seine schützende Hand über Dich halten und Deine gute Gesundheit bewahren möge.

Immer Dein
Alina

Liebste Charlotte!

Heute strahlt ein wundervoll glitzernder Wintertag über der österbottnischen Ebene. Ein solcher Tag, über den Topelius schreibt: «Es war Winter, die Morgenröte färbte die Wolken im Südosten, ein fahler, flackernder Schimmer glitt über die Wellen der Ostsee. Der Schnee auf den Bergen leuchtete in purpurnen Farben auf, die dunklen Fichtenwipfel erhellten sich.» Ich glaube, Du könntest einen Morgen wie diesen im Sinn gehabt haben, als Du mir so euphorisch und romantisch schriebst, das Leben auf dem Land und in Wald und Flur sei das wirkliche, das wahre Leben.

Wenn ich Deine Zeilen lese, erfüllt mich dasselbe Gefühl: Man muss sich auf die ländliche Scholle hinausbegeben, um wahrhaft zu verstehen, was Leben ist!

Doch dann erinnern mich meine vor Kälte schmerzenden Hände daran, dass ich auf der «ländlichen Scholle» lebe und arbeite, und Arbeit hatten wir auf Nevabacka im Herbst weiß Gott genug, aber wir haben auch ein famoses Weihnachtsfest gefeiert!

Unser Weihnachten beginnt damit, dass Tante Anna-Lisa und Onkel Elis mit dem Pferdeschlitten aus der Stadt kommen. Onkel Elis arbeitet dort als Telegraphist. Es ist eine einträgliche Anstellung, und die beiden haben drei Töchter und wohnen in einem großen Anwesen. Die Älteste, Emmy Susanna, ist so alt wie ich. Meine Cousinen tragen immer wunderschöne Kleider! Früher rang ich jedes Mal, wenn wir uns trafen, mit dem Dämon des Neids, doch in diesem Jahr habe ich mich nicht groß darum geschert, ihre Garderobe mit meiner zu vergleichen. Vielleicht hat Gott mein Gebet erhört und mir geholfen, den Neid in meinem Herzen zu tilgen. Aber ich kann nicht leugnen, dass auch die Tatsache, dass ich Dich kennengelernt habe, eine Rolle spielt. Es ist, als sei ich über derart kleinliche Gefühle hinausgewachsen, seit ich in Dir eine wahre Herzensfreundin gefunden habe.

Tante Anna-Lisa hatte einen Brief aus Amerika dabei, von Magdalena, der Witwe von Großvater Hugos Bruder Jakob, die seit über zwanzig Jahren dort drüben lebt. Sie ist mit ihren beiden Kindern nach der großen Hungersnot in den 1860er-Jahren ausgewandert. Ihr ist es in Amerika gut ergangen, und sie hat sich nie mit dem Gedanken getragen, zurückzukehren. Ihre Tochter Mina ist mit einem Fabrikanten verheiratet, und Justus, der Sohn, ist ebenfalls verheiratet und arbeitet in einem Steinbruch oder wie das heißt. Faktori, schreibt Magdalena. Die Gesellschaft handelt mit Granit und liegt in Washington.

Doch diesmal brachte Magdalenas Brief traurige Neuig-

keiten. Meine Großmutter hatte eine Schwester, die mit einem Wilhelm Korp verheiratet war und drei kleine Kinder hatte. Als die Hungersnot zu wüten begann, zog Wilhelm auf der Suche nach Arbeit gen Süden, und nachdem Großmutters Schwester im Armenhaus gestorben war, nahmen Großvater und Großmutter die Kinder zu sich nach Nevabacka. Das jüngste Kind ist trotzdem gestorben, am Hunger. Der Sohn Albert ist vor drei Jahren nach Amerika gefahren und hat dort mit der Hilfe unseres Verwandten Justus eine Anstellung in einem Sägewerk gefunden. Nun schreibt Magdalena von einem furchtbaren Unfall: «Eine große Erdlawine mit Gesteinsbrocken und Baumstümpfen ist vom Berg heruntergekommen und hat fast die Hälfte der Arbeiter unter sich begraben. Manche wurden von den Erdmassen verschüttet, andere stürzten in den Fluss und ertranken. Albert ist nicht mehr.»

Großmutter war zu uns herübergekommen, um die Gäste zu begrüßen. Sie wohnt zwar im Neuen Haus, aber Weihnachten wird natürlich hier bei uns im Alten Haus gefeiert. Sie erfuhr die Neuigkeit zusammen mit uns, und es hat sie sehr schwer getroffen. Mir war Himmelangst, dass ihr Herz es nicht verkraften würde.

Wie furchtbar, fern von daheim zu sterben, umgeben von Fremden! Ich habe schreckliche Angst, dass Sven dasselbe Schicksal zuteilwird. Hätten wir doch nur das Geld gehabt, ihn zur Schule zu schicken. Dann hätte er eine sicherere Arbeit finden können als in einer Mine!

Das Schönste an Weihnachten ist, wenn wir uns zum Abendessen versammeln, denn wir sind eine große Tischgesellschaft, und die Stimmung ist warm und innig. Am Weihnachtsbaum brennen die Kerzen, im Ofen prasselt ein Feuer, und es ist behaglich und heimelig. Ich glaube, nicht einmal im Palast des Kaisers werden schönere Weihnachten gefeiert!

Nach dem Abendessen kommt der Weihnachtsbock mit seiner schaurigen Maske! Als wir klein waren, hatten wir furchtbare Angst vor ihm, und ich sah, dass Malin immer noch ein wenig bang zumute war. Ich bekam einen Rock aus gekauftem Stoff, den Vater bei einem Schneider in der Stadt hat fertigen lassen. Tante Anna-Lisa hat ihn mitgebracht. Da sie Vater auch beraten hat, sieht der Rock hübsch aus und sitzt auch gut.

Aber schöner noch als Heiligabend ist der Morgen des ersten Weihnachtstages. Denn da, musst Du wissen, stehe ich in aller Herrgottsfrühe auf und melke die Kühe, damit Mutter noch ein wenig schlafen kann. Ich zünde eine Laterne an und gehe hinaus in die stille, heilige Schönheit des Weihnachtsmorgens. Die Nacht ist schwarz und klirrend kalt. Wenn ich Glück habe, funkeln Tausende und Abertausende Sterne über mir am Himmelszelt! In diesem Jahr war es so. Der Wald lag still unter seiner weißen Decke, schlummernd und träumend. Es war, als wäre auf der ganzen weiten Welt nur ich allein wach.

Im Stall ist es warm und duftet nach Kuh und Heu. Für mich der Inbegriff von Geborgenheit! Beim Melken plaudere ich mit den Kühen. Wenn ich mit Melken fertig bin, gieße ich für den Hofwichtel ein wenig Milch in ein Schüsselchen und stelle es in einen dunklen Winkel. Großmutter hat mir viele Geschichten über den Wichtel erzählt. Als Großstädterin lachst Du sicherlich über derlei Aberglauben, aber hier draußen im Wald, mit wenigen menschlichen Nachbarn, müssen wir uns um die Nachbarn anderer Art, die wir haben, gut kümmern!

Wir sind auf ihre Gunst und ihr Wohlwollen angewiesen. Und ich glaube nicht, dass Gott an einer kleinen, unschuldigen Milchschüssel Anstoß nimmt.

Wenn ich aus dem Stall komme, ist Großmutter zu uns herübergekommen und hat in jedem Fenster Kerzen angezündet, um unseren Heiland willkommen zu heißen. Und dieser Anblick, Charlotte – unser schlichtes Heim eingebettet in tiefe Schneewehen, die im Sternenlicht funkeln, und mit Kerzenschein in jedem kleinen Fenster –, gehört zum Schönsten, was ich kenne auf dieser Welt. Ich bleibe draußen stehen und nehme den Anblick in mich auf, so lange ich kann, bis die Kälte mich ins Haus zwingt und Großmutter und ich eine Tasse Kaffee zusammen trinken, ein paar Weizenkringel essen und uns unterhalten, bevor die anderen aufwachen und es Zeit wird, sich fertig zu machen, Prinz vor den Schlitten zu spannen und zum Weihnachtsgottesdienst zu fahren.

Ja, so sieht unser gemütliches Weihnachtsfest auf Nevabacka aus. Ich hoffe, dass Du genauso von Wärme und Liebe und Gottes Frieden umfangen wurdest. Du schreibst, dass Du Dir vor Weihnachten eine Erkältung zugezogen hast. Ich wünsche mir von Herzen, dass sie inzwischen abgeklungen ist und Du wieder gesund und wohlauf bist!

Deine Alina

Meine liebste Charlotte!

Ich muss Dir etwas ganz Wunderbares erzählen, das mir vorigen Monat widerfahren ist. Unsere kleine Grund-

schule – nicht die im Kirchdorf, sondern die hier in Österby nahe Nevabacka – hat zu Jahresbeginn eine neue Lehrerin eingestellt. Aber kurz bevor sie ihren Dienst antreten sollte, erkrankte ihre Mutter so schwer, dass sie zu Hause unabkömmlich ist. Und da hat der Gemeinderat gefragt, ob nicht ich die Kinder unterrichten wolle, bis die Lehrerin wie vereinbart kommen könne! Ich fragte Mutter und Vater um Rat, und sie waren beide der Ansicht, ich sei wie gemacht für den Auftrag. Lohn sollte ich auch bekommen, wenngleich nicht so viel wie eine ausgebildete Lehrerin.

Mit leicht flauem Magen fuhr ich also Mitte Januar auf Skiern zum Schulhaus, das voriges Jahr gebaut wurde. Ich habe ja selbst nur die Volksschule besucht und hatte ein wenig Fracksausen, wie das Ganze verlaufen würde.

Doch als ich vor meinen kleinen Schülerinnen und Schülern stand, während das Ofenfeuer im Klassenzimmer prasselte und die Kinder ihre Blicke eifrig auf mich gerichtet hatten, übermannte mich ein derart heftiges Gefühl, dass es mir schier den Atem nahm. Ich spürte, dass ich nach Hause gekommen war. Obwohl ich noch nie unterrichtet hatte, war ich, sobald ich meine Aufgabe in Angriff nahm, nicht das kleinste bisschen nervös oder ratlos. Ich will nicht behaupten, dass es ein Kinderspiel ist, aber selbst da, wo ich auf Widerstand oder Schwierigkeiten stoße, ist es ganz und gar nicht schwer oder unangenehm, Lösungen zu finden. Die Kinder kennen mich ja alle, und eines von ihnen ist obendrein meine jüngste Schwester Malin, wir sind uns also keineswegs fremd. Doch das hat auch seine Tücken. Einige der Jungen dachten anfangs, vor ihnen stünde ihre Spielgefähr-

tin Alina, die sie an der Nase herumführen und der sie kleine Streiche spielen könnten. Aber weit gefehlt! Ich fand mich sogleich in meine Rolle, und schon bald verstanden sie, dass die Alina, die Religionsgeschichte und Multiplikation mit ihnen büffelt, und die Alina, die mit ihnen im Frühjahr Schlagball oder Reifentreiben spielt, zwei verschiedene Personen sind.

Was für ein wundervolles Gefühl, etwas tun zu dürfen, wozu man Neigung und Begabung besitzt! Jetzt kann ich in Gänze nachempfinden, was Du fühlen musst, wenn Du zeichnest und malst. Nun hat Gott meine Gebete erhört, und ich weiß, welche Aufgabe Er mir auf Erden zugedacht hat. Ich werde Volksschullehrerin, Charlotte. Sag, ist das nicht eine phantastische Idee?! Ich habe noch niemandem davon erzählt, außer Dir, jetzt, in diesem Brief. Ich glaube, der Wunsch begann im Sommer in mir zu reifen, als ich durch Dich erfuhr, wie es auf der Töchterschule ist, wie viel Du dort lernst. Das brachte mich auf den Gedanken, wie kostbar Wissen und Bildung sind, und darüber habe ich in den Herbst- und Wintermonaten viel nachgegrübelt. Außerdem habe ich darüber nachgedacht, wie viele Kinder in unserem Land noch immer einen nur unzureichenden Zugang zu Wissen und Bildung haben. Auf diesem Gebiet gibt es wahrlich viel zu tun! Dürfte ich diesen Weg gehen, hielte ich mich für das glücklichste Mädchen der Welt. Wie privilegiert ist die Frau, die Finnlands Kinder auf den Pfad der Bildung führen darf, die dazu beitragen darf, Unwissenheit und damit die Hilflosigkeit zu tilgen, die ihr unausweichlich auf dem Fuße folgt. Aber wie ich dieses Vorhaben in die Tat umsetzen soll, ist noch unklar. Wir haben nicht das Geld, um mich aufs Seminar zu schicken. Wenn mir nur ein Weg einfiele, die nötige Summe eigenhändig zu verdienen! Es wird mehrere Jahre dauern, aber ich bin willens, mich in Geduld zu üben. Von dem geringen Lohn, den ich gerade erhalte, lege ich alles beiseite, was ich erübrigen kann. Und im Herbst werde ich Unmengen Preiselbeeren pflücken und verkaufen. Das wird natürlich längst nicht reichen, aber es ist ein Anfang.

Mit Gottes Hilfe wird es schon gelingen!

Deine getreue
Alina

Liebste Charlotte!

Ist der März nicht ein garstiger Monat? Das Licht kehrt zurück und verleitet zum Gedanken an den Frühling, dabei ist er noch unendlich weit entfernt. Freilich sind die Sonnenstrahlen auf dem harschen Schnee des Frühlings schön, und auch die Weidenkätzchen, die zu knospen beginnen, und Schmelzwasser, das an warmen Tagen von den Dächern tropft, sind wunderbar. Aber die Wege sind eine einzige Schlammwüste. Mit dem Pferdewagen ist noch kein Durchkommen, der Schlitten bleibt regelmäßig stecken, und Prinz wird so störrisch, wenn die Straßen schlecht sind, dass ich ihn nicht zu lenken vermag. Gottlob kommt man noch mit Skiern vorwärts, sodass ich ohne allzu große Schwierigkeiten zum Schulhaus gelange. Die Mutter der Lehrerin ist inzwischen auf dem Weg der Besserung, nach Ostern soll sie hier eintreffen. Es tut mir leid, meine Arbeit abgeben zu müssen, die mir innerhalb dieser kurzen Zeit so lieb geworden ist.

Es war wunderbar, Deinen Brief zu bekommen und von all den hochfliegenden Plänen zu lesen, die Du für mich schmiedest. Du hast ganz recht, wenn ich Lehrerin werden will, muss ich das Seminar in Ekenäs besuchen. Dort würde ich alles lernen, was ich will und brauche, um bei der Erziehung von Finnlands Jugend mitzuwirken.

Ganz vorsichtig habe ich meine Träume – ich finde, sie haben noch nicht so deutlich Gestalt angenommen, dass ich mich trauen würde, sie als Pläne zu bezeichnen – vor Vater und Mutter angesprochen, und sie standen dem Gedanken nicht so ablehnend gegenüber, wie ich befürchtet hatte. Aber wie er sich in die Tat umsetzen lassen wird, ist eine ganz andere Frage. Meine Eltern können mich hier zu Hause unmöglich entbehren, solange Sven in Afrika ist. Die nötigen finanziellen Mittel für eine Ausbildung sind auch nicht vorhanden – noch nicht.

Aber genug von mir – es gibt einige Punkte in Deinem Brief, die mir Sorge bereiten. Du hast Dich doch auf der langen Schlittenfahrt im Februar nicht etwa erkältet? Mein leidiger Husten ist noch nicht ausgeheilt. Zuweilen geht es mir besser, doch dann kehren die Anfälle zurück, und ich fühle mich schwächer. Vor allen Dingen aber mache ich mir Gedanken über die vielen Schlittenpartien, Bälle, Soireen und Feste, die Du, wie Du schreibst, besuchst. Es ist nicht so, dass ich Dir Kurzweil und Zerstreuung missgönne, aber – und mir ist bewusst, dass ich wie eine alte Mamsell klinge, doch daran führt kein Weg vorbei, denn wer sollte es Dir sagen, wenn nicht Deine Freundin? – das, was mir in Deinen Briefen ins Auge sticht, ist das, was fehlt. Du schreibst so gut wie nichts über Deine Studien und Deine Schule und kein einzi-

ges Wort über Deine Kunst und Deine Zeichenstunden. Früher wimmelten Deine Briefe von Skizzen, Stillleben, Farbzeichnungen und Staffeleien, und ich war jedes Mal beglückt zu erfahren, wie ernst Du Deine Studien nahmst. Dein Elan und Dein Tatendrang haben mich darin bestärkt, mir ein ebenso kostbares Ziel zu suchen, auf das ich hinarbeiten kann. Du hast doch wohl nicht Deine Pläne vergessen, Charlotte? Ich verstehe, dass Du in Helsinki viele amüsante und aufmerksame Kavaliere hast und dass es ein Spaß ist, hofiert und umworben zu werden. Aber eine gewisse Ausgewogenheit, Charlotte? Es kann doch nicht unmöglich sein, eine Ausgewogenheit zu finden? Was sagt Deine Mutter zu alldem? Fast bin ich geneigt, ihr zu schreiben. Nein, das ist keine Drohung, liebe Freundin, hör auf, die Nase zu rümpfen. Es war bloß eine Überlegung.

Nun befürchte ich, Dich zutiefst verärgert zu haben, und das bereitet mir Angst und Seelenqualen. Gewissensbisse habe ich jedoch keine! Denn ich weiß, dass ich in diesem Punkt recht habe, auch wenn es Dir sicherlich nicht gefällt. Sei Deiner Alina nicht böse, aber denk über meine Worte nach und antworte mir, so aufrichtig Du kannst.

In ewiger Treue
Alina

Liebste Charlotte!

Der April kam mit Sonne, Wärme und Deinem Brief! Du ahnst nicht, welche Ängste und Qualen ich in der

Ungewissheit des Wartens ausgestanden habe. Ich glaube, Du hast Deine Antwort absichtlich hinausgezögert, um Deine arme Freundin auf die Folter zu spannen! Dein Brief brachte Trost und Linderung.

Aber ich glaube, es ist gerade dieser Wesenszug an Dir, der mich von vornherein zu Dir hingezogen hat. Menschen, die Dich nicht kennen, könnten Dich für leichtfertig, möglicherweise frivol, halten: Du lachst viel und häufig, Du treibst gerne Scherze, und Du bist immer aufgelegt zu Spiel, Spaß und Streichen. Aber Deine Scherze und Streiche sind niemals boshaft, und bei Deinem Lachen schwingt stets ein ernster Grundton mit. Wenn ich Dir, wie du schreibst, zu der Einsicht verholfen habe, dass Du von Deinem Weg abgekommen bist, so bin ich felsenfest davon überzeugt, dass Du es über kurz oder lang selbst erkannt hättest. Ich habe Dir lediglich dabei geholfen, es ein wenig früher zu bemerken, das ist alles.

Dein Selbstporträt, das Du mir geschickt hast, ist ganz wunderbar! Ich habe es rahmen lassen, und es steht nun auf dem kleinen Tischchen neben meinem Bett, wo es das Erste ist, was ich sehe, wenn ich aufwache, und das Letzte, worauf mein Blick fällt, bevor ich meine Augen zur Nacht schließe. Es ist fast so, als hätte ich Dich hier bei mir – aber eben nur fast. Was würde ich nicht dafür geben, wieder Dein perlendes Lachen hören, meine Arme um Deine Hüften legen und Deine rosige Wange küssen zu dürfen!

Ich weiß nicht recht, was ich auf den Vorschlag Deiner Mutter antworten soll. Er ist so wunderbar, dass ich das Gefühl habe, mitten in einem Traum zu sein – einem Traum, aus dem ich niemals erwachen möchte. Ich habe

Deinen Brief mit hinaus an den Bach genommen, der seine Eisdecke abgeworfen hat und jetzt laut und kraftvoll rauscht, fast wie ein kleiner Fluss. Dort habe ich einen Stein, auf dem ich manchmal sitze und das Rauschen des Wassers genieße. Da habe ich gesessen, Deinen Brief in den Händen gehalten, mich vom Rauschen umfangen, mir von der Frühlingssonne den Rücken wärmen lassen und hatte das Gefühl, dass alles möglich ist. Heute Abend werde ich Vater und Mutter von dem Vorschlag Deiner Mutter erzählen, und wenn sie einverstanden sind, dann – ja, dann werde ich Fräulein Sohlberg, der Vorsteherin des Seminars, schreiben und mich erkundigen, ob ein Studienbeginn zum Herbstsemester möglich ist. Du musst Deiner Mutter meinen tiefsten Dank ausrichten. Ich werde ihr natürlich selbst schreiben, aber was Du für mich tun kannst: Nimm ihr Gesicht in die Hände und küsse sie von mir auf beide Wangen. Sie muss genau so sein wie das Bild, das ich mir durch Deine Briefe von ihr gemacht habe: gut bis auf den Grund ihrer Seele. Ich verspreche, ich werde meine Schulden genau so zurückzahlen, wie sie es vorschlägt, und obendrein gelobe ich ihr einen Zinssatz: Ich werde so hart arbeiten wie noch keine Schülerin des Seminars vor mir, und ich werde alle Kinder, die in Zukunft unter meine Obhut kommen, zu gottesfürchtigen, aufrechten Bürgern und Bürgerinnen unseres Landes erziehen.

Dein Brief ist nicht der einzige, der mein Dasein in den vergangenen Wochen aufgehellt hat. Ende März kam ein Brief von Sven! Er schuftet so hart dort unten in Afrika, und er sagt, es sei weiß Gott keine Arbeit für einen faulen oder schwachen Kerl. Er hat ein paar nette Burschen aus Vaasa und Korsholm gefunden, mit denen er sich ange-

freundet hat, und in seiner Kolonne ist sogar ein Bursche aus Gamlakarleby. Er schreibt, dass gerade schlechte Zeiten für Wanderarbeiter herrschen und dass viele auf der Suche sind, ohne eine Anstellung zu finden. Wenn man wie Sven Arbeit hat, erhält man einen guten Tageslohn, aber die Lebensmittel sind teuer.

An Weihnachten, schreibt er, sei die Kirche geschmückt gewesen wie zu Mittsommer. Fast habe er erwartet, dass der Pfarrer von Johannes dem Täufer und nicht der Geburt Jesu spricht! Der Pfarrer hat die Gemeinde ermahnt, sich vom Licht des Sterns von Bethlehem führen zu lassen, damit sie nicht verloren gingen in diesem fremden Land. Schöne Worte, von denen ich hoffe, dass Sven sie beherzigt. Aber sicher bin ich mir nicht. Als seine Kameraden und er nach dem Gottesdienst heim zur Grube gingen und die große Lampe über dem Eingang der Goldmine brennen sahen, sagte einer seiner Kameraden: «Da leuchtet unser Stern von Bethlehem», worauf Sven erwiderte: «Ja, aber er führt uns abwärts.»

Ich denke viel darüber nach, wie es sich anfühlen muss, aus der Heimat entwurzelt und weit hinaus in die Welt geschleudert zu werden, an einen Ort, an dem nichts so ist, wie man es kennt. Nicht einmal der Sternenhimmel ist derselbe. Ich weiß, dass es Menschen gibt, die es müde sind, jahraus, jahrein dieselben alten Sterne zu sehen, aber mir sind sie die liebsten Freunde, die mir von ihren vertrauten Plätzen freundlich zublinken. Um nichts in der Welt will ich sie hinter mir lassen.

Dir ewig treu
Alina

Liebste Charlotte!

Heute regnet es. Ein herrlicher, üppiger Frühlingsregen, der den letzten Schnee fortwäscht. Nun rüsten sich Wälder, Äcker und Wiesen für den Frühling, für das Leben! Und auch ich rüste mich für das Leben, liebste Charlotte. Du wirst es nicht glauben, aber Vater lässt mich nach Ekenäs fahren! Die vielen Mühen und Vorkehrungen von Deiner Mutter und Dir waren nicht vergebens. Die Schuld, in der ich bei Euch stehe, ist so groß, dass Ihr ihr wahres Ausmaß nie ermessen werdet. Und als wäre dieses Glück nicht schon genug, durfte ich in Deinem letzten Brief außerdem lesen, dass Du auch diesen Sommer auf dem Pfarrhof verbringen wirst! Oh, Charlotte, ist das nicht zu wunderbar, als dass Worte es beschreiben könnten? Wie ich Dein süßes kleines Gesicht küssen werde, wenn Du erst hier bist! Noch ehe Du Dich bei Deinem Onkel und Deiner Tante eingerichtet hast, werde ich da sein, wie eine Ameise, die es zum Zucker zieht. Einen ganzen Sommer mit Dir und im Herbst das Seminar in Ekenäs – ich weiß gar nicht, wie ich mit diesem ganzen Glück umgehen soll! Jetzt fängt das Leben an, ich spüre es.

Doch nun, da es tatsächlich so aussieht, als sollte ich nach Ekenäs gehen, hat mich ein gänzlich unvermutetes Gefühl befallen. Heimweh, Charlotte. Ja, es ist wahr: Ich leide an Heimweh, obwohl ich mein Heim noch nicht einmal verlassen habe! Aber nun treibt mir der bloße Gedanke, die lieb gewonnenen Anblicke hinter mir zu lassen, die Tränen in die Augen. Sollte ich nicht wie jedes Jahr den Zugvögeln von der Kuppe des Föhrenhügels aus Lebewohl sagen? Sollte ich nicht mit meiner Familie im Pferdeschlitten sitzen und zur Kirche fahren, durch ster-

nenfunkelnde, kalte, stille Winterwälder, mit Schellengeläut in den Ohren und den Schal mehrmals um Kopf und Hals geschlungen? Sollte ich nicht das fröhliche Antlitz des ersten Huflattichs an der Wand unseres lieben Hauses begrüßen dürfen?

Sag mir, wie kann das sein, jetzt, da ich meinen Traum in Erfüllung gehen sehe? Du musst mich für undankbar halten, geliebte Charlotte! Aber es ist ja nicht so, dass ich nicht fahren will. Das will ich schrecklich gern! Aber diese Landschaft ist ein so großer Teil meines Wesens, dass ich mich frage, ob ich mich wiedererkennen werde, wenn ich nicht von ihren Hügeln, Steinen und Seen umgeben bin. Ich werde mich fühlen wie eine ausgegrabene Pflanze mit nackten Wurzeln. Ich hoffe, dass meine Wurzeln auch mit der Erde von Ekenäs verwachsen können.

Gestern Abend legte ich mich vollständig angezogen zum Schlafen auf den Boden meiner Kammer. Die Sonne sollte mich wecken! Und ich bin heute Morgen in aller Frühe aufgewacht, als der Horizont sich im Osten ganz zaghaft von Schwarz zu Dunkelblau verfärbte. Ich sprang sogleich auf und lief, ohne jemandem Bescheid zu geben, aus dem Haus. Ich trug meine ältesten und robustesten Stiefel, hatte mir einen dicken Schal um Kopf und Schultern geschlungen und fror kein bisschen, obwohl der Morgen kalt war. Es hatte keinen Nachtfrost gegeben, doch ein Hauch davon lag in der Luft. Die Knospen der Birken schwellen an, ausgeschlagen haben sie noch nicht, doch bald, sehr bald ist es so weit! Ich kann förmlich hören, wie der Saft in den Stämmen der Bäume aufsteigt und rauscht.

Im Wald habe ich mir Zeit gelassen, denn es war noch dämmrig, und ich wollte weder einen Fehltritt machen noch den falschen Pfad nehmen. Es duftete ganz wunderbar, nicht nach Sonne und Blumen und Gras wie im Sommer, sondern nach dem letzten Schmelzwasser, nach der reichen Süße der Erde, nach Verheißungen und Möglichkeiten! Aus einer Senke leuchteten mir unversehens Leberblümchen in voller Blüte entgegen, ein ganzer See von Leberblümchen, die ihren süßen Duft verströmten. Ich ging in die Hocke und nahm ihr kräftiges Blau in mich auf, das im Gegensatz zu all dem Leblosen und Kargen stand, das noch nicht zum Leben erwacht war. Doch bald schon trieb der anbrechende Tag mich weiter, und schließlich gelangte ich aus dem Wald heraus und an den Dunkelweiher, der spiegelblank unter einem leuchtend blauen Himmel lag. Ein Schwan trompetete warnend, als ich kam, erhob sich aber nicht vom Wasser. Ich lief an den Teufelsäckern vorbei an den Rand des Moors und suchte mir einen Platz, von wo ich den Sonnenaufgang über dem Moor beobachten konnte. Ich setzte mich auf einen umgestürzten Baumstamm und – lebte einfach, Charlotte. Zuerst färbte sich der Himmel rot, fast feuerrot, mit rosafarbenen und goldfarbenen Schlieren. Dann kletterte die Sonne über den Horizont, leuchtete in den Wald hinein und zeichnete die Schatten der Bäume mit Goldstift. Ich habe noch nie einen Vers oder ein Gedicht verfasst, aber in diesem Moment, Liebste, war meine ganze Seele ein Gedicht.

Dünne Nebelschleier trieben übers Moor, und die Vögel begrüßten die Sonne mit ihrem schönsten Gesang. Kein Kirchenchor könnte so erhebend, so reinigend und heilend singen wie dieser geflügelte Chor! Ich glaube, im Gesang der Vögel gibt Gott uns einen Vorgeschmack auf seinen geflügelten Himmelschor. Glaubst Du nicht auch?

Als die Sonne über den Baumwipfeln stand, beschloss ich, nach Hause zu gehen, stand auf und stampfte ein wenig Wärme in meine gefühllosen Zehen. Dabei fiel mein Blick auf eine kleine unscheinbare gelbe Blume vor meinen Füßen. Ich habe sie schon manchmal im Frühsommer im Moor blühen sehen, aber ich habe keine Ahnung, wie sie heißt, und so früh im Jahr hat sie noch nie geblüht. Ihre Schwestern hatten ihre Blütenblätter auch noch nicht geöffnet. Doch dieses einzige Blümchen schien seine Ungeduld nicht bezähmen zu können und die Sonne und den Frühling mit seinem goldenen Glanz begrüßen zu wollen. Die Blume hat dieselbe Farbe wie die Moltebeeren, die im Moor wachsen, finde ich. Ich habe das Blümchen gepflückt und presse es gerade, um es später zusammen mit dem Brief in den Umschlag zu stecken und Dir zu schicken. So erhältst Du einen kleinen Gruß aus Österbotten, vom Frühling und von Deiner Freundin!

Schreibe bald und teile mir mit, wann wir mit Dir rechnen können! Es gibt so vieles, was wir in diesem Sommer erledigen müssen, wir dürfen keinen Tag verlieren!

Deine ungeduldig wartende
Alina

Meine liebste, süßeste Freundin!

Erinnerst Du Dich noch, wie ich Dir am Ende des Sommers das Moor gezeigt habe, als es Unmengen von Moltebeeren gab? Das Moor lag so golden vor uns wie das kostbarste Seidentuch! Du hast es ganz verzückt betrach-

tet, wie es sich unter uns ausbreitete. Wir hatten eine Decke mitgenommen und saßen auf dem kleinen Felsplateau zwischen Vittermåsa und dem Dunkelweiher. «Das hier sollte man malen», sagtest Du. «Diese Landschaft ist es ebenso wert, verewigt zu werden, wie Gallen-Kallelas dramatische Landschaften im Osten! Auch dies ist das wahre Finnland, unsere Heimat, die wir so lieben!» Und dann holtest Du Deinen Skizzenblock hervor und begannst mit raschen, sicheren Strichen zu zeichnen.

Ich saß neben Dir und versuchte zu sehen, was Du sahst. Das Dramatische, wie Du sagtest und von dem ich noch immer nicht ganz sicher bin, was es ist. Ich wünschte, ich hätte die vielen Kunstwerke gesehen, von denen Du so oft sprichst und schreibst. Vielleicht würde ich es dann besser verstehen. Aber gleichzeitig hege ich den Verdacht, dass es nicht viel ändern würde. Was ich sah, war das Moor, auf dem ich von Kindesbeinen an Moltebeeren und Moosbeeren pflückte und an dessen Rand sich Mutters beste Blaubeerstellen befinden. Auf der anderen Seite des Weihers liegt unser Preiselbeerhügel, und ich habe mir manch hübsche Münze verdient, indem ich die Beeren dieser Wälder gepflückt und verkauft habe. Ich sah die Stelle, an der Vater einen Elch erlegt hat, und die Stelle, von der es heißt, dort habe einmal eine Hütte gestanden, die sowohl Kirchenmännern als auch Räubern als Unterschlupf gedient hat. Und obwohl ich es von dem Felsvorsprung, auf dem wir saßen, nicht sehen konnte, so weiß ich, wo das Kreuz steht, das die Stelle markiert, an der einer meiner Vorfahren im Moor ertrunken ist. Ich weiß, wo der Teermeiler liegt, wo wir Nadelhölzer zu flüssigem, schwarzem Teer verschwelen, um ihn für gutes Geld zu verkaufen.

Das also sah ich, als ich auf das Moor und den Weiher blickte: Gottes Gaben an uns arme, bedürftige Menschen.

So gelehrt und gut er auch sein mag, ich kann Snellman nicht zustimmen, wenn er sagt: «Wo Wald gedeiht, gedeihen auch Elend, Unwissen und Rohheit.» Wir sind doch nicht roh, Charlotte? Wir, die wir das Land bestellen und arbeiten, damit das finnische Volk Brot und Butter auf den Tisch bekommt. Ist es Rohheit, dass wir nicht ebenso buchgelehrt sind wie Herr Snellman?

Ach, Du merkst, wie aufgebracht ich bin! Ich habe seine Äußerung vor ein paar Tagen in der Zeitung gelesen, und jedes Mal, wenn ich daran denke, packt mich der Zorn.

Wie konnte ich nur bei einem goldenen Moltebeerenmoor beginnen und wutentbrannt bei Snellman enden? Du weißt, dass es mir schwerfällt, beim Thema zu bleiben.

Seit Deiner Abreise liege ich nun schon eine geraume Weile mit Husten und Fieber im Bett, aber es bedrückt mich nicht allzu sehr. Ich habe die vielen Erinnerungen an unseren gemeinsamen Sommer, die ich hervorholen und an denen ich mich erfreuen kann! Und Vater ist so ungewöhnlich lieb und gut zu mir. Jedes Mal, wenn er einen Augenblick Zeit findet, setzt er sich zu mir in die Kammer und unterhält sich mit mir. Und wenn ich zu müde bin, um zu reden oder selbst zu lesen, liest er mir aus der Zeitung vor. Eines Abends kam er zu mir, als eben die Dämmerung hereinbrach. Er zündete keine Lampe an, sondern setzte sich mit ausgestreckten Beinen auf den Stuhl, die Füße auf dem Flickenteppich, und blickte aus dem Fenster. Wir schwiegen beide und sahen zu, wie das Tageslicht allmählich verblasste und die Laute der Nacht lebendig wurden. Augustabende sind unendlich sanft und mild, findest Du nicht auch? An Augustabenden ist mir immer ein klein wenig romantischer zumute als sonst. Ich lag in meinem Bett und dachte an den lichten, wundervollen Abend vor Mittsommer, als wir in der Gartenschaukel des Pfarrhofs saßen, schaukelnd auf den Fluss blickten, ringsum der Flieder duftete und alles wie in einem Traum war. Oh, wie viel haben wir in diesen ersten Wochen geredet! Es war, als fürchteten wir, die Worte könnten uns ausgehen. Doch an diesem Abend konnten wir endlich zur Ruhe kommen, beieinandersitzen und gemeinsam schweigen. Ein saumseliger Kuckuck rief, und der Fluss murmelte und flüsterte. Ich hörte Dich atmen, nahm Deine Hand und dachte, dass kein Moment auf Erden herrlicher sein könnte als dieser.

In Gedanken saß ich in der Gartenschaukel, als Vater plötzlich zu reden begann. Er sah nicht mich an, sondern aus dem Fenster in den mittlerweile stockfinsteren Nachthimmel, an dem die Sterne zu funkeln begannen, einer nach dem anderen. Ich konnte sie von meinem Bett aus nicht sehen, aber ich wusste, dass sie da waren, meine lieben Freunde, die Sterne.

«Als du ganz klein warst, hast du jeden Vogelruf nachgeahmt, den du gehört hast», sagte Vater. «Du konntest noch keine verständlichen Wörter sprechen, aber sobald du einen Vogel hörtest, hast du seinen Ruf erwidert. War es das Geschrei einer Möwe, schriest du ebenso laut und freudig wie sie. War es ein Kuckuck, riefst du ‹Kuckuck, kuckuck› und erhieltest zu deinem großen Entzücken oft eine Antwort. Auf das Gezwitscher von Jungvögeln

erwidertest du mit schrillem ‹ii-ii›. Menschliche Sprache ahmtest du auf dieselbe Weise nach. Es war, als wüsstest du nicht, ob du Mensch oder Vogel seist, als wüsstest du nicht, welche Sprache du erlernen solltest. Oder als läge für dich kein Unterschied darin. Du wolltest das eine wie das andere lernen.»

Vater verstummte, weil ich in diesem Moment einen heftigen Hustenanfall bekam. Als meine Atmung sich beruhigt hatte, fuhr er fort: «Deine Mutter fand das amüsant, aber mir hat es immer Angst gemacht. Es war, als seist du dir nicht sicher, ob du zu uns gehörtest, als könntest du ebenso gut ein Wechselbalg sein, ein wildes Geschöpf des Waldes, das man uns nur vorübergehend geliehen hatte. Ich begann, die Vögel, die sich auf unserem Hof einfanden, mit Steinen zu bewerfen. Wenn du eine Drossel nachahmtest oder auf deinen rundlichen Beinchen über den Hof liefst und den wippenden Gang einer Bachstelze zum Vorbild nahmst, spürte ich, wie eine kalte Hand mein Herz ergriff. Ich fürchte, ich habe dich dann immer streng gescholten.»

«Daran erinnere ich mich nicht, Vater», antwortete ich ihm. «Aber ich finde es schön zu hören, dass ich wie die Vögel klingen wollte. Ich hatte schon immer das Gefühl, dass sie meine Brüder und Schwestern sind.»

Vater erschauderte. «Genau das war meine Angst. Dass du mehr Vogel als Mensch wärest und von uns fortfliegen würdest.»

«Ich werde bald wieder gesund sein, Vater», sagte ich. «Zur Erntezeit bin ich auf den Beinen und mit dem Rechen auf dem Feld, versprochen.»

Vater blieb lange stumm. Es war, als wollte er noch etwas sagen, es aber nicht über die Lippen bringen. Zuletzt stand er auf, trat an mein Bett und küsste mich auf die Stirn. Ohne ein weiteres Wort verließ er meine Kammer. Später am Abend, als Elsa kam, um mir bei den Vorbereitungen zur Nacht zu helfen, erzählte sie, dass in der Frühe, als Mutter zum Kühemelken in den Stall hinübergegangen sei, ein großer Uhu auf dem Hofplatz gesessen habe. Stumm habe er dagehockt und Mutter mit seinen seltsam gelblich braunen Augen angestarrt. Vater sei bei seinem Anblick leichenblass geworden und habe wutentbrannt seine Flinte geholt. Aber als er wieder draußen auf der Vordertreppe gestanden habe, sei der Uhu aufgeflogen, lautlos über den Baumwipfeln davongeglitten, und Vaters Schuss habe ihn verfehlt. Ich muss tief geschlafen haben, denn einen Schuss habe ich nicht gehört.

Ich erzähle Dir davon, weil Du im Sommer meintest, ich verstünde mich so gut darauf, Vogelstimmen zu imitieren. Und das stimmt, dafür habe ich seit jeher Talent. Einmal bekam ich sogar eine kleine Blaumeise dazu, auf meiner ausgestreckten Hand zu landen, indem ich ihr Tschilpen nachahmte. Seit ich denken kann, habe ich die Vögel um ihre Flügel beneidet. Nicht, weil ich mich, wie so mancher Dichter und Poet, von zu Hause fortsehne und mir wünsche, davonzufliegen. Nein, ich beneide sie um die Kunst des Fliegens, weil es ihnen die Möglichkeit gibt, so viel mehr von unserer Heimat zu sehen! Stell Dir vor, eine blühende Sommerwiese aus den Lüften betrachten zu können, einen blau glitzernden See oder einen Fluss, der seine Eisdecke abwirft! Wäre das nicht herrlich? Wäre ich ein Vogel, ich wäre ein Standvogel und würde diese Wälder und Felder niemals verlassen, sondern sie nur noch mehr genießen. Jeden Morgen würde ich oben in meinem Nistbaum die Augen aufschlagen, mich jubelnd hinauf in den lauen Morgenwind schwingen und über den Baumwipfeln dahinsegeln!

Jetzt, da ich von meiner Krankheit genesen bin, habe ich das Gefühl, es wirklich tun zu können. Sobald die Kraft in meine Glieder zurückgekehrt ist, klettere ich vielleicht auf den höchsten Baum und rufe wie ein Uhu! Was sagst Du dazu? Wie Du merkst, geht es mir sehr viel besser, und ich kann diesen Brief sogar in einem Schwung zu Papier bringen.

Apropos – was für einen Hut brauche ich Deiner Meinung nach für das Seminar? Die übrige Ausstattung sollte ich inzwischen beisammenhaben, aber der Hut bereitet mir Kopfzerbrechen, und niemand hat einen so exquisiten Geschmack wie Du. Gib mir einen Rat, Liebste!

Auf ewig die Deine
Alina

Liebste Charlotte!

Wie Du weißt, bin ich seit Längerem kränklich und bei schwacher Gesundheit. Wiederkehrende Fieberschübe begleitet von Husten lassen mich ein ums andere Mal das Bett hüten, und seit dem Frühjahr bin ich so stark abgemagert, dass Mutter meine Röcke zweimal enger nähen musste. Im Sommer hast Du gemeint, ich sei blass und würde schnell ermüden. Seit Deiner Abreise ist es damit noch ärger geworden. Mein letzter Brief war zwar von Optimismus geprägt, aber als ich ihn schrieb, hatte ich eine bessere Phase. Im Herbst habe ich kaum bei der Arbeit helfen können, und ich weiß, dass Mutter sogar einen Brief an Sven geschrieben und ihn gebeten hat, nach Hause zu kommen. Ohne meine Hilfe können sie den Hof nicht halten. Der Knecht, den wir vorigen Herbst eingestellt haben, hat sich in die Stadt davongemacht, und einen Ersatz konnten wir nicht finden. Ich fühle mich schrecklich elend bei dem Gedanken, wie sehr Mutter und Vater sich schinden, während ich faul in meiner Kammer liege. Elsa hilft ihnen, so viel sie kann, aber sie ist noch nicht ausgewachsen und nicht so kräftig wie ich – oder so kräftig, wie ich früher war. Jetzt, wo ich darüber nachdenke, ist es eine ganze Weile her, dass ich vollkommen gesund und bei Kräften war. Ich glaube, das war im Sommer vor zwei Jahren, in unserem ersten gemeinsamen Sommer. Da war ich noch gesund wie eh und je.

Aus diesem Grund bin ich gezwungen, die Aufnahme meiner Ausbildung in Ekenäs um ein Semester zu verschieben. Ich habe Fräulein Sohlberg schon geschrieben, und sie hat mir geantwortet, einem späteren Beginn stünde nichts im Wege. Es ist ärgerlich, aber nicht zu ändern. Wenn dies Gottes Wille ist, muss ich mich ihm fügen.

Ich hoffe, Deine Mutter und Du seid nicht allzu enttäuscht von dieser Neuigkeit. Ich weiß, wie sehr Ihr Euch beide darauf gefreut habt, mich in Helsinki unter Eure Fittiche zu nehmen. Aber das dürft Ihr noch immer. Vorausgesetzt, es ist Euch recht, dass ich stattdessen nach Weihnachten komme!

Nicht fahren zu können, betrübt mich nicht so sehr, wie ich erwartet habe. Im letzten Monat, als ich so schwach und kränklich war, habe ich es hauptsächlich als Trost empfunden, im trauten Heim bleiben zu können, umge-

ben von meiner Familie und meinem geliebten Wald. Im September ist das Licht märchenhaft. Selbst bei bewölktem Himmel leuchtet die Luft wie aus einer inneren Kraft heraus. Die Ebereschen biegen sich unter der Last ihrer Beeren, und Birken und Espen tragen neue Farben, die neben dem satten Grün der Fichten sanft verwaschen anmuten. Du würdest sie malen wollen, davon bin ich fest überzeugt! Du würdest anfangen, von Farben zu schwärmen, wenn Du sie sähest, von Komposition und von hundert anderen Dingen, die ich niemals begreifen werde. Ich weiß nur, welche Gefühle es in mir weckt, zu sehen, wie die Farben sich wandeln, zuerst langsam und dann immer schneller. Der Herbst ist da. Ich vermisse den Sommer, aber ich liebe den Herbst, mit seinen intensiven Farben, den vielen guten Dingen, die der Wald uns schenkt, und der alles vereinnahmenden Erntezeit.

Die Tage sind noch immer warm, ungewöhnlich warm, aber die Nächte werden kühler. Es ist feucht, und abends tanzen die Mücken. Hier und da blühen noch vereinzelte Glockenblumen und Schafgarben, wie vergessene Sommertupfer. Im Wald duftet es stellenweise fast übermächtig nach vermoderten Pilzen. Kohlmeisen zwitschern von den Bäumen, die Dohlen krächzen, und ein stummer Rabe kreist über den Feldern, die noch nicht abgeerntet sind. Aber bald. Wenn wir nur bald trockeneres Wetter bekämen. Doch der Regen liegt beständig auf der Lauer. Er geht in kurzen, heftigen Güssen nieder, häufig, während zugleich die Sonne scheint. Ich habe noch nie so viele Regenbogen gesehen. In der Sonne ist es fast noch spätsommerlich warm.

In den letzten Tagen habe ich mich ein wenig kräftiger gefühlt und konnte ein kleines bisschen auf dem Hof hel-

fen. Heute habe ich die Korndarre für die bevorstehende Ernte ausgekehrt und währenddessen ein wenig mit dem Darrenwichtel geplaudert. Ja, lach Du nur! Aber wir sind gute Freunde, und ich plausche mit ihm, seit ich ein kleines Mädchen war. Meine jüngeren Schwestern haben schreckliche Angst vor ihm, vielleicht sogar zu Recht – er hat nun mal kein Faible für lärmende Kinder. Aber ich nähere mich der Darre immer mit Respekt und habe in der Regel eine kleine Gabe bei mir. Ja, der Wichtelvater und ich kennen einander gut, und es gefällt ihm, dass ich ihm beim Ordnunghalten helfe.

Während ich in der Darre zu tun hatte, dachte ich über ihre grauen, verwitterten Wände nach. Über die unzähligen kleinen, grauen Scheunen, die an jedem Ackerflecken stehen! Manche eingefallen vor Alter, andere neu und, ihrer geringen Größe zum Trotz, stolz und stattlich. Wie viele Stunden hat man in Österbotten wohl mit dem Bau von Scheunen zugebracht? Tausende? Millionen? Sie haben eine Generation nach der anderen das Land bestellen sehen. Sie haben Heu und Getreide aufgenommen. Sie haben Menschen in Stürmen Schutz geboten, Liebende vor neugierigen Augen bewahrt und Kindern einen Platz zum Spielen gegeben. Auch Tiere haben in ihnen Obdach gefunden. Weißt du noch, wie wir auf dem Heimweg vom Sommertanz des Nüchternheitsvereins vor dem plötzlichen Wolkenbruch Schutz gesucht haben? Ein viel zu weiter Fußmarsch für frühe Morgenstunden, hätte Mutter gesagt, aber wir wollten um nichts in der Welt um eine Mitfahrgelegenheit bitten. Wir waren zufrieden mit unserer Zweisamkeit und dem Leben und wollten nicht, dass die Nacht ein Ende nähme. Soweit ich mich entsinne, sprachen wir nicht viel, während wir gingen, aber jeder Schritt fühlte sich märchenhaft an, vergoldet vom blassen Licht der Mitternachtssonne, vom Duft der Blumen am Wegesrand, vom Ruf des Kuckucks und dem betörenden Gesang der Vögel. Auf der Kuppe des Rasiersteinhügels nahmst Du meine Hand, und lange standen wir schweigend da und blickten über die leuchtend grünen Birken und die dunklen Tannen. Dann kam der Platzregen buchstäblich aus dem Nichts, kaum eine Wolke war am blauen Himmel zu sehen. Lachend zogst Du mich mit Dir. Hand in Hand rannten wir den Weg entlang und sahen dabei zu, wie der Regen Sand und Steine dunkel färbte. An Janssons Scheune zog ich Dich unters Dach, es roch schwindelerregend nach Heu. Regentropfen hingen in deinen Wimpern und schimmerten auf Deiner mit Sommersprossen gesprenkelten Nase.

Du weißt selbst, welche Worte wir in jenem Moment wechselten. Was geschah.

Diese Erinnerung hole ich oft hervor und koste sie aus, wenn der Alltag grau erscheint, wenn es drei Wochen ohne Unterlass geregnet hat, die Wege sich in eine Schlammwüste verwandelt haben und wir nicht einmal mit dem Pferdewagen zur Kirche fahren können, wenn meine Erkältung nicht abklingen will, wenn Mutter aus Müdigkeit mich oder meine Geschwister mit scharfen Worten zurechtweist. Diese Erinnerung ist mein liebstes Gut, und das Wunderbarste daran ist, dass ich sie niemals verlieren oder ihrer beraubt werden kann. Sie ist auf ewig mein.

Deine getreue
Alina

Meine liebste Charlotte!

Ich weiß nicht recht, wie ich Dir das, was jetzt geschrieben werden muss, schreiben soll. Aber es ist wohl das Beste, ich sage es geradeheraus.

Ich bin beim Doktor gewesen, und es scheint so zu sein, wie wir es daheim schon befürchtet haben. Meine Lungen sind von Tuberkulose befallen. Bislang fühle ich mich einigermaßen gesund und munter, Du kannst unbesorgt sein. Ich habe vor, noch lange zu leben! Meine größte Furcht ist, meine Lieben anzustecken. Außerdem quält mich die Angst, ich könnte Dich im Sommer angesteckt haben. Aber alles liegt in unseres Vaters Hand. Ich versuche, den Rat des Doktors zu befolgen und viel an die frische Luft zu gehen, und Vater und Mutter verwöhnen mich nach Strich und Faden. Bei Tisch bekomme ich die besten Bissen. Vater isst weniger, als gut für ihn ist, das sehe ich wohl, aber wenn ich mich weigere, die extra Portion, die er auf meinen Teller legt, zu essen, tritt ein Ausdruck in seine Augen, der mir schier das Herz herausreißt, und ich tue ihm den Gefallen und esse.

Wir haben Nachricht von Sven, er ist auf dem Weg nach Hause. Mutters Brief scheint ihn nicht erreicht zu haben, aber in dem Land, in dem er gearbeitet hat, herrscht Krieg, und es ist gefährlich für ihn zu bleiben.

Nun hoffen wir inständig, dass er den afrikanischen Kontinent ohne Schwierigkeiten verlassen kann und ein Schiff findet, das ihn zurück gen Norden führt. Das dürfte nicht einfach werden, aber mit Gottes Hilfe wird es schon gelingen.

Heute habe ich die letzten Kraniche nach Süden ziehen

hören. Ihre Rufe klangen so verlockend, und ich empfand das, was ich als kleines Mädchen empfunden haben muss, nämlich dass ich ihnen in ihrer Sprache etwas hätte zurufen wollen. Ich bin mir sicher, sie hätten mir geantwortet! Nehmt mich mit!, hätte ich ihnen zugerufen. Nehmt mich mit! Zum ersten Mal sehne ich mich danach, mit den Zugvögeln zu ziehen. Aber ich sehne mich nicht fort von hier, sondern fort aus diesem hinfälligen Körper. Vielleicht ist es sündhaft, so zu denken – ziemlich sicher ist es das. Gott hat mir diesen Körper gegeben, diese sterbliche Hülle. Ich sollte dankbar dafür sein. Doch in diesem intimen Moment mit Dir gestatte ich mir einen kurzen Augenblick der Sünde. Du darfst gerne für meine Seele beten. Aber stell Dir vor, einen Körper zu haben aus Federn und Schwingen, sich von den Winden emportragen zu lassen und mit schnellem Flügelschlag dorthin zu fliegen, wohin der Schnabel weist! Das gedenke ich nun zu tun, da ich den Stift aus der Hand lege, um mich auszuruhen.

Für immer Dein
Alina

Liebste!

Hast Du das neue Jahr ausgiebig begrüßt? Ein neues Jahrhundert ist angebrochen! Möge es der Menschheit Licht und Fortschritt bringen. Und Du, meine geliebte kleine Malerin, mögest Du in Deiner Kunst zu Stimme und Ausdruck finden, mögest Du der Welt mit beiden Händen etwas von Deiner einzigartigen Gabe schenken, und möge die Welt dieses unschätzbare Geschenk mit offenen Armen empfangen.

Mein größtes Glück in diesem dunklen, schweren Winter ist das Wissen, Dich nicht mit meinen Lungenbazillen angesteckt zu haben. Du scheinst wohlauf zu sein, in der fernen Hauptstadt. Ich hoffe, dass Dein Gemüt ebenso gesund ist wie Dein Körper. Du umgibst Dich doch mit gleichgesinnten Jugendlichen? Solchen, deren Geist nach anderem strebt als eitlem Putz, Kurzweil und Tanz? Mit jungen Leuten wie Dir und mir, die mehr bewirken wollen mit ihrem Dasein auf Erden.

Wie es aussieht, werde ich nicht mehr auf dieser unserer Erde sein, wenn der nächste Sommer kommt. Der Doktor sagt, womöglich lebe ich nicht einmal mehr bis Pfingsten. Es sind Komplikationen aufgetreten, und es gibt nichts, was man noch tun könnte.

Ich habe Dir einmal geschrieben, ich hätte keine Angst vor dem Tod, weil ich weiß, dass die Schönheit, die ich hier auf Erden erleben darf, nur ein Bruchteil der Herrlichkeit von Gottes Himmelreich ist. So denke ich noch immer. Aber ach, Charlotte, für ein Mädchen von achtzehn Jahren ist es schwer, sich der Tatsache zu beugen, dass sein Leben so wenig Bedeutung gehabt haben wird. All die Dinge, von denen ich geträumt habe, die ich habe ausrichten wollen, all das geht nun verloren. Das ist es, was ich bedauere, obgleich ich versuche, demütig zu sein und mich Gottes Willen zu fügen. Ich habe mir den Kopf zermartert, was sich der liebe Gott dabei gedacht hat, mich auf die Welt zu setzen und mir nur diesen kurzen Aufenthalt auf seiner Erde zu gewähren. Nichtsdestotrotz waren mir mehr Jahre vergönnt als manch anderem, das weiß ich. Ich habe viele Kinder des Kirchspiels mit zu

Grabe getragen. Mutter und Vater haben zwei meiner Geschwister begraben müssen, die vor mir geboren wurden und die beide nur wenige Jahre leben durften. Ich weiß, dass ich undankbar bin. Ich bete unentwegt, dass Gott mir dabei helfen möge, in meiner Seele Genügsamkeit und Frieden zu finden, aber in der endlosen Winterdunkelheit ist beides ein knappes Gut. Es ist seltsam. Ich kann mir sehr gut vorstellen, im Sommer zu sterben, inmitten von Gottes strahlender, prachtvoller Schöpfung. Im Winter hingegen erscheint der Gedanke trostlos und kalt.

Sven ist mittlerweile aus Afrika heimgekehrt. Er hat sich sehr verändert. Weißt Du noch, wie ich mich fragte, was mit der Seele geschieht, wenn man die Landschaft verlässt, die einen aufgezogen hat? Jetzt kenne ich die Antwort: Die Erziehung kommt einem abhanden. Es ist, als sei Sven in die Finsternis der Grube hinabgefahren und habe dort unten seine Seele verloren, Stück für Stück. Die Seele ist aus ihm herausgesickert und die Finsternis in ihn hinein. Mir gegenüber zeigt er brüderliche Liebe und Fürsorge, das ist es nicht, aber ich fürchte, er hat in der Fremde den Gottesglauben verloren. Er schert sich nicht um ein höheres Ziel, um ein Leben in der Gnade und Liebe des Herrn. Das Einzige, wonach er seit seiner Heimkehr strebt, sind Geld, Gewinn und materielle Güter. Sonnabends amüsiert er sich reichlich mit den anderen Burschen im Dorf, und das sind keine jungen Männer, die Mutter oder ich uns als Umgang für ihn wünschen. Über das Nüchternheitsgelübde spottet er nur. Seine Sprache und sein Verhalten sind grob und roh geworden, und ich sehe, wie sehr seine Redeweise Mutter schmerzt. Von Elsa habe ich erfahren, dass er heimlich mit Sara Katarina verlobt gewesen ist, sie die Verlobung aber schon bei ihrer ersten Begegnung nach seiner Rückkehr gelöst hat. Er soll sich ihr gegenüber auf eine Weise verhalten haben, dass sie in Tränen aufgelöst nach Hause gekommen ist. Als sie ihm weinend die Ringe zurückgab, hat er höhnisch gelacht und gemeint, diesen Tand könnte sie behalten, das nächste Mädchen, dem er einen Antrag machte, würde Gold und echte Diamanten bekommen. Er hat vor, nach Afrika zurückzugehen, sobald der Krieg dort unten vorbei ist, und das zweite Mal, sagt er, würde er als vermögender Mann heimkehren. Aber schon jetzt hat er so viel Geld, dass er sich – selbst nachdem er Mutter und Vater eine stattliche Summe gegeben hat – alles kaufen kann, wonach ihm der Sinn steht. Und weil er eigene Mittel besitzt, hat Vater keine Handhabe mehr über ihn. Ich glaube, dass er einen Teil des Geldes verspielt. Wenn Vater ihn auffordert, mit hinaus in den Wald zu kommen oder eine andere Arbeit zu verrichten, lacht er ihm geradewegs ins Gesicht und sagt, er habe für Kost und Logis mit barem Geld bezahlt. Und wenn Mutter ihn weinend bittet, sich nicht mehr mit diesen Rüpeln zu treffen, mit denen er sich angefreundet hat, kommen so rüde Worte aus seinem Mund – ach, Charlotte, nicht einmal zu Papier bringen will ich sie. Wenn ich ihn nach den Menschen in Afrika frage, beschreibt er sie in derart verächtlichen Tönen, dass sie in seinen Augen niedriger als Tiere stehen müssen. Doch wir alle sind Gottes Kinder, Charlotte!

Ich fürchte, ich bereite Dir mit diesem Brief Kummer und Sorge. Ich sollte einen neuen schreiben, doch dazu reichen meine Kräfte nicht. Sei versichert: Dass ich mein

Herz vor Dir von allem erleichtern kann, was mir Kummer bereitet, ist so gut wie jede Medizin.

In ewiger Treue
Alina

Wertes Fräulein Sarcelius!

Ich schreibe Ihnen im Auftrag meiner Schwester Alina, die momentan zu schwach ist, um einen Stift zu halten. Sie bittet mich, Ihnen zu sagen, wie viel Freude ihr Ihr Brief und die beigefügten Bilder gemacht haben. Das Porträt von Alina sieht ihr sehr ähnlich. Das Aquarell vom Moor habe ich auf Alinas Bitte hin über ihrem Bett aufgehängt. Und sie liegt oft da und betrachtet es. Sie sagt, sie kann den Duft von Sumpfporst und Moos riechen. Als ich ihr das Aquarell das erste Mal zeigte, ging ein Leuchten über ihr Gesicht, und sie sagte, sie könne sehen, dass auch Sie die Schönheit in den kleinen Wundern der Natur erkennen, nicht nur in den dramatischen Landschaften. Ich weiß nicht genau, was sie damit meint, aber Alina sagt oft Dinge, die ich nicht ganz begreife. Ich finde das Aquarell sehr hübsch, aber diese goldhaarige Gestalt mitten auf dem Moor verstehe ich nicht. Wo sie steht, kann kein Mensch gehen, dort ist der Untergrund viel zu sumpfig.

Seit Dezember liegt Alina überwiegend zu Bett. Ihr Husten ist sehr schlimm, und sie ist so schwach, dass wir sie kaum dazu bewegen können, einen Bissen zu sich zu nehmen. Aber sie bittet mich oft, Ihre Briefe hervorzuholen und sie ihr vorzulesen, oder sie liegt einfach nur da und drückt sie an sich. Es ist, als würden sie ihr durch ihr bloßes Vorhandensein Linderung schenken.

Mutter und Vater sagen, dass Alina bald sterben wird. Alina selbst glaubt es auch. Sie hat ihre ganze Habe geordnet und mir gesagt, welche von uns Schwestern welche ihrer Kleider und Haarbänder erben soll.

Aber Fräulein Sarcelius, Gott kann doch nicht so grausam sein, meine beste Freundin von mir zu nehmen? Er wird doch ein so gutes und hübsches Mädchen nicht seiner Zukunft berauben, das wird Er doch nicht? Alina ist mein Leben lang an meiner Seite gewesen, sie war in allem meine Freundin und Vertraute. Wir sind vier Jahre auseinander, doch diese Jahre habe ich selten gespürt. Die meiste Zeit waren wir wie gleichaltrige Kameradinnen. Als Alina sich gefreut hat, das Seminar besuchen zu dürfen, habe ich mich mit ihr gefreut, obwohl es sich anfühlte, als risse mir jemand das Herz aus der Brust. Ich schäme mich dafür – jetzt, da alle sagen, dass Alina uns für immer genommen werden wird.

Ich muss auch noch eine zweite Sünde gestehen. Alina weiß nicht, dass ich Ihnen von diesen Dingen schreibe. Sie glaubt, ich schreibe Ihnen, wie es ihr geht, und von dem, was Sie in Ihrem Brief erzählt haben. Dass Sie planen, für weitere Kunststudien nach Paris zu gehen, und dass Sie und Ihre Mutter im Anschluss weiter nach Südfrankreich und Italien reisen werden. Alina sagt, Sie seien ein wahrer Zugvogel und dass Sie verstehen würden, was sie damit meint. Meine Sünde ist, dass ich zutiefst eifersüchtig auf Ihre Freundschaft mit meiner Schwester war. Seit Alina Sie kennt, hat sie eine andere Freundin, der sie sich anschließen, die sie mit Liebe und Küssen überhäufen, der sie ihre Herzensgeheimnisse anvertrauen kann. Ich habe mich einsam und ausgeschlossen gefühlt und insgeheim Ihnen die Schuld daran gegeben. Vielleicht haben Sie meine Feindseligkeit im Sommer gespürt, wenn es so war, bitte ich Sie um Verzeihung. Nun sehe ich, wie töricht und dumm ich gewesen bin. Was Sie und Alina teilen, ist etwas vollkommen anderes als die Schwesternliebe, die uns vereint. Damals hatte ich Alina nicht verloren, doch jetzt bin ich im Begriff, sie für immer zu verlieren, und ich habe keine Ahnung, wie ich weiterleben soll, wenn sie mir genommen wird.

Alina hat begonnen, den Tod zu fürchten, Fräulein Sarcelius. Wenn es etwas gibt, das Sie ihr schreiben können, ein paar beruhigende und tröstende Worte, dann bitte ich Sie, es unverzüglich zu tun. Ich werde Alina jede Ihrer Zeilen vorlesen.

Hochachtungsvoll
Elsa Nevabacka

20. Jahrhundert

Wenn ein Mythos nicht mehr wirkt,
sollte man sich einen neuen zulegen.

LARS LERIN

Schädlinge

Ottilia war im Bett neben ihren Vettern eingeschlafen, wachte jedoch auf, als ein Schatten das ins Zimmer fallende Mondlicht verdeckte. Sie schlug die Augen auf und sah Mutter auf dem Bettrand sitzen. Mutter hielt einen Finger an die Lippen, und Ottilia sagte nichts. Mutter strich ihr hastig übers Haar.

«Du bist lieb und brav, nicht wahr? Du wirst Onkel und Tante keinen Ärger machen?»

Ottilia wusste nicht, ob sie nicken oder den Kopf schütteln sollte. Sie kniff die Augen zusammen, um Mutters Gesicht deutlicher zu erkennen, aber im Gegenlicht ging es nicht. Der Mond schien auf Mutters Rücken und ließ die kurz geschnittenen Locken wie einen Strahlenkranz um ihren Kopf schimmern. Ottilia fand, dass Mutters Haare wie Federn aussahen, wie weiche, flauschige Vogelfedern. Sie wollte die Hand ausstrecken und sie streicheln, aber Mutter mochte es nicht, wenn Ottilia ihre Frisur in Unordnung brachte.

Mutter tätschelte die Decke ein letztes Mal, dann stand sie auf. Ottilia sah, dass sie vollständig angezogen war und ihren Mantel trug. Sie griff nach ihrem kleinen Koffer und trat ans Fenster. Ottilia wusste, was als Nächstes passieren würde. Mutter würde das Fenster öffnen und hinausklettern. Sie hatte Mutter schon oft dabei zugesehen. Bei Fräulein Edith und bei den Schwestern Sundberg, und einmal während eines Fests bei Leuten, von denen Ottilia nicht mehr wusste, wie sie geheißen hatten. Damals war Mutter schon nach drei Tagen zurückgekommen und hatte sie geholt. Bei Fräulein Edith war sie einen ganzen Sommer geblieben. Die Schwestern Sundberg hatten sie in ein Kinderheim gebracht. Wie lange sie dort gewesen war, wusste Ottilia nicht mehr, aber es war furchtbar lange gewesen. Mutter hatte versprochen, eine Überraschung mitzubringen, wenn sie Ottilia holen käme, aber das hatte sie wohl vergessen. Das Einzige, womit sie zurückgekommen war, waren kurze Haare und rote Wangen. Jetzt waren Ottilia und Mutter seit Weihnachten zusammen, und bald war schon wieder Sommer.

Dieses Mal versprach Mutter nichts.

Ottilia drehte dem Fenster den Rücken zu und sah deshalb nicht, wie ihre Mutter ein letztes Mal aus ihrem Leben davonflog.

Ottilia saß auf Onkel Svens Knien und hielt ihren Löffel fest in der Hand. Wenn nur jemand die Milchschüssel ein kleines Stückchen näher zu ihr heranschöbe, könnte sie mit ihrem Löffel die Haut abschöpfen, die oben auf der Milch schwamm. Sie hatte diese Haut gestern zum ersten Mal probiert, und so etwas Gutes hatte sie noch nie gegessen.

Über ihrem Kopf schossen die Worte der Erwachsenen wie Schwalben durch die Luft – schnell, scharf und hungrig. «Schande» und «Skandal» und «unsere Kinder» umschwirrten Tante Lovisa. Onkel Svens Worte waren schwer von «Geld» und «Kosten» und «wer soll dafür aufkommen». Ottilia war es gewohnt, diese Worte zu hören, auch wenn sie bei den meisten gar nicht wusste, was sie bedeuteten.

Jetzt zog Onkel Sven zerstreut die Milchschüssel zu sich heran. Er hielt auch einen Löffel in der Hand, benutzte ihn aber, um damit zu fuchteln und zu wedeln. Flink wie ein Eichhörnchen streckte Ottilia ihren Löffel aus und stach in die Haut.

Auf der anderen Tischseite saßen ihre drei Vettern und verfolgten jede Bewegung, die sie machte. Hannes, der Älteste, war schon sieben. Erik Mikael war nur ein bisschen älter als sie selbst, und Otto war noch so klein, dass er daumenlutschend auf Tante Lovisas Hüfte saß.

Ottilia konnte sehen, wie Erik Mikael den Mund zu einem wütenden Protest öffnete. Hastig häufte sie die Milchhaut auf ihren Löffel, es war so viel, dass sie den Berg kaum auf einmal in den Mund bekam. Als Erik Mikael ein Wutgeheul ausstieß, hatte sie schon die Hälfte hinuntergeschluckt. Sie kniff die Augen zu, als Schutz vor dem Geheul, kaute, kaute und schluckte.

«Kuckuckskind», sagte Onkel Sven und schüttelte sie, aber nicht sehr fest. Fräulein Edith hätte sie sehr viel unsanfter geschüttelt, wenn sie Ottilia dabei ertappt hätte, gierig zu sein. Oder selbstsüchtig. Oder eigensinnig. Oder falsch.

Ottilia ließ ihren Löffel fallen und glitt von Onkel Svens Knien auf den Fußboden und unter den Tisch. Die große Wanduhr begann zu schlagen, und ein kleiner Holzvogel streckte mit einem heiseren «Kuckuck» sein Köpfchen heraus.

«Kuckuck», flüsterte Ottilia unter dem Tisch. «Ich bin ein Kuckuckskind. Kuckuck.» Sie kroch zwischen Sitzbank- und Menschenbeinen hindurch, sprang auf, lief zur Hintertür und hinaus auf den Hof.

Es war ein klarer Frühlingsmorgen, und das abgestorbene Gras raschelte unter ihren Schuhsohlen. Ottilia trug ihr Kattunkleid und Spangenschuhe, und über das Kleid hatte Tante Lovisa ihr einen von Hannes' alten Pullovern angezogen. Er war zu groß, die Ärmel hingen weit über ihre Hände. Sie hob die Arme und bewegte sie wie ein Vogel seine Flügel. «Kuckuck!», rief sie und erhielt aus dem Hühnerstall ein Gackern zur Antwort.

Am Brunnen stand jemand und kurbelte quietschend einen Eimer herauf. Mit flatternden Armen und Ärmeln lief Ottilia auf den Brunnen zu. Im Näherkommen sah sie, dass es der alte Mann war, den Mutter gestern Abend Vater genannt hatte. Gestern Abend hatte Ottilia ihn nicht genau betrachten können, also tat sie es jetzt. Er trug Hose, Hemd und eine Weste und hatte eine Mütze auf dem Kopf. Seine Füße waren nackt, und es schien ihm nicht das Geringste auszumachen, dass hier und da noch Raureif am Boden glitzerte. Sie ging zu ihm hin.

«Kuckuck», sagte sie. Er drehte sich um und sah sie an. Er hatte braune Augen und glattrasierte Wangen. Er war schrecklich alt, genauso alt wie Fräulein Edith. Jetzt, da sie dicht bei ihm stand, merkte sie, dass er roch. Nicht so schlimm wie die Kinder im Kinderheim, aber auch nicht gut wie Mutter. Es war ein scharfer, ranziger Geruch.

«Man sagt: ‹Guten Morgen, Großvater›», sagte der Mann.

«Guten Morgen, Großvater», sagte Ottilia. «Ich bin ein Kuckuckskind.»

«Na, schau einer an. Dann ist jetzt, wo ich den Kuckuck habe rufen hören, wohl der Frühling gekommen.»

Er nahm den Eimer vom Haken und schleppte ihn über

den Hof auf ein flaches Häuschen zu, das im rechten Winkel zu Onkel Svens Haus stand. Es hatte vorne eine Veranda und rechts und links davon jeweils ein Fenster. Großvater verschwand im Haus. Ottilia lief ihm nach und folgte ihm in die Stube des Häuschens, wohin er den Eimer trug.

Hier war der scharfe Geruch sehr stark. Ottilia blieb auf der Türschwelle stehen und starrte. Dutzende Augenpaare starrten zurück. Es war ein Raum von der Art, wie sie ihn schon oft gesehen hatte. Mit breiten Bodendielen, Flickenteppichen und einem großen Herd in einer Ecke. In den Fenstern hingen vergilbte Spitzengardinen und an einer Wand einige Bilder. Aber davon abgesehen unterschied sich die Einrichtung von allem, was sie je gesehen hatte.

In der Mitte des Raums stand neben einer Bank ein großer Tisch, auf dem sich eine Menge komischer Sachen befand. Zwischen den Sachen lag ein Skelett. Es war nicht groß, die Knochen waren dünn und zierlich. An drei Wänden waren mehrere Regalbretter angebracht, und darauf hockten Vögel aller Art und Größe und starrten blicklos in die Luft.

«Kuckuck», begrüßte Ottilia sie zaghaft. Keiner der Vögel antwortete oder wandte den Kopf in ihre Richtung.

«Sind das deine Vögel, Großvater?», fragte sie. Großvater stand am Herd und schöpfte mit einer Kelle Wasser in eine Kaffeekanne.

«Das sind meine Vögel. Ich habe sie gemacht. Jeden einzelnen von ihnen.»

Ottilia hatte noch nie davon gehört, dass man Vögel machen konnte. Sie lief über die Flickenteppiche zu Großvater, denn er hatte einen Zuckerhut von einem

Regalbrett genommen. Er brach ein Stück ab und hielt es ihr wortlos hin.

«Kuckuck! Kuckuck!», rief Ottilia und rannte mit dem Stück Zucker in der Hand mehrere Runden um den Tisch. Großvater setzte sich hin und wartete darauf, dass der Kaffee zu kochen begann.

«Schläft deine Mutter noch?», fragte er. «Sie war schon immer eine Langschläferin.»

«Mutter ist heute Nacht fortgegangen», antwortete Ottilia. Sie steckte sich das Zuckerstück in den Mund. Großvater lehnte sich zurück, schob eine Hand unter seine Mütze und kratzte sich an den Haaren. Obwohl er so alt war, hatte er noch ziemlich viele Haare.

«Tatsächlich? Wann kommt sie zurück?»

«Das weiß man nie.» Es war nicht leicht, mit dem Zuckerstück im Mund zu sprechen. «Im Kinderheim war ich schrecklich lange.»

«Du warst im Kinderheim?» Großvater runzelte die Stirn. Ottilia bekam das Gefühl, etwas Dummes gesagt zu haben. Sie kroch unter den großen Tisch und hockte sich hin. Auf dem Flickenteppich lag eine glänzend schwarze Feder. Ottilia hob sie auf. Als sie die Feder in den Sonnenstrahl hielt, der auf den Teppich fiel, war sie nicht mehr schwarz, sondern leuchtend grün. Sie führte die Feder in den Sonnenstrahl hinein und wieder heraus.

«Kuckuck», flüsterte sie. «Kuckuck.»

Ottilia bekam ein Bett in Großvaters Kammer. Zwischen seinen vielen Vögeln sei Platz genug für ein kleines Kuckuckskind wie sie, sagte er.

«Aber ich brauche Essen, Großvater», sagte Ottilia streng. «Das brauchen deine anderen Vögel nicht.»

«Kuckuckskinder essen nicht so viel», antwortete Großvater. «Das wird sich schon machen lassen.»

«Onkel sagt, ich fresse ihnen noch die Haare vom Kopf.» Ottilia sah sich in der Kammer um. Ein eigenes Bett! Im Kinderheim hatten sie immer zu zweit in einem Bett geschlafen. Und bei Onkel Sven hatte sie sich das Bett mit ihren Vettern geteilt. Erik Mikael hatte sie immer getreten.

«Ich heiße aber Ottilia», sagte sie und deutete auf das hübsche, mit Monogramm bestickte Laken auf ihrem Bett. «Nicht A.N. Fräulein Edith hat mir das Alphabet beigebracht, Großvater.»

«Das Laken hat deiner Tante Alina gehört. Sie hat das Monogramm selbst eingestickt. N steht für Nevabacka, und so heißt du auch.»

«Genau wie Mutter!»

«Ja, wie deine Mutter.»

«Wo ist Tante Alina jetzt?»

Großvater strich ihr über den Kopf.

«Sie ist vor langer Zeit auf und davon geflogen.»

«Wie Mutter, zum Fenster hinaus!»

«Aber deine Mutter kommt zurück. Tante Alina nicht.»

«Bist du Mutters Vater?» Ottilia schaute zu ihm auf. Es war ein komischer Gedanke, dass Mutter einen Vater hatte.

Großvater nickte.

«Ich habe keinen Vater. Mutter sagt, wir brauchen auch keinen.»

«Hm. Aber ein Großvater könnte doch ganz praktisch sein?»

«Darf ich die Haut auf der Milch essen?»

«Ich koche keine Milch. Ich ernähre mich von Kaffee

und Grütze, hauptsächlich. Hin und wieder esse ich drüben bei Sven und Lovisa.»

«Das muss ab jetzt anders werden, Großvater. Mutter sagt, ich brauche Milch und gesundes Essen. Darum hat sie mich aus dem Kinderheim geholt. Es war ein Heim für vaterlose Kinder nach dem Brotkrieg.»

«Bruderkrieg», korrigierte Großvater.

«Ja, richtig. Ich bin da furchtbar krank geworden, musst du wissen, Großvater, und ganz doll schwach!» Ottilia warf sich aufs Bett, um Großvater zu zeigen, wie entkräftet sie gewesen war. «Ich konnte nicht einmal mehr gehen! Mutter war schrecklich wütend auf die Kinderheimfräuleins, als sie mich geholt hat. Aber sie wusste gar nicht, dass ich im Kinderheim war, Großvater, sie hat geglaubt, ich bin bei den Schwestern Sundberg.»

«Was du nicht sagst.»

«Aber das war ich nicht, weil ich im Kinderheim war, und da haben wir nur Kohlsuppe bekommen.»

«Ich baue keinen Kohl an. Kohlsuppe wirst du also nicht essen müssen.»

«Das ist gut. Aber Milch hätte ich schrecklich gerne, Großvater.»

«Wir werden sehen, was sich machen lässt.» Großvater streckte ihr eine Hand entgegen. «Aber jetzt musst du mir erst einmal beim Holzhacken helfen.»

Ottilia bekam eine eigene kleine Axt und ein eigenes kleines Messer, und Großvater zeigte ihr, wie man Holz spaltete und Dachschindeln herstellte. Ottilia liebte den Geruch von Holz und saß gerne stundenlang mit Großvater im Holzschuppen und schnitzte.

«Hier riecht es besser als in deinem Haus», sagte sie, während sie schnitzte, dass die Späne nur so stoben.

Aber am besten gefielen ihr die Tiere. Großvater hatte ein Pferd, das Putte hieß und furchtbar lieb war. Ottilia liebte es, ihnen entgegenzulaufen, wenn Großvater und Putte aus dem Wald zurückkamen, und half gern mit, Putte auszuspannen, ihn an den Brunnen zu führen und zu tränken. Puttes Lippen prusteten so lustig, wenn er aus dem Eimer trank. Manchmal hob Großvater sie auf Puttes Rücken. Dann hatte sie das Gefühl, hoch oben zwischen den Vögeln zu fliegen, schloss die Augen, breitete die Arme aus und rief wie ein Kuckuck.

Wenn Großvater im Wald zu tun hatte oder mit anderen Arbeiten beschäftigt war, musste sie zu Tante Lovisa und ihren Vettern ins große Haus hinübergehen und beim Füttern der Schafe und Hühner helfen. Zum Kühemelken waren ihre Hände zu klein und zu schwach, aber sie konnte währenddessen die Fliegen verscheuchen, und das tat sie gern.

«In der Stadt gibt es nur Hunde. Und die Pferde, die die Latrinenwagen ziehen. Aber die durfte ich nicht streicheln», erzählte sie und strich Lilja über die Flanke, während die Milchstrahlen zwischen Tante Lovisas kräftigen Fingern zischend in den Eimer spritzten.

Tante Lovisa sprach so gut wie nie mit Ottilia, aber das machte nichts. Ottilia redete gerne wie ein Wasserfall. Doch sie lernte, nicht zu viel von Mutter zu reden, denn dann wurden Tante Lovisas Bewegungen ruckartig, und Ottilia bekam weniger zu essen, wenn sie drüben bei Onkel Sven und Tante Lovisa aß. Bei Fräulein Edith war es genauso gewesen, und sie hatte sich daran gewöhnt. Trotzdem, erklärte sie Großvater, sei es auf Nevabacka viel schöner als bei Fräulein Edith. «Weil ich mit dir über Mutter reden kann. Du wirst nicht böse.»

«Nein, wie sollte ich? Elsa ist doch mein kleines Mädchen. Auch wenn ich nicht immer der Meinung bin, dass das, was sie tut, recht und richtig ist.»

«Wie war Mutter, als sie klein war?»

Das war Ottilias Lieblingsthema. Hatte Großvater Zeit, etwa wenn er Dachschindeln schnitzte oder mit den komischen Dingen auf seinem großen Tisch herumhantierte, konnte er stundenlang erzählen. Er erzählte von Tante Alina und Mutter und davon, wie unzertrennlich die beiden gewesen waren, doch dann starb Tante Alina, und Mutter war untröstlich. Sie hatte eine jüngere Schwester namens Malin, aber die zwei wurden nie so gute Freundinnen, wie Tante Alina und Mutter es gewesen waren. Malin hatte geheiratet und wohnte in der Stadt, aber nicht in Ottilias Stadt, sondern in einer anderen.

«Deine Mutter ist sehr gerne geschwommen», erzählte Großvater. «Ich habe Alina und sie manchmal mit dem Pferdewagen zum Großen Weiher gefahren, wo die Kinder im Sommer schwimmen.»

Ottilia versuchte, sich Mutter mit nassen Haaren und Schlick zwischen den Zehen vorzustellen. Aber sie sah nur Mutters kurz geschnittene Lockenfrisur und ihren weißen Mantel mit Pelzkragen.

Als Onkel Sven die Milch zur Meierei brachte, durften nur Ottilias Vettern mitfahren. Onkel und Tante wollten sie nicht im Dorf vorzeigen, so viel verstand Ottilia. Da war dieses Wort «Schande», das sie immerzu umschwirrte. Doch das machte ihr nichts aus. Das war sie gewohnt. Und wenn sie darauf achtete, Mutter nicht zu erwähnen, wurde Tante Lovisa irgendwann richtig nett zu ihr. Einmal hatte sie Ottilia sogar «armes Kind» genannt. Dass es ein Fortschritt war, verstand Ottilia, als sie an dem Tag beim Abendessen ein extra großes Stück Butter auf ihr Brot bekam.

Aber trotzdem aß sie am liebsten mit Großvater in seinem Häuschen. Er schob seine komischen Gerätschaften und halb fertigen Vögel zur Seite und stellte einen Topf mit Grütze auf den Tisch, in dem obenauf ein großer Butterklecks schwamm und aus dem sie jeder mit einem Löffel aßen. «So haben wir es immer gemacht, als ich klein war», sagte Großvater und zwinkerte ihr mit einem seiner braunen Augen zu. Ottilia hatte schon Mühe, sich Mutter als Kind vorzustellen, bei Großvater fiel es ihr erst recht schwer.

«Hast du hier gewohnt, als du klein warst?», wollte sie eines Abends im Spätfrühling wissen, als sie den letzten Rest Grütze von ihrem Löffel schleckte. Draußen war es noch so hell, dass Großvater keine Lampe angezündet hatte. In der Mitte der Stube war es auch noch hell, aber oben auf den Wandregalen, rings um die unbeweglichen Vögel, sammelten sich die Schatten. Ottilia hatte keine Angst mehr vor ihnen. Oder nur noch sehr selten. Jetzt taten ihr die Vögel hauptsächlich leid, weil sie nicht umherfliegen konnten.

«Ja, drüben, im großen Haus. Zusammen mit meinen Eltern und meinen Schwestern. Dieses Häuschen war damals ganz neu, deshalb wird es auch noch Neues Haus genannt. Mein Onkel Jakob hat es gebaut.»

«Ist er dann gestorben?»

Großvater nickte. «Ja, am Typhus. Seine Witwe ist mit den Kindern nach Amerika gegangen. Sie ist inzwischen gestorben, aber ihre Kinder und Enkelkinder sind, soviel ich weiß, noch am Leben.»

«Darum mag ich dein Häuschen lieber als das große Haus. Im großen Haus sind immer so viele Menschen. Hier sind nur die Vögel, und vor denen fürchte ich mich nicht mehr.»

«Hast du dich am Anfang vor ihnen gefürchtet?»

«Ja, aber jetzt habe ich mit ihnen geredet, und jetzt machen sie mir keine Angst mehr.»

«So ist es recht.» Großvater beugte sich vor und hob Ottilia auf seinen Schoß. Er ließ sie auf seinen Knien reiten und sang dazu im Takt:

Mütterlein ist arm und müd'
schlafen soll das Kind nun süß
Das liebe Gänschen kam geschwind
Schlägt mit seinen Flügeln
Wohin sollen wir fliegen?
In ein Land aus Gold und Milch
Wo es niemals dunkel wird
Die Butter gelb
Der Zucker süß
Der Braten brutzelt in der Pfanne
Die Engel kriechen auf der Erde
den Mistkübel im Nacken

«Das Lied kenne ich!», rief Ottilia fröhlich. «Mutter hat es mir immer vorgesungen! Wenn ich einschlafen sollte, damit sie ausgehen konnte. Aber ich bin von dem Lied nie müde geworden, sondern hungrig! Und dann musste Mutter mir ein Butterbrot machen.»

«Wo habt ihr gewohnt, Mutter und du?» Großvater saß jetzt ganz still da.

Ottilia baumelte mit den Beinen. «An verschiedenen Orten. Als ich ganz klein war, haben wir am Meer gewohnt, aber daran erinnere ich mich nicht. Dann wohnten wir in einem Haus mit vielen anderen Leuten. Da war es schrecklich eng, und ich hatte eine Freundin, die hieß Mari. Dann habe ich bei Fräulein Edith gewohnt. Danach haben Mutter und ich eine Weile bei Mutters Freund Herrn Lundberg gewohnt, dann kam Herr Lundbergs Frau, und wir sind umgezogen. Ich bin zu den Schwestern Sundberg gekommen, die mich ins Kinderheim gebracht haben. Aber davon wusste Mutter nichts.»

Großvater zog sie an sich. Ottilia kuschelte sich in seine Arme und schmiegte den Kopf an Großvaters Hemd. Unter diesem scharfen Geruch, der, wie sie inzwischen wusste, von seinen Vögeln kam, gab es noch einen anderen Geruch, der vielleicht ein klitzekleines bisschen Mutters Geruch ähnelte.

Danach wollte Ottilia jeden Abend, wenn sie in ihrem Bett lag, «Liebes Gänschen» hören. Und während sie Großvaters polternder Stimme lauschte, machte sie die Augen zu und hatte fast das Gefühl, sie sei ihre Mutter, als kleines Mädchen, im selben Bett, das Mutter mit ihrer Schwester Alina geteilt hatte.

Von den Abenden abgesehen dachte Ottilia von Tag zu Tag weniger an Mutter. So war es jedes Mal. Am Anfang, wenn Mutter gerade verschwunden war, dachte Ottilia unentwegt an sie. Aber mit der Zeit kam es immer seltener vor. Und zu guter Letzt, wenn Ottilia gar nicht mehr an sie dachte, kam Mutter zurück.

Doch diesmal nicht.

Eines Nachts wurde Ottilia von einem lauten Ruf draußen vor dem Haus geweckt. Sie setzte sich auf. Großvater schnarchte leise in seinem Bett. Über ihr, auf dem Dach, erklang ein stetes leichtes Rascheln. Ihr Bett stand unter dem Fenster. Ottilia kniete sich hin und blickte hinaus.

Es schneite. Dicke Schneeflocken, groß wie ihr Daumen, rieselten sanft zu Boden. Das war das Geräusch, das sie gehört hatte. Die Schneeflocken sprangen auf dem Dach herum. Ottilia runzelte die Stirn. Es sah schön aus, aber Großvater hatte gesagt, die Felder müssten trocknen, damit Onkel Sven und er mit dem Pflügen beginnen konnten. Es war Ende April, und der Boden war seit einigen Wochen schneefrei gewesen.

Der Ruf erklang wieder. SCHUhu. SCHUhu. Es klang nicht wie ein Gespenst. Gespenster machten fast gar keine Geräusche. Leise kletterte Ottilia aus dem Bett, schlüpfte in ihre Strickjacke und ein Paar Wollsocken und schlich aus der Kammer. In der Stube glänzten die Augen der Vögel im fahlen Licht des fallenden Schnees. Ottilia spürte, dass sie mit ihr hinauswollten.

«Es ist kalt», flüsterte sie. «Eure Federn würden nass werden, und dann wäre Großvater böse.»

Sie stieg in ihre Stiefel, ein Paar, das sie von ihren Vettern geerbt hatte, und öffnete die Tür.

Die Schneeflocken knisterten leise. Alles schlief. Sogar die Tiere im Stall und im Hühnerhaus. Eine dünne Schneeschicht bedeckte den Vorplatz, und Ottilias Schritte wurden zu dunklen Spuren, als sie den Hof überquerte.

SCHUhu.

Der Laut kam vom Wald, aber nicht weit entfernt. Sie lief zum Zaun, der den Hof von den finsteren Bäumen trennte, und auf dem Zaun saß etwas. Ottilia blieb unbeweglich stehen. Es war einer von Großvaters Vögeln. Eine große Eule mit langen Federohren und riesengroßen, gelblich braunen Augen. Ottilia konnte ihre Farbe im Dunkeln erkennen. Sie schienen von innen heraus zu leuchten.

«Wie bist du nach draußen gekommen?», flüsterte sie. «Wenn Großvater das erfährt, wird er schrecklich böse.»

Die Eule drehte langsam den Kopf in ihre Richtung. Wie sollte sie sie wieder ins Haus locken? Vorsichtig ging Ottilia näher.

SCHUhu.

Es klang wie eine Warnung. Ottilia schluckte und ging noch ein kleines Stückchen näher. Die Eule spreizte ihre Flügel, sie waren gewaltig. Schneeflocken stoben auf und hüllten die Eule in wirbelndes Weiß. Ottilia blieb stehen.

«Das hast du dir selbst eingebrockt», flüsterte sie. «Du hättest nicht ausbüxen sollen. Ich weiß nicht, was Großvater machen wird.»

Als Antwort flatterte die Eule vom Zaunpfahl auf, schwang sich empor, hinauf ins Schneegestöber, und flog davon, auf die dunkle Wand aus Kiefern und Fichten zu.

Ottilia zog ihre Strickjacke fester um sich und lief nahezu lautlos zurück ins Haus.

Am nächsten Morgen, als Großvater und sie am Tisch saßen, mit einem prasselnden Herdfeuer im Rücken und einem Topf Gerstenmehlgrütze zwischen sich, betrachtete Ottilia alle Vögel auf den Regalen genau.

«Großvater, hast du einen großen Vogel mit langen Federohren, der Schuhu macht?»

«Einen Uhu? Nein.» Großvaters Antwort klang so barsch, dass Ottilia sich nicht traute, weiter nachzufragen. Aber nach ein paar Löffeln Grütze hob Großvater den Kopf, blickte aus dem Fenster, vor dem es noch immer schneite.

«Der Uhu ist ein Unglücksvogel. Den will ich nicht im Haus haben. Aber ich habe viele erschossen. Für ein ausgewachsenes Tier hat die Gemeinde fünf Mark bezahlt, für einen Jungvogel zwei Mark. Uhus sind Schädlinge. Ungeziefer. Wie alle Raubvögel. Aber es ist viele Jahre her, dass mir ein Uhu vor die Flinte gekommen ist. Sie sind fort, und das ist ein Glück.» Großvater blickte auf seine Regale und richtete sich auf. «Ich habe in meinen Tagen so manchen Vogel geschossen. Jeder Vogel ist ein Schädling weniger.»

Ottilia war nicht sicher, wie Großvaters Vögel mit Schädlingen im Wald zusammenhingen. «Wie machst du deine Vögel, Großvater?»

Jetzt kam Leben in Großvater. Er stand auf, kramte zwischen den Gegenständen auf dem Tisch, griff eine kleine Schachtel heraus und hielt sie Ottilia hin. Erschrocken stieß sie einen kleinen Schrei aus. In der Schachtel lagen Augen von verschiedener Größe und Farbe und starrten sie an. Großvater gluckste vergnügt, nahm ein Auge heraus und zeigte es ihr. Ottilia versteckte ihr Gesicht in den Händen.

«Sie sind aus Glas, Ottilia. Ich bestelle sie in Deutschland. Ich habe einen Fernkurs in Deutsch belegt, damit ich die Kataloge lesen und die Dinge, die ich benötige, per Brief bestellen kann. Ich bekomme alle möglichen Aufträge von Leuten aus der Gegend. Sogar der Bezirksrichter hat in seinem Amtszimmer in der Stadt einen Fischadler, den ich gefertigt habe.»

Zaghaft nahm Ottilia die Hände von den Augen und studierte die kleinen Glasperlen. «Sie sehen mich an.»

«Ich verwende nur allerbeste Qualität», sagte Großvater stolz. «Das kostet zwar ein kleines Sümmchen, aber ich lasse mir meine Arbeit von den Leuten, die meine Vögel kaufen, auch gut bezahlen. Die Schulen in ganz Österbotten bestellen mehr, als ich präparieren kann.» Großvater legte die Schachtel aus der Hand und hielt ein Exemplar hoch, an dem er gerade arbeitete. Es war etwas kleiner als der Uhu, den Ottilia in der Nacht gesehen hatte. «Dieser Falke ist für eine Lehranstalt in Vaasa. Aber du kannst ihn dir als Kleiderstoff denken. Du wirst von dem Geld ein hübsches Sommerkleid bekommen!»

Den ganzen Tag über erklärte Großvater ihr seine Arbeit mit den Vögeln. Er war gesprächig wie noch nie, und Ottilia hörte zu und stellte Fragen. Die Schachteln mit den Augen fand sie am spannendsten, sie waren schön und gleichzeitig gruselig. Genau wie beim Holzhacken und Schnitzen gab Großvater ihr bald ein Werkzeug in die Hand, und sie durfte einige Arbeitsschritte selbst ausprobieren. Allerdings nicht an den Vögeln, die Großvater verkaufen wollte, sondern an übrig gebliebenen Häuten, Holzwolle und gesprungenen Glasaugen. Am Abend holte Großvater eine Tüte mit Vogelfedern hervor – weiße, schwarze, braune und gesprenkelte Federn – und schenkte sie ihr. Selig bastelte Ottilia sich eine Federkette, und Großvater sah ihr mit leuchtenden Augen dabei zu.

«Die vornehmen Damen in der Stadt würden viel Geld zahlen, um ihre Hüte mit diesen Federn schmücken zu können», gluckste er. «Du bist herausgeputzt wie eine Pfarrersfrau.»

An diesem Abend lag Ottilia noch lange wach, nachdem Großvater ihr «Liebes Gänschen» vorgesungen und sie mit Tante Alinas Laken zugedeckt hatte. Sie wollte hören, ob der Uhu zurückkäme. Großvater hatte sie nichts von ihm erzählt. Großvater kann seine eigenen Vögel machen. Der Uhu gehört mir, dachte Ottilia. Mir allein. Ich habe ihn gesehen.

Doch kein aufforderndes SCHUhu erklang.

Über der Kommode in der Kammer hingen zwei Bilder: das Porträt eines jungen Mädchens, mit kräftigen schwarzen Tuschestrichen gezeichnet, und das farbige Aquarell einer Moorlandschaft, in deren Mitte eine goldhaarige Frauengestalt über Riedgras und Moos schwebte.

Im letzten Moment, ehe Ottilia die Augen zufielen, hätte sie schwören können, dass die Gestalt eine durchscheinende Hand hob und ihr zuwinkte.

Der Sommer kam, und die Erwachsenen waren von morgens bis abends beschäftigt. Tante Lovisa kam nur ins Haus, um zu kochen, und Onkel Sven und Großvater erschienen in der Stube, aßen ein paar Bissen und gingen wieder hinaus aufs Feld. Abends war Großvater viel zu erschöpft, um an seinen Vögeln zu arbeiten, und auch zum Vorsingen war er meistens zu müde. Ottilia, ihre Vettern und die Kinder von den Nachbarhöfen waren überwiegend auf sich allein gestellt. Und auch sie verbrachten die meiste Zeit im Freien, denn was hätte man im Haus auch tun sollen?

Als Ottilia Susanna vom Storbäckhof zum ersten Mal traf, sah das zwei Jahre ältere Mädchen sie skeptisch an.

«Ist es wahr, dass du deinem Großvater die Haare vom Kopf frisst?», fragte sie.

«Ich kann genauso viel essen wie Hannes», antwortete Ottilia stolz. «Und manchmal mehr. Aber so viel wie

Onkel Sven kann ich nicht essen», fügte sie wahrheitsgemäß hinzu.

Susanna schüttelte den Kopf. «Das kann keiner. Mutter sagt, Sven ist der größte Mann im ganzen Kirchspiel.»

«Tante Lovisa sagt, Hannes wird genauso groß», prahlte Ottilia. «Und ich bin gut im Weitspucken, willst du mal sehen?»

Das wollte Susanna, und von da an waren Ottilia und Susanna unzertrennlich, obwohl sie sich mindestens dreimal am Tag stritten und wieder vertrugen. Manchmal aßen sie mittags auf dem Storbäckhof, manchmal auf Nevabacka. Auf Storbäck gab es meistens Suppe: Kohlsuppe, Erbsensuppe oder Fleischsuppe. Tante Lovisa kochte manchmal Milchsuppe, eine Speise aus Milch, Weizenmehl und Ei, die alle Kinder liebten. Zu Susannas, Hannes' und Erik Mikaels großem Vergnügen hatte Ottilia sie noch nie gegessen. Sonst kochte Tante Lovisa fast immer Kartoffeln mit weißer oder brauner Soße und dazu Fleisch oder Salzheringe. Sonntags gab es Milchreis. Mittags aßen Großvater und Ottilia im großen Haus, abends bei sich daheim. Dann erzählte Ottilia ihm alles, was sie den Tag über erlebt hatte, und Großvater murmelte «hm» und löffelte stumm seine Grütze oder seinen Brei. Sie gingen immer früh zu Bett, und Ottilia konnte sich nicht einmal lange genug wach halten, um zu sehen, ob die Dame auf dem Bild ihr ein zweites Mal zuwinken würde.

Die langen Sommermonate waren ausgefüllt mit Spielen, Toben, Baden im Bach und hin und wieder Fahrten ins Kirchdorf, auf die Ottilia jedoch nach wie vor nicht mitkommen durfte. Ihre Vettern nahmen sie mit in den Wald zum Blaubeerpflücken und mit ins Moor zum Moltebeerenpflücken. Doch da handelte sie sich einen gewaltigen Rüffel von Hannes ein, weil sie beinahe im Moor versunken wäre. Hätte er sie nicht gerade noch rechtzeitig am Arm gepackt, wäre es böse ausgegangen.

«Bist du nicht ganz gescheit? Siehst du nicht das Kreuz da hinten? Da ist früher einmal ein Nevabacka-Onkel ertrunken!»

«Ich wollte nachsehen, ob ich die Dame vom Moorbild finde», erwiderte Ottilia verärgert und rieb sich den Arm. «Du hast mir wehgetan!»

«Und ich tue noch ganz andere Dinge, wenn du nicht am Rand des Moors bleibst. Ich zeige dir, wo es sicher ist. Und daran hältst du dich, oder du kannst nach Hause gehen.»

Mürrisch hockte Ottilia sich in den Sumpfporst. Wenn sie ein Vogel wäre, könnte sie über das Moor fliegen und die Frauengestalt im Nu finden. Es war ungerecht, dass manche Geschöpfe fliegen konnten und andere nicht.

An diesem Abend gelang es Ottilia, so lange wach zu bleiben, bis die Gestalt auf dem Bild ihr zuwinkte. Sie hätte sich gerne vorgestellt, es sei Mutter, die ihr zuwinkte. Aber Mutter hatte eine ganz andere Haarfarbe. Ob es Tante Alina war? Tante Alina war blond gewesen, wenn auch nicht ganz so goldblond wie die Frau auf dem Bild. Ottilia gefiel es, unter dem Bild einzuschlafen. Es war, als würde es über sie wachen.

Als es auf den Herbst zuging, stand fest, dass Mutter Ottilia nicht holen würde, also meldete Großvater sie in der Schule an. Sie war vielleicht noch ein wenig zu jung, aber sie konnte mit Hannes und Erik Mikael zusammen gehen, und so war sie tagsüber aus dem Weg. Die Jagdsaison hatte begonnen.

Als Ottilia das erste Mal aus der Schule heimkam und Großvater mit dem Hund King und zwei schwarzen Birkhühnern auf dem Hof antraf, blieb sie stehen und betrachtete neugierig die Vögel und das rote Blut auf ihrem schwarzen Gefieder.

«Werden wir die essen?», fragte sie.

«Nein, die sind für zwei Schulen in Oulu», antwortete Großvater. «Vorausgesetzt, die Präparate werden gut. Aber warum sollten sie nicht gut werden?»

Ottilia begleitete Großvater in den Schuppen, wo er, mit King zu seinen Füßen, die Vögel behutsam häutete. Er erklärte Ottilia, was er machte und wie er die Häute behandelte, damit das Federkleid intakt blieb. Anschließend ging er mit ihr ins Haus und zeigte ihr, wie er einen Grundkörper aus Ton anfertigte, um die Vogelhäute darauf zu spannen.

Allmählich begriff Ottilia den Zusammenhang zwischen den erschossenen, toten Vögeln und Großvaters Glasaugen-Vögeln in der Stube.

«Ich dachte, du machst die Vögel selbst», sagte sie vorwurfsvoll. «Aber das machst du gar nicht.»

«Ich konserviere sie. Ich nehme ihre Körper, säubere ihr Inneres, dann stopfe ich sie aus und setze ihnen Augen ein, die niemals verwesen. Auf diese Weise können sie für immer auf den Regalen sitzen.»

«Hast du das auch mit Tante Alina gemacht?»

Großvater blickte jäh auf sie herab, und seine Hand zuckte, als ob er sie schlagen wollte, aber das konnte nicht sein, denn Großvater schlug nie. Sein Blick war finster. Er holte tief Luft und lehnte sich zurück.

«So etwas macht man nicht mit Menschen.»

«Schade. Dann wären sie auch für immer da.»

«Das wäre nicht dasselbe. Sie würden nicht denken oder sprechen wie du und ich.»

«Stimmt, die Vögel fliegen und singen ja auch nicht mehr. Das ist schade.»

«Vögel sind Schädlinge, das habe ich dir doch gesagt.» Großvater wandte sich ab. «Es ist gut, dass es weniger von ihnen gibt.»

Ottilia betrachtete Großvaters schwielige, altersfleckige Hände, die mit geübten, raschen Handgriffen arbeiteten. Sie war ein Kuckuckskind. Das Großvater die Haare vom Kopf fraß, genau wie Onkel Sven und Tante Lovisa. Sie war nicht ihr Kind. Das wusste sie ja. War sie ein Schädling? Ottilia schluckte. Würde Großvater sie auch erschießen und ihr Augen aus Glas einsetzen?

Nachdem Großvater ihr «Liebes Gänschen» vorgesungen hatte, lag Ottilia lange wach. Sie rechnete nach. Bis Weihnachten dauerte es noch viele Wochen. Würde Mutter sie dann holen kommen? Sie hatte lange nicht an Mutter gedacht, doch nun kniff sie die Augen zu und versuchte, sich ihr Gesicht vorzustellen. Sie konnte es nicht erkennen, der Mond schien von hinten auf Mutters Kopf, und ihr Gesicht lag im Dunkeln. Doch dann beugte Mutter sich vor, und das Mondlicht fiel in zwei große, braune Eulenaugen über einem gekrümmten, messerscharfen Schnabel. Die Eulenmutter streckte eine Hand nach ihr aus, aber statt Fingern hatte die Hand Krallen, mit denen sie Ottilia die Augen auskratzen würde. Ottilia begann, aus Leibeskräften zu schreien.

«Du hast schlecht geträumt», war aus Großvaters Bett zu hören. «Schlaf weiter.»

«Großvater? Dauert es noch lange bis Weihnachten? Glaubst du, dass Mutter mich dann holen kommt?»

Großvater schwieg lange. Ottilia dachte schon, er wäre eingeschlafen. «Das weiß ich nicht, mein Kind. Onkel Sven und ich haben ihr geschrieben, aber niemand scheint zu wissen, wo sie ist. Wir fragen uns ... Womöglich ist sie weit fortgegangen. Hat sie jemals von Amerika gesprochen, Ottilia?»

Ottilia zog sich die Decke über den Kopf. Sie wollte, dass Mutter sie holen kam, damit sie nicht auf einem von Großvaters Regalen stehen musste. Aber jetzt hatte sie Angst vor Mutter mit den Eulenaugen. Sie konnte sich nicht mehr an Mutters richtiges Gesicht erinnern.

Ottilia nahm so winzige Portionen, wie sie nur konnte. Wenn Großvater und sie bei Onkel Sven und Tante Lovisa zum Essen waren, aß sie fast nichts. Anfangs knurrte ihr Magen fürchterlich laut. Er hatte sich an das gute Essen auf Nevabacka gewöhnt, das nicht die geringste Ähnlichkeit mit der wässrigen Kohlsuppe im Kinderheim hatte. «Tu so, als ob wir im Kinderheim wären», flüsterte sie ihrem Magen zu. «Dann vergeht dir der Appetit auf Suppe.»

Nach einer Weile hörte ihr Magen auf zu knurren. Und im Wald wuchsen noch immer Preiselbeeren, Krähenbeeren und ein paar wässrige Blaubeeren. Die aß sie, sobald sie Gelegenheit dazu hatte. Sie wagte nie, Essen aus Großvaters kleinem Vorrat oder aus Tante Lovisas Keller oder Speisekammer zu stibitzen. So etwas taten nur Schädlinge. Mäuse und Ratten. Eichhörnchen und Füchse. All die Tiere, die Großvater und Onkel Sven töteten und erschossen, wann immer sie ihnen unter die Augen kamen. Die Katzen Tossan und Groß Frass jagten Nagetiere, Krähen und Dohlen, besonders wenn sie alt oder schwach waren, aber auch die Schwalbenküken unter dem Scheunendach. Sicherheitshalber schlug Ottilia von nun an einen großen Bogen um die beiden Katzen, die bisher ihre Freunde gewesen waren. Wenn es sein musste, würde sie mit ihnen zwar fertigwerden, dachte sie, aber besser, sie ließ es gar nicht erst so weit kommen. Sie hatten furchtbar scharfe Zähne und Krallen.

«Bist du krank, Mädchen?» Tante Lovisa runzelte die Stirn, als Ottilia den Kartoffeltopf beiseiteschob, nachdem sie sich eine winzig kleine Kartoffel genommen hatte. «Oder schmeckt dir mein Essen nicht?»

Starr vor Schreck blickte Ottilia sich am Tisch um. Was sollte sie antworten, damit die Erwachsenen nicht wütend wurden und sie erschossen?

Großvater, der neben ihr auf der Küchenbank saß, wandte sich ihr zu, kniff die Augen zusammen und sah sie nachdenklich an.

«Jetzt, wo du es sagst, fällt mir auf, dass sie in letzter Zeit furchtbar wenig gegessen hat.»

«Nicht bei Storbäcks! Da hat sie vier Kartoffeln verdrückt, mit Fleisch und Soße!» Hannes musste natürlich alles verderben. Aber sie hatte so großen Hunger gehabt, als sie mit ihren Vettern bei Susanna zu Mittag gegessen hatte. Sie hatte gedacht, Storbäcks könnten doch wohl kaum denken, dass sie ihnen die Haare vom Kopf fraß, so selten, wie sie bei ihnen war.

«Dann ist es also das Essen, das dem Fräulein nicht recht ist?» Tante Lovisa stellte den Fleischtopf mit einem Knall auf den Tisch. «Na, dann brauchst du auch keins!»

Ottilia sprang vom Tisch auf und stürzte blindlings zur Hintertür hinaus. Sie hörte, wie Großvater ihren Namen rief, aber was, wenn er seine Flinte dabeihatte? Sie wagte nicht, stehen zu bleiben und nachzusehen, sondern rannte und rannte ohne Mütze durch nassdunklen Herbstwald, der ihr die Regentropfen in den Nacken schüttelte. Sie achtete nicht darauf, wohin sie lief. Es war einerlei, sie musste sich verstecken, damit sie nicht zu einem der Vögel auf Großvaters Regalen wurde. Nirgends durfte sie bleiben, niemand wollte sie haben. Ottilia breitete ihre Arme aus und bewegte sie im Laufen wie Flügel auf und ab. Wenn sie nur kräftig genug mit den Armen schlug, würde sie vielleicht vom Boden abheben und könnte weit, weit wegfliegen! Über alle Meere, bis nach Amerika.

Plötzlich trat sie mit einem Fuß bis zum Knie in eiskaltes Wasser. Schniefend blickte sie sich um.

Sie war ins Moor hinausgelaufen. Nebelschwaden hüllten sie ein. Die Sonne war untergegangen. Aber es war noch dämmrig, nicht vollständig dunkel. Sie konnte sehen, wo sie war. Genau an der Stelle, vor der Hannes sie gewarnt hatte. Ottilia zog ihr Bein hoch. Zum Glück kam ihr Stiefel mit, sonst hätte sie auf Nevabacka zu allem Überfluss auch noch um neue Stiefel bitten müssen.

Aber nein, sie würde nicht nach Nevabacka zurückgehen. Sie würde fortfliegen wie ein Vogel, weit, weit fort.

Ottilia gelang es, sich auf ein festes Grasbüschel zu knien, aber um sie herum waren nichts als sumpfiges Moos und Tümpel. Wie war sie aufs Moor gelangt? Jetzt waren beide Stiefel nass. Strümpfe und Beine auch. Sie trug nur ihre Strickjacke, und der Nebel wurde immer dichter. Sie machte einen vorsichtigen Schritt, zog jedoch ihren Fuß, der augenblicklich im Moos versank, hastig wieder zurück.

Ottilia begann zu weinen. Lautlos, wie sie es bei Fräulein Edith gelernt hatte. Fräulein Edith hatte weinende Kinder nicht leiden können. Als Ottilia am ersten Abend nach Mutter geweint hatte, hatte Fräulein Edith sie so heftig geohrfeigt, dass sie noch lange danach ein Pfeifen im Ohr gehabt hatte. Sie war gut darin geworden, lautlos zu weinen.

Schädlinge müssen sterben, dachte sie. Jetzt werde ich wohl sterben. Und keiner wird mich vermissen.

Ottilia weinte immer heftiger, und es fiel ihr immer schwerer, es lautlos zu tun.

Da entdeckte sie einen schmalen Pfad aus Grasbüscheln, und sie wog nicht viel, das erste Grasbüschel trug sie, ebenso wie das nächste.

Sie konnte nicht aufhören zu weinen, aber langsam und stetig näherte sie sich dem steinigen, festen Grund am Rand des Moors.

Plötzlich klang vom Wald ein schnaubender, grunzender Laut herüber. Ottilia erschrak so sehr, dass ihre Tränen mit einem Hicksen versiegten. Was war das? Kam der Geist des ertrunkenen Nevabacka-Onkels, um sie hinaus ins Moor zu zerren? So wie der Geist des toten Kosaken, von dem Susanna erzählt hatte, der im Russensee in der Nähe des Storbäckhofs umging? Vor über hundert Jahren, als Finnland unter russische Herrschaft kam, war er umgebracht und seine Leiche in den See geworfen worden. Dort zu baden, war lebensgefährlich, weil er sich an allen Finnen rächen wollte, die seinen Weg kreuzten.

Normalerweise fürchtete sie sich nicht vor Geistern.

Sie war sich ganz sicher, einmal den Geist von Großvaters Onkel Jakob gesehen zu haben, und er war kein bisschen unheimlich gewesen. Er hatte ihr bloß sorgenvoll zugenickt. Und Tante Alina hatte sie viele Male gesehen. Großvater hatte sie es nicht erzählt, weil seine Augen immer so traurig wurden, wenn er von Tante Alina sprach. Aber Hannes hatte gesagt, dieser Nevabacka-Onkel sei ein wahrer Unhold gewesen. Bösartig und geizig und richtig gemein, vor allem wenn er getrunken hatte. Vielleicht wollte er sie ertränken, damit er im Moor Gesellschaft bekam.

Jetzt konnte sie im Nebel etwas erkennen, was sich groß und dunkel im abnehmenden Licht am Rand des Moors entlang bewegte. Es schnupperte und nahm Witterung auf. Ein kleiner Kopf und ein massiger, pelziger Körper.

«Teddy», flüsterte Ottilia. Ein warmes Rinnsal rann an der Innenseite ihrer Beine hinab. Der Bär konnte sie riechen, sehen aber konnte er sie durch den Nebel hindurch nicht. Er erhob sich auf seine Hinterbeine, wandte sich in ihre Richtung und schaute sie direkt an. Ottilia stand wie erstarrt da. Konnte der Bär über das Moor laufen? Kümmerte es ihn, wenn seine Tatzen nass wurden?

Sie konnte nicht rückwärts gehen, und der Grasbüschelpfad führte direkt auf den Bären zu.

Grunzend ließ der Bär sich wieder auf alle viere nieder. Ottilia war, als würde sie seine kleinen Augen durch den Nebel hindurch aufblitzen sehen.

Wie Groß Frass, wenn er eine mögliche Beute entdeckt hatte, schüttelte der Bär sein Haupt und begann, sich vorwärtszubewegen. Auf sie zu.

«Nein, nein», flüsterte sie. «Nein, nein.»

Doch der Bär scherte sich nicht darum. Immer näher

kam er durch den Nebel. Vielleicht hatte er einen eigenen Bärenpfad. Vielleicht wollte er sie überhaupt nicht fressen. Vielleicht war er nur neugierig. Aber wissen würde sie es erst, wenn es zu spät wäre.

Ein Schatten glitt über ihren Kopf hinweg. Ein großer, schwarzer Vogel segelte im Tiefflug übers Moor und landete genau zwischen ihr und dem Bären. Der Vogel drehte den Kopf, sah sie über die Schulter hinweg an und hüpfte dann mit unbekümmerten Trippelschritten auf den Bären zu.

Der Bär schnaubte.

Der Vogel flatterte auf und ließ sich ein Stück weiter vorn erneut vor dem Bären nieder.

Schnell sprang Ottilia zum nächsten Grasbüschel. Der Vogel schlug mit den Flügeln und krächzte laut und drohend. Als der Bär einen Schritt vorwärts machte, flatterte der Vogel auf dessen Kopf zu. Unwillig schüttelte das große Tier sein Haupt.

Hastig machte Ottilia einen weiteren Schritt und noch einen. Sie hatte den Waldrand fast erreicht. Sie konnte die großen, bemoosten Findlinge sehen, die schlanken Stämme der Föhren. Jetzt war sie in unmittelbarer Nähe des Bären. Obwohl sie so entsetzliche Angst hatte, dass ihre Beine sie kaum trugen, lief sie weiter.

Plötzlich wandte der Bär sich ihr zu und richtete sich wieder zu seiner vollen Größe auf. Er war so nah. So groß. Doppelt so groß wie Onkel Sven. Er schnupperte in der Luft nach Beute. Ottilia drehte sich um und rannte, geradewegs auf die Bäume zu und geradewegs in Großvaters Arme.

«Mein kleines Mädchen, du bist ja klitschnass!» Großvater hob sie hoch und drückte sie an sich.

«Der Bär, Großvater, der Bär!» Ottilia brachte kaum ein Wort hervor, so sehr klapperten ihre Zähne. Großvater erstarrte und blickte aufs Moor.

«Teufel noch eins. Mein Gewehr habe ich zu Hause gelassen», flüsterte er. Dann drückte er sie wieder fest an sich. «Er trollt sich. Schau.»

Ottilia lugte hinter Großvaters Arm hervor. Etwas Großes, Dunkles trottete in der zunehmenden Dämmerung davon, umkreist von etwas Kleinerem, das schwarz glänzte und mit den Flügeln schlug.

Großvater nahm sie fest in seine Arme und trug sie durch den Wald nach Hause.

Als Ottilia trockene Kleider angezogen, ganz allein eine Schüssel Grütze verputzt hatte und unter zwei Decken in ihrem Bett lag, setzte Großvater sich zu ihr auf die Bettkante und nahm ihre Hände in seine.

«Jetzt musst du mir erzählen, warum du weggelaufen bist, Tilia.»

Tilia. Der Name gefiel ihr. Besser als Kuckuckskind.

«Ich dachte, du würdest mich erschießen, so wie die Vögel, wenn ich ein Schädling wäre und dir die Haare vom Kopf fressen würde. Also habe ich versucht, nichts zu essen. Und ich kann mich nicht mehr an Mutters Gesicht erinnern. Was ist, wenn sie nie wieder zurückkommt?»

Großvater saß eine Weile stumm da und streichelte ihre Hände. Das war schön. Dann stand er auf, zog eine Schublade der Kommode auf und kramte einen Augenblick darin herum. Schließlich nahm er eine gerahmte Fotografie heraus, griff nach der Petroleumlampe, die oben auf der Kommode stand, und kam mit beidem zurück an ihr Bett.

«Das sind die drei Mädchen. Wir haben die Fotografie machen lassen, als Alina konfirmiert wurde.» Großvater hielt die Lampe hoch, damit Tilia besser sehen konnte. Drei junge Mädchen in dunklen Röcken standen der Größe nach nebeneinander und blickten ernst in die Kamera. Tante Alina war die Größte und Älteste. Tilia erkannte ihr Gesicht von der Porträtzeichnung an der Wand. In der Mitte stand ein junges Mädchen, das sie nicht kannte und das vielleicht ein ganz klein wenig wie sie selbst aussah.

«Das ist Mutter, Großvater!» Tilia blickte in Großvaters gütiges Gesicht. «Jetzt erinnere ich mich wieder! Sie hat immer noch dieselben Augen!»

Großvater stellte die Lampe ab und setzte sich wieder zu ihr auf die Bettkante.

«Du darfst hierbleiben, so lange du willst. Ich bin alt, aber nicht so alt, dass ich mich nicht um ein kleines Mädchen kümmern kann. Und du weißt nicht, wie sehr du einen alten Mann erfreust. Seit meine drei Mädchen aus dem Nest geflogen sind, ist es hier einsam gewesen. Sehr einsam.» Großvater beugte sich vor. «Und du darfst auch bleiben, wenn deine Mutter zurückkommt, Tilia. Vergiss das nicht. Du musst nicht wieder fortgehen. Nevabacka kann dein Zuhause sein, wenn du das möchtest. Für immer.»

«Obwohl ich ein Kuckuckskind bin?»

«Du bist kein Kuckuckskind. Du bist mein Enkelkind.»

Großvater löschte die Lampe, und Tilia kuschelte sich unter ihre Decken. Als Großvater ging, lehnte er die Kammertür nur an, und Augenblicke später zog Pfeifenduft zu ihr herein.

Ich werde Großvater als Weihnachtsgeschenk einen

Tabakbeutel nähen, dachte Tilia. Tante Lovisa zeigt mir bestimmt, wie man es macht.

Sie schlief nicht sofort ein. Als ihre Augen sich an die Dunkelheit gewöhnt hatten, blinzelte sie zum Moorbild hinauf, um zu sehen, ob die Dame ihr zuwinken würde. Stattdessen entdeckte sie etwas, was sie vorher noch nicht gesehen hatte. Sie musste sich im Bett aufsetzen, um genauer hinzuschauen, aber ja, es stimmte – über der goldhaarigen Gestalt, hoch oben am Himmel mit den dunklen Sturmwolken, flog ein schwarz gefiederter Vogel.

Karten

Unzählige Wege durchziehen eine Landschaft.

Am liebsten hätte Ant eine Landkarte von ihnen allen gezeichnet, auf ein und demselben Blatt. Doch das war unmöglich. Heraus kam ein unleserliches Wirrwarr.

Stattdessen zeichnete er auf dem dünnsten Papier, das er kriegen konnte, eine Karte von jedem einzelnen Weg und legte die Blätter übereinander. So konnte er alle Wege auf einmal sehen.

Für sich allein kamen sie ihm nicht richtig vor. Wege existierten nicht getrennt voneinander. Eine Landschaft fügte sich aus ihnen allen zusammen.

Ant selbst war noch nie außerhalb des Kirchspiels gewesen. Das war eine bewusste Entscheidung. Jedes Mal, wenn sich ihm die Gelegenheit geboten hatte, in die Stadt auf den Markt zu fahren oder im Nachbarsprengel einen Vortrag des Jugendvereins zu besuchen, hatte er abgelehnt. Das Kirchspiel Forskant war ihm die ganze Welt, und er wollte es auch nicht anders. Wie sollte er sich sonst geborgen fühlen? Er musste sich mit dem umgeben, was vertraut und bekannt war. Seine Füße hatten bislang ausschließlich die Wege des heimischen Kirchspiels unter sich gehabt, doch er setzte seine ganze Ehre daran, diese Wege zu erforschen, einen nach dem anderen.

Mit sechzehn Jahren beschloss er, eine Karte seiner eigenen Wege zu zeichnen. Mit Buchstaben und Worten tat er sich schwer, er hatte bloß vier Jahre die Volksschule besucht, dann war die Mutter gestorben, und er hatte sich als Knecht verdingen müssen. Mittlerweile war er seit vier Jahren in Stellung und hatte ebenso viele Karten gezeichnet. Auf der Karte seiner eigenen Wege zeichnete er den Hof ein, auf dem er geboren worden war, und alle Orte, die ihm wichtig gewesen waren, bis er von dort weggezogen war: der Abort, die Badestube, der Schuppen, in dem Vater ihn immer Mores gelehrt hatte, Jerusalem, wo er sein erstes Tagewerk verrichtet hatte, der Angelfelsen im Fluss, die Stelle, an der Johanna im Eis eingebrochen und ertrunken war, die Kirche und der Weg dorthin, der Friedhof, Zucker-Stinas Haus, der kleine Laden an der Weggabelung, wo man Spielkarten und Kaffee kaufen konnte, Nevabackas Neues Haus, wo Tilia mit dem Lockenschopf gewohnt hatte, in die er als kleiner Junge bis über beide Ohren verliebt gewesen war. Er schrieb nicht die Namen der Orte dazu – das war nicht nötig. Sein Herz kannte sie ja. Und wenn er die Augen zumachte, konnte er alle Wege und Pfade entlanglaufen, die sie verbanden, das ganze Jahr hindurch, zu jeder Jahreszeit.

Neben Vaters und Mutters Grab auf dem Friedhof zeichnete er eine kleine Eberesche. Er war richtig gut im Zeichnen. Dafür brauchte er keine Schule. Er konnte jedes Tier und jeden Baum, jedes Samenkorn und jede Beere so naturgetreu zeichnen, dass jeder sah, was es sein sollte.

Mutter hatte gesagt, das komme daher, weil er stets die Augen bei sich habe. Manche Menschen hätten nur Augen für das, was sie in den Händen hielten, andere nur für den Himmel, die Wolken und Träumereien. Ant aber habe Augen für die Welt um ihn herum.

Ants ungewöhnlichste Karte war wohl die der Winterwege. Aber nicht der Wege, die die Einheimischen in den Wintermonaten benutzten, sondern der Wege, die der Winter nahm, wenn er kam und wenn er ging. Wo es als Erstes kalt wurde und wo der Frost seine ersten und letzten Zeichen setzte. Wo der Schnee am längsten liegen blieb, mitunter, wenn die Winter richtig streng waren, bis in den Mai oder Juni hinein. Nach der Winterkarte zeichnete er je eine Karte vom Frühling, vom Sommer und vom Herbst und studierte, wo sie ineinandergriffen, wo schon der Frühling Einzug hielt, wenn andernorts noch Winter herrschte. An Rainos Scheune auf dem Schlangenberg, zum Beispiel. Dort, an der Südwand, kam der Frühling manchmal bereits im März. Dort konnte man Schlüsselblumen und Veilchen finden, wenn in Steinbacka und Smalabacka und Länsmans dike noch Schnee lag. Ant zeichnete ein, wo das Eis als Erstes aufzubrechen pflegte, wo er den Ruf der allerersten Schwalbe vernommen hatte und wo die ersten Buschwindröschen blühten.

Auf der Sommerkarte trug er die besten Badestrände ein, den Sprungturm und die Tanzböden, auf welchen Wegen sie die Mittsommerbirken nach Nevabacka brachten, wo die Ebereschen am prächtigsten blühten und wo die Schwalben unter dem Scheunendach ihre Nester bauten. Er zeichnete ein, wo beim Juligewitter damals der Blitz eingeschlagen hatte, wo das Heu zuerst reifte und wo sie für gewöhnlich den ersten Roggen mähen konnten.

Die Herbstkarte zeigte, wo die ersten Espen sich golden färbten und wo die Zugvögel auf ihrer Reise in den Süden Rast machten, um sich auszuruhen. Ant zeichnete ein, wo ihm das allererste Mal dieser besondere Herbstduft in die Nase stieg, der sich nicht mit Worten beschreiben ließ, und wo die Abendnebel im September am allerschönsten waren.

Eine seiner Lieblingskarten war die Beerenkarte. Dort trug er alle Walderdbeerstellen ein, Grabenränder mit Ackerbeeren, alle Tümpel und Moore, wo Moltebeeren und Moosbeeren wuchsen, alle Himbeersträucher und Krähenbeerenteppiche und die besten Fundstellen für Blaubeeren und Preiselbeeren. Ant war sicher, dass es noch andere Beerenstellen gab, geheime, die er nicht kannte. Ein ums andere Mal war er Alfreds Marita mit einem Korb Moltebeeren unter dem Arm begegnet, von denen sie ihm nicht hatte verraten wollen, wo sie sie gepflückt hatte. Aber das würde er herausfinden. Er war Marita stets auf dem Stackovägen begegnet, also musste die Stelle irgendwo in Granby sein.

Es störte ihn nicht, dass noch nicht alle Beerenstellen auf der Karte zu finden waren: Karten waren niemals wirklich fertig. In seiner Dachbodenkammer, an dem kleinen Tisch, den er eigenhändig gezimmert hatte, verbrachte er Stunden damit, sie zu ergänzen. In den Sommermonaten konnte er am Fenster sitzen und bis weit in die Nacht hinein an seinen Karten feilen, im Sommer musste er kein Licht anschalten und Elektrizität vergeuden. Im Winter war es schwieriger. In den wenigen hellen Tagesstunden war er voll und ganz mit seiner Arbeit beschäftigt. Er arbeitete mehr als der Hofbauer und mindestens ebenso viel wie Erik Mikael und Otto. Aber Hannes arbeitete für zwei, mit ihm konnte sich keiner von ihnen messen. Es war fast sonderbar, dass man auf Nevabacka überhaupt einen Knecht eingestellt hatte. Ant nahm an, dass er hauptsächlich wegen der Waldarbeiten im Winter angeheuert worden war, aber es war auch aus Gutherzigkeit geschehen, dessen war er sich bewusst. Und auf seine stille Art zeigte er, dass er das zu schätzen wusste, indem er hart arbeitete und selten einen freien Tag nahm, nicht einmal am Sonntag. Es gab nicht viele, die einen zwölfjährigen Jungen als Knecht eingestellt hätten, ohnehin nahmen heutzutage nur noch wenige Bauern Knechte in den Dienst. Aber Nevabacka war einer der größten Höfe des Kirchspiels, zu dem auch große Waldflächen gehörten, die Sven für das viele Amerikageld gekauft hatte, das er, wie die Leute erzählten, mit heimgebracht hatte. Wenn es das Geld gab, musste es im Wald stecken, anderswo konnte Ant es nicht entdecken. Auf Nevabacka lebte man so wie auf allen anderen Höfen, man ernährte und kleidete sich auf die gleiche Weise. Auch wenn die Nevabacka-Leute eine eigene Mähmaschine, drei Pferde, zahlreiche Kühe, Schafe und Schweine besaßen. Elektrisches Licht hatte man auf Nevabacka, weil Sven Vorsitzender der Elektrizitätskooperative war, und er hatte auch eine private Fernsprechleitung installieren lassen. Auf Nevabacka mangelte es an nichts, und Ant brauchte nie zu hungern, wie damals nach Vaters Tod mit Mutter in der Häuslerkate.

Und Arbeit war genug für ihn da, obgleich es auf dem Hof drei tüchtige Söhne und einen Altbauern gab, der noch immer mit anpacken konnte, sowie eine kleine Tochter, die der Mutter bei den Kühen und dem anderen Vieh half. Und im Neuen Haus wohnte der uralte Vogelgreis, der so genannt wurde, weil er viele Jahre lang nichts anderes getan hatte, als Jagd auf Vögel zu machen und sie auszustopfen. In seiner Stube, hieß es, sollte er eine große Sammlung gehabt haben, doch die hatte Ant nie gesehen. Heute gab es nur noch die schönen Vögel, mit denen Tilia die Verandawände bemalt hatte. Ant hatte sie bewundert, wann immer Sven ihn mit einer Aufgabe zum Vogelgreis geschickt hatte, der Svens Vater war und mittlerweile bei einigen Dingen Hilfe benötigte. Tilia war nach Helsinki gezogen und kam nur noch selten zu Besuch. Sie studierte, Forstmeisterei hatte er die anderen sagen hören. Er wusste nicht genau, was das Wort bedeutete, aber es hatte irgendetwas mit Wald zu tun, und das gefiel ihm. Sein Mund war nicht mehr so fest geschlossen wie früher, wenn er Tilia sah, und er hatte sogar einen gescheiten Abschiedsgruß über die Lippen gebracht. Der Vogelgreis hatte zusammengesunken auf dem Kutschbock gehockt, aber Tilia hatte kerzengerade neben ihm gesessen, den dunklen Lockenkopf hoch erhoben, als der Alte sie zur Bahnstation in die Stadt gefahren hatte.

Ants Tage waren ausgefüllt damit, Milch in die Meierei zu bringen, das Hengstfohlen Rölle einzufahren, zu eggen und zu pflügen, zu säen und zu ernten, Heu einzubringen und Getreide zu dreschen. Es kam eine Unzahl anderer Verrichtungen hinzu, die ständig erledigt werden mussten: Spreu für die Pferde herrichten, Gräben ziehen und Wege ausbessern, den Leiterwagen reparieren und Jauche fahren, das Pflugmesser austauschen und die Säge mit neuem Blatt versehen, Zäune und Gatter ausbessern, Schuhe besohlen und Kisten wegräumen. Die Arbeit ging nie aus, doch das störte Ant nicht. Solange es Arbeit gab, durfte er auf Nevabacka bleiben, und das war alles, was er wollte. Ein anderes Zuhause hatte er nicht auf der Welt, und nach sechs Jahren kannte er jeden Weg des Hofes.

Er besaß eine Karte über die Pfade der Tiere: der wilden wie der zahmen. Die Gewohnheiten der Tiere auf den anderen Höfen waren ihm nicht vertraut genug, aber Nevabackas Tiere bekamen eine eigene kleine Karte mit den Weiden und den Pfaden, auf denen die Kühe entlangzogen, wenn sie im Wald grasten – mit der Stelle, an der Lilja im Sumpf eingesunken war, und der Stelle, wo sie Silberweiß wiedergefunden hatten, als sie ausgebüxt war und sich auf Wanderschaft begeben hatte. (Sie hatte auf der anderen Seite von Björkas gegrast, neben einem Erlenwäldchen, und Ant zeichnete einen Schnörkel, der verdeutlichte, wie Hannes mehrmals um das Wäldchen herumgelaufen war, bis es ihm gelang, Silberweiß einzufangen.) Er zeichnete die Wiesen und Pfade der Schafe ein und wo in seinem zweiten Jahr auf Nevabacka sieben Schafe von fremden Hunden so schlimm zuschanden gerissen worden waren, dass sie zu nichts mehr nütze gewesen waren. Auch die Stelle, an der sie die drei Färsen gefunden hatten, die auf der Sommerweide im Wald verendet waren, zeichnete er ein. Bei ihrem Auffinden waren sie schon lange tot gewesen, und Sven hatte furchtbar geflucht.

Ant wünschte, er könnte eine Karte von Klein Frasses nächtlichen Wanderungen und Streifzügen anfertigen, aber eine Katze behielt ihre Geheimnisse für sich.

Er zeichnete die Wechsel der Elche ein, alle Fuchsbaue, die er kannte, wo er den Waldkauz hatte rufen hören, wo den Raufußkauz und wo der Grauspecht seinen Nistbaum hatte. Er zeichnete ein, wo die Prachttaucher nisteten, wo die Raben ihre Nester bauten, wo er einmal ein

Auerhuhn-Weibchen von ihrem Gelege aufgescheucht hatte, wo die Kraniche am Dunkelweiher tanzten und wo das schönste Spiel der Birkhähne zu hören war. Er trug die besten Stellen für Hasenschlingen ein. Er zeichnete ein, wo der Vogelgreis Tilia an einem Oktoberabend vor einem Bären gerettet hatte und wo Doris von einer Schlange gebissen worden war. Und er zeichnete die Pfade, auf denen die Igel an Sommerabenden über den Hofplatz wanderten.

Er zeichnete eine Karte des verheerenden Waldbrands, der in dem Sommer gewütet hatte, als sieben Wochen Dürre geherrscht hatte, und bei dem der Dahlhof und sieben Getreidespeicher und Scheunen den Flammen zum Opfer gefallen waren. Er trug ein, wo nach der Feuersbrunst die ersten zarten Pflänzchen aus dem Boden gesprossen waren und wo er im Jahr darauf, inmitten verkohlter Bäume, große, süße Himbeeren hatte pflücken können.

In einem Winter zeichnete er eine Karte, auf der er jeden Baum markierte, den er gefällt hatte, auf welchem Weg Pricke und er die Stämme heimgefahren hatten und wo er sie zersägt und zu Feuerholz gespalten hatte. An einem guten Tag konnte er vier Kubikmeter Holz hacken. Er zeichnete ein, welche Bäume er zur Sägemühle transportiert hatte, und setzte neben jeden Stumpf ein kleines Kreuz. Es war eine traurige Karte. Sie gefiel ihm nicht, und er schob sie ganz unten in den Stapel.

Die Wege der Winde waren eine der größten Herausforderungen. Ant wusste, dass mal ein leichter Ostwind wehte, der ihn bei der Mahd kühlte, während beim nächsten Mal vielleicht ein Südwind ging. Der Winter pflegte mit östlichen Winden zu kommen, doch das war nicht immer so. Der Sommersüdwind war unten am Bach meist am deutlichsten zu spüren, hin und wieder aber blies er am heftigsten am Tallsee. Am Brantsvängen ging jedenfalls *immer* ein starker Wind, das sagte selbst Drycksee-Minna. Und er konnte die Schneisen einzeichnen, die der Sturm etliche Winter zuvor auf der Ostseite des Dunkelweihers durch den Wald geschlagen hatte.

Eine seiner liebsten Karten erzählte das, was sich früher im Kirchspiel zugetragen hatte. Orte, von denen es hieß, es spuke dort. Wo während des Unfriedens Kosaken und Einheimische den Tod gefunden hatten. Er zeichnete den Russenstein ein, an dem im Jahre 1808 eine Kompanie Russen überrumpelt worden war, während sie dort Rast machten und ihren Proviant verzehrten. Etliche Russen waren von den Männern des Kirchspiels ermordet und neben dem Stein verscharrt worden. Kreuze bezeichneten Orte, an denen jemand ertrunken, getötet oder bei einem Unfall mit Pferd oder Vieh ums Leben gekommen war. Besonders gelungen fand Ant seine Zeichnung des Findlings, von dem Matti Antinpoika überrollt worden war, als dieser versucht hatte, den Stein von seinem Acker zu schaffen. 1822 hatte man im Großmoor die Leiche eines kleinen Jungen gefunden, der sich im Wald verlaufen hatte und erfroren war. Ant zeichnete die Stelle ein, wo bei Vittermåsa die Räuberhütte gestanden haben sollte und wo man angeblich bis auf den heutigen Tag die Waldfrau antreffen konnte, die im Moor wohnte. Noch vor zehn Jahren hatte Helge Sten sich auf dem Moor verirrt und war tot aufgefunden worden. Ant kennzeichnete, wo man früher im Wald Teer gebrannt hatte und auf welchen Winterfahrtwegen die Fässer in die Stadt transportiert worden waren. Er zeichnete die alten Wolfsgruben ein und die Flurstücke ehemaliger Höfe und Häuslerkaten, die nicht mehr existierten, wie zum Beispiel Skogsperä bei Nevabacka.

An einem Sonntag im November ging Ant nach dem Abendessen in seine Dachkammer hinauf, setzte sich an seinen Tisch am Fenster, von wo aus er das Neue Haus im Blick hatte, ein Stück des Flusses und den Weg ins Dorf, schob Doris' halb besohlte Stiefel zur Seite und holte ein neues Blatt hervor. Als er neulich unten im Dorf gewesen war, hatte er einen neuen Packen Papier gekauft, der Genossenschaftsladen führte drei verschiedene Sorten. Der Genossenschaftsladen war ein Segen, darüber war man sich im Kirchspiel einig.

Er begann mit den üblichen Orientierungspunkten: Kirche, Brücke, Pfarrhof, Genossenschaftsladen, der Landstraße zum Nachbarkirchspiel, den drei großen Seen, den Schulen und den größeren Dörfern.

Dann markierte er die Stelle, an der er Anni zum ersten Mal gesehen hatte, mit einer kleinen Feder. Es war bei Nyjärv gewesen. Sie hatte am Viehsteig gestanden und auf die Kuhweide hinausgeblickt. Ihr Zopf hatte über ihrer linken Schulter gelegen und in der Abendsonne geglänzt wie poliertes Holz. Ihre Lippen waren blass und schmal, doch in ihren Mundwinkeln hatte ein leichtes Lächeln gespielt. Ihre Nase war voller Sommersprossen gewesen, und ihr Kopftuch hatte sie in den Nacken geschoben, wie um besser sehen zu können.

Er hatte gewusst, wer sie war: Nyjärvs neue Sommeraushilfe. Nyjärv-Emma war nach dem letzten Kindbett noch nicht wieder auf den Beinen und fiel bei der Erntearbeit aus. Gesehen hatte er Anni jedoch noch nie, und auch an diesem Samstagabend im Mai war es eine Zufallsbegegnung gewesen. Er hatte freigehabt und wollte zu Simon vom Kobackahof, um eine Partie Karten zu spielen. Falls Simon ihm einen guten Schluck anbot, wollte Ant dort übernachten. Ein solches Angebot lehnte er nicht ab, auch wenn er sonst fürs Trinken nichts übrighatte.

Ant war kein schüchterner Bursche. Zwar galt er als ein wenig sonderbar und eigentümlich, weil er sich mit Worten so schwertat. Aber Männer, die keine Redner waren, gab es im Kirchspiel viele, wobei die Leute aus der Gegend ansonsten für ihren schlagfertigen Humor und ihr flinkes Mundwerk bekannt waren. Die Schweigsamkeit bereitete Ant für gewöhnlich keine allzu große Sorge, und er hatte viele Freunde im Dorf, von denen Simon, Tore und Gobbas-Anders ihm am nächsten standen.

Bei Mädchen lag die Sache jedoch anders. In ihrer Gegenwart fiel es ihm noch schwerer, ein Wort herauszubringen. Bei Mädchen schien ständig ein belustigtes Lachen auf der Lauer zu liegen, oder sie verloren die Geduld, wenn er nach Worten suchte oder die Buchstaben sich in seinem Hals stauten. Mit Doris konnte er reden, sie wohnten schließlich unter einem Dach, aber Doris war noch klein, nur ein Kind. Tilia schüchterte ihn zutiefst ein und war viel zu schön, als dass er sich in ihrer Gegenwart unbefangen fühlen konnte. Sie war ein paar Jahre älter als er und besuchte in den Wintermonaten die Höhere Lehranstalt in der Stadt.

Mit Ausnahme von Doris und Lovisa hielt Ant sich meistens von weiblichen Wesen fern, obwohl er manchmal zum Tanzen ging. Doch tanzen tat er eher selten. Es gefiel ihm, der Musik zu lauschen, den sich fröhlich drehenden Paaren zuzusehen und hin und wieder einen stärkenden Schluck aus einem Flachmann zu nehmen, der die Runde machte.

Deswegen ging er an Anni vorüber, lupfte seine Mütze, sagte aber kein Wort. Anni machte einen Knicks und sagte etwas mit sanfter, heller Stimme, doch Ant verstand es nicht genau. Sie sprach Finnisch, und mit dieser Sprache war er noch nie sonderlich vertraut gewesen. Also räusperte er sich nur und eilte mit gesenktem Blick weiter. Nachdem er die Hohe Fichte und den Rasierstein hinter sich gelassen hatte, drehte er sich um. Anni stand noch da, sah ihm aber nicht nach, sondern wieder auf die Kuhweide hinaus. Sie trug eine karierte Schürze und hielt sich so aufrecht, wie er es noch bei keinem Mädchen gesehen hatte.

Als er spät in der Mainacht heimwärts ging – am Ende hatte er doch keine Lust gehabt, auf dem Kobackahof ins Stroh zu kriechen –, fand er dort, wo Anni gestanden hatte, eine kleine Feder. Er nahm sie mit und trug sie fortan in seiner Hemdtasche bei sich. Und darum markierte eine kleine, weiße Feder die Stelle, an der er Anni zum allerersten Mal gesehen hatte.

Am nächsten Tag sah er sie in der Kirche und danach noch zweimal in der Nähe des Nyjärvhofs: einmal von Weitem, als sie die Schafe vor sich hertrieb, und einmal, als er nach Nyjärv ging, um Janne zu bitten, den Schlitten zu reparieren, der im Winter kaputtgegangen war und für dessen Reparatur niemand auf Nevabacka das nötige Geschick besaß. Bei der Gelegenheit war Anni mit Nyjärvs Jüngster auf dem Schoß draußen auf dem Hofplatz gewesen und hatte mit einem Kätzchen gespielt. Das kleine Mädchen und Anni lachten so fröhlich, dass es in Ants Ohren hübscher klang als die Geige des talentiertesten Spielmanns. Während er mit Janne sprach, spähte er immerzu zu Anni hinüber. Schließlich begann Janne zu lachen.

«Sie ist mit keinem Burschen verbandelt, geh hin und sprich sie an, wenn du den Mund aufbringst», sagte er. Doch da verstummte Ant und hatte es mit einem Mal so eilig, dass Janne mit seinen Werkzeugen nachkommen musste. Danach zog Janne ihn bei jeder Begegnung mit Anni auf, doch das kümmerte Ant nicht. Er konnte nur an Anni denken.

Was sollte er zu ihr sagen? Nachts lag er wach und versuchte, im Kopf Karten zu zeichnen, Karten der richtigen Worte, wie sie den Weg zu ihm fanden und eine Brücke zu Anni schlugen. Im Dorf gab es zwei Brücken, die über den Fluss führten, eine am Pfarrhof und eine Hängebrücke etwas weiter nördlich. Nun musste er eine eigene Brücke bauen, eine Brücke aus Worten, nur hatte er nicht die leiseste Ahnung vom Brückenbau.

Das war unbekanntes Land, ebenso unbekannt, als hätte er das Kirchspiel für die Welt außerhalb verlassen.

Wie jedes Jahr fand auch in diesem Sommer im Jugendhof ein Mittsommertanz statt. Der Vorplatz war mit Laub geschmückt, und eine Musikkapelle spielte die schönsten, fröhlichsten Melodien. Ant hatte Musik schon immer gerne gemocht. Die Töne schwebten über ihn hinweg, hüllten ihn ein. Fast meinte er, ihre Wege in der Luft zu sehen. Vielleicht würde er die Musik eines Tages gut genug verstehen, um eine Karte von ihr zeichnen zu können. Aber heute Abend folgte er Annis Weg. Er beobachtete, wo sie entlangging. Wie sie die Hand hob und sie sich vor den Mund hielt, als sie über etwas lachte, was Greta sagte. Gerade tanzte sie mit Karl-Oskar über den ganzen Hofplatz. Ihre Schritte brannten sich als glühende Linien in Ant ein, und er wusste, dass er sie ein Leben lang in sich tragen würde. Er stand neben den Fliederbüschen, die noch immer duftende Blütentrauben trugen, nahm hin und wieder einen Schluck aus den Flachmännern, die man ihm anbot, sah den tanzenden Paaren zu und wusste zu jeder Sekunde, wo Anni sich befand. Es war wie ein Feuer, das ihn zugleich wärmte und verzehrte. Jetzt saß Anni mit ein paar anderen Mädchen unten am Fluss und kühlte sich ab. Jetzt war sie unter denen, die das Johannisfeuer entzündeten und jubelten, als die Funken zum hellen Sommernachthimmel aufstoben.

Jetzt hielt er sie in seinen Armen. Er hatte keine Ahnung, wie es dazu gekommen war. Er hatte seine Seele so sehr an sie geheftet, dass er sich selbst darüber vergessen hatte. Die Musikkapelle spielte noch einmal auf, ein paar letzte Tänze, nachdem das Johannisfeuer heruntergebrannt war. Schon bald würden alle Kaffee trinken und sich anschließend auf den Heimweg machen. Aber irgendwie, Ant wusste selbst nicht wie, hatte er sich einen Weg zu Anni gebahnt und sie aufgefordert. Er wusste nur noch, dass sie geknickst und ihn so strahlend angelächelt hatte, dass ihre Sommersprossen in der wachsenden Abenddämmerung über ihr Gesicht getanzt waren. Seine Hände lagen auf ihrer Taille. Ihre Hände auf seiner Schulter glühten durch den Hemdstoff hindurch. Er wirbelte sie im Tanz umher. Er hielt sie in den Armen, aber nicht zu fest, und er wusste genau, wie sie tanzen würden. Er hatte die Karten aller Wege und Pfade im Kopf, und er führte sie über Fuchspfade, über die Wege des Sommers, entlang der Elchwechsel und der Flussläufe. Nicht ein einziges Wort musste er sagen. Er konnte ihr sein ganzes Wesen zeigen durch die Schritte, die Töne und ihre im Tanz vereinten Körper.

Die Musik war zu Ende. Der Tanz war zu Ende. Die Nacht war zu Ende. Aber Annis Hand lag noch immer unverändert in seiner. Zusammen gingen sie den ganzen Weg bis nach Nyjärv zu Fuß, nur sie beide. Sie hätten in einem der Automobile oder auf einem der Pferdewagen mitgenommen werden können, die an ihnen vorüberfuhren, doch keiner von ihnen machte Anstalten, jemanden anzuhalten. Die Mittsommernacht sprach für sich, es bedurfte keiner Worte. Mit dem Daumen folgte Ant den Linien von Annis Hand, prägte sich ihre Geographie ein. Jede Schwiele, jede weiche Mulde würde er für alle Zeiten in Erinnerung behalten. Am Nyjärvhof blieben sie vor der Scheune stehen. Anni schaute zu ihm auf, strahlte über das ganze Gesicht und deutete auf etwas. Ant drehte sich um. Und in diesem Augenblick ging über dem Birkenwald die Sonne auf, in einem Schimmer aus Rosa und Gold. Er zog Anni an sich, und gemeinsam sahen sie zu, wie der Morgen heraufdämmerte und ein neuer Tag anbrach.

Ant hätte Anni schrecklich gern geküsst, wusste aber nicht, wie das zugehen sollte. Anni lehnte sich gähnend an seine Brust. Er wollte sich nicht vom Fleck rühren, sondern für immer und ewig hier stehen und Anni im Arm halten, ihren Körper an seinem spüren, ihre Wärme, den Duft ihres Haars und der Sommerblumen, die sie zu einem Kranz, einer Krone, geflochten hatte.

Zuletzt löste sie sich von ihm.

«Hyvää yötä, Ant», sagte sie, und er brachte kein Wort heraus. Er hatte keine Ahnung, ob er im Verlauf des Abends überhaupt ein Wort zu ihr gesagt hatte. Irgendetwas musste er jetzt sagen. Ein Gute Nacht, eine Frage, ob er sie an einem Sonntag zur Kirche begleiten dürfe, irgendwas, was auch immer.

Sie wandte sich um und lief an der Steinmauer entlang auf den Hof zu. Die Sonne brannte ihm im Nacken, seine Kiefer arbeiteten, aber er brachte keinen Laut heraus.

Ant ging nach Hause und versuchte, eine Karte ihres Tanzes zu zeichnen, doch er ließ sich nicht auf Papier einfangen. Seine Empfindungen, Annis Bewegungen – wie sollte man das mit Strichen und Punkten ausdrücken?

Natürlich sah er sie danach. Ein paar Mal, von Weitem. Aber während der Erntezeit gab es jede Menge Arbeit, er war so sehr mit der Mahd und dem Einbringen des Heus beschäftigt, dass er keine Zeit hatte, am Nyjärvhof vorbeizugehen. Wenn in Lågsveden zum Tanz aufgespielt wurde oder es im Jugendhof eine Theatervorstellung gab, ging er nicht hin. Er konnte es sich selbst nicht erklären. Es war nicht so, dass er fürchtete, kein Wort herauszubringen, oder dass er Angst gehabt hätte, Anni könnte ihn vorwurfsvoll ansehen. Es lag wohl eher daran, dass nichts wieder so sein würde wie in der Mittsommernacht.

Er tat sich schwer, neue Karten zu zeichnen. Er versuchte sich an einer Karte über Musik und an einer über alle Orte, an denen Pricke gebockt oder sich verletzt hatte oder besonders tüchtig gewesen war, gab sein Vorhaben aber bald wieder auf. Der Herbst brach an und mit ihm arbeitsreiche Tage auf dem Hof. Abends fiel er ins Bett und schlief ein, kaum dass er die Augen geschlossen hatte.

Im Oktober hörte er, dass Anni nicht mehr auf dem Nyjärvhof arbeitete.

Im November wurden die ersten Reservisten aus dem Dorf einberufen. Im Osten war es unruhig. Mit der Kälte kamen die schlechten Neuigkeiten. Ant schenkte ihnen keine große Aufmerksamkeit. Zusammen mit Otto verbrannte er Reisig. Er fuhr zur Meierei und nahm am Marsch des Schutzkorps teil. Sven setzte die Brunnenpumpe instand. Ant rodete Gehölz und hob Gräben aus. Er zimmerte für Jannes jüngsten Bruder einen Schlitten und baute den Weg zum Pfarrhof aus. Er pflügte den Acker bei Korpmyren und brachte mit Pricke das Heu ein. Er fuhr Korn zur Mühle und Futterrüben auf den Hof. Er reparierte Dächer und drosch mit Hannes und Erik Mikael.

Dann wurden die ersten Pferde für den Kriegsdienst rekrutiert. Polle war eines davon. Ant war froh, dass sie nicht Pricke mitgenommen hatten. Er hatte so viel mit ihm gearbeitet. Sie beide waren Freunde, er und der alte Zosse.

Im Dezember kamen die Einberufungen. Hannes und Simon gehörten zu den Ersten. Auf einer Karte verzeichnete Ant, aus welchen Ortschaften Männer eingezogen worden waren und wo man zum ersten Mal Fliegeralarm gehört hatte. Er trug die Sammelstellen der Schutzwarte ein und wo Zucker und Kaffee ausgegeben wurde. All das tat er hinter Verdunkelungsvorhängen. Nicht alle im Kirchspiel nahmen es mit der Verdunkelung so genau, aber die Bäuerin auf Nevabacka hatte dafür gesorgt, dass es an allen Fenstern des Wohnhauses Verdunkelungsvorhänge gab, und gemeinsam mit Doris nähte sie Schneemäntel für die Soldaten.

Ant war zu jung, er würde wohl nicht einberufen werden, denn er hatte noch nicht den Grundwehrdienst absolviert, doch nach Weihnachten kam die Reihe an Erik Mikael.

Ant wollte nicht hinaus in den Krieg. Das «hinaus» schreckte ihn mehr als das Wort «Krieg». Natürlich wollte er kämpfen, um sein Vaterland zu verteidigen. Da gab es für ihn nichts zu überlegen. Wenn der Russe hierherkäme, würde er in vorderster Reihe stehen und jeden Fingerbreit seines Kirchspiels verteidigen. Jeder Hof, jeder Steinhaufen, jeder Baum war ihm teurer als Gold. Wenn der Russe hier einfiele, Blaubeersträucher und Walderdbeerstellen niedertrampelte, die Kirche in Brand steckte oder den Jugendhof beschlagnahmte und zu seinem Hauptquartier machte, den Wald abholzte oder sonst wie frevelte und zerstörte, dann wäre Ant der Erste und der Letzte, der mit allen zur Verfügung stehenden Mitteln gegen den Feind kämpfen würde. Abends sprach er mit Sven, Lovisa und Otto darüber, dass er, wenn nötig, mit der Schrotflinte schießen würde. Hierher würde der Russe nicht kommen, solange er lebte und atmete. Und weder der Bauer noch die Bäuerin lachten über ihn oder darüber, wie er die Worte zerhackte, wenn er sich ereiferte und wütend wurde. Sven klopfte ihm auf die Schulter und sagte, Ant sei ein feiner Kerl, und die Bäuerin strich ihm eine extra Portion Butter aufs Brot. Otto schien nicht ganz zu verstehen, worum es ging. Er schwang kühne Reden und sagte, sobald er sechzehn wäre, würde er sich als Rekrut melden. Doch da wurden die Augen des Bauern finster, und er meinte, einen Sohn werde er doch wohl daheim auf dem Hof behalten dürfen. Reichte es nicht, dass er zwei seiner Söhne an die Front geschickt habe?

Doch was Ant nachts wach hielt, was ihn zutiefst schreckte, war die Furcht, weit weg in der Fremde begraben zu werden, nicht in der Erde seines Heimatdorfes ruhen zu dürfen. Es musste nicht der Friedhof sein. Für Ant war jeder Fingerbreit des Kirchspiels heilig. Jeder Ort war ihm recht. Wenn er hier im Kampfe fiele, die Füße fest auf den Hügeln und Steinen, die er von Kind auf kannte und liebte, ja, dann war das Sterben nicht so schlimm. Das wäre eine gute Art, seine Zeit auf Erden zu beschließen. Aber die Vorstellung, fern von daheim zu sterben, unter Bäumen, die ihn nicht kannten, auf einem Hügel ohne Namen, erfüllte ihn mit unsagbarem Schrecken. In ein Grab mit anderen namenlosen Soldaten gelegt zu werden. Nicht heimkehren zu dürfen zur letzten Ruhe.

Vor dem Jahreswechsel erhielten sie die Nachricht, dass Hannes als vermisst galt. Vielleicht war er tot. Das glaubte zumindest Ant. Er wusste, dass Sven und Lovisa sich an die Hoffnung klammerten, dass ihr Sohn in Gefangenschaft geraten war und womöglich freikommen würde.

Als im Januar der gleiche Bescheid für Erik Mikael kam, erlitt der Bauer einen Schlaganfall und wurde bettlägerig. Die Bäuerin pflegte ihn, grau und stumm. Klein Doris hatte alle Hände voll zu tun, dem Vogelgreis zu helfen, denn auch mit dessen Gesundheit stand es nicht zum Besten.

Im Februar kam schließlich Ants Einberufungsbefehl. Nach einer beschleunigten Grundausbildung würde er direkt an die Front geschickt werden.

Es war ein glitzernd kalter Wintertag, als Otto Ant mit dem Pferdeschlitten nach Forskant fuhr, von wo aus Ant mit den anderen Rekruten per Lastwagen in die Kreisstadt gebracht werden sollte, um mit dem Zug weiter nach Süden zu fahren. Lovisa und Doris versahen Ant mit warmer Kleidung, er bekam Wollunterhosen, Wollsocken und einen Schneemantel. So gut gerüstet war Hannes nicht gewesen. Ant fragte sich, ob Hannes sehr gefroren hatte. Der Winter war unbarmherzig kalt gewesen. Vielleicht hatte er von einer Freiwilligen der Frauenorganisation warme Socken bekommen. Auch die Skier durfte Ant mitnehmen.

Ant ging zum Bauern in die Kammer und sagte ihm Lebewohl. Sven sah auf einmal furchtbar alt aus. Seine Haut war bleich, und eine Gesichtshälfte hing schief herab.

«Danke für alles», sagte Ant.

«Wenn du etwas von den Jungen hörst, schreibst du uns doch?»

«Natürlich.» Ant knetete seine Wollmütze. Er würde jemanden bitten müssen, für ihn zu schreiben, aber das würde sich schon einrichten lassen.

«Pass auf dich auf, Ant. Du bist ein feiner Kerl.»

«Danke. Es war ...» Die Worte stauten sich. Er machte einen neuen Versuch. «Hier auf Nevabacka ...» Nein, auch hier gab es keine Wortbrücken.

Draußen auf dem Hof wartete Otto im Schlitten. Er hatte Pricke vorgespannt. Diesmal hatte Ant das nicht tun müssen. Er war froh, dass Pricke ihn auf diese Reise führte. Die erste, auf der er seine Heimat verließ, und wohl auch seine letzte, dachte er.

Doris und Lovisa begleiteten ihn nach draußen auf den

Hofplatz. Lovisa reichte ihm ein Paket mit Butterbroten. Ant warf seinen Rucksack auf den Schlitten, nahm seine Mütze ab und machte einen Diener.

Lovisa hatte eine ganz rote Nase, und sie umarmte ihn schniefend. Das war ungewöhnlich, das hatte sie noch nie getan.

Plötzlich kam ihm ein Gedanke. Er hatte so manches über die Frauen auf Nevabacka munkeln hören, worauf sie sich einst verstanden und über welches Wissen sie verfügt hatten. Das meiste hatte er von Doris erfahren.

«Werde ich heimkommen?», fragte er und blickte in Doris' kleines blasses Gesicht. Sie hatte ihr Tuch so fest um den Kopf geschlungen, dass ihr dunkles Haar nicht darunter hervorschaute. Sie sah ihm fest in die Augen.

«Du wirst aus diesem Krieg heimkehren», sagte sie und drückte ihm etwas in die Hand. Ant nickte, stumm, die Worte schienen ihm gänzlich abhandengekommen zu sein.

«Gottes Segen!», sagte Lovisa. Ant ging nach vorne und klopfte Pricke den Hals. Der warme Atem dampfte wie eine Wolke um das Maul des Zossen, und Otto kauerte im alten Amerikapelz seines Vaters oben auf dem Kutschbock.

Ant kletterte zu ihm hinauf, und Pricke trottete los. Ant drehte sich um und blickte den zwei grau gekleideten Gestalten nach, die in dem weiß gestrichenen Wohnhaus verschwanden und die Tür hinter sich schlossen. Rauch stieg aus den Schornsteinen des Haupthauses und des Häuschens des Vogelgreises.

Die Sonne hing blassgelb über den Baumwipfeln. Ein pechschwarzer Rabe schwang sich in den leuchtend blauen Himmel auf.

Unterwegs nahm Ant alles mit hungrigen Augen auf. Da war die zweigeteilte Fichte. Da lagen der Kartoffelacker und der große Acker. Jetzt fuhren sie an Mustalamp vorbei. Hier war das Wegstück, mit dem sie sich jedes Jahr vor der Straßeninspektion so sehr abmühten. Die grauen und weißen Häuser des Nachbardorfs zogen an ihnen vorüber. Jetzt waren sie schon am Nyjärvhof. Wie konnte es so schnell gehen? Ant sah das Gatter, und ganz kurz glaubte er, Anni stünde dort, aber es war Nyjärv-Maja, die gekommen war, um ihm zum Abschied zu winken.

«Du hast Glück, du darfst fahren», murmelte Otto in seinen Schal. «Es kümmert mich nicht, was Vater und Mutter sagen. Zu Hause zu hocken und nicht für das Vaterland zu kämpfen ist eine Schande. Aber ich werde wohl keine Gelegenheit bekommen, bevor der Krieg zu Ende ist.»

Ant blickte auf die weiß glitzernden Felder. Sie näherten sich Forskant. Wie ungeheuer schnell alles ging.

In Forskant hielten sie am Jugendhof, wo sie ungezuckerten Kaffee und Butterbrote bekamen, und dann verabschiedete sich Otto.

«Viel Glück an der Front», sagte er und schüttelte Ant die Hand.

Ant ging mit hinaus und strich Pricke ein letztes Mal übers Maul. Dann gab Otto Pricke die Zügel, dass der Schnee um die Kufen stob. Ant hatte den Schlitten zusammen mit Janne repariert. Er würde noch eine gute Weile halten.

Im Lauf des Vormittags trafen im Jugendhof alle Männer der Umgebung ein, die einberufen worden waren. Es waren ausnahmslos junge Burschen. Die älteren Jahrgänge, die den Grundwehrdienst bereits hinter sich hatten, waren schon im Dezember eingezogen worden. Ein Pritschenwagen fuhr vor, er gehörte Lovisas Vater, dem örtlichen Krämer. Plaudernd kletterten die jungen Burschen auf die Ladefläche. Ant war unter den letzten. Während sie darauf warteten, dass der Wagen losfuhr, fiel Ant Doris' Geschenk ein. Er wühlte in seinen Taschen und zog es hervor.

Es war eine kleine Locke aus Rosshaar, von einer roten Wolltresse zusammengehalten. Ant erkannte sofort Prickes Mähne. So viele Male hatte er sie gebürstet und sie in der Weihnachtszeit hübsch geflochten. Er hielt sich das Büschel an die Nase und sog den vertrauten Geruch ein.

Der Pritschenwagen fuhr los, und als Schwestern und Verlobte und Mütter und Väter ihnen nachwinkten, wurde es still auf der Ladefläche.

Da war das Café. Da der gelbe Kirchturm. Jetzt ließen sie den Fluss hinter sich. Sie kamen an die große Weggabelung. Und jetzt ...

Ant schloss die Augen. Jetzt überquerten sie den Kartenrand, jenseits davon gab es nur Monster und Ungeheuer, eine unendliche weiße Fläche, die seine kleine, akribisch aufgezeichnete Welt umgab. Wer wusste schon, ob es, sobald man die Grenze der Karte überschritt, überhaupt noch wie daheim aussah. Ob die Menschen so aussahen, wie er es kannte. Ob sie klangen, wie er es kannte. Ob er sich mit ihnen verständigen konnte. Ant zog die Hände in die Mantelärmel und kauerte sich zusammen. Er spürte, wie der Pritschenwagen abbog. Jetzt waren sie auf der Landstraße. Der Motor beschleunigte.

Sie fuhren nach Norden, und Ant wurde auf der Ladefläche nach hinten geworfen. Die Sonne traf ihn mitten ins Gesicht. Sie war heiß wie eine Mittsommernachtssonne, brannte durch seine geschlossenen Lider. Er stand am Gatter des Nyjärvhofs, mit Anni in seinen Armen, schweigend und in vollkommenem Einvernehmen, und sah die Sonne über den Baumwipfeln aufgehen.

Ant öffnete die Augen.

Schlittenfahrt

Die Schatten der Bäume lagen im Mondschein lang und blau auf dem Schnee. Es war windstill und sternenklar, und die Temperatur fiel immer weiter. Seine Hände, die die Zügel hielten, waren taub vor Kälte, aber Pricke fand den Weg in die Stadt von allein. Sven trug seinen alten Ulster, darunter einen dicken Pullover, und seine Ledermütze hatte er bis über die Ohren hinabgezogen. Trotzdem fror er, unbeweglich, wie er dasaß. Er sollte absteigen und neben dem Schlitten herlaufen, damit ihm warm wurde, aber er war zu müde. Trotz der Kälte nickte er von Zeit zu Zeit ein, und jedes Mal, wenn er aufwachte, sah der Wald absolut gleich aus. Trotzdem wusste er genau, wo er sich befand. Es spielte keine Rolle, wie dunkel es war. Hier konnte die Dunkelheit nichts vor ihm verbergen. Diese Wege ging und fuhr er seit siebzig Jahren.

In Afrika hatte eine andere Art von Dunkelheit geherrscht. Dort gab es keinen Schnee, der Helligkeit spendete, und abends fiel die Dunkelheit herab wie ein Axthieb. Alles wurde schwarz, und er hatte keine Ahnung, was sich in der undurchdringlichen Finsternis verbarg. Die Laute, die er gehört hatte, waren allesamt fremd und furchteinflößend gewesen. Einmal hatte am Morgen ein toter Löwe vor seiner Unterkunft gelegen. Keiner hatte sich erklären können, wie das Tier gestorben war. Es lag einfach da.

Und in der Grube. Wenn er allein gewesen und um ihn herum kein Funken Licht gewesen war. Pfui Deibel, was hatte er da für eine Angst gehabt! Die Stollenwände waren auf ihn zu gerückt und hatten ihn mit ihrem Gewicht zermalmen wollen. Er hatte mit einem Schlag die Orientierung verloren, kaum zu sagen vermocht, was oben und was unten war. Die Finsternis hatte seine Lungen zusammengepresst, und es war ihm vorgekommen, als wäre jeglicher Sauerstoff verschwunden gewesen.

Sven fuhr auf dem Kutschbock zusammen. Schnappte nach Luft. Räusperte sich und spuckte seitwärts über den Rand des Schlittens. Pricke zuckte mit den Ohren und begann zu traben. Sie kamen im Schnee gut voran. Wenigstens etwas, wenn er schon einen ganzen Abend damit vertun musste, in die Stadt zu fahren.

Was zum Teufel wollte sie hier?

Sven kauerte sich in seinen Kleiderschichten zusammen. Er dachte an die warmen Nächte Rhodesiens, wo er nie gefroren hatte, an den Geschmack von Bananen und Mahobohobo. An den Geschmack von Hopes Küssen. An den Duft der Rosen und Pelargonien zur Weihnachtszeit.

Er befand sich weit, weit entfernt von Winter und Schnee, als das Pfeifen der Lokomotive ihn weckte. Pricke erreichte die Bahnstation gleichzeitig mit dem Zug, sie mussten kaum warten. Sven entdeckte einige Bekannte und hob grüßend die Hand, für einen Plausch war es zu kalt.

Das Kuckuckskind tauchte an der Seite des Schlittens auf und warf eine Tasche hinein.

«Hallo, Onkel Sven! Musstest du lange warten?»

Sven brummte etwas Unverständliches, und als das Kuckuckskind neben ihm saß, setzte er Pricke in Bewegung. Die Kufen knarrten, als das Pferd den Schlitten wendete und den Heimweg antrat. Aus dem Augenwinkel sah Sven, dass sie einen Pelz trug. Und Hosen.

Der Schlitten näherte sich dem Stadtrand. Das Kuckuckskind blickte sich mit lebhaften Augen um, grüßte Bekannte, kommentierte Veränderungen, Zäune, die abgerissen, neue Häuser, die gebaut worden waren. Er hörte kaum zu.

«Mama ist tot.»

Sven zuckte zusammen. Er war gerade wieder eingenickt.

«Woher weißt du das?»

«Es ist ein Brief gekommen. Aus Amerika. Von einer Krankenschwester, die sie am Ende gepflegt hat. Offenbar hat sie meinen Namen unter Elsas Papieren gefunden. Hinterher.»

«Ist es schon lange her?»

«Im Frühjahr. Es hat eine ganze Weile gedauert, bis der Brief mich erreicht hat. Sie hatte nicht meine genaue Anschrift. Es ist fast ein Glück, dass es jetzt passiert ist, solange ich noch Nevabacka heiße.»

«So, Elsa ist tot.» Sven erinnerte sich kaum an seine Schwester. Er war in ihrer Jugend so oft fort gewesen. Zuerst in Afrika und dann in Amerika. Zwei Arbeitseinsätze in Wisconsin. Sechs Jahre fern der Heimat, und in diesen sechs Jahren war Elsa aufgewachsen und aus dem Nest geflogen. Und kurz darauf war sie endgültig auf und davon geflogen und hatte nie wieder etwas von sich hören lassen.

Das letzte Mal, als er sie gesehen hatte, hatte sie nach

Parfüm gestunken und ihm und Lovisa das Kuckuckskind aufgehalst.

«Sie hat geheiratet und Kinder bekommen. Drüben in Amerika.»

«Aha. Viele?»

«Ich weiß es nicht.» Das Kuckuckskind machte im Innern seines Pelzes eine Bewegung. Möglicherweise ein Achselzucken. «Das hat die Krankenschwester nicht geschrieben. Es soll wohl einen Nachlass gegeben haben. Ihr Mann ist einige Jahre vor ihr verstorben. Er war in der Schifffahrtsbranche. Aber das Erbe ist diesen Kindern zugefallen.» Sie schwieg eine Weile. «Dir ist es drüben in Amerika doch gut ergangen. Kann es sein, dass Mama deshalb gefahren ist? Weil sie gesehen hat, wie gut es für dich gelaufen ist?»

Die Stimme des Kuckuckskinds war voller Hoffnung. Sie klang wie damals vor zwanzig Jahren, als sie gefragt hatte, ob ihre Mutter nicht bald kommen und sie holen würde. Er räusperte sich.

«Ja, vielleicht.»

Aber sie hätte schreiben können, dachte er. Es wäre doch wohl nicht so schwierig gewesen, einen Brief zu schreiben und ihnen mitzuteilen, wo sie war. Dass sie nicht vorhatte, wieder nach Hause zu kommen. Zu ihrer Tochter.

«Hast du jemals darüber nachgedacht zu bleiben? In Amerika?»

«Zuerst wollte ich das. Aber daraus wurde nichts.»

«Warum nicht?»

«Warum, warum.» Sven spürte, wie Wut in ihm aufstieg. Was ging es sie an? Wühlen und in der Vergangenheit graben. Er antwortete nicht.

Atemwolken stiegen aus ihren Mündern und Prickes

Nüstern. Sie hatten die Stadt hinter sich gelassen und waren auf dem Winterfahrweg. Der Klang von Pferdegeschirr und Pferdeglocken kündigte an, dass ihnen ein anderes Gespann entgegenkam. Sven lenkte Pricke zur Seite, damit die Schlitten aneinander vorbeikämen. Es war Nyjärv-Anders mit seinem Zwillingsschlitten, auf dem Heimweg von einem Tagewerk im Wald und mit einer großen Fuhre Holz.

«Sven.» Anders nickte und hob die Hand. Er zügelte seine braune Stute. «Und wen hast du bei dir?»

«Hallo, Anders», sagte das Kuckuckskind.

«Na, sieh mal einer an. Tilia! Bleibst du länger?»

«Nein, nur ein paar Tage. Tante Lovisa hat mir geschrieben und mich gebeten zu kommen.»

«Ja, du bist lange nicht zu Hause gewesen. Wie ist es dir in Hyytiälä ergangen? Waren die Burschen nett zu dir?»

«Gut ist es gegangen. Am Anfang war es ein bisschen schwierig, aber dann haben sie sich daran gewöhnt.»

«Ich wette, du warst genauso gut wie die Burschen.»

«Im ersten Sommer sollten wir zu zweit Holz schlagen. Nach dem ersten Tag wollten einige der Jungen nicht mehr mit mir zusammenarbeiten, weil ich nie eine Pause machte. Sie konnten bei meinem Tempo nicht mithalten.»

Sie erzählte es ruhig, ganz ohne Prahlerei. Sven warf ihr einen Seitenblick zu.

Anders lachte leise. «Das glaub ich gern. Na, aber jetzt muss ich weiter. Maja wartet mit dem Essen.» Er gab der Stute die Zügel und war bald verschwunden. Pricke trottete los, ohne dass Sven etwas tun musste.

«Vater hat dir das Holzhacken beigebracht.» Sven fuhr sich mit dem Handschuh unter der Nase entlang.

«Ja, wir haben zusammen große Mengen Holz gehackt, lange bevor das im Zweiten Weltkrieg Bürgerpflicht wurde. Großvater hat in mir den Wunsch geweckt, Forstmeisterin zu werden.»

«Vater? Er wusste vermutlich nicht mal, dass es diesen Beruf überhaupt gibt.»

«Nein, aber er hat mir alles über den Wald beigebracht, alle Vogelarten, alle Tierfährten, alles über Bäume und Holz. Einmal hat er mir zu Weihnachten die Jugendbücher von Martti Hertz über den Wald geschenkt, weißt du noch? Und dann habe ich die Bücher der Jungs gelesen über das Leben in den Wäldern und der Wildnis. Curwood, Zane Grey, Jack London und was sie sonst noch hatten.»

Sven sah Ottos flachsblonden Haarschopf vor sich, wie er auf dem Sofa lag, die Nase in ein Abenteuerbuch gesteckt. Otto, der lesend hoch oben in der Krone der Hofeberesche hockte, die nackten Beine um einen Ast geschlungen. Lovisa, die unter dem Baum stand und ihn zum Mittagessen ins Haus rief, ohne den Jungen im dichten Blätterwerk sehen zu können.

Aber an Ottos Jungengesicht konnte er sich nicht mehr erinnern. Nur an die Fotografie von Otto in Uniform, ernst, bereit.

Er schüttelte sich.

Ottilia sah in den sternenklaren Himmel. «Die Forstmeisterei ist vielleicht nicht ganz das, was ich mir erträumt habe. Es ist mehr Papierkram als Arbeit in Wald und Flur. Aber der Sommer in Lesti, als ich den zu fällenden Baumbestand markiert habe und wir uns abends ums Lagerfeuer versammelten. Da herrschte eine gute Kameradschaft, und ich war meinem Traum ganz nah.

Ein Leben in der freien Natur und der Duft von Harz und Fichten und all das.»

Sie verstummte, wartete wohl darauf, dass er etwas sagte. Aber was sollte er sagen?

Sie seufzte und fuhr fort. «Aber davon abgesehen ist es kompliziert. Man merkt an vielen Ecken, dass Frauen nicht erwünscht sind, höchstens als Bürofräulein.»

«Ja nun. Ich habe nie verstanden, warum du diese Ausbildung machen musstest. Hier auf dem Hof gibt es Arbeit genug.»

«Aber der Hof gehört mir nicht. Und er wird mir auch nie gehören. Doris wird ihn erben, später. Der Wald – der Wald hat immer mir gehört.»

«Vater hat dir ein beträchtliches Stück davon vermacht.» Dass Elsas Kuckuckskind einen Teil des Waldes bekommen hatte, war Sven schon immer ein Dorn im Auge gewesen. Er, der Sohn, hätte den gesamten Besitz erben müssen. Seine Schwestern und deren Kinder konnten ein bisschen Geld kriegen oder eine Kuh, wenn sie heirateten und auf einen eigenen Hof zogen.

«Das meine ich nicht.» Ottilias Stimme war jetzt vorsichtig. Wohl weil sie ihm widersprochen hatte und nicht wollte, dass er wieder aufbrauste. Das machte ihn zornig. Aber er wusste nicht, ob auf sie oder sich selbst. «Ich meine, dass der Wald mein Zuhause gewesen ist. Großvater und ich haben mehr Zeit draußen im Wald als im Neuen Haus verbracht. Und ich wusste, dass ich einen Beruf erlernen musste. Also warum nicht Forstmeisterei? Dann kann ich den ganzen Tag draußen im Freien sein, dachte ich. Im Wald.»

«Aha.» Der Zorn schwelte weiter in ihm, ohne dass er wusste, worauf er ihn richten sollte.

«Am meisten konnte ich mich im Wald aufhalten, als ich im Bezirksamt in Oulu war. Da habe ich mich sehr wohlgefühlt.»

«Vor dem Krieg?»

«Ja. Danach musste ich ja ins Amt nach Helsinki.» Sie sagte es, als hätte er das wissen müssen. Gut möglich, dass Lovisa es ihm erzählt hatte. Aber Erik Mikael und Hannes waren damals an der Front gewesen. Warum hätte er sich Gedanken über Tilia in Helsinki machen sollen? Doch dann fiel ihm etwas ein, was er einmal gehört hatte, ein Ortsname, den er sich gemerkt hatte, weil er etwas mit der Front und dem Krieg zu tun gehabt hatte.

«Ich dachte, du wärst in Äänislinna gewesen.»

«Da war ich während des Fortsetzungskriegs und habe das Einsammeln des Harzes überwacht. Ich hatte oft Angst. In der Gegend waren Frauen von der Freiwilligenorganisation erschossen worden. Ich hatte eine Pistole bei mir, aber im Ernstfall wäre ich wahrscheinlich gar nicht dazu gekommen, sie zu gebrauchen. 1943 soll es in den Wäldern von russischen Partisanen gewimmelt haben, ich habe allerdings nie welche gesehen.»

«Und nach der Hochzeit? Willst du dann nicht aufhören zu arbeiten?»

«Jedenfalls nicht sofort. Vielleicht später, wenn Kinder kommen.»

«Was sagt Bengt dazu?»

«Nicht viel. Er findet es gut, dass wir zwei Gehälter haben. Zumindest am Anfang.»

«Und ihr denkt nicht darüber nach, ins Neue Haus zu ziehen?»

«Nein.» Ottilia sah ihn verblüfft an. «Nein, wir arbeiten doch beide in Helsinki. Würdest du das denn wollen?»

«Na ja, das Häuschen verfällt immer mehr. Ihr solltet etwas dagegen tun.»

«Vielleicht in ein paar Jahren, wenn wir den Gürtel nicht mehr so eng schnallen müssen. Das Wohnen und alles andere ist teuer in Helsinki.»

Den Gürtel enger schnallen, dachte Sven. Aber wenn sie und ihr Zukünftiger nicht vorhaben, hier zu wohnen, was will sie dann hier?

Sie fuhren an einer hohen, ebenmäßigen Wand aus Baumstämmen entlang, die sich ein gutes Stück am Wegrand dahinzog. Ottilia betrachtete sie beifällig.

«Es gibt nicht viele Gegenden, wo man die Baumstämme so sorgfältig aufschichtet wie hier in Forskant. In den meisten Bezirken stapelt man sie einfach, wie es sich ergibt. Bist du im Winter viel im Wald gewesen?»

«Die Wege sind erst seit gut einer Woche mit dem Schlitten befahrbar. Ich bin noch nicht zu viel gekommen. Aber ich habe diesen Monat ein paar Burschen angeheuert, die einiges vom Baumbestand fällen sollen. Momentan schlage ich nur Brennholz.»

«Im Sommer habe ich im Norden von Österbotten eine riesige Abholzungsfläche markiert. 21000 Hektar!»

Sven versuchte, sich einen derart gewaltigen Kahlschlag vorzustellen. Kalt. Tot.

«Was hätte Vater dazu gesagt?»

Ottilia drehte sich überrascht zu ihm um. «Was meinst du?»

«Das ist nicht die Art, wie Vater uns gelehrt hat, den Wald zu pflegen.»

Ottilia blickte sich um, betrachtete die mit Schnee beladenen Fichten zu beiden Seiten des Wegs mit abschätzendem Blick.

«Einzelstammwirtschaft schwächt den Wald», sagte sie. «In den staatlichen Wäldern nehmen wir große Flächenrodungen vor. Anschließend wird der Bestand durch Aussaat oder Anpflanzung erneuert. So erhält man in Zukunft leichter eine gleichmäßige und einheitliche Holzernte.»

«Früher musste man das nicht tun. Bäume pflanzen und diesen ganzen Unfug. Weil man nicht alles abholzte, was in Sichtweite war. Der Wald hat sich selbst erneuert.»

Ottilia wandte sich ihm zu, voller Eifer. «Wenn wir den Wald auf moderne, effektive Weise nutzen, bleibt er gesund und ertragreich. Denk nur an Vittermåsa! Da könnte man fast hundert Hektar Wald anpflanzen, wenn man das Moor anständig trockenlegen würde.»

«Vittermåsa liegt in meinem Wald. Nutze du deinen Wald, wie du willst. Ich nutze meinen, wie ich will.»

Aber er durfte seinen Wald nicht nutzen, wie er wollte. Heutzutage existierten ein Haufen Gesetze und Vorschriften. Wie viel ein Wald abwerfen und auf welche Weise er gefällt werden musste. Die Reparationszahlungen sollten mit Finnlands grünem Gold geleistet werden.

Zuerst hatte der Krieg die Söhne des Landes gefordert und nun seine Wälder. So sah Sven das.

Ottilia zögerte. Sie merkte wohl, dass er wütend war, aber offenbar hatte sie etwas auf dem Herzen, was sie loswerden musste.

«Tante Lovisa hat mir geschrieben, dass dir die Waldarbeit über den Kopf wächst. Du schaffst es nicht, die vorgeschriebene Abholzungsquote zu erfüllen. Sie hat mich gebeten, zu kommen und mit dir darüber zu sprechen, dass ich die Waldarbeit übernehmen könnte. Ich habe das nötige Wissen, und du wärst die Mühe los.»

«Ich liege noch nicht unter der Erde, verdammt!»

Das führten die Frauenzimmer also im Schilde! Ihm seinen Wald, seine Arbeit nehmen. Sven war so wütend, dass er Herzrasen bekam und sich die Hand auf die Brust pressen musste.

«Sei nicht böse. Tante Lovisa hat nur dein Bestes im Sinn. Du hattest schon zwei Schlaganfälle. Und als du anfingst, davon zu reden, die Sägemühle zu verkaufen, dachte sie, dass ...»

«Willst du mir jetzt auch noch vorschreiben, was ich mit der Sägemühle zu tun habe?»

Die Sägemühle war sein Stolz. Er hatte sie nach seiner Rückkehr aus Amerika gebaut. Drüben hatte er vieles über Sägewerke gelernt. In einem Sägewerk in Wisconsin hatte er sich Stück für Stück hochgearbeitet und war am Ende Vorarbeiter gewesen. Aber seit seinem zweiten Schlaganfall fühlte er sich der Arbeit nicht mehr gewachsen, und in der heutigen Zeit war es für eine kleine Sägemühle wie die seine ohnehin schwierig, über die Runden zu kommen.

Die Sägemühle hob ihn von den anderen Bauern im Umkreis ab. Er stand eine Stufe über ihnen. Er besaß ein Werk. Eine kleine Industrie. Er wollte die Sägemühle nicht verkaufen. Aber er hatte auch niemanden, der sie übernehmen konnte.

Er hüllte sich in zorniges Schweigen. Ottilia kroch in ihren Pelz hinein und war gescheit genug, den Mund zu halten. Die Temperatur fiel immer weiter, Sven spürte es mit jedem Atemzug. In Wisconsin war er jung gewesen, in jungen Jahren fror man nicht auf dieselbe Weise. Heute drang ihm die Kälte bis ins Mark. Zum Teufel, wenn er sich wegen dem Kuckuckskind Erfrierungen einhandelte! Er hatte einen Kaninchenpelz gehabt. Seinen Amerikapelz. Otto hatte ihn mit an die Front genommen. Er hatte ihn sich gekauft, als er Vorarbeiter geworden war. Der Pelz hatte einiges gekostet, und er hatte den Großteil seines Lohns dafür gespart, aber er hatte gedacht, ein Vorarbeiter müsse seiner Position gemäß gekleidet sein.

Und ein wenig hatte er dabei auch an Nelly gedacht. Damit sie sich nicht zu schämen brauchte, wenn sie zusammen spazieren gingen.

Aber der Pelz hatte nicht genügt, um einen großen Herrn aus ihm zu machen. Vorarbeiter im Kaninchenpelz hin oder her – für die Fabrikantentochter blieb er trotzdem nur ein ausländischer Wanderarbeiter. Ganz gleich, wie hart er arbeitete, ganz gleich, als wie ehrlich und zuverlässig er sich erwies. Er war gut genug, sie zum Tanzen und zu anderen Vergnügungen auszuführen, zum Ehemann taugte er jedoch nicht.

Er konnte noch immer Nellys heiseres, peinlich berührtes Lachen hören, als er um ihre Hand angehalten hatte.

In Amerika, das war ihm in dem Moment klargeworden, würde er nie ein Mann von Rang und Einfluss werden. Dafür aber zu Hause, in seiner Heimat, mit Geld in der Tasche. Geld für eine Sägemühle, um den Hof voranzubringen. Zu Hause war er ein Mann mit Geschichte, mit einer Tradition, ob es ihm nun gefiel oder nicht. Bror Nevabackas einziger Sohn.

Ein Rabe flog mit einem einsamen, dunklen Ruf über den Weg. Pricke scheute, beruhigte sich aber rasch.

Otto hatte als kleiner Junge einen zahmen Raben gehabt. Der Vogel war als Jungtier aus dem Nest gefallen. Otto hatte ihn gefunden und mit nach Hause genommen. Sven war wütend gewesen, Raben brachten Unheil, und

Lovisa hatte sich geweigert, den Vogel im Haus zu haben. Otto hatte ihn Kalle getauft und im Stall gehalten.

Wo auch immer Otto sich befand – sobald er Kalle rief, kam der Rabe angeflogen und ließ sich auf Ottos Schulter nieder. Der flachsblonde Junge und der pechschwarze Vogel waren in jenem Sommer unzertrennlich gewesen. Der Rabe machte sich einen Spaß daraus, Otto mit seinem spitzen Schnabel ins Ohr zu zwicken. Manchmal ritt er auf dem Rücken ihrer Hofstute Jänta, und einmal hatte Lovisa den Vogel in der Speisekammer mit dem Schnabel in der Butter erwischt.

Über ein Jahr lang blieb Kalle auf Nevabacka. Im Winter fuhren Otto und der Rabe zusammen Schlitten, Kalle vorne auf dem Schlitten oder auf Ottos Schulter. Wenn sie am Fuß des Hügels angekommen waren, flog der Vogel zurück und wartete oben auf der Kuppe auf Otto. Der Rabe freundete sich außerdem mit dem Hofhund King an. Stundenlang hatten sie sich gegenseitig gejagt, ohne dass es King je gelungen wäre, den Raben zu fangen.

Aber im nächsten Frühling verschwand Kalle. Vermutlich hatte er sich eine Frau gesucht. Otto war verzweifelt. Sven erinnerte sich, wie der Junge das ganze Frühjahr über nach dem Vogel gerufen hatte. Er hatte ihm zu erklären versucht, dass es die Natur der Tiere war, sich einen Partner zu suchen und ihre Eltern zu verlassen. So sollte es sein. Aber Otto hatte sich nicht trösten lassen.

«Onkel Sven?» Ottilia fasste ihn vorsichtig am Arm. Sven schrak auf und ließ einen Augenblick die Zügel locker, um sich die Hände zu reiben. Er hatte kaum noch Gefühl in den Fingern, und seine Füße kamen ihm vor wie zwei Eisklötze.

«Lass mich mal.» Ohne eine Antwort abzuwarten, nahm Ottilia ihm die Zügel aus den Händen. «Du musst dich bewegen.»

Sven gab ein Brummen von sich und sprang vom Schlitten. Er stolperte, seine Füße wollten ihm nicht gehorchen, es war, als hätte er keine. Ottilia hielt Pricke in einem steten Trott, und Sven stolperte im Schnee neben dem Schlitten her. Jeder Schritt schmerzte. Er bekam Schnee in die Stiefel, und es war so verflucht dunkel. Hätte er nicht den Schlitten zur Orientierung gehabt, er hätte sich rasch verirrt.

Ottos letzter Fronturlaub kam ihm in den Sinn. Drei Tage hatte der Junge zu Hause verbringen dürfen. Doris und Lovisa hatten einen Festschmaus hergerichtet, und prompt hatten alle Nachbarn auf der Türschwelle gestanden. Otto hatte es gleichmütig hingenommen, aber als Sven am letzten Tag mit ihm hinaus in den Wald ging, wirkte er erleichtert. Sie nahmen die Jagdgewehre mit. Es war Vorfrühling gewesen und schneereich, so wie jetzt, aber heller und nicht ganz so kalt. Die Vögel sangen schon, tagsüber erklang das Plätschern von Schmelzwasser, das in den Nächten wieder gefror. Die harsche Schneedecke des Waldbodens trug, und sie gelangten ohne Schwierigkeiten tief ins Gehölz.

Bis zur sowjetischen Großoffensive waren es nur noch wenige Monate, doch das wussten sie damals nicht.

Sven konnte sich nicht mehr erinnern, ob sie etwas geschossen hatten. Im Grunde ging es ihm nicht um die Jagd. Er durfte Zeit mit seinem jüngsten Sohn verbringen, allein. Otto hatte auf den Bach gezeigt, an dem Sven ihm das Angeln beigebracht hatte, und Sven hatte gedacht, dass es so vieles gab, was er Otto noch nicht beigebracht hatte, und inständig gehofft, dass die Zeit dafür kommen möge. Otto war so erwachsen, seit er an der Front war. Ruhig. Aber auch in sich gekehrter. Er war ein mitteilsames Kind gewesen, doch nun schwieg er meistens. Sven fragte sich, was er im Krieg gesehen hatte. Was er getan hatte.

Seine Gedanken schweiften nach Afrika. Was *er* dort gesehen hatte. Was *er* getan hatte. Worüber er nie sprach.

Otto hatte etwas geschossen. Jetzt fiel es ihm ein. Im Schnee war Blut gewesen. Otto hatte sich über die Beute gebeugt, und rings um ihn herum war der Schnee rot gewesen. Und mit einem Mal, als er das Blut sah, hatte ihn, Sven, das Grauen gepackt. Ihn, der weiß Gott nie zimperlich gewesen war. Er wünschte, er hätte nicht den Vorschlag gemacht, auf die Jagd zu gehen. Was hatte er sich nur dabei gedacht, dem Jungen ein Gewehr in die Hand zu drücken? Als hätte er an Waffen nicht schon genug. Selbst jetzt, neben dem Schlitten in der Winterkälte, drehte sich ihm der Magen um, wenn er nur daran dachte. Es war, als hätte er das Unglück heraufbeschworen. Bewusst.

Das Blut lockte zwei Raben an, die über dem Wald herbeigeflogen kamen. Sven spürte, wie ihm mulmig zumute wurde. Die vielen Reden seines Vaters über Unglücksraben und Vögel, die Unheil brachten, kamen ihm in den Sinn. Der Uhu, der Vater zufolge Alinas Tod angekündigt hatte. Doch Otto richtete sich auf und rief: «Kalle!» Sogleich drehte einer der beiden Raben ab, flog geradewegs auf Otto zu, landete einige Meter entfernt von ihm im Schnee und sah ihn mit zur Seite geneigtem Kopf an.

«Hallo, Kalle», sagte Otto. Seine Stimme klang plötzlich hell, fröhlich, wie sie kein einziges Mal geklungen hatte, seit er nach Hause gekommen war. Knabenhell. Der Rabe hüpfte ein Stück näher heran. Otto streckte ihm eine Hand entgegen. Doch da stieß der zweite Rabe ein heiseres Krächzen aus, Kalle flatterte auf, gemeinsam beschrieben die beiden Vögel einen Kreis um ihre Köpfe, dann flogen sie über den Baumwipfeln davon in Richtung Norden. Otto blickte ihnen nach, noch lange, nachdem sie verschwunden waren.

Als er sich schließlich zu seinem Vater umdrehte, hatte er gelächelt. Jetzt konnte Sven sich wieder an Ottos Gesicht erinnern. An Ottos Lächeln, an das Licht in seinen Augen. In aller Deutlichkeit erinnerte er sich daran. An das Haar, das unter seiner Mütze hervorschaute, an seine vor Kälte geröteten Wangen. An die Bartstoppeln.

Papas Otto.

Ottilia ließ Pricke anhalten, und Sven kletterte mühsam wieder auf den Bock. Seine Hände und Füße kribbelten und brannten, und er schwitzte im Nacken. Dass er schniefte, konnte an der Kälte liegen. Die Augen eines alten Mannes tränten schnell, wenn es draußen kalt war.

Sie hatten den Hügelkamm am Steinbackahof erreicht. Unter ihnen lagen linker Hand der Kartoffelacker und rechter Hand der kleine und der große Acker. Der Weg fiel zunächst steil ab, um kurz darauf wieder anzusteigen, auf Nevabacka zu, das sich vor seinem Grund aus schneebedeckten Kiefern und Fichten abzeichnete. Die grauen Wirtschaftsgebäude kuschelten sich unter dicke Schneedecken, die Umzäunungen und Gatter trugen kleine Mützen aus Schnee. Das weiße Wohnhaus erhob sich stolz aus der Winterlandschaft, und in allen Fenstern des Erdgeschosses brannte ein freundliches Licht.

«Gleich sind wir zu Hause.» Ottilia ließ die Zügel auf Prickes Rücken tanzen, und der Zosse ließ sich nicht lange bitten. Eilig trabte er die Anhöhe hinab, auf die wartende Wärme zu.

Der Sommer mit Doris

3.6.

Die Zugfahrt hierher hat ewig und drei Tage gedauert. Ich hatte nur zwei Lotta-Bücher dabei, und die hatte ich schon vor Tampere ausgelesen. Dann wusste ich nicht mehr, wie ich die Zeit totschlagen sollte, aber Mama war das egal. Sie hat ihre Forschungsberichte gelesen. Und als Proviant hatten wir bloß Knäckebrot mit Mettwurstscheiben dabei. Ich hasse es, im Zug Knäckebrot zu essen! Alle Leute im Abteil haben uns *angestarrt*, als wir gegessen haben. Ich habe mich so geschämt, dass ich am liebsten im Erdboden versunken wäre. Und als wir endlich ankamen, waren wir überhaupt noch nicht da. Zuerst sind wir mit dem Bus weiter nach Forskant gefahren, und da hat uns ein Nachbar von Tante Doris und Tante Lovisa mit dem Auto abgeholt, weil das Wetter so schlecht war, dass Tante Lovisa nicht mit dem Pferdewagen kommen wollte. In dem Auto hat es entsetzlich gestunken, und ich war so müde und hungrig und wütend, dass ich hätte heulen können. Ich konnte Tante Doris und Tante Lovisa kaum Guten Tag sagen, worüber Mama böse geworden ist, weil ich nicht höflich genug war. Aber das geschieht ihr nur recht!

Das Abendessen war kolossal lecker. Wenigstens

werde ich hier nicht verhungern. Es gab frisch gebackenes Brot und selbst gemachte Butter, zwei verschiedene Sorten Marmelade, gekochte Eier und Beerengrießbrei. Nur die Milch hat eklig geschmeckt. Sie war *warm*. Die haben gar keinen Kühlschrank! Wie soll ich den ganzen Sommer eklige warme Milch trinken? Mama und ich haben zusammen in einer kleinen Kammer geschlafen. Mama hat als Kind darin geschlafen und sich das Bett mit Tante Doris' Brüdern geteilt. Tante Doris, der die Kammer heute gehört, ist zu Tante Lovisa gezogen. Doris' Brüder sind alle tot, schuld daran ist natürlich der Krieg. Zum Glück war mein Papa zu jung, um in den Krieg zu ziehen. Mama hat nur diese eine Nacht hier geschlafen, sie ist heute wieder mit dem Zug nach Hause gefahren. Wir sind irre früh aufgestanden, weil wir nicht mehr schlafen konnten. Die Kühe im Stall haben fürchterlich gebrüllt. Mama hat gesagt, dass sie brüllen, weil sie gemolken werden wollen. Und als ich gefragt habe, ob sie jeden Morgen so laut brüllen, hat sie nur gelacht. Das hat mich so wütend gemacht, dass ich fast wieder geheult hätte. «Du hast gut lachen!», habe ich gerufen. «Du musst nicht den ganzen Sommer mit zwei alten Tanten hierbleiben. Du kannst mich hier zurücklassen, deine Reise machen, dich ohne mich amüsieren und so tun, als gäbe es mich nicht! Ich werde dich ganz bestimmt nicht mit Briefen belästigen!»

Da ist Mama ganz blass geworden, hat sich auf meine Bettkante gesetzt, meine Hand genommen und mir erklärt, dass es nur für diesen Sommer ist, solange sie ihre Forschungsreise in Nordfinnland macht. Papa und sie kämen mich im August abholen, und sie würde mich nie, nie, niemals zurücklassen.

Das weiß ich. Aber es fühlt sich an, als würde sie mich zurücklassen. Ich wollte bei Papa in der Stadt bleiben, während sie ihre Reise macht. Ich bin fast dreizehn, und es macht nichts, wenn er tagsüber bei der Arbeit ist. Aber nein, meine Eltern denken, dass ich dafür zu klein bin.

Mama hörte nicht auf, hielt weiter meine Hand und erinnerte mich daran, dass meine Freundinnen den ganzen Sommer über verreist sind und ich schrecklich allein gewesen wäre, und das stimmt vielleicht. Aber trotzdem. Hier gibt es nicht mal einen Fernseher!

Dann überließ Mama mich meinem Schicksal und ging frühstücken. Nach einer Weile beschloss ich, aufzustehen, mich anzuziehen und ebenfalls zu frühstücken. Tante Lovisa stand an der Spüle und machte den Abwasch. Tante Doris saß am Tisch und unterhielt sich mit Mama. Mama ist älter als Tante Doris, das weiß ich, aber plötzlich fand ich, dass Mama die Jüngere von beiden war. Mama sieht so flott aus in ihrer Hose und dem karierten Hemd. Tante Doris trägt einen scheußlichen braunen Putzkittel aus Polyester und noch scheußlichere Pantinen. Sie sieht mindestens zehn Jahre älter aus als Mama. Tante Lovisa ist richtig altmodisch gekleidet: langer Rock, Bluse und Schürze. Inzwischen ist es sommerlich warm, und ich hatte meinen kürzesten Mini an. Ich habe den Blick gesehen, mit dem Tante Lovisa mich gemustert hat, aber gesagt hat sie nichts.

Mama und Tante Doris haben ewig über ein Haus

geredet, das hier auf dem Hof steht und das Mama offenbar gehört. Und Tante Doris hatte einen Haufen Ansichten darüber, was Mama mit dem Haus machen soll. Irgendwann habe ich abgeschaltet und nicht mehr zugehört. Zum Frühstück gab es warme Grütze mit einem Klecks Butter – aber die warme Milch habe ich *nicht* getrunken. Die können die Erwachsenen ganz für sich alleine haben!

Dann hat es draußen auf dem Weg gehupt, und Uno, der alte Nachbar, der Mama zum Bus bringen sollte, fuhr auf den Hof. Mama hat ihre Baskenmütze und ihre vollgestopfte Büchertasche genommen, und als sie mich geküsst und ganz fest umarmt hat, war ich plötzlich nicht mehr wütend, sondern nur noch traurig. Ich habe versprochen, ihr zu schreiben, und sie hat versprochen, mir zu schreiben, und gemeint, Tante Lovisa hätte gesagt, ich könnte Papa anrufen, wann immer ich wollte. Ich habe sie ganz fest umarmt und geheult, und sie hat auch geweint. Dann hat Uno wieder gehupt, Mama ist nach draußen gegangen, und ich habe gehört, wie das Auto wegfuhr. Die Tanten und ich blieben zurück.

5.6.

Ich langweile mich schon zu Tode. In Tante Doris' Kammer steht ein Regal mit Büchern. Die meisten sehen ziemlich öde aus, aber es gibt ein paar Jack-London-Romane, die ich noch nicht gelesen habe, und «Die Pickwickier» sind immer wieder lustig. Außerdem hat Tante Lovisa alle Bücher von L.M. Alcott. Ich habe nur «Vier Schwestern» gelesen. Ich werde Tante

Doris fragen, ob ich mir die Bücher von ihr ausborgen darf, sonst sterbe ich noch vor Langeweile. Meine beiden Lotta-Bücher habe ich schon viermal gelesen. Aber ich fürchte, dass Tante Doris mich nicht besonders mag. Sie hat gemerkt, dass ich über die Milch die Nase rümpfe, und gestern Abend habe ich versucht, mit ihr in den Stall zu gehen, aber der Gestank war einfach *zu* schrecklich. Und ich glaube, sie war beleidigt, als ich das offen gesagt habe.

Gestern Abend bin ich zu Mamas Haus gegangen. Tante Doris und Tante Lovisa nennen es das Neue Haus. Es steht schräg gegenüber von Tante Lovisas Haus und sieht ziemlich verwahrlost aus. Die Tür war verschlossen, aber als ich ein bisschen herumgeschnüffelt habe, habe ich den Schlüssel unter der Verandatreppe gefunden. Ich bin reingegangen. Wenn das Haus Mama gehört, gehört es quasi auch mir. Drinnen riecht es kühl und dunkel – nicht muffig, sondern wirklich *dunkel.* Als hätte das Dämmerlicht, das dort herrscht, einen eigenen Geruch. Die Wände der Veranda sind mit lebensgroßen Vögeln bemalt, ich habe sofort gesehen, dass sie von Mama sind. Sie hat schon lange nicht mehr gemalt, aber als ich klein war, hat sie oft Karten oder Briefe, die sie verschickt hat, mit Vogelzeichnungen verziert. Und als ich drei oder vier war, hat sie mir ein Vogelalbum gebastelt. Die Seiten hat sie selbst zusammengenäht, und darin sind Aquarellzeichnungen von allen in Finnland heimischen Eulenarten. Das Album habe ich noch immer.

Ansonsten gibt es in dem Haus nicht viel Interessantes. Es besteht aus einem einzigen großen Raum mit einem altmodischen langen Tisch, zwei Sitzbänken und schmutzigen, verblichenen Flickenteppichen. Neben dem Herd sind dunkle Flecken an der Tapete. Ich glaube, da hat es einmal durchs Dach geregnet. Und dann gibt es noch eine Kammer mit zwei Betten, einer Kommode und ein paar Bildern an der Wand. Auf einem davon ist eine Moorlandschaft mit einem schwarzen Vogel zu sehen, der hoch oben über einer Birke oder etwas Ähnlichem fliegt. Man kann nicht genau erkennen, was es sein soll, aber das Bild gefällt mir.

Tante Doris hat gesehen, wie ich aus dem Haus gekommen bin, aber sie ist überhaupt nicht böse geworden. Sie meinte nur, ich soll vorsichtig sein, weil der Fußboden alt ist und morsch sein könnte. Später am Abend hat sie erzählt, dass Mama als kleines Mädchen in dem Haus gewohnt hat, zusammen mit ihrem Großvater. Als ich wissen wollte, warum sie nicht bei ihren Eltern gewohnt hat, hat Tante Doris mich lange angeschaut und schließlich gefragt, was ich über Mamas Eltern wüsste. Als ich zugab, dass ich nicht viel von ihnen weiß, hat Tante Doris mir erzählt, dass meine Großmutter Mama hier bei ihrem Vater zurückgelassen hat, nach Amerika gegangen und nie wieder nach Finnland zurückgekommen ist!

Mama selbst redet nicht oft über ihre Familie. Jetzt verstehe ich den Grund dafür ein bisschen besser. Sie muss ganz klein gewesen sein, als ihre Mutter fortgegangen ist. Ich frage mich, wie eine Mutter so etwas tun kann!

6.6.

Hier gibt es schrecklich viele Vögel! Und sie machen einen Rabatz, dass man meint, sie müssten jeden Moment von den Bäumen fallen. Aber Mücken und Fliegen gibt es mindestens genauso viele. Ich werde wahnsinnig! Meine Beine sind ganz zerstochen und zerkratzt. Und Tante Doris und Tante Lovisa haben keine Mückensalbe gegen das Jucken. Im Haus versprühen sie Fliegengift, sodass man wenigstens drinnen einigermaßen von den Viechern verschont bleibt. Vorgestern gab es in den Schlafzimmern eine ganze Ameiseninvasion, aber da bin ich, flink und beweglich, wie ich bin, mit einer Sprühdose DDT unter die Betten gekrochen, und schwups, waren wir auch diese Eindringlinge los. In unserem Sommerhäuschen, das Papa geerbt hat, dürfen wir kein DDT benutzen. Mama will das nicht, sie sagt, die Vögel brauchen schließlich Nahrung. Aber in der freien Natur finden sie Insekten genug, nur ins Haus sollen sie nicht kommen!

Die netten Tiere hier sind die Hofkatze und ihre Jungen. Sie sind so wonnig, dass ich ihnen jeden Tag zuschauen kann! Sie wohnen oben auf dem Heuboden, und es ist irre gemütlich, im raschelnden Stroh zu sitzen und ihnen beim Herumtollen zuzugucken. Ein Kätzchen mag ich besonders gern. Es ist hellgrau mit einem weißen Fleck unter dem Kinn und weißen Pfoten. Es klettert immer auf meinen Schoß und hascht nach meinen Fingern oder den Troddeln meiner Bluse. Ein paar Mal ist es auf meinem Arm eingeschlafen, und da musste ich still sitzen bleiben, bis es wieder aufwachte! Ich nenne es Cordelia, nach Anne auf Green Gables, aber das habe ich den Tanten nicht erzählt. Ich wünschte, ich könnte es mit nach Hause nehmen. Als ich gestern mit Papa telefoniert habe, hat er klipp und klar Nein gesagt. Da habe ich gesagt, er könnte seiner einzigen Tochter, die seiner Bequemlichkeit zuliebe im hohen Norden verschmachtet, ruhig ein klitzekleines bisschen Mitgefühl entgegenbringen. Er hat mich ausgelacht!

7.6.

In den letzten Tagen hat es immer wieder geregnet und gewittert. Ich habe Jack London gelesen und mit Tante Doris' Kofferradio Musik gehört. Sie sagt, wenn das Wetter besser wird, können wir mit den Rädern ins Dorf zur Bücherei fahren. Es ist die ganze Zeit schrecklich heiß! Ich habe kolossale Lust auf Eis, aber das gibt es hier natürlich nicht, ohne Kühlschrank oder Gefriertruhe.

Heute Morgen war der Himmel blau und wolkenlos, und ich dachte, Tante Doris würde eine Radtour zur Bücherei vorschlagen, aber stattdessen hat sie gefragt, ob wir mit den Rädern zum Schwimmen fahren wollen! Es gibt hier in der Nähe viele kleine Seen, aber sie meinte, wir sollten zum Großen See radeln. Da gibt es einen Campingplatz, einen Tanzboden und einen schönen Sandstrand. «Es ist ziemlich weit bis dahin!», hat sie mich gewarnt. Aber ich habe gesagt, ich hätte kräftige Beine!

Und die kamen mir zugute! Wir sind mehrere steile Hügel raufgestrampelt, und der Weg war die meiste

Zeit ein holpriger, löchriger, steiniger Waldpfad. Aber am Ende kamen wir an, und ich war ziemlich erstaunt, dass es hier, mitten im Wald, wirklich einen Badestrand gibt, noch dazu mit einer Unmenge an Leuten! Aus unzähligen Kofferradios dudelte Musik, und es gab ein Netz, wo ein paar Jungs Federball gespielt haben. Ein Kiosk steht dort auch, wo Eis verkauft wird! Papa hat mir ein bisschen Taschengeld mitgegeben, und ich habe uns großzügig zwei Eistüten spendiert.

Unsere Badeanzüge hatten wir schon drunter, ich musste also nur aus meinen Shorts springen und dann in den See. Doris blieb nur kurz im Wasser, dann machte sie es sich mit einer Zeitschrift auf einem Handtuch gemütlich. Aber ich bin weit rausgeschwommen, obwohl das Wasser ziemlich kalt war. Ich bin eine gute Schwimmerin. Dann habe ich mich auf dem Rücken treiben lassen und in den Himmel und zu den kleinen Schäfchenwolken aufgeblickt, die über mir dahinzogen.

Es stimmt natürlich. Bei Papa in der Stadt hätte ich die meiste Zeit zu Hause in der Wohnung gehockt. Meine Freundinnen sind alle in ihren Sommerhäusern, nur Britta nicht, und die will nie etwas draußen unternehmen. Sie will immer nur fernsehen und sich die Nägel lackieren. Eine Weile macht mir das Spaß, aber dann will ich an einen Badestrand, in den Wald oder irgendwo anders hin, wo man sich bewegen kann.

Als ich zum Ufer zurückgeschwommen bin, unterhielt Tante Doris sich mit zwei vierzehn oder fünfzehn Jahre alten Jungs. Sie winkte mir zu. Ich drückte mir das Wasser aus den Haaren und ging zu ihnen hin. Der eine Junge war blond, mit Sommersprossen und Segelohren. Tante Doris stellte ihn als meinen Großcousin Gustaf vor. Der andere war Gustafs Freund Jan. Er ist groß und schlank, hat dunkle Locken und große, braune Augen. Er sieht ein bisschen aus wie Robertino Loreti. Vor allem, wenn ich die Augen zusammenkneife.

Wir haben uns die Hand gegeben. Es wäre toll, ein paar Gleichaltrige zu haben, mit denen ich etwas unternehmen kann. Vor allem, wenn sie so dufte aussehen wie Jan. Gustaf meinte, sie kämen fast jeden Tag zum See, weil es der beste Badestrand in der Gegend ist, noch dazu der einzige mit einem Sprungturm. Jan lächelte mich an, und da wurde mir klar, dass ich *auch* fast jeden Tag zum See kommen muss. Leider fiel mir in dem Moment einfach nichts Gescheites ein, was ich hätte sagen können, und ich stand da wie ein Schaf.

Als hätte sie meine Gedanken gelesen, sagte Tante Doris, dass ich den Weg ja jetzt kennen würde und jederzeit herradeln könnte, wenn ich wollte. Und ob ich das will!

Das Abendessen ist fertig. Es gibt Fleischsuppe mit Mehlklößchen. Ich hätte nicht geglaubt, dass mir das schmeckt, aber es ist richtig lecker!

10.6.

Die Fliederbüsche blühen, und ganz Nevabacka ist in ein Meer aus weißen und lila Blüten gebettet, die so berauschend duften, dass ich abends kaum einschlafen kann. Ich wünschte, ich könnte diesen Duft in einem Einweckglas einfangen, ihn mit nach Hause nach Helsinki nehmen und ihn den ganzen Winter genießen! Parfüm ist *nicht* dasselbe. Auch die Ebereschen beginnen zu blühen, sie duften zwar nicht ganz so himmlisch, aber dafür summt es in ihnen von Hummeln und Bienen, die zwischen den Blüten tanzen. Das Geräusch hat etwas unendlich Heimeliges, finde ich.

Ich bin wieder zum Großen See geradelt, aber obwohl es am Badestrand vor Leuten wimmelte, waren Gustaf und Jan nicht da. Ich bin trotzdem geschwommen, habe ein Eis gegessen, und es hat Spaß gemacht, ganz allein die Leute zu beobachten. Der Große See ist ein seltsamer Ort. Mitten im Wald, mitten im Nirgendwo, versammelt sich ein Haufen Menschen, um zu schwimmen, zu tanzen und zu essen, kilometerweit umgeben von tiefstem Wald.

Es war ein komisches Gefühl, allein durch den Wald zu radeln. Er kam mir nicht mehr so freundlich vor wie beim ersten Mal, als ich Tante Doris bei mir hatte. Überall prasselte und raschelte es, und ständig waren merkwürdige Geräusche zu hören. Als ich nach Hause gefahren bin, flog ein großer, brauner Vogel mit einem solchen Getöse auf, dass ich glaubte, das Herz würde mir stehen bleiben! Danach habe ich so kräftig in die Pedale getreten, wie ich nur konnte.

Nevabacka liegt furchtbar abgeschieden. Mir würde es schwerfallen, so weit ab vom Schuss zu wohnen. Nicht einmal ein Bus fährt hier raus. Viele Nachbarn lassen sich vom Milchwagen mitnehmen, wenn sie etwas im Ort zu erledigen haben. Aber Tante Doris und Tante Lovisa scheinen daran gar nicht interessiert zu sein. Bisher habe ich sie Nevabacka nur verlassen sehen, um die Nachbarn zu besuchen, oder das eine Mal, als Doris mit mir zum Großen See gefahren ist. Wahrscheinlich haben sie alle Hände voll mit ihrer Arbeit zu tun. Und wenn man Kühe hält, kann man sie nicht einfach sich selbst überlassen, hat Mama gesagt.

Heute Abend habe ich Tante Doris' Kofferradio mit auf den Heuboden genommen und Cordelia und ihren Geschwistern Musik vorgespielt. Plötzlich kam «O sole mio» von Robertino Loreti! Da habe ich Cordelia von Jan erzählt, der wie Robertino aussieht, wenn man die Augen zusammenkneift.

13.6.

Letzte Nacht gab es ein furchtbares Gewitter. Ich bin von einem Donnerschlag aufgewacht, der das ganze Haus zum Beben gebracht hat. Blitz und Donner folgten Schlag auf Schlag, und an Schlaf war nicht zu denken. Hier gibt es so viele Bäume, in die der Blitz einschlagen kann. Und was, wenn einer von ihnen umstürzt und aufs Hausdach fällt? Oder wenn ein Feuer ausbricht? Es muss Ewigkeiten dauern, bis die Feuerwehr hier ist. Irgendwann bin ich aufgestanden und habe in Tante Doris' und Tante Lovisas Zimmer geguckt, aber Tante Doris lag nicht in ihrem Bett! Tante Lovisa wollte ich nicht wecken, sie hätte mich nur ins Bett zurückgeschickt. Als ich wieder in meinem Zimmer war, krachte ein besonders greller Blitz am Himmel. Es klang, als wäre er irgendwo eingeschlagen, und ich bin vor Schreck in die Luft gesprungen. Dann bin ich zum Fenster gerannt, um nachzuschauen, ob es tatsächlich eingeschlagen hatte, und da sah ich, dass sich hinter dem Fenster des Neuen Hauses etwas bewegte.

Ich habe keine Ahnung, wie ich den Mut aufgebracht habe, aber ich habe keine Sekunde nachgedacht. Ich hatte schon so große Angst vor dem Donner und den Blitzen, dass einfach kein Platz für noch mehr Ängste war. Ich bin in meine Holzschuhe geschlüpft und nach draußen gerannt. Nicht einmal einen Pullover habe ich mir übers Nachthemd gezogen.

Die Tür des Neuen Hauses war nicht abgeschlossen, ich zog sie auf und ging leise hinein. Tante Doris' Transistorradio stand auf dem Tisch in der Mitte des Raums, und aus den Lautsprechern strömte laute Popmusik. Von The Brothers Four, glaube ich, ein wehmütiger Song über den Sommer und grüne Felder. Doris hielt eine Zigarette in der Hand und tanzte langsam und verträumt mit sich selbst, während der Zigarettenrauch in das Dämmerlicht um sie herum Spiralen und Muster zeichnete. Als plötzlich ein Blitz den Raum erhellte, sah ich, dass sie die Augen geschlossen und den Mund halb geöffnet hatte. Ihr dunkles Haar fiel ihr offen über die Schultern, und auf einmal fand ich, dass sie aussah wie eine dunkle und dramatische Monica Zetterlund.

Ich stand still da und sah sie an, bis das Lied von Neil Sedakas «Little Devil» abgelöst wurde. Da leuchtete Doris' Gesicht auf, sie öffnete die Augen, und ohne im Tanzen innezuhalten, winkte sie mich herein.

Während der Donner grollte und die Blitze einander ablösten, rollten wir die Flickenteppiche zur Seite und tanzten.

Ich glaube, ich kann Doris nicht länger *Tante* nennen.

17.6.

In diesem Sommer gedeiht die Natur, dass es nur so kracht, sagt Tante Lovisa. Selten haben die Blumen so früh geblüht wie in diesem Jahr, und Roggen und Gerste sind offenbar auch früh dran. Aber es war auch extrem warm, und es hat unglaublich viel geregnet. Papa hat gestern am Telefon gesagt, dass es in Helsinki unerträglich heiß ist! Vielleicht ist es doch ein Glück, dass ich hier bin.

Wir waren bei den Nachbarn zum Kaffeetrinken eingeladen. Sie heißen Astrid und Uno. Uno hat Mama und mich vom Bus abgeholt, als ich hier angekommen bin. Ihr Hof liegt an der Straße zum Dorf, nur ein paar Minuten Fußweg von Nevabacka entfernt. Astrid ist Doris' beste Freundin, glaube ich. Sie sind gleich alt. Ich dachte, Uno wäre ein alter Zausel, aber er ist genauso alt wie Astrid und Doris. Er benimmt sich nur so zauselig. Er sagt nicht viel und tätschelt seinem Jagdhund den Kopf. Aber er scheint nett zu sein. Astrid redet dafür pausenlos, was mich umso schweigsamer gemacht hat. So geht es mir oft in Gegenwart redseliger Menschen. Manche Leute sind eben mehr am Klang ihrer eigenen Stimme als am Zuhören interessiert. Und da kann man genauso gut den Mund halten, finde ich. Astrid hat eine Dauerwelle und eine schrille Stimme. Ich verstehe nicht, was Doris in ihr sieht!

Das habe ich auch ganz offen gesagt, als wir zu Fuß nach Hause gegangen sind. Doris meinte, dass Astrid sehr unglücklich ist, dass sie Uno nie hätte heiraten dürfen und dass sie so viel redet, weil sie dann nicht darüber nachdenken muss, wie ihr Leben verlaufen ist.

Ich fragte, ob Astrid in einen anderen verliebt gewesen wäre. Erst hat Doris eine ganze Weile geschwiegen. Dann meinte sie, dass es wohl so gewesen ist, aber dass Astrid die Person nicht hätte haben können. Also hat sie Uno genommen, um nicht allein zu bleiben. Ich finde, Doris hat klug gehandelt, weil sie nicht geheiratet hat, und das habe ich ihr auch gesagt, da hatten wir Nevabacka fast erreicht.

Doris blieb mit hängenden Armen stehen und schaute die Anhöhe hinauf, auf der der Hof liegt, einladend eingebettet in Fliederbüsche und blühende Ebereschen und Tante Lovisas Mårbackageranien, die zwischen den weißen Gardinen leuchten. Im Hühnerstall gackerten die Hühner, und Cordelias Mama saß auf der Vordertreppe und wusch sich die Pfoten. Der Anblick war so heimelig und idyllisch, dass mir das Herz aufging.

«Ich frage mich, ob ich nicht vielleicht doch verheiratet bin», erwiderte Doris leise, den Blick auf den Hof gerichtet, und irgendetwas in ihrer Stimme ließ mich aufmerken. Ich drehte mich zu ihr um, aber ich konnte ihr Gesicht nicht erkennen.

Ihre Stimme klang fast bitter, als sie das sagte. Ich habe mich nicht getraut zu fragen, was sie gemeint hat.

23.6.

Heute ist Mittsommerabend, und das Wetter könnte nicht besser sein! Nicht eine Wolke am Himmel, welch ein Glück! Aber es ist sehr viel kühler geworden. Am Großen See findet heute Abend ein Tanz statt. Doris und ich fahren mit den Rädern hin. Gestern Abend meinte sie, dass alle Jugendlichen aus dem Ort zum Tanzen kommen, also hoffe ich, dass Jan und Gustaf auch da sind.

Jetzt bin ich froh, dass Mama mir ein Kleid eingepackt hat, obwohl ich es in dem Moment albern fand. Man kann nicht in Shorts zum Tanzen gehen, schon gar nicht hier auf dem Land! Eigentlich bin ich noch zu jung, um tanzen zu gehen, aber Doris nimmt es damit nicht so genau. Tante Lovisa dafür umso mehr, und ich habe gemerkt, dass sie ihre Tochter fest am Zügel hält. Doris hat den Winter eisern gespart und sich von ihrem Ersparten ein orange-rosafarbenes Marimekko-Kleid gekauft. Es ist eine Wucht! Aber Tante Lovisa hat die Augenbrauen hochgezogen und gemeint: «Willst du *das* anziehen?», mit einem Tonfall, als hätte Doris sich voller Stolz in einer durchsichtigen Gardine präsentiert. Dabei ist das Kleid nicht einmal besonders kurz! Doris starrte zu Boden und schien ein bisschen in sich zusammenzusacken. Dass man sich selbst dann noch um die Meinung seiner Mutter schert, wenn man über dreißig ist! Ich fand, dass Doris todschick aussah, und das sagte ich auch.

Sie will das Kleid heute Abend zum Tanzen anziehen.

Wir haben im Neuen Haus heimlich geübt. Wenn

Tante Lovisa schlafen gegangen ist, warten wir eine Weile, dann schleichen wir uns rüber, mit Doris' Kofferradio und einer Flasche Pommac, und Doris nimmt auch noch ihre Kents mit. Den Pommac teilen wir, aber rauchen darf ich nicht, nicht einmal ziehen. Dann schalten wir das Radio an und tanzen zu zweit. Meistens endet es damit, dass wir vor Lachen keine Luft mehr bekommen. Dann ruhen wir uns aus, hören Musik und reden. Doris fragt mich, wie es in Helsinki ist, und ich frage sie nach Mamas Familie und so. Ich mag unsere gemeinsamen Abende.

Ich hoffe so sehr, dass Gustaf und Jan kommen! Wenn ich meine Haare hochstecke und ein bisschen von Doris' Mascara stibitze, sehe ich aus wie mindestens fünfzehn, finde ich! Ich wünschte nur, ich wäre schon weiter entwickelt. Mein Körper sieht aus, als wäre ich elf und nicht schon fast dreizehn. Das ist *Meine Große Sorge*.

24.6.

Was für ein Mittsommer! Ich weiß nicht genau, *wie* ich es im Nachhinein finden soll. Am Anfang rutschte meine Laune in den Keller.

Doris und ich sind schon am frühen Abend zum See geradelt. Es war kalt, und überall waren Mücken. Eine Weile standen wir herum, hörten der Musik zu, die über den See schallte, aßen eine Grillwurst und hüllten uns in unsere Strickjacken, weil es irre kalt war. Ich hielt die ganze Zeit nach Gustaf und Jan Ausschau, konnte sie aber nirgends entdecken. Plötzlich merkten wir, dass ein großer, dunkler Typ mit Elvis-

Koteletten in unsere Richtung blickte. Oder genauer: in *Doris'* Richtung. Und ein paar Minuten später kam er angeschlendert und forderte sie zum Tanzen auf, auf Finnisch.

Ich kam mir überflüssig und vergessen vor. Mindestens eine Stunde lang lief ich zwischen spielenden Kindern, tanzenden Paaren und Leuten herum, die in Grüppchen herumsaßen und lachten und redeten, alle in ihren schönsten Sommerkleidern. Jeder schien ein herrliches Mittsommerfest zu verbringen, mit Ausnahme von mir. Ich wollte wütend auf Doris sein – aber es ging nicht. In den Armen des dunkelhaarigen Finnen hatte sie den gleichen Ausdruck im Gesicht wie in der Nacht, als ich sie zum ersten Mal im Neuen Haus hatte tanzen sehen. Verträumt und glücklich.

Gegen neun Uhr entdeckte ich schließlich Jan und Gustaf inmitten einer Horde von Jungs. Sie saßen auf einem Badesteg und ließen eine Flasche herumgehen. Dem Lärm nach zu urteilen, den sie veranstalteten, war etwas anderes darin als Pommac. Ich hatte keine Lust, zu ihnen hinzugehen.

Zum Glück tauchte in diesem Augenblick Rut auf, sonst wäre ich wohl alleine nach Hause geradelt. Rut ist Gustafs jüngere Schwester. Sie stellte sich neben mich, verschränkte die Arme vor der Brust und blickte zu den Jungs hinüber, von denen einer gerade in den See geschubst wurde, und eine laute Lachsalve übertönte die Musik vom Tanzboden. «Gustaf ist ein Hohlkopf», sagte sie. Klar wird ihr Vater merken, dass es im Auto nach Selbstgebranntem stinkt, wenn sie nach Hause fahren! Dann nahm Rut meine Hand und zog mich zum Tanzboden, und da tanzten wir, bis wir ganz nassgeschwitzt waren. Doris stand am Rand der Tanzfläche, in den Armen des Dunkelhaarigen, und hatte keine Augen für etwas oder jemand anderes. Sie sah wirklich toll aus in ihrem Marimekko-Kleid.

Rut flüsterte mir zu, dass es gut ist, dass Doris die Gelegenheit nutzt, wenn Tante Lovisa nicht dabei ist. Tante Maja, Ruts Mutter, sagt, Tante Lovisa halte alle Männer von Doris fern. Weil sie Angst davor habe, alleine zu bleiben, nachdem ihre Söhne im Krieg gestorben sind und ihr Mann nur wenig später. Einmal hatte Doris einen Verehrer, aber den hat Tante Lovisa, laut Tante Maja, vergrault.

Dann hat der Dunkelhaarige Doris geküsst. Rut hat die beiden angeglotzt, ich habe weggeschaut. Wir beschlossen beide, dass wir mit Küssen und Jungs warten, bis wir konfirmiert sind.

Dann wollte Rut sieben verschiedene Blumen pflücken, um sie später unter ihr Kopfkissen zu legen. Aber am Großen See, mitten im Wald, gibt es nicht viele Blumen, und die wenigen, die dort wachsen, waren als Schmuck für den Mittsommerbaum gepflückt worden. Wir suchten und suchten, fanden aber nur Weidenröschen, Butterblumen und Glockenblumen. Rut schlug vor, nach Nevabacka zu radeln, wo unzählige Blumen wachsen, und hinterher könnte sie über Nacht bleiben. Damit war ich einverstanden. Rut ging, um ihre Eltern um Erlaubnis zu fragen, und ich suchte nach Doris. Zuerst ging ich runter ans Ufer, wo gerade das Mittsommerfeuer angezündet wurde. Gustaf und die anderen Jungs schleppten Äste und Zweige herbei. Aber Doris war nirgends zu sehen, auch der Dunkelhaarige nicht. Ich lief am Tanzboden entlang, am Restaurant und an den Campinghütten, aber da waren sie auch nicht.

Plötzlich entdeckte ich Doris' Sandalen am Waldrand hinter den Hütten. Sie sind weiß mit vielen schmalen Riemchen. Ich bin mir ganz sicher, dass es ihre waren. Und zwischen den Bäumen sah ich Bewegungen. Und hörte Geräusche. Und dann bin ich schleunigst von dort verschwunden.

Rut stand schon neben meinem Fahrrad, ihre Eltern erlaubten, dass sie mitkam. Sie hockte sich hinten auf den Gepäckträger, hielt unsere Blumen fest, die wir gepflückt hatten, und wir schlingerten los, über Stock und Stein zurück nach Nevabacka. Die Sonne stand noch über den Bäumen, es war nicht einmal Mitternacht. Ich horchte in mich hinein, ob es sich wie ein misslungenes Mittsommerfest anfühlte, aber das tat es nicht – trotz allem.

Auf der Wiese bei Nevabacka pflückten wir unter striktem Schweigen sieben verschiedene Blumen, aber dann, als wir mit den Blumen unter unseren Kopfkissen in meiner Kammer lagen, schwatzten wir, bis die Sonne wieder über den Baumwipfeln stand und wir die Augen nicht mehr offen halten konnten.

Ich schlief, als Doris nach Hause kam.

25.6.

Rut ist den ganzen Mittsommertag auf Nevabacka geblieben. Sie ist genau die Art Freundin, wie ich sie mir wünsche. Nicht so oberflächlich wie Britta und nicht so voller Vorurteile wie Anne-Maj und Elin. Sie liest gerne, und wir haben stundenlang über Bücher geredet, die wir gelesen und die uns gefallen haben. Dann haben wir es uns mit Doris' Kofferradio in der Fliederlaube gemütlich gemacht, Musik gehört und die Kreuzworträtsel in den alten Zeitungen gelöst, die in der Stube auf einem Stapel liegen. Tante Lovisa war unheimlich lieb. Sie hat uns Erdbeersaft und Gebäck gebracht, und ich musste den ganzen Tag nicht bei irgendwas helfen.

Doris hat kein Wort darüber verloren, dass ich sie am See alleine gelassen habe, und ich habe kein Wort darüber gesagt, dass ... Ja. Zuerst habe ich mich kaum getraut, sie anzusehen, weil ich die ganze Zeit an den Waldrand und ihre zurückgelassenen Sandalen denken musste. Aber nach einer Weile ging es vorbei. Ich glaube, ich bin in der letzten Zeit um einiges erwachsener geworden. Am Abend kam der Dunkelhaarige, der Ilmari heißt, und hat Doris abgeholt. In einem neuen, todschicken Wagen. Doris erschien in ihrem Marimekko-Kleid, mit geschminkten Lippen und einem blendend weißen Haarreif im offenen Haar. Rut und ich fanden, sie sah aus wie ein Filmstar. Wegen dem, was ich von Rut weiß, habe ich zu Tante Lovisa hinübergeschielt. Ihre Lippen waren zu einem festen weißen Strich zusammengepresst.

«Jetzt könnt ihr auf den Putz hauen!», rief ich von der Treppe. Doris lachte und sah aus wie ein junges Mädchen, als sie zu Ilmari ins Auto stieg. Er hat mir zugezwinkert, bevor sie losgefahren sind. Ich hoffe, Doris hat einen tollen Abend. Sie arbeitet die ganze Zeit auf dem Hof. Ich sehe sie kaum eine Minute ausruhen oder etwas für sich selber tun. Nur nachts, wenn sie im Neuen Haus tanzt, scheint sie die *echte* Doris zu sein. Besser kann ich es nicht erklären.

Rut hat ihre Mutter angerufen und die Erlaubnis bekommen, noch eine Nacht hier zu schlafen. Ich habe ihr etwas zum Anziehen geliehen, sie hat sich Doris' Fahrrad geborgt, und abends sind wir zum Großen See geradelt. Aber da waren nur ein paar Camper und die verkohlten Reste des Mittsommerfeuers. Es ist nach wie vor ein bisschen kühler, und als wir schwimmen waren, kam ein Regenschauer, aber das machte nichts. Rut kennt alle Vogelarten, und während wir uns ein gutes Stück vom Ufer entfernt auf dem Rücken treiben ließen und auf die Geräusche des Waldes lauschten, nannte sie jeden Vogel, den wir hörten, beim Namen: Waldschnepfe, Schwarz-weißer Fliegenschnäpper, Rauchschwalbe, Dompfaff, Rotdrossel, Großer Brachvogel, Schwarzdrossel.

Doris kam erst spät in der Nacht nach Hause. Tante Lovisa hat heute kein einziges Wort mit ihr gesprochen. Aber Doris scheint es nicht mal zu bemerken. Sie läuft mit einem verträumten Lächeln auf dem Gesicht herum, summt Lieder vor sich hin und ist vollkommen in ihrer eigenen Welt.

Morgen fahre ich mit dem Fahrrad ins Dorf und besuche Rut. Sie hat Hühner und Kaninchen, die ich furchtbar gerne sehen will, und wir haben vor, auf dem Fluss zu rudern und zu angeln.

Übrigens habe ich nicht von meinem zukünftigen Ehemann geträumt, was für eine Enttäuschung! Ich habe vom Moor geträumt, das auf dem Bild im Neuen Haus zu sehen ist, und von einer goldhaarigen Gestalt, die für mich in einer Sprache gesungen hat, die ich nicht verstanden habe, die mir aber gleichzeitig so vertraut vorkam, als würde ich sie jeden Moment verstehen.

7.7.

Ich kann nicht glauben, dass ich schon über einen Monat hier bin. Es kommt mir ewig lang vor, gleichzeitig ist die Zeit wie im Flug vergangen. In einem Monat kommen Mama und Papa mich abholen! Sie wollen mit dem Auto herfahren, also keine Auto-Bus-Zug-Herumgurkerei. Hurra!

Ich bin in den letzten zwei Wochen kaum zum Schreiben gekommen. Ich war jeden Tag mit Rut zusammen – entweder hier auf Nevabacka oder bei ihr zu Hause. Wir haben Karten gespielt und Federball und Krocket und Kniffel und mit Cordelia und ihren Geschwistern, die sich jetzt vom Heuboden herunterwagen. Rut bekommt eines der Kätzchen. Es ist unheimlich goldig und hat graue Streifen! Sie hat es Geraldine getauft. Wir haben gezeichnet und Briefe an unsere Freundinnen geschrieben und waren im Fluss und im Großen See schwimmen. Wir haben geangelt und Forellen gefangen, die Ruts Papa geräuchert hat, und das war mit das Beste, was ich jemals gegessen habe! Einmal sind Ruts Eltern zum Einkaufen nach Gamlakarleby gefahren. Wir durften mitkommen und sind ins Kino gegangen, während sie ihre Besorgungen machten. Hinterher haben wir auf dem Marktplatz Eis gegessen. Ich mag Ruts Eltern, Tante Maja und Onkel Hasse, schrecklich gern. Onkel Hasse ist Mamas Cousin. Jan ist nach Hause gefahren, und Rut ist darüber sehr froh. Sie sagt, sie hat ihn beim Spannen erwischt, als sie in der Sauna saß. Ich finde auch, dass er richtig unangenehm aussah!

Wenn Rut hier ist, schlafen wir im Neuen Haus. Das ist ein bisschen wie Zelten, aber nicht ganz so unheimlich. Im Neuen Haus stören wir Tante Lovisa nicht mit unserem Gekicher, und wir können Musik hören, so viel wir wollen. Doris ist kolossal lieb und borgt uns jedes Mal ihr Kofferradio. Sie ist selbst so oft weg, wie sie nur kann. Ilmari holt sie fast jeden Abend mit dem Auto ab. Tante Lovisa schäumt, aber ihre Wut scheint einfach an Doris abzuprallen. Sie knickt nicht mehr ein, wie sie es am Anfang getan hat.

13.7.

Mamas Brief hat mich brutal an mein Herbarium erinnert. Doris hat mit der Heuernte alle Hände voll zu tun, aber sie meint, wenn ich mich um mein Herbarium kümmern muss, brauche ich nicht zu helfen. Und da wurde mir bewusst, wie viel ich tatsächlich noch zu tun habe. Ich habe Rut angerufen, um zu fragen, ob sie Lust hat, mir zu helfen, aber sie ist auch mit Heuen beschäftigt! Zu dumm. Ein paar der gängigsten Pflanzen habe ich am Wegesrand hier am Hof gepflückt, aber mir ist klar, dass ich etwas anderes als Weidenröschen und Wiesenkerbel vorweisen muss, um bei Fräulein Sunnan zu punkten. Im letzten Schuljahr war sie von meinen Leistungen in Biologie alles andere als beeindruckt. Als ich ein kleines Sträußchen beisammenhatte, musste ich ins Haus gehen und zwei Gläser eiskaltes Wasser trinken, so nassgeschwitzt war ich.

Draußen auf der Wiese sah ich Doris und Tante Lovisa mit ihren Sensen und Rechen, oder was sie auch immer hatten. Plötzlich kam mir eine Idee, und ich bin zum Neuen Haus hinübergelaufen. Da ist es immer still und kühl, egal, wie heiß es draußen ist. In der Kammer setzte ich mich auf das Bett, in dem Mama als Kind geschlafen hat und in dem ich jetzt mehrere Nächte gelegen habe, während Rut in dem Bett schlief, das Mamas Großvater gehört haben muss. Ich versuchte, sie mir als kleines Mädchen vorzustellen – also Mama, nicht Rut. Wie mag es gewesen sein, bei einem Großvater aufzuwachsen? War er wohl nett? Er hat sie zum Studieren nach Helsinki gehen lassen, damit sie Forstmeisterin werden konnte, also muss er ziemlich nett gewesen sein. Ich glaube, damals war das nicht gerade üblich.

In den Schubladen der Kommode habe ich alte Briefe gefunden, Nähzeug, eine Pfeife, ein paar vergilbte Zeitungen und – ein Herbarium! Ob es früher Mama gehört hat? Aber es scheint noch älter zu sein. Die Pflanzen sind sorgfältig gepresst und die Etiketten mit winzig kleinen Buchstaben beschriftet. Eine Blume ist nicht näher bezeichnet. Sie ist gelb und hat kein Etikett. Ich habe versucht, sie in Tante Lovisas Naturkundebuch nachzuschlagen, aber sie steht nicht drin. Ich werde Doris später nach der Blume fragen.

Morgen helfe ich beim Heuen.

14.7.

Heute habe ich Doris nach den gepressten Pflanzen gefragt und ihr das Herbarium gezeigt. Sie hat darin geblättert und gemeint, es hätte Mamas Tante Alina gehört, die als junges Mädchen gestorben ist. Den Namen der gelben Blume konnte sie mir auch nicht sagen, aber sie wusste, dass sie draußen im Moor bei Vittermåsa wächst und im Frühsommer blüht. Was natürlich ärgerlich ist. Mitte Juli finde ich bestimmt kein blühendes Exemplar mehr, und es wäre prima gewesen, wenn ich in meinem Herbarium eine unbekannte Pflanzenart gehabt hätte. Aber Doris meinte, ich könnte die Blätter pressen, Wuchs und Standort beschreiben und die Blume aus Alinas Herbarium abzeichnen. Das ist eine gute Idee!

Doris hat versprochen, am Sonntag mit mir ins Moor zu radeln und mir zu zeigen, wo die Blume wächst, wenn sie und Tante Lovisa bis dahin das Heu eingebracht haben. Und sie deutete an, dass sie schneller fertig wären, wenn ich mithelfen würde. Ich weiß, dass sie es nur gesagt hat, um eine kostenlose Erntehelferin zu bekommen, aber das macht nichts. Die Heuernte hat Spaß gemacht. Man schwitzt nur etwas zu stark. Bald bin ich so braun, dass Mama mich nicht wiedererkennen wird!

16.7.

Oh, was bin ich kaputt! Vollkommen groggy, wie Tante Lovisa sagen würde. Wir haben den ganzen Samstag über Heu eingebracht. Das Wetter blieb trocken, obwohl es in der Ferne bedrohlich donnerte. Niemand hatte Zeit, Essen zu kochen. Wir lebten von gekochten Eiern, belegten Broten und Tante Lovisas göttlichem Hefezopf, den sie dick mit Butter bestrichen hatte. Apropos Tante Lovisa – die kann wirklich arbeiten! Ich hatte keine Chance, mit ihr Schritt zu halten, dabei ist sie schon weit über sechzig, schätze ich. Ich weiß nicht, ob ich unterm Strich eine große Hilfe war, aber am Ende hatten wir das ganze Heu unter Dach! Als wir am Abend dann die Sauna anheizten und uns alle Gräser und Spelzen vom Körper wuschen, kam ich mir dann doch ziemlich tüchtig vor!

Ich hätte nie geglaubt, dass ich es am nächsten Tag schaffen würde, aus den Federn zu kriechen. Aber diejenige, die mit den Kühen aufstand, war ich! Ich schmierte Brote, während Doris und Tante Lovisa die Kühe melkten. Als Doris sich nach dem Melken gewaschen hatte, packte sie die Brote in einen Eimer, stellte ihn in einen Korb, den sie zum Moltebeerenpflücken nehmen wollte, und obenauf kam das Kofferradio! Ich holte noch eine Schere und eine Schachtel für meine Pflanzen, und dann stiegen wir auf unsere Räder und holperten den Waldpfad entlang. Schon früh am Morgen war es wahnsinnig heiß. Ich hatte Shorts und ein kurzärmliges Oberteil an, und auch Doris trug Shorts, trotz Tante Lovisas missbilligendem Blick!

Als ich Doris endlich für mich alleine hatte, fragte ich sie, ob sie in Ilmari verliebt ist, und ihre Augen begannen wie auf Knopfdruck zu strahlen, wie immer, wenn sie von Ilmari spricht oder an ihn denkt. Sie sagte, sie weiß es nicht, aber sie will die ganze Zeit bei ihm sein. Ihr Gehirn funktioniert nicht mehr, denn es denkt nur noch an Ilmari.

Ich sagte, das würde so klingen, als fühlte sie sich zu

ihm hingezogen. Das Wort habe ich in einem Film gehört, und Doris meinte, dass es vielleicht so ist.

Wir radelten immer tiefer in den Wald. Zuerst kamen wir an kleinen Äckern mit grauen Scheunen vorbei, aber dann hörte die Bebauung auf, und um uns herum waren nichts als hohe Fichten, Kiefern, Birken und Espen. Der Weg bestand nur noch aus zwei schmalen Furchen mit einem Streifen Gras dazwischen. Ich erzählte, dass ich Wälder früher immer langweilig gefunden hätte, sie jetzt aber, wo ich länger darüber nachgedacht hätte, wild und verwunschen fände. Darüber hat Doris so laut gelacht, dass ein Specht empört von dem Baumstamm aufflatterte, aus dem er sich gerade eine Mahlzeit holte.

Wir ließen unsere Räder am Forstwendeplatz zurück und liefen durch die Blaubeer- und Preiselbeersträucher weiter ins Unterholz hinein. Die Blaubeeren waren noch nicht richtig reif, aber die reifsten, die ich fand, naschte ich von der Hand in den Mund. Wir kamen an eine Stelle, an der hohe Fichten einen Kreis bildeten und sich sanft im Wind wiegten. Wir gingen zwischen den Fichten hindurch, und in der Mitte des Kreises lag eine mit grünem Moos bedeckte Vertiefung. Doris sagte, der Ort sei ein alter Teermeiler, hier würde sie immer mit den Geistern der Vorväter sprechen. Ich blickte zu den hohen, rauschenden Fichtenwipfeln auf und spürte, wie die Vorfahren mir zuflüsterten, welch unendliche Mühsal es sie einst gekostet hat, ein einziges Fass Teer zu gewinnen.

Wir sollten ihnen eine Opfergabe darbringen, schlug ich vor. Doris dachte eine Weile nach, dann war sie einverstanden. Aber sie sagte, wenn wir es machten, müsste es eine anständige Gabe sein. Nicht irgendein Kokolores. Sie kramte in ihrem Rucksack und nahm die Flasche Pommac heraus, die sie für uns eingepackt hatte. Ich dachte an süßen, prickelnden Pommac in meiner Kehle und meinte, das wäre perfekt. Wir bohrten die Flasche so fest wie möglich zwischen das Wurzelwerk einer Fichte, und dann verneigten wir uns ehrerbietig vor den Geistern der Vorfahren, dem Wald, den Bäumen und dem grünen, grünen Moos.

Anschließend mussten wir noch ein ganzes Stück laufen, um ans Moor zu kommen. Es war furchtbar heiß, und überall schwirrten Mücken herum. Aber der Weg war trotzdem schön, und es machte Spaß, durch den Wald zu gehen. Ich weiß nicht – der Wald kommt mir wild und verwunschen vor, aber gleichzeitig ist er auch einladend. Selbst an den Stellen, an denen ich ihn ein bisschen zu wild und unheimlich finde. Ich weiß nicht, wie ich es erklären soll.

Nachdem wir einen kleinen, dunklen See hinter uns gelassen hatten, lag das Moor endlich vor uns. Es war ganz golden von Moltebeeren! Doris' Augen haben vor Glück geleuchtet. Der Großteil von dem, was sie und Tante Lovisa essen, sind Dinge, die sie eigenhändig gepflückt oder geerntet haben. Es gibt immer selbst gemachte Blaubeer-, Preiselbeer- oder Himbeermarmelade, entweder als Brotaufstrich oder zum Brei oder zur Grütze. Kartoffeln, Mohrrüben, Zwiebeln und was sie sonst noch an Gemüse haben, ist selbst angebaut. Milch, Butter und Sahne stammen von ihren eigenen Kühen. Ich glaube, im Grunde kaufen sie nur Mehl, Salz und Zucker. Na ja, und natürlich Haferflocken und Reis und noch einige andere Grundnahrungsmittel.

Zuerst haben wir nach der kleinen gelben Blume gesucht. Doris hatte recht, sie blüht nicht mehr, aber ich habe ein Pflänzchen mitsamt Wurzeln ausgegraben und es in meine Schachtel gelegt. Außerdem habe ich jede Menge anderer Pflanzen gesammelt: Sumpfporst und Heidekraut, Moltebeeren und Moosbeeren, Riedgras und noch ein paar andere Sauergrasgewächse. Wenn ich damit nicht ein Herbarium zusammenbekomme, mit dem ich sogar das von Anne-Maj übertrumpfen kann!

Dann habe ich Doris geholfen, Korb und Eimer mit Moltebeeren zu füllen. Wir haben das Kofferradio angeschaltet, und es war urgemütlich. Korb und Eimer waren im Handumdrehen randvoll, und es sind noch haufenweise Beeren da! Vielleicht müssen wir wiederkommen. Anschließend haben wir im Schatten einiger großen Fichten den Kaffee getrunken, den Doris in einer Thermoskanne mitgenommen hatte (zum Glück hatten wir noch etwas anderes zu trinken als die Flasche Pommac), und unsere Butterbrote gegessen. Ich habe Doris gefragt, ob sie Ja sagen würde, wenn Ilmari um ihre Hand anhalten würde. Sie meinte, einem Mann, der nach ein paar Wochen schon einen Heiratsantrag macht, müsse man mit Vorsicht begegnen. Ich mag es, wenn sie so redet. Sie nimmt meine Fragen ernst und gibt mir vernünftige Antworten. Ich sagte, ich würde niemals heiraten. Ich will reisen! Ich will die ganze Welt sehen! Mit Mama und Papa war ich mit dem Auto in Norwegen, auf den Åland-Inseln und einmal in Stockholm.

Doris meinte, sie wäre nach Gamlakarleby und Vaasa gereist, worauf ich erwiderte, das ginge nicht als Reisen durch. Es muss das Ausland sein. New York! Paris! London! Doris bat mich, ihr später von all diesen Orten zu schreiben, und das habe ich ihr versprochen. Sie wird lange und spannende Briefe über alle meine Abenteuer bekommen!

Aber jetzt falle ich gleich ins Bett. Ich bin hundemüde. Die Pflanzen presse ich morgen – dazu bin ich heute Abend zu kaputt.

17.7.

Heute habe ich das Gebrüll der Kühe verschlafen! So was! Vielleicht gewöhnt man sich am Ende daran, genauso wie ich mich zu Hause an das Rumpeln der Straßenbahnen gewöhnt habe.

Tante Lovisa hat Moltebeerenmarmelade eingekocht und mir ein Glas geschenkt, das ich mit nach Helsinki nehmen darf! Es ist ein schöner Gedanke, dass ich im Winter zu Hause am Küchentisch sitzen und meine Grütze mit einem Stückchen von Nevabacka essen kann.

Heute hat es immer wieder geregnet. Am Morgen hat Doris mir zuerst dabei geholfen, meine Pflanzen zu pressen, dann haben wir sie zusammen in Tante Lovisas Naturkundebuch nachgeschlagen, und ich habe sie entsprechend etikettiert und die Etiketten mit meiner schönsten Handschrift beschriftet.

Am Nachmittag bin ich ins Neue Haus gegangen und habe Alinas Blume abgezeichnet. Ich hätte ihr Herbarium natürlich mit ins Wohnhaus nehmen können, aber irgendwie habe ich das Gefühl, dass es im Neuen Haus bleiben sollte. Außerdem war es so friedlich, dort zu sitzen, ganz allein in der Stille, und zu zeichnen. Ich finde, das Ergebnis kann sich sehen lassen. Das Etikett habe ich mit «Orchidee, unbekannt» und dem Fundort beschriftet. Ich hoffe, Fräulein Sunnan wird beeindruckt sein!

20.7.

Rut und ich waren in den letzten Tagen viel im Dorf. Wir sind wieder auf den Fluss hinausgerudert und haben geangelt, und Ruts Vater hat uns Geschichten darüber erzählt, wie die Leute früher Baumstämme und Teer auf dem Fluss transportiert haben. Im Winter war der Fluss ein wichtiger Fahrweg. Heute hat man an seinem Lauf Dämme und Kraftwerke errichtet. «Der Fluss dient den Menschen», sagte Onkel Hasse. Ich finde das ein bisschen seltsam – soll ein Fluss wirklich den Menschen dienen? Kann ein Fluss nicht einfach nur ein Fluss sein? Als ich das fragte, meinte Gustaf, ich sei zu klein, um das zu verstehen. Er ist ein richtiger Stinkstiefel.

Ich habe angefangen, mir einen fliederfarbenen Pullover zu stricken, den ich im Herbst tragen will. Und Rut strickt an einem im selben Schnitt in Vergissmeinnichtblau. In den Pullovern werden wir fast wie Schwestern aussehen! Die Leute sagen, dass wir uns furchtbar ähnlich sehen. Ich glaube, es hat etwas damit zu tun, dass wir verwandt sind. Rut kommt mir schon viel mehr wie eine Schwester vor als meine Freundinnen zu Hause, obwohl ich einige von ihnen kenne, seit ich zur Schule gehe. Wir *verstehen* uns. Im nächsten Sommer wollen Rut und ich mit dem Bus an einen der Strände nördlich von Gamlakarleby fahren und einen ganzen Tag lang am Meer bleiben. Vielleicht können wir sogar eine Nacht am Strand zelten! Ich würde auch gerne im Moor zelten. Da befindet sich ein geheimnisvoller Steinhaufen, den ich mit Rut erforschen will. Vielleicht ist es ein prähistorisches Grab, und wir finden echte Schätze! Wir haben auch darüber gesprochen, dass ich fragen soll, ob ich nicht in den Winterferien herkommen darf.

29.7.

Morgen kommen Mama und Papa, um mich abzuholen. Heute Nacht will ich alleine im Neuen Haus schlafen. Ich hätte Rut vorschlagen können, mitzukommen, aber irgendwie kommt es mir wichtig vor, dass ich diesmal alleine bin. Ich will richtig früh aufstehen und mich von all meinen Lieblingsplätzen auf Nevabacka verabschieden. Von der Sauna am Bach, von der Fliederlaube, vom Heuboden und von den Kätzchen, von meinem Leseplatz oben auf dem Steinhaufen, von den Kühen und der alten Freja im Stall, von Tante Lovisas Erdbeerbeet und von den Igeln, die hinter der Scheune wohnen. Ich will es alleine machen, damit ich mit jedem Ort reden und hören kann, was er antwortet. Das geht nicht, wenn jemand anderes dabei ist.

21. Jahrhundert

Nur eines ist sicher
Und das ist der Lauf des Lebens
Dass alles wiederkehrt
Alles von vorn beginnt
Und obwohl unsere Stimmen
Einst verstummen und verklingen
Werden neue Stimmen singen
Werden neue Stimmen singen

MIKAEL WIEHE

Verfall

Der Morgen, als sie sich daranmachte, die Kartoffeln aufzunehmen, war grau und diesig. Eine Reihe hatte sie im Sommer als neue Kartoffeln gegessen, aber drei Reihen mussten noch geerntet werden. Ihr Rücken schmerzte nicht, und das Herz hatte in der Nacht keine Mucken gemacht. Langsam ging sie über den Hof zum Holzschuppen, hob den Riegel an und klemmte den Stock in den Spalt, damit die Tür offen blieb. Der vertraute Geruch nach Sägespänen und Harz schlug ihr entgegen. Die Kartoffelhacke hing an ihrem Platz. Den Stiel hatte Papa selbst gefertigt, er war kaputtgegangen, aber sie hatte ihn mit silbernem Klebeband geflickt. Sie legte die Hacke und einen Eimer in die Schubkarre. Als sie die Schubkarre über die Schwelle des Schuppens manövrierte, begann es zu regnen. Sie ging zum Haus zurück und holte ihren gelben Regenmantel, der draußen auf der Veranda hing. Er war aus den Neunzigern und hatte einen Riss an der Schulter, aber auch diesen Riss hatte sie mit dem silbernen Klebeband geflickt. Die meisten Dinge ließen sich mit Klebeband flicken. Den Sprung im Küchenfenster hatte sie mit mehreren Schichten Malerkrepp abgedichtet, ebenso wie die verzogenen Leisten an der Haustür.

Mama hatte mit den Klebeband-Reparaturen begonnen, und sie hatte sie fortgeführt. Als Papa nicht mehr lebte, war Klebeband die beste Methode, alles, was kaputtging, zu reparieren.

Der Ackerboden war feucht und schwer, ihr Rücken begann bald zu schmerzen. Sie lockerte die Erde rings um die Kartoffelpflanzen vorsichtig auf, packte die Stauden und zog sie mit einem kräftigen Ruck heraus. Sie hatte Sieglinde gesetzt. Ihre Lieblingssorte. Sie schüttelte die Pflanzen, bürstete die Erde von den Knollen und warf sie in die Schubkarre. Als die Schubkarre halb voll war, wuchtete sie sie über den morastigen Boden hinüber zum Erdkeller. Früher hatte sie eine ganze Schubkarre voll schieben können, heute schaffte sie mit Müh und Not eine halbe. Sie hob die Schubkarre an, der lehmige Boden hielt ihre Stiefel fest, und es kostete sie eine enorme Anstrengung, die Schubkarre in Bewegung zu setzen. Doch dann ging es leichter. Sie musste nicht auf den Weg schauen, sie wusste genau, wo ein Stein lag, den es zu umfahren galt, wo der Untergrund nass und aufgeweicht war und sie die Schubkarre auf den Rasen hinaufschieben musste, damit sie nicht stecken blieb. Der Pfad wand sich wie eine krumme Wirbelsäule über die alte Wiese hinüber zum Hofplatz. Jahr für Jahr der immergleiche Weg: um umzugraben, zu jäten, zu säen, zu setzen und zu düngen, um zu ernten und einzuholen. Seit dreißig Jahren allein. Aber sie musste auch nicht mehr so viele Kartoffeln anpflanzen. Nur so viel, dass es ihren Eigenbedarf deckte. Und alte Schachteln wie sie kamen mit wenig aus.

Nachdem sie die Kartoffeln in die Kartoffelkiste im Erdkeller gefüllt hatte, musste sie sich auf den Hackklotz vor dem Holzschuppen setzen, um ein wenig zu verschnaufen. Es war das Herz. Es protestierte, sobald sie bestimmte Dinge machte. Holz zu hacken war kein Problem, aber das Sägen bereitete ihr Schwierigkeiten. Kartoffeln zu ernten war kein Problem, aber das Schieben der Schubkarre setzte ihr zu.

Regen tropfte von der Kapuze ihres Regenmantels auf ihre Nase und Wangen. Die Fliederbüsche leuchteten noch immer in sattem Grün, aber das Laub der Birken und Eschen war vergilbt. Der Regen ließ ihre Farben weich und verwaschen aussehen. Massi stolzierte quer über den Hof, ohne sie eines Blickes zu würdigen. Er war auf der Jagd. Der Kater war immer auf der Jagd, egal ob Tag oder Nacht. Er war ein ziemlich schlechter Hausgenosse, dazu war er viel zu wild und unabhängig. Matti war das genaue Gegenteil gewesen. Bei schlechtem Wetter hatte er nie eine Pfote vor die Tür setzen wollen, und nachts hatte er immer auf ihren Füßen geschlafen. Massi würdigte ihr Bett keines Blickes.

Sie stand auf, ein bisschen wackelig auf den Beinen, aber wenn sie sich an den Griffen der Schubkarre festhielt, ging es. Zwei Reihen Kartoffeln musste sie noch aufnehmen.

Sie bekam alle Kartoffeln aus der Erde und in den Erdkeller transportiert, aber anschließend musste sie sich lange auf der Küchenbank ausruhen. Als sie aufwachte, war es dunkel, und sie fand sich nicht zurecht. Hatte keine Ahnung, ob es Morgen oder Abend war oder wie lange sie geschlafen hatte. Das Feuer im Herd war heruntergebrannt. Es war nicht kalt, das Haus hatte Elektroheizung, aber im Zimmer war es kühl. Sie hielt die Heizkörper auf niedriger Temperatur, um Geld zu sparen. Das Feuerholz war umsonst, es kam aus ihrem eigenen Wald.

Sie schürte das Feuer neu auf und nahm anschließend

den Grütztopf aus dem Eimer neben dem Herd. Sie hatte am Morgen Hafergrütze gekocht und den Topf anschließend in einen mit Stroh ausgelegten Zinkeimer gestellt. So quoll die Grütze im Lauf des Tages fertig, und sie sparte Strom. Die Grütze war sämig, sie gab einen Klecks Butter obendrauf, bestreute sie mit Zimt und Zucker, schaltete das Radio auf der Fensterbank an und hörte Nachrichten und den Wetterbericht, während sie aß. Das dunkle Fenster reflektierte ihr eigenes Spiegelbild.

Um acht Uhr ging sie zu Bett und las noch eine Weile in einem Krimi, den sie sich im Bücherbus ausgeliehen hatte. Draußen pfiff der Wind, und der Regen prasselte schwer aufs Dach. Hoffentlich hielt es auch noch diesen Herbst. Das Dach konnte sie nicht mit Klebeband flicken.

Am nächsten Tag war es trocken, aber grau und diesig, und sie nahm das Wurzelgemüse in Angriff. Massi hockte eine geraume Weile oben auf dem Steinhaufen und beobachtete sie. Oder vielleicht lauerte er auch auf Wühlmäuse. Die Mohrrüben dufteten herrlich. Sie steckte die Nase in fast jedes Bund. Erde und Mohrrüben.

Sie hatte in ihrem ganzen Leben keine einzige Mohrrübe gekauft. Die langen, orangegelben Wurzeln kamen mühelos aus dem Boden, obwohl das Beet nass war, Bund für Bund herrlicher Wohlgeruch. Ihre Verwandten hielten sie für verrückt, weil sie immer noch Kartoffeln und Mohrrüben anpflanzte. Im Supermarkt ist das Gemüse so billig, sagten sie. Warum rackerst du dich weiter im Garten ab? Es ist völlig unnötig. Denk an dein Herz!

Aber die Verwandtschaft war an Kartoffeln aus dem Supermarkt gewöhnt. Sie nicht.

Wenn sie nichts anpflanzte, würden Gemüsebeet und

Kartoffelacker verwildern. Genau wie die Wiese am Haus, seit sie keine Schafe mehr hielt. Überall Farn und Unkraut. Im Sommer war sie mit dem Rad den Stockmossavägen entlanggefahren und hatte gesehen, dass die beiden Waldäcker, die niemand hatte pachten wollen, sich kaum noch vom umliegenden Wald unterschieden, so zugewachsen mit Gestrüpp und Jungbirken waren sie.

Otto hatte die Waldäcker gerne gepflügt, weil er dabei so viele Tiere sah. Fuchs und Dachs und Elch. Und einmal einen Fischotter an der Bachböschung. Der Otter hatte sich auf die Hinterbeine aufgerichtet und Otto ohne das kleinste Anzeichen von Angst neugierig gemustert.

Sie brachte den Großteil der Mohrrüben in den Erdkeller und lagerte sie in Sand. So hielten sie sich den ganzen Winter. Den letzten Eimer trug sie in die Küche. Sie entfernte das Grün, wusch die Mohrrüben gründlich ab und holte die Küchenmaschine hervor, die Eva-Stina ihr einmal zu Weihnachten geschenkt hatte. Sie konnte die Mohrrüben nicht mehr fest genug in der Hand halten, um sie zu reiben. Die Arthrose hatte ihre Finger gekrümmt. Die Küchenmaschine erleichterte die Sache. Sie ließ das Radio laufen, während sie arbeitete. Die Musik ertönte, sobald das Surren der Küchenmaschine aussetzte. Sie summte mit, laut und falsch, keiner bestimmten Melodie folgend. Sie raspelte alle Mohrrüben, die im Eimer waren. Wenn das Gerät überhitzt zu riechen begann, machte sie eine Pause. Anschließend füllte sie die geraspelten Möhren in Gefrierbeutel und fror sie ein. Als Suppeneinlage oder für Reibekuchen.

Die Rote-Bete-Knollen konnten vorerst in der Erde bleiben, sie waren noch ziemlich klein. Vermutlich hatten sie am Anfang des Sommers zu wenig Wasser bekommen. Die Zwiebeln hatte sie schon geerntet und im Erdkeller zum Trocknen aufgehängt. Dill und Petersilie hatte sie im August eingefroren. In der Gefriertruhe lag auch Elchfleisch vom örtlichen Jagdverein. Mit ihren Vorräten würde sie lange auskommen.

Ihr Blick fiel auf das Handy, das auf der Fensterbank neben den Geranien lag. Ein Anruf in Abwesenheit, von Rut. Es musste geklingelt haben, als sie draußen im Gemüsebeet gewesen war. Sie wusch sich die Hände und trocknete sie an der Schürze ab. Langsam und gründlich wählte sie auf den winzigen Tasten Ruts Telefonnummer. Die konnte sie auswendig. Es war gut, Dinge im Kopf zu behalten, sie auswendig hersagen zu können. Das hielt die grauen Zellen fit. Das hielt sie fern vom Haus Abendsonne.

«Grüß dich, Doris! Ich war kurz davor, bei Nyjärvs anzurufen, damit sie nachsehen, ob mit dir alles in Ordnung ist.»

«Ich war draußen im Garten. Gestern habe ich die Kartoffeln aufgenommen, heute die Mohrrüben.»

«Dass du das schaffst!»

«Warum sollte ich das nicht schaffen? Ich habe mein Leben lang im Herbst Kartoffeln geerntet.»

«Hast du sonst alles, was du brauchst? Pekka fährt morgen zum Citymarkt. Er kann für dich einkaufen, wenn etwas fehlt.»

Doris sah sich in der Küche um. «Katzenfutter. Die Sorte, die Massi gerne frisst.»

«Drei Packungen?»

«Das genügt.»

«Sonst noch was?»

«Nein, für mich habe ich genug. Alte Schachteln brauchen nicht viel, weißt du.»

«Sonntag findet in der Kirche ein Konzert statt. Sollen wir dich abholen? Nach dem Konzert können wir Astrid im Haus Abendsonne besuchen.»

Doris dachte an die Äpfel und die Preiselbeeren, die sie noch nicht gepflückt hatte.

«Ruf mich am Samstag an. Dann sehen wir weiter.»

«In Ordnung. Und Doris, nimm dein Handy mit, wenn du aus dem Haus gehst, damit ich mir keine Sorgen machen muss. Bald wird es glatt. Ich habe immer Angst, dass du irgendwo liegst. Dass du gestürzt bist und nicht mehr aufstehen kannst. Das bereitet mir schlaflose Nächte.»

«Ich passe schon auf. Ich weiß, wo der Boden überfriert und es glatt wird. So darfst du nicht denken.»

Sie legten auf. Doris blieb noch eine Weile sitzen und ruhte sich aus. Gespräche mit Rut kosteten Kraft, fast so viel wie Holzsägen. Haus Abendsonne schwang bei jeder Unterhaltung unterschwellig mit, wie eine versteckte Drohung. Sie musste jedes Wort vermeiden, das die Rede möglicherweise auf einen Umzug lenken könnte. Uno war vor einem Jahr gestorben, und Astrid war daraufhin ins Haus Abendsonne gezogen. Doris hatte sie dort einige Male besucht. Astrid war kaum wiederzuerkennen. Sie war eingegangen. Wie ein Baum, den man ausgräbt, in einen Topf pflanzt und ins Haus stellt, wo ihn Ungeziefer befällt und er zu wenig Licht bekommt.

Die ganzen alten Leute, die die Flure entlangliefen, nein, *entlangschlurften*, rauf und runter, und ab und zu führte eine Pflegekraft sie mit ihren Rollatoren nach draußen an die frische Luft.

Altersheim ist ein so schweres Wort. Wie ein Stein. Wie soll man mit einem solchen Wort umgehen?

Sie dachte an ihre Äpfel. Sie mussten jetzt geerntet werden, bevor die Vögel zu viele kaputt hackten. Damit die Äpfel sich im Erdkeller hielten, mussten sie direkt vom Baum gepflückt werden, aber ihre Beine waren in der letzten Zeit etwas wackelig geworden, und die Leiter stand sehr instabil. Wenn sie jemanden hätte, der die Leiter hielte. Sie hätte Rut fragen können, ob Tomas kommen und ihr helfen könnte, aber sie hatte das Gefühl, dass Rut der Gedanke, sie oben auf einer Leiter zu wissen, nicht gefallen würde. Dann rückte womöglich die ganze Familie an, Rut, Pekka und Tomas, sie müsste ihnen etwas anbieten, und es wäre unendlich viel Aufwand.

Früher hatte sie die Apfelernte auch alleine bewältigt.

Sie konnte unter dem Baum ein Laken ausbreiten, so viele Äpfel herunterschlagen wie möglich und Apfelmus daraus kochen. Vielleicht einen Kuchen backen. Oder Muffins. Muffins ließen sich gut einfrieren.

Morgen. Heute musste sie mehr Holz ins Haus holen und nach der Mohrrübenraspelei die Küche aufräumen. Rut fragte manchmal, ob es ihr auf Nevabacka nicht zu einsam und langweilig würde. Langweilig? Früher hatte sie die Tiere und das Land besorgen müssen, das Haus, die Mahlzeiten, Näharbeiten, alles Mögliche. Und auch heute gab es jede Menge zu tun. Die Verrichtungen gingen ihr inzwischen natürlich langsamer von der Hand, es war dieselbe Arbeit, aber es ging langsamer. Wie zum Beispiel den Holzkorb aus dem Schuppen zu tragen und die Schuppentür zu schließen. Den Großteil ihres Lebens hatte sie das in einer einzigen Bewegung bewältigt. Heute musste sie den Korb zuerst Schritt für Schritt aus dem Schuppen tragen, den Fuß über die Schwelle setzen, sich dabei am Türpfosten abstützen, dann den Korb abstellen und sich umdrehen. Den Stock wegnehmen, mit dem sie die Schuppentür offen hielt, und ihn an die Schuppenwand zurückstellen. Die Tür zu fassen bekommen, sie schließen und den Riegel vorlegen. Den Korb wieder hochheben und ihn über den Hof zum Haus hinübertragen.

So viele kleine Bewegungen, die sie in jungen Jahren gedankenlos verrichtet hatte. In jüngeren Jahren. Wann war alles so beschwerlich geworden? Vor zehn Jahren? Oder war es schon länger her?

Als sie achtzig geworden war, hatte sie sich angewöhnt, die Herdschalter zu kontrollieren und laut «Null, null, null, null» zu sagen, um sicherzugehen, dass sie alle Platten ausgestellt hatte, bevor sie aus dem Haus ging. Nicht weil sie Dinge vergaß. Sie war nicht dement. Sie hatte sich testen lassen. Sie löste noch immer das Sonntagskreuzworträtsel in der Zeitung.

Im Altersheim gab es nichts zu tun.

Sie stieß die Küchentür auf, hob den Holzkorb über die Schwelle und schloss die Tür. Sie zog ihre Stiefel aus und trug den Korb vorsichtig über den Flickenteppich, damit er nicht unter den Füßen verrutschte. Am meisten Angst hatte sie vor einem Sturz. Vor einer Hüftoperation oder Ähnlichem – da landete man erst im Krankenhaus und dann im Haus Abendsonne.

In der Nacht hörte sie Geräusche auf dem Dachboden. Ein Poltern, leise, aber deutlich.

Sie wachte früh auf und schwang die Beine aus dem Bett, um aufzustehen und die Kühe zu melken. Der Raum geriet ins Schwanken, und sie klammerte sich am Bettpfosten fest. Sie hörte die Kühe nicht brüllen. War etwas nicht in Ordnung? Ihr Herz machte einen unsicheren Satz.

Seit Maja 1983 gestorben war, standen keine Kühe mehr im Stall.

Das war ein schlechter Start in den Tag. Sie blieb lange auf der Matratze sitzen, presste die Hand auf die Brust und ließ ihren Herzschlag zur Ruhe kommen. Was hatte sie heute noch gleich tun wollen? Sie ließ ihren Blick durch die Kammer wandern, über das Aquarell vom Moor, das sie aus dem Neuen Haus gerettet hatte, über den Wandbehang mit dem roten Holzhaus und den grünen Fichten, den ihre Mutter bestickt hatte, mit dem Sprichwort: EIGENS HEIM IST GOLDES WERT. Über die beige Tapete, die sie vor zwanzig Jahren eigenhändig angebracht hatte. Über die Möbel mit Ausnahme des Bettes: die glänzende Kommode mit den vielen Papieren darin und darauf, den niedrigen Bücherschrank mit Fotoalben und ihr Trichtergrammophon. Sie schlief in ihrer ehemaligen Mädchenkammer. Als ihre Mutter gestorben war, hatte sie keine Lust gehabt, umzuziehen. Mamas Zimmer war eine Abstellkammer geworden für alle Dinge, die keinen anderen Ort hatten.

Die Äpfel. Die wollte sie heute pflücken. Bevor der Nachtfrost einsetzte. Sie tastete mit den Füßen nach ihren Pantoffeln. Sie waren weit unters Bett gerutscht, mit dem Fuß kam sie nicht heran.

Wegen ihres Hallux valgus konnte sie die Zehen nicht mehr wie früher um Gegenstände krümmen und sie auf diese Weise aufheben oder hervorangeln. Sie trug Gummistiefel und breite Sandalen. In normale Schuhe kam sie nicht mehr hinein. Sie betrachtete ihre nackten, verwachsenen Füße. Die Nägel gelb und hornig, die Haut schrundig. Sie sollte sie eincremen, konnte sich aber nicht mehr so tief bücken. Auch ihren Rücken konnte sie nicht mehr eincremen. Das Haarewaschen war kompliziert, sie hatte Mühe, die Arme zu heben.

Aber sie hatte nicht einen Tag ihres Lebens im Krankenhaus verbracht. Das war ein Wunder. Anders als ihre Mutter. Mama war in ihren letzten Jahren von einem Krankenhaus ins nächste gekommen und hatte dazwischen lange Phasen bettlägerig zu Hause verbracht. Ein in die Länge gezogenes Leiden war das Schlimmste.

Der Fußboden war kalt unter ihren bloßen Füßen. Sie stand auf, holte den kleinen Hocker mit dem bestickten Sitzkissen, schob ihn ans Bett, setzte sich darauf, hielt sich an der Bettkante fest und beugte sich nach unten. Da waren die verflixten Pantoffeln. Mühevoll angelte sie sie unter dem Bett hervor, steckte ihre Füße hinein, stand auf, der Raum begann wieder zu schwanken, und sie rührte sich nicht vom Fleck. Sie durfte nicht stürzen. Alles andere, nur nicht stürzen. Als der Raum sein Gleichgewicht zurückgewonnen hatte, schob sie ihre Arme in die rote Wolljacke, die sie für Mama gestrickt hatte, nachdem sie bettlägerig geworden war. Im Zimmer war es kalt. Hatte es in der Nacht Frost gegeben? Aber es waren keine Eisblumen am Fenster.

In der Küche öffnete sie die Hintertür, ließ Massi herein, holte eine Packung Katzenfutter aus dem Schrank, das Nassfutter, und drückte etwas davon auf eine Untertasse. Massi strich maunzend um ihre Beine.

«Ja, ja, jetzt spielst du den Schmusekater.» Sie füllte die Kaffeemaschine und schaltete sie an. Dann entfachte sie mit Kienspänen ein Feuer im Herd und legte ein paar Scheite nach. Als das Feuer ordentlich brannte, machte sie sich ein Knäckebrot mit Käse. Das Feuer prasselte, und es roch leicht nach Rauch. Sie betrachtete den Riss in der Schornsteinwand, den Papa so oft abgedichtet und neu verputzt hatte. Es zog doch kein Rauch in die Küche?

Sie sollte sich eines dieser Alarmgeräte anschaffen. Keinen Rauchmelder, den hatte sie, aber dieses andere Gerät. Für Kohlenmonoxid. Sie setzte sich an den Tisch, mit Blick auf Wiese und Kartoffelacker, und biss in ihr Brot. Sie hatte gute Zähne. Knäckebrot war kein Problem.

Etwas fiel in ihre Kaffeetasse. Ein Birkenblatt, trocken und brüchig, aber noch immer von sattem Grün. Vorsichtig schaute sie nach oben. Ihr Nacken war steif, und sie wusste, wenn sie den Kopf zu weit nach hinten beugte, konnte das Schwindel auslösen.

Um die Gardinenstange wand sich ein Birkenzweig. Ein Mittsommerbirkenzweig. Sie musste ihn übersehen haben, als sie die anderen abgenommen hatte. Wie hatte ihr das entgehen können? Er hing seit Monaten da oben und verursachte Schmutz. Sie stand auf, kletterte vorsichtig auf den Stuhl, hielt sich an der Lehne fest und stieg auf den Tisch. Er war groß und stabil, wackelte kein bisschen. Aber sich nach oben zur Decke zu strecken, war nicht leicht. Sie geriet aus dem Gleichgewicht, bekam die Gardinenstange mit der linken Hand zu fassen und tastete, ohne nach oben zu sehen, mit der rechten blindlings nach dem Zweig. Das Laub verfing sich in der Gardine, und ein Ratschen erklang. Verflixt.

Die Gardinen waren uralt. Sie wusste ganz genau, dass sie sie nicht berühren durfte. Sie ließen sich auch nicht mehr zuziehen. Der Stoff war so porös, dass er bei der kleinsten Berührung zerbröselte. Sie riss den Zweig ab, ein Stück Gardine mit dazu, Staub und Spinnweben rieselten herab. Schwerfällig stieg sie vom Tisch auf den Stuhl, fiel ungalant auf den Sitz, schürfte sich dabei das Schienbein auf und blieb sitzen, schwer atmend, Zweig und Gardine noch in der Hand.

Der Kaffee war auf die Wachstuchdecke geschwappt. Sie legte den Birkenzweig zur Seite, zog ein Taschentuch aus dem Ärmel der Wolljacke und wischte die Lache vorsichtig auf.

Draußen auf der Wiese bewegte sich etwas. Etwas Großes, Graues. Sie legte das Taschentuch weg und dachte einen Augenblick lang, es wäre Maja, die von der Weide ausgerückt war. Aber Maja war braun. Elche auch. Was konnte das sein? Ein Rentier? Ein großes, graues mit Geweih. Für ein Rentier war das Tier eigentlich zu groß. Und hinter ihm lief ein halbwüchsiges Kalb. Es musste also eine Rentierkuh sein. Aber Rentierkühe hatten doch kein so ausladendes Geweih? Das Tier blieb in der Mitte der halb verwilderten Wiese stehen, auf der früher die Schafe geweidet hatten. Bis in die Achtziger hinein hatten sie noch drei Schafe gehabt. Die letzten Hoftiere. Sie hatte sie nach ihren Lieblingssängern benannt. Carola, Christer und Monica Z. Christer war furchtbar verschmust gewesen und hatte immer am Kopf gekrault werden wollen. Carola, eine Bangbüx, hatte sich immer dicht hinter Monica gehalten. Unvermutet stiegen ihr die Tränen in die Augen. Unwirsch fuhr sie sich mit dem Ärmel übers Gesicht. Die Kuh und das Kalb hatten mittlerweile den Waldrand erreicht. Die Kuh blickte sich um, ließ ihr Kalb vorgehen.

Sie griff nach dem Handy und wählte Eva-Stinas Nummer. Eva-Stina meldete sich nach dem dritten Klingeln.

«Hallo, Doris!»

«Ich störe bestimmt, aber ich habe gerade ein Tier gesehen. Zwei Tiere. Und ich dachte, ich bin verrückt, aber sie sind über die Wiese in den Wald gelaufen. Sie waren wirklich hier.» Sie hörte, wie belegt und weinerlich ihre Stimme klang, und räusperte sich hastig.

«Ist alles in Ordnung?»

«Ja, ja.» Sie tastete nach dem Taschentuch, um sich zu schnäuzen, aber es lag auf dem Teller, mit Kaffee vollgesogen. «Eine Rentierkuh mit ihrem Kalb. Aber sie waren viel zu groß für Rentiere. Und die Kuh hatte ein Geweih. Ein großes Geweih.»

«Können es normale Rentiere gewesen sein, und du vertust dich, was die Größe angeht?»

«Nein, die Kuh war viel größer als ein normales Rentier.»

«Warte kurz.»

Sie hörte, wie Stina auf einer Computertastatur tippte. Sie musste bei der Arbeit sein.

«Das klingt nach einem Waldren. Die Beschreibung passt. Kannst du es irgendwo nachschlagen? Hatte Sven nicht ein Lexikon? Der lateinische Name lautet: *Rangifer tarandus fennicus*. Ich habe einen Onlineartikel gefunden. ‹In Mittelösterbotten wurde das letzte Waldren gegen Ende des 18. Jahrhunderts erlegt. Ende des 19. Jahrhunderts, zur Zeit der großen Hungersnot, wurde es auch in Ost-Finnland vollständig ausgerottet. Mittlerweile gibt es Initiativen, das Waldren in verschiedenen Regionen Finnlands wieder anzusiedeln. In den östlichen Gebieten des Landes wurde es durch Einwanderung aus Russland auf natürliche Weise wieder sesshaft. In den Achtzigerjahren kamen in Perbro Jungtiere zur Welt, die anschließend ausgewildert wurden.› Die Auswilderung war erfolgreich, die Population hat sich vermehrt und zieht offenbar durch dein Gebiet.»

«Waldrene. Was du nicht sagst.» Doris blickte angestrengt zum Waldrand, konnte die Tiere aber nicht mehr sehen. «Ich schaue nach, ob ich Papas Lexikon finde.»

«Tu das. Aber es trifft sich gut, dass du anrufst. Ich habe vor, im Oktober hochzukommen und dich zu besuchen.»

«Ja, komm nur. Wir können Preiselbeeren pflücken.»

«Und nachschauen, ob im Moor bei Vittermåsa Pfifferlinge wachsen.»

«Abgemacht. Ist sonst alles gut bei dir?»

«Ja. Anna war hier. Mit den Babys.»

«Kaum zu glauben, dass du jetzt zwei Enkelkinder hast.»

«Ich muss zugeben, es ist schöner, als ich dachte. Ich bin zu einer dieser Großmütter mutiert, die immerzu Fotos von ihren Enkelkindern herumzeigen.»

«Mir kannst du sie gerne zeigen.»

«Ich werde jede Menge mitbringen. Hast du schon die Kartoffeln aufgenommen?»

«Ja, und die Mohrrüben. In diesem Jahr kam eine ordentliche Ernte zusammen.»

«Ich freue mich schon darauf, sie zu probieren, wenn ich komme.»

«Hast du vor, mit dem Auto zu fahren?»

«Ja, wahrscheinlich. Dann sind wir mobiler und können ein paar Ausflüge unternehmen.»

«Das wäre schön. Aber jetzt will ich dich nicht länger von der Arbeit abhalten.»

«Das macht nichts. Es dauert nicht mehr lange, und ich bin auch Rentnerin! Wir hören uns bald wieder, Doris!»

«Tschüs, Stina.»

Sie fand Papas «Nordisches Familienbuch» im Bücherregal in der Stube. Als sie den 25. Band herauszog, segelten dicke Staubflocken zu Boden. Sie schlug den Eintrag zum Waldren auf und las: *Siehe Familie der Rentiere, Sp. 1412.* Doch der Artikel über die Familie der Rentiere war nicht viel informativer. *In Finnland kommen wildlebende Rentiere nur vereinzelt in Karelien vor*. Für eine Abbildung verwies das Lexikon auf den Eintrag über die Polarländer. Doris beließ es dabei, es gab keine gute Abbildung. Sie setzte sich eine Weile in den Schaukelstuhl und schöpfte Atem. Waldrene. Hing nicht irgendwo im Holzschuppen ein Handbohrer mit einem Griff aus Horn? Stammte es von einem Waldren? Aber vielleicht war es auch nur von einem gewöhnlichen Schafbock.

Vor dem Stubenfenster hüpften eine Spatzenschar und ein paar wohlgenährte rote Gimpelmännchen umher. Noch brauchte sie die Vögel nicht zu füttern, aber sie musste sich um Körner für den Winter kümmern. Und um Meisenknödel. Sie stand vorsichtig aus dem Schaukelstuhl auf, ging in die Küche, legte das Handy auf die Fensterbank und schrieb *Körner* und *Meisenknödel* auf den kleinen Block neben den Geranien. Darüber standen schon *Hering* und *Butter*.

Sie vermisste den Geschmack von selbst gestampfter Butter. Die Butter aus dem Supermarkt war damit nicht zu vergleichen.

Sie überlegte, was sie noch brauchen könnte. Zucker vielleicht. Für das Apfelmus. Und Zitronensäure.

Es war ein windiger Morgen. Die Spitzengardinen bauschten sich in der Zugluft der kaputten Fensterscheibe. Das Klebeband half nur wenig.

Die Äpfel.

Sie ging in die Kammer und zog sich an. Es dauerte eine ganze Weile. Ihr Bein schmerzte. Ihr Schienbein war aufgeschürft, aber der Kratzer blutete nicht, also ließ sie es auf sich beruhen. Hose und Strümpfe bereiteten ihr am meisten Mühe, aber auch die Hemdsärmel zu treffen und alle Knöpfe zu schließen war ein Kraftakt. Dinge, die sie früher für selbstverständlich genommen hatte, waren plötzlich Hürden. Hin und wieder dachte sie, sie sollte einfach angezogen ins Bett gehen und sich den ganzen Aufwand sparen.

Doch das würde geradewegs ins Haus Abendsonne führen.

Anschließend saß sie auf dem Bettrand und ruhte sich aus, während ihre Augen auf der Luftaufnahme von Nevabacka verweilten. Das Bild war 1989 gemacht worden und schon leicht vergilbt. Das Haupthaus weiß mit rotem Blechdach, das Neue Haus mit dem alten Schindeldach, in der Mitte eingesunken wie eine Schale. Die Wiese frei von Gestrüpp. Zwei Jahre davor hatten noch Schafe darauf geweidet. Die Fliederbüsche blühten lila. Tränende Herzen lugten um die Ecke der Veranda. Die Schwertlilien hatten damals auch geblüht. Auf dem Foto waren sie nicht zu sehen, aber sie wusste genau, wo sie wuchsen. Sie wusste, dass das kleine Erdbeerbeet gerade außerhalb des Bildrands lag und dass sie in jenem Jahr jede Menge Zwiebeln und Knoblauch geerntet hatte.

Das Jahr davor war sie in Paris gewesen. Sie hatte ihren sechzigsten Geburtstag dort zusammen mit Eva-Stina gefeiert. Nur sie beide, zu zweit. Stina hatte sie eingeladen. Stina sprach Französisch und hatte Flug, Hotel und alles andere gebucht. Es war extravagant. Doris war es schwergefallen, das Geschenk anzunehmen. Aber sie verstand es auch. Stinas Mutter war kurz zuvor gestorben. Doris war kein Ersatz, aber vielleicht ein kleiner Trost. Stina und Tilia hatten geplant, an Tilias siebzigstem Geburtstag zusammen nach Paris zu fahren, daraus war nichts geworden, und dann war es zu spät gewesen.

Sie hatten in einem kleinen Hotel gewohnt, mit schmalen Treppen und ohne Fahrstuhl, und zum Frühstück wurde nur süßes Gebäck serviert. Sie hatten sich den Louvre angeschaut und diese großen Gemälde mit den Seerosen. Der Name des Museums fiel ihr nicht mehr ein, aber der Künstler kam oft in Kreuzworträtseln vor. Monet.

Am deutlichsten in Erinnerung geblieben war ihr der Tag, an dem sie den Hügel mit den vielen Windmühlen erklommen hatten, wo Kabaretts gegeben wurden. Eine Vorstellung hatten sie nicht besucht, aber sie waren durch das Viertel geschlendert und hatten die Aussicht bewundert. Es war sehr windig gewesen und klar, alles war hell und trocken, die Fassaden der Häuser hatten ausgesehen wie mit Pastellkreide gezeichnet. Eine elegante Pariserin in einem Trenchcoat war über die Straße auf sie zugeeilt, schwarzhaarig und mit rot geschminkten Lippen. In diesem Moment hatte sich eine heftige Windböe um ihre und Stinas Beine geschlungen, war dann weitergeweht bis zur Pariserin und hatte deren Mantel angehoben. Die Frau war darunter splitternackt gewesen.

Stina dachte, Doris sei schockiert gewesen. Aber sie hatte es interessant gefunden. Und auch ein wenig praktisch.

Doris ging auf die Veranda hinaus, zog ihre Jacke und ihre Gummistiefel an, knotete sich ein Kopftuch um, griff nach ihrem Korb und öffnete die Tür. Massi schlüpfte an ihr vorbei und lief schnell und steifbeinig in Richtung Stall. Bestimmt witterte er dort Mäuse.

Sie ging zum Apfelbaum. Mama hatte ihn vor ihrer Geburt gepflanzt. Er war gewaltig und stand in der Ostecke des Hofs, zwischen dem Neuen Haus und dem Holzschuppen. Der Stamm war knorrig und mit Moos bewachsen. Der Baum hätte eigentlich regelmäßig zurückgeschnitten werden müssen, um zu verhindern, dass er so ausladend und wuchtig wurde. Doch das hatte seit Jahrzehnten niemand mehr getan. Niemand, das war sie. Sie hatte den Apfelbaum nicht zurückgeschnitten. Sie musste alles allein bewältigen. Und vieles blieb liegen. So war es nun mal.

Vielleicht wenn sie Kinder gehabt hätte. Jemand, an den sie den Hof hätte weitergeben können. Aber nun musste er eben verfallen, an den Stellen, wo ihre Kraft nicht mehr ausreichte.

Der Großteil der Äpfel saß zu weit oben, aber wenn sie die untersten Äste packte, konnte sie nach niedrig sitzenden Früchten tasten, ohne dabei den Kopf in den Nacken zu legen und einen Schwindelanfall oder einen Sturz zu riskieren. Sie hängte sich den Korb an den Arm und pflückte die Äpfel direkt hinein. Dann trug sie ihn über den Hof langsam zurück zur Veranda, stellte ihn außer Reichweite von Vögeln ab und dachte nach. Im Neuen Haus lag eine Plane, die sie einmal dort hingebracht hatte.

Warum sie die Plane da und nicht im Holzschuppen verstaut hatte, wusste sie nicht mehr.

Die vordere Verandatür des Häuschens klemmte. Als sie sie schließlich aufbekam, klopfte ihr Herz vor Anstrengung. Von so einer Kleinigkeit!, dachte sie ärgerlich. Sie trat ein und sog den Duft von Feuchtigkeit und Einsamkeit ein. Von den Wänden blinzelten ihr Tilias Vögel entgegen, verblasst, die Farbe abgeblättert. Vorsichtig ging sie weiter. Die Bodendielen waren morsch, gut möglich, dass sie bald einbrachen. In der Stube herrschte sanftgraues Dämmerlicht, und der Geruch war dort noch intensiver. Die Dinge, die noch zu retten gewesen waren, hatte sie vor vielen Jahren gerettet, als deutlich wurde, dass Tilia nicht vorhatte, etwas an dem Häuschen zu tun. Die Bilder, den Geschirrschrank, einige alte Dokumente. Einen von Großvaters ausgestopften Vögeln, von Motten zerfressen und gruselig, der jetzt in Mamas Schlafzimmer verstaubte. Sie tastete sich vor, schlurfend, um nicht über ein unerwartetes Hindernis zu stolpern. Es klang wie Astrids schlurfende Schritte in den Fluren von Haus Abendsonne. Ein Stück vor ihr war der Fußboden heller, ein Lichtstreifen, ganz unten an der Fußbodenleiste. Zögernd ging sie darauf zu. Im ersten Moment konnte sie sich nicht erklären, was das sein könnte. Die Bretterverschalung hatte sich vom Fußboden gelöst. Zwischen Wand und Fußboden klaffte ein großes Loch, durch das sanftgraues Tageslicht hereinfiel. Das ließ sich nicht mit Klebeband flicken. Sie musste mit Stina darüber reden, jetzt, wo Tilia nicht mehr war. Das Häuschen gehörte jetzt Stina, und sie sollte wirklich etwas dagegen unternehmen.

Gleichzeitig wollte sie keinen Streit. Stina hatte ihre Arbeit, und jetzt war sie außerdem Großmutter.

Sie entdeckte die Plane auf einer Bank an der Wand. Als sie sie anhob, raschelte es darin. Etwas fiepte, Bewegungen, Gegenstände stoben nach allen Seiten. Sie spürte einen Stich in der Brust, bekam keine Luft mehr und ließ die Plane fallen. Kleine Tierchen verschwanden in die Dunkelheit. Krallen kratzten über nackte Bodendielen. Sie sank auf die Bank, stieß die Plane mit dem Fuß beiseite, presste den Rücken an die Wand und versuchte, ihre Atmung wieder unter Kontrolle zu bekommen. Ihr Herz hämmerte entsetzlich, klopf klopf klopf in der Brust im Hals in den Ohren, sie rang nach Luft und bemühte sich, ruhig und gleichmäßig zu atmen. Aber Brust Herz Atmung wollten sich nicht beruhigen. Sie brauchte ihre Nitrotabletten. Sie kramte in ihren Taschen, aber die Tabletten lagen wohl wie üblich auf dem Küchentisch. Sie stand auf, stützte sich mit der linken Hand an der Wand ab und schleppte sich nach Luft ringend zur Tür, kleine abgehackte Schritte, die Stufen der Verandatreppe eine weitere Hürde. Sie schaffte es, ohne zu stürzen. Vor ihren Augen flimmerte es, oder war es der Dunst? Nasses Laub unter ihren Stiefeln, glatt, gefährlich. Sie durfte nicht stürzen, Haus Abendsonne, da war die Klinke der Küchentür. Sie klammerte sich daran wie an eine Boje. Weiter in die Küche. Das Döschen mit den Nitrotabletten auf der Wachstuchdecke. Der Deckel schwergängig, überall Tabletten, eine davon in den Mund und dann hinsetzen. Sie sank auf die Küchenbank und lag unbeweglich da.

Lange.

Lange.

Schließlich drehte der Raum sich nicht mehr. Sie konnte den Blick fokussieren. Ihr Herz fühlte sich nicht gut an, aber besser. Sie konnte sich aufsetzen, führte alle Bewegungen so langsam aus wie möglich. Ging zur Spüle und trank ein Glas Wasser.

Sie sollte vielleicht jemanden anrufen. Rut. Stina. Rut war näher.

Aber Haus Abendsonne.

Wenn sie von jetzt an über die Maßen vorsichtig war. Keine unnötigen Arbeiten. Sobald sie sich schwindelig fühlte oder seltsam in der Brust, würde sie sich hinsetzen.

Sie schaltete das Radio an, als Gesellschaft, als Ablenkung, damit sie nicht zu viel nachdachte. Dann fiel ihr auf, wie die Küche aussah: Die Butter stand auf dem Tisch, und das mit Kaffee vollgesogene Taschentuch hatte ihr Knäckebrot aufgeweicht. Hatte sie es nicht aufgegessen? Kein Wunder, dass ihr flau im Magen war. Der Birkenzweig lag noch auf dem Tisch. Der Flickenteppich war mit Tabletten übersät. Sie schaffte Ordnung, langsam. Steckte den Zweig in den Herd, wischte den Tisch gründlich ab, spülte Tasse, Teller und Buttermesser. Kehrte die Tabletten auf, pustete sie sauber und legte sie zurück in die Dose. Vielleicht hatte sie ein paar übersehen, aber Massi war wohl klug genug, sie nicht zu fressen. Dann fegte sie Birkenrinde und Birkenlaub zusammen, zupfte die vergilbten Blätter der Geranien ab und goss die Blumen.

Sie hatte das Gefühl, als wäre das alles ein wenig zu viel des Guten gewesen, darum legte sie sich vorsichtshalber auf die Küchenbank und schlief augenblicklich ein.

Wachte auf, das Radio lief noch, Nachmittag. Kaffeezeit. Sie kochte Kaffee, nahm die Keksdose aus dem Schrank, trank zwei Tassen mit viel Zucker und aß ein paar Plätzchen. So, jetzt fühlte sie sich schon viel besser. Die Nitrotabletten fielen ihr ein. Hatte sie noch ein Folgerezept? Sie ging in ihre Kammer, um in der Kommode nachzusehen. Als sie den Raum betrat, merkte sie auf einmal, wie es darin roch. Nach alter Frau. Muffig und süß und widerlich. Wie Verfall. Wie Haus Abendsonne.

War heute nicht Freitag? Freitags waren Mama, Papa und sie immer in die Sauna gegangen.

Sie trat hinaus auf die Veranda, steckte die Füße in die Gummistiefel und ging nach draußen. Die Sonne stand jetzt tief über den Bäumen, und der Wind hatte sich gelegt. Als sie den Weg zur Sauna hinunterlief, leuchteten die Fenster des Wohnhauses golden in der Abendsonne. Aber eines blieb dunkel. Das kleine Dachbodenfenster oben im Giebel. Sie ging ein Stück näher heran, kniff die Augen zusammen. Die polternden Geräusche in der Nacht fielen ihr ein. Die Scheibe war kaputt. Etwas war durchs Fenster hereingekommen. Schaudernd dachte sie an die Plane im Neuen Haus. Hoffentlich war es etwas Kleines, um das Massi sich kümmern konnte. Ein kleiner Vogel.

Die Sauna unten am Bach war in relativ gutem Zustand. Papa hatte sie gebaut, aus Baumstämmen, die er selbst gefällt und in seiner Sägemühle geschnitten hatte. Die Bodenbretter hatte er auch selbst gesägt. Das Dach war aus Wellblech und verhältnismäßig neu. Sie erinnerte sich vage an die Sägemühle. Die Säge. Papa ist in der Säge. Ant ist mit Papa in der Säge. Sie öffnete die Tür der Sauna und dachte an Ant. An seine lieben, grauen Augen und seinen Mund, den er in Gegenwart anderer Leute nie aufgebracht hatte. Bei ihr war es anders gewesen. Mit ihr hatte er reden können. Er war der erste Mann gewesen, in den sie sich verliebt hatte.

Dann war der Krieg gekommen und hatte sie alle genommen. Ant und ihre Brüder. Nur sie, die Tochter, war übrig geblieben.

Im Vorraum der Sauna war Holz aufgestapelt. Es war alt, aber trocken. Die Streichhölzer lagen an ihrem Platz im Fenster, zwischen toten Fliegen und den hübschen Steinen, die Stina früher dort aufgereiht hatte. Das Feuer brannte sofort. Es duftete so gut von den Wänden aus Baumstämmen und vom Ofen: der ganz spezielle Duft einer mit Holz befeuerten Sauna. Doris atmete ihn tief ein. Sie fühlte sich schon besser. Sie würde die Sauna nicht zu stark aufheizen. Nur so weit, dass sie sauber wurde. Sie griff nach einem der Kübel, ging nach draußen und ließ die Tür offen stehen, damit das Feuer durch die Zugluft weiter angefacht wurde. Die Uferböschung des Bachs war nicht steil. Sie hatte keine Angst auszugleiten. Sie musste nur vorsichtig sein. Da war das Seil. Sie knotete es an einem Ast fest und schwang den Kübel in den Bach. Der Bach stand hoch, schäumte von Herbstwasser, und der Kübel war schnell gefüllt. Einmal, als die Brunnenpumpe kaputtgegangen war, hatte sie eine Woche lang Bachwasser getrunken. Zu Rut hatte sie gesagt, sie würde es nur zum Geschirrspülen nehmen.

Ein bisschen Wasser kippte sie wieder aus, damit sie den Kübel tragen konnte, und ging langsam zur Sauna zurück. Es würde bald dunkel werden. Sie stellte den Kübel auf die unterste Bank, ging wieder hinaus, schloss die Tür, ging hinüber zum Haus und schaltete die Außenbeleuchtung an, um später auf dem Rückweg etwas sehen zu können.

Dann zog sie sich im kühlen Saunavorraum aus. Knöpfe und Ärmel und Strümpfe und das ganze Drum und Dran noch einmal von vorn, legte noch etwas Holz aufs Feuer, kletterte vorsichtig auf die oberste Bank, lehnte sich an die Wand, die sich schon ein wenig erwärmt hatte, und blickte aus dem Fenster. Von hier aus sah man den Zufahrtsweg mit dem Briefkasten und die Biegung des Bachs, wo im Mai die Traubenkirsche blühte.

«Es ist wie in finnischen Filmen», hatte Stina in ihrem ersten Sommer auf Nevabacka geschwärmt, als sie auf der oberen Bank gesessen und aus dem Fenster gesehen hatte. Es war ein heißer Sommer gewesen, das wusste Doris noch. Sie hatten früh geheut.

Das Feuer knisterte und knackte, und der eiserne Kanonenofen bollerte, wenn das Metall die Form veränderte. Sie schloss die Augen. Dachte an Stinas ersten Sommer. Den Ilmari-Sommer.

Einmal hatten sie sich hier in der Sauna geliebt, aber ohne sie anzuheizen, denn dann hätte Mama den Rauch gesehen. Das war das einzige Mal, dass sie nicht draußen im Wald gewesen waren. Sie hatten nirgendwo anders hingehen können. Nur in den Wald. Tannennadeln und Ameisen in den Kleidern. Ilmaris Hände auf ihren Brüsten, in ihrem Haar. Ilmaris Stimme, dunkel und warm. Der schönste Mann, den sie je gesehen hatte. Verheiratet, natürlich. Wie sie später erfahren hatte.

Sonst. Sonst hätte sie Nevabacka vielleicht verlassen.

Sie ließ ihre Finger über ihr Schlüsselbein gleiten, hinab zur Brust. Sie spürte nicht die Falten, die hervorstehenden Rippenknochen, die Schlaffheit der Brüste. Sie spürte, was Ilmari gespürt hatte. Die aufgerichteten Brustwarzen. Das dichte Haar, den schmalen Nacken.

Seit Ilmari hatte kein Mann sie berührt.

Aber ein Mensch kann nicht ohne Berührungen leben. Von Zeit zu Zeit gab sie Astrids beharrlichem Drängen nach. Wenn Uno auf der Jagd war. Oder in der Stadt. Oder mit dem Traktor draußen auf dem Feld.

Es gab viele Gelegenheiten, an denen zwei Frauen zwischen Melken und Abwasch allein sein konnten. Sie versuchte, es nicht zu oft geschehen zu lassen. Hinterher war Astrids Fürsorge unerträglich. Und dann kamen die Wutausbrüche, die Vorwürfe, die Tränen.

Aber Einsamkeit ist schwer auszuhalten. Nie berührt, in den Arm genommen, gestreichelt zu werden.

Sie sollte Uno und Astrid besuchen. Vielleicht einen Apfelkuchen mitnehmen? Sie könnte morgen zu ihnen gehen. Vielleicht würde Uno eine Weile fort sein.

Nein, Uno war doch tot.

Doris schrak auf der Saunabank zusammen. Wie konnte sie das vergessen? Uno war tot. Astrid fortgezogen. An einen Ort, wo es keine Gelegenheiten gab.

In der Sauna war es finster. Ein schwaches, rotes Lichtviereck fiel durch die Abluftklappe auf den Holzrost. Das Feuer war heruntergebrannt. Es regnete wieder, auf dem Wellblechdach der Sauna trommelte es. Vorsichtig kletterte sie in der Dunkelheit von der Bank hinunter, goss Wasser aus dem Kübel in eine Schüssel und wusch sich langsam an allen Stellen, die sie erreichen konnte. Spülte Seife und Shampoo aus. Dann ging sie in den kleinen Vorraum und trocknete sich mit dem Handtuch ab, das dort hing, tastete nach dem Bademantel, fand ihn an seinem Holznagel. Es war mühsam, die Arme hineinzubekommen, jetzt, wo ihre Haut feucht und klebrig war und der Frotteestoff daran hängen blieb. Aber schließlich hatte sie ihn angezogen, klaubte ihre Kleider zusammen und stieg in die Gummistiefel.

Ihr Magen knurrte. Hatte sie daran gedacht zu essen? Das vergaß sie doch eigentlich nicht.

Aber wie will man überhaupt wissen, was man vergisst? Warum schmerzte ihr Schienbein? Hatte Maja sie getreten? Nein, nicht Maja. Sie war so lieb, sie schlug nie aus. Alice war die Bockige. Einmal hatte die Kuh Mama so fest getreten, dass sie zum Arzt hatten fahren müssen, um die Wunde nähen zu lassen.

Als sie über den Hof ging, hörte sie auf der Straße ein Motorengeräusch, Scheinwerfer zerteilten die Dunkelheit. Heute kam der Bücherbus. Sie hastete zur Veranda, verlor etwas aus ihrem Kleiderbündel, doch das war jetzt nicht zu ändern. Sie konnte es morgen holen, aber sie durfte auf keinen Fall im Bademantel gesehen werden! Sie zog die Tür in dem Augenblick hinter sich zu, als der Bus auf den Hof einbog. Sie rang nach Luft, stolperte in Gummistiefeln durch die Veranda und tastete nach dem Lichtschalter. Sich anzuziehen würde sie nicht schaffen. So lange wartete Rufad nicht. Hektisch zog sie den Bademantel aus und schlüpfte in ihren Wintermantel. Fand eine Mütze, die sie sich über die nassen Haare stülpte, und lief in die Stube, wo die Leihbücher in einem Stapel auf der Anrichte lagen. Sie klemmte sie sich unter den Arm und lief wieder hinaus. Der Bus parkte auf dem Hof, in allen Fenstern brannte Licht. Als er sie bemerkte, öffnete Rufad die Tür. Hoffentlich sah sie nicht zu ungepflegt und absonderlich aus. Nicht dass er jemanden anrief. Nicht dass jemand mit Sorgenfalten und Haus Abendsonne kam. Rufad stand vom Fahrersitz auf, trat an die Treppe und nahm ihr die Bücher ab. Sie schaffte es, die Stufen ohne Hilfe zu bewältigen, spürte dabei aber Rufads besorgten Blick.

«Hallo, Doris! Ich hätte zur Tür kommen und die Bücher holen können», sagte er.

«Nein, nein. Das ist nicht nötig.» Sie wedelte mit der Hand. «Ich werde doch noch ein paar Bücher tragen können. Gestern habe ich zehn Kilo Kartoffeln geerntet!»

«Das ist eine Menge!» Rufad fuhr mit seinem Scanner über die Strichcodes der Bücher. «Was darf's heute sein?»

Doris setzte sich auf die kleine Bank im Bücherbus und atmete durch. Der Bus schaukelte und vibrierte, ihr Herz stolperte und flimmerte. Sie schloss die Augen. Sie hatte sich beeilt, obwohl sie sich fest vorgenommen hatte, es von nun an ruhig angehen zu lassen. Der Wollmantel kratzte auf ihrer nackten Haut. Ich habe nichts drunter, dachte sie und kicherte.

«Ist alles in Ordnung?» Eine Stimme, dicht bei ihr, besorgt.

«Alles gut. Das waren nur die Stufen. Es geht gleich wieder vorbei.» Sie öffnete die Augen, tat, als würde sie sich nach einem Buch umgucken, das sie ausleihen wollte. Betrachtete die Bücherregale, die Kiste mit Bilderbüchern, die Wandborde, auf denen die Neuerscheinungen mit dem Titelbild nach vorn standen. Goldene Buchstaben tanzten ihr vor den Augen.

«Ich glaube, ich brauche diesmal nichts», sagte sie langsam.

«Aber du leihst immer etwas aus!» Rufad beugte sich vor. «Geht es dir gut, Doris?»

«Ja, ja. Aber ich habe so viel zu tun, weißt du. Ich muss Apfelmus kochen, das Laub aufharken. Und ...» Sie durchforstete ihr Gedächtnis. Im Herbst gab es immer so viel zu tun. Aber was? «Preiselbeeren. Ich muss Preiselbeeren pflücken. Ich pflücke immer mehrere Eimer. Für die Grütze.»

«Dass du das alles schaffst.» Rufad schüttelte den Kopf. «Übrigens soll ich dir Grüße von Astrid bestellen. Sie fragt jedes Mal nach dir, wenn ich donnerstags zum Haus Abendsonne komme.»

Doris stand auf und griff Halt suchend nach einem der Regale. Ein Buch über Landwirtschaft fiel herunter. Rufad bückte sich, hob es auf und stellte es zurück.

Doris trat an die Treppe und blickte in die Dunkelheit hinaus. Mit einem Mal hatte sie Mühe zu erkennen, wo dort unten der Boden begann. Alles war so finster und nass und glitzerte im Licht der Scheinwerfer.

Rufad fasste sie am Arm und half ihr die Treppe hinunter, Stufe für Stufe.

Eine Hand, die ihren Arm hielt. Sie spürte die Wärme durch den Mantelstoff hindurch. Als sie auf dem Hofplatz standen, griff sie nach Rufads Hand und tätschelte sie. Die Haut eines anderen Menschen, weich und lebendig. Rufad drückte ihr lächelnd die Hand, dann ging er die Stufen wieder hinauf.

«Wir sehen uns in zwei Wochen!»

Doris hob eine Hand und winkte. Der Bus wendete und fuhr langsam vom Hof. Die roten Rücklichter verschwanden in der Dunkelheit. Der Regen prasselte aufs Gras, auf der anderen Wegseite rauschte der Bach. Über ihrem Kopf wölbte sich der schwarze Himmel. Sie ging die zwei Stufen der Verandatreppe hinauf und schloss die Tür hinter sich. Schaltete die Außenbeleuchtung aus. Stieg aus den Gummistiefeln.

Sie war unsagbar müde. Es war schön, ins Bett gehen zu dürfen. Sie hatte immer gut geschlafen.

Am Morgen klingelte das Handy auf der Fensterbank in der Küche. Das Geräusch drang hinaus zu Massi, der auf dem Heuboden auf Schwalben lauerte. Es drang hinaus zu den Vögeln, die das Futterhäuschen umlagerten, das leer in der Fliederlaube schaukelte. Es drang hinaus zum Apfelbaum, dessen Früchte noch an den Ästen hingen und darauf warteten, gepflückt zu werden.

Es klingelte und klingelte.

Inventur

Der Hof sieht aus, wie er immer ausgesehen hat. Stina parkt vor der Veranda und bleibt eine Weile im Wagen sitzen. An der Wand neben der Tür lehnt ein Besen, als wäre jemand daheim und hätte gerade eben die Treppe gefegt. Aber keine Fußspuren durchziehen den müden Märzschnee. Und etwas in dem weißen Haus flüstert, dass niemand mehr hier wohnt. Die Fenster wirken tot.

Sie steigt aus dem Auto und streckt sich, verspannt nach der langen Fahrt. Rut hatte sie gebeten, auf dem Weg durchs Dorf auf einen Sprung bei ihnen vorbeizuschauen, aber Stina hatte nur ankommen wollen. Anfangen. Es hinter sich bringen. Sie nimmt die Taschen aus dem Wagen und schließt die äußere Verandatür auf. Die Veranda riecht, wie sie immer gerochen hat. Nach Kindheit. Sie stellt Rucksack und Kühltasche ab und zieht ihre Winterschuhe aus. Die Jacke behält sie an. Alles sieht so aus, wie es ihr Leben lang ausgesehen hat. Das Tischchen mit der bestickten Decke, der Korbstuhl, der Garderobenständer. Sie schließt die innere Tür auf und geht ins Haus. Die Bodendielen sind kalt unter ihren Wollsocken. Obwohl Rut die Heizungen aufgedreht hat, ist es in den Räumen feucht und muffig. Und so still. Nicht einmal eine Uhr tickt. Nur das Zwitschern und Tschilpen der Vögel draußen auf dem Hof dringt in das schlafende Haus. Stina geht durch die Zimmer, sieht den Staub, die toten Fliegen auf dem Fußboden, die verwelkten Geranien im Küchenfenster. Die verblichenen Flickenteppiche, die verblichenen Tapeten, die verblichenen Tagesdecken. Die Küchengardine hängt herab, sie hat einen großen Riss. Die Fensterscheibe ist gesprungen. Ein alter Kalender zeigt das Septemberblatt vom Vorjahr. In der Stube: Esstisch, Sofa, Schaukelstuhl, Fernseher, das niedrige Bücherregal mit Lexikon und Bibel. In Doris' Zimmer das Trichtergrammophon und das kleine Kofferradio, dasselbe wie in Stinas Jugend. Die Bilder, die immer am selben Platz gehangen haben. Die Moorlandschaft, das Porträt eines jungen Mädchens, der gestickte Wandbehang mit dem dialektal bedingten Fehler. Und die gerahmten Fotografien: Stinas Großmutter mit ihren Schwestern, der Größe nach aufgereiht, ernst. Doris' Brüder in Uniform, Lovisas und Svens Hochzeitsfoto. Neuere Fotos: Stina mit einer Schleife im Haar und einer Lücke zwischen den Schneidezähnen, Björns und ihr Hochzeitsfoto. Stina auf einer Parkbank mit einer großen Sonnenbrille und Baby-Anna im Arm. Und schließlich eine erwachsene Anna mit Adrian auf dem Arm an Adrians erstem Geburtstag.

Allein schon die Fotos. Was soll sie mit ihnen machen?

Ein weiteres Zuhause, das ausgeräumt werden muss. Wieder ist sie es, die es tun muss.

Zuerst Papas Wohnung, wo auch noch Mamas Sachen in Schubladen, Schränken, Kisten lagerten. Zehn Jahre nach Mamas Tod hatte er kaum etwas entsorgt. Sie hatte alte Reisepässe durchsehen müssen, Tagebücher, Kleider, Ansichtskarten, Handarbeiten, Forschungsberichte, Aquarelle, Schmuck, Fotoalben, Handtaschen, Briefe. Zusätzlich zu Papas Nachlass. Und all die vielen anderen

Dinge, die sich im Laufe eines Menschenlebens ansammeln: Kleidung, Hausrat, Bücher, Möbel. So furchtbar viele Sachen. Anna hatte bloß ein paar kleine Erinnerungsstücke mitgenommen. Sie hatte schon ein eigenes Zuhause, vollgestopft mit ihren und Sams und Adrians und jetzt auch noch Klein Moiras Sachen.

Stina hatte Monate gebraucht, um alles durchzusehen. Monate der Qual: Kann ich dies wirklich wegwerfen? Das weggeben? Jenes verkaufen? Sie lag nachts noch immer wach und plagte sich mit Schuldgefühlen, weil sie so viele Dinge entsorgt hatte. Mamas Malutensilien. Alte Gesellschaftsspiele, bei denen Teile fehlten. Nichts Wichtiges. Aber trotzdem.

Björn fand, sie habe viel zu viel aufgehoben. Ihre Drei-Zimmer-Wohnung war schon mit ihren eigenen gelebten Leben gefüllt. Nun konnte man sich vor lauter Kram kaum mehr darin bewegen. Und jede Menge unausgepackter Kartons standen noch herum. Trotzdem hatte sie weniger aufgehoben, als sie es ihrer Meinung nach hätte tun sollen.

Was sie selbst *wollte*, wusste sie nicht.

Kurz nach Doris' Tod war Björn erkrankt. Sie war nicht dazu gekommen, nach der Beerdigung nach Nevabacka zu fahren, um den Nachlass zu ordnen.

Björn fand, dass sie den Hof und das Land verkaufen sollte. Für das Geld könnten sie Reisen machen, sich ein neues Auto kaufen. Anna bei der Anzahlung für ein Haus unterstützen, wenn es das war, was sie und Sam wollten.

Das klang vernünftig. Einen Hof mit mehreren alten Gebäuden zu unterhalten, war kostspielig. Sie waren beide Rentner, sie hatten keine zusätzlichen finanziellen

Mittel. Und Nevabacka lag so weit entfernt. Björn hatte keine Beziehung zu dem Ort. Anna auch nicht. Das Logische wäre der Verkauf.

Außerdem war sie ganz und gar nicht sicher, ob es ihr gefiel, Grundbesitz zu haben. Björns gesamte Krankheit hindurch hatte sie gespürt, wie der Hof auf sie wartete. Dinge von ihr *er*wartete. Es war eher, als würde der Hof *sie* besitzen. Rut und Pekka sahen nach den Gebäuden, berichteten von kaputten Fensterscheiben, fegten Schnee von den Dächern und hatten alles im Blick. Aber sie konnte nicht zu viel von ihnen verlangen. Doris hatte Nevabacka ihr hinterlassen. Der Hof war ihre Verantwortung.

Nun ist sie hier, geht umher und kramt in den Dingen herum, ziellos. Da sind die Mappen mit ausgeschnittenen Kochrezepten im Schrank in Doris' Zimmer. Die Kiste unter dem Bett mit Preisen von den Bingoabenden der Kirchengemeinde. Erinnerungsalben aus Lovisas Kindheit mit Lesezeichen und frommen Sprüchen, die im Regal in der Stube stehen. Ein Fach mit selbst gewebten, nie benutzten Leinentüchern im Kleiderschrank. Die alte Bonbonblechdose mit Modeschmuck. Die alten Schellackplatten neben dem Grammophon. Die Nippestierchen aus Glas und Porzellan, die gehäkelten Sesselschoner und angeschlagenen Kaffeetassen. Über all das muss sie Entscheidungen treffen. Aufheben, verkaufen, wegwerfen. Was könnte Anna haben wollen, was Rut. Kann sie das Haus mitsamt Inventar verkaufen?

Es kommt ihr vor wie ein Déjà-vu. Als wäre sie von Papas Tod nicht losgekommen. Sie steckt im Moor fest, dieselbe Belastung, dieselben Verpflichtungen, immer und immer wieder. Kriegt sie einen Fuß heraus, bleibt er beim nächsten Schritt wieder stecken. Die Leben anderer Menschen durchgehen, Entscheidungen über ihre Erinnerungen treffen. Die Einzige zu sein, die alles weiterträgt.

Was soll sie jetzt mit dem Geld aus einem Verkauf anfangen? Reisen mit Björn wird es nicht geben. Aber allein kann sie sich unmöglich um Nevabacka kümmern. Die vielen Dinge, die repariert und erledigt werden müssen. Unmöglich.

Zu Hause warten obendrein Björns sämtliche Sachen. Sie kann inmitten von ihnen leben, so lange sie will. Aber eines Tages wird sie auch Björns Nachlass durchgehen müssen. Sie kann nicht alles Anna aufbürden, ihr die Verantwortung zuschieben.

Sie bezieht Doris' Bett für sich, mit den alten bestickten Laken. Obwohl die Wäsche sauber ist, hat sie das Gefühl, dass sie muffig riecht. Die uralten Kissen und Decken von jemand anderem. Sie wünscht, sie hätte ihre eigenen mitgenommen. Am Küchentisch trinkt sie einen Abendtee, mit dem Radio als Gesellschaft gegen die Stille. Die Märznacht vor dem Fenster ist ein schwarzes, leeres Loch. Das Haus kommt ihr vor wie ein Raumschiff, das in einer unbekannten, unbewohnten Galaxie schwebt, abgeschieden von allem und jedem. Sie will Björn anrufen, seine vertraute, dunkle Stimme hören, hat schon fast das Telefon in der Hand, als es ihr wieder einfällt.

In der Nacht liegt sie wach, schreckt bei jedem Knacken, jedem Laut zusammen. Sie kann nicht sagen, wovor sie sich fürchtet. Vor wilden Tieren? Mördern? Sie hat einfach Angst. Sie nickt ein, und als sie aufwacht, strahlen

Scheinwerfer direkt in die Kammer. Sie liegt unbeweglich da, das Herz hämmert. Es ist ein Auto. Jemand hat auf dem Hof geparkt. Das Scheinwerferlicht dringt zu ihr herein. Niemand, der um diese Uhrzeit kommt, kann etwas Gutes im Sinn haben. Sie ist steif wie ein Stock, halb tot vor Angst. Hat sie sich je zuvor so sehr gefürchtet? Sie registriert die körperlichen Symptome von Angst: Mundtrockenheit, hämmernde Herzschläge, die so laut in ihren Ohren dröhnen, dass sie kaum etwas hört.

Das Licht verschwindet nicht, bewegt sich nicht. Schließlich richtet sie sich so lautlos sie kann auf. Das Laken raschelt, das Bett knarrt. Sie rührt sich nicht, lauscht, kein Laut ist zu hören. Sie steht auf, schleicht vorsichtig ans Fenster, versteckt sich hinter der Gardine und späht hinaus.

Es ist der Mond. Er ist fast voll und scheint über den Bäumen direkt in die Kammer. Sie kann sich nicht erinnern, jemals ein derart intensives Mondlicht gesehen zu haben. Das Neue Haus wirft einen scharfen, tiefschwarzen Schattenriss. Die Silhouetten der Bäume liegen lang und schmal auf dem körnigen Schnee, der im Mondlicht kaum glitzert.

Beschämt kriecht sie zurück ins Bett. Legt sich im Kopf zurecht, wie sie Rut diese Anekdote erzählen wird. Der Mond hat mir einen Mordsschrecken eingejagt, wird sie sagen, und sie werden gemeinsam darüber lachen. Verstehst du, ich kann Nevabacka nicht behalten, weil ich Angst im Dunkeln habe! Und Rut wird sagen, dass sie Tomas oder Marina fragen wird, ob sie Interesse haben, den Hof zu kaufen. Aber sie wissen beide, dass Ruts und Pekkas Kinder es weder können noch wollen. Marina lebt in Oslo. Tomas wohnt zwar in Forskant, aber er hat ein neugebautes Einfamilienhaus unten am Fluss und arbeitet in einer Werbeagentur in Karleby. Was soll er mit einem alten, halb verfallenen Hof?

Früh am nächsten Morgen kommt der Sachverständige des Waldbesitzerverbandes. Als er auf den Hof einbiegt, ist sie startklar. Sie hat im Morgengrauen gefrühstückt, Kaffee gekocht und in eine Thermoskanne gefüllt. Sie ist müde nach der schlaflosen Nacht. Ihre Bewegungen sind schwerfällig, und sie hat Kopfschmerzen. Sie wartet auf der Veranda, in Gummistiefeln, Windjacke und mit einem Tuch um den Kopf. Großvaters alter Rucksack steht zu ihren Füßen. Gegen Morgen hat Regen eingesetzt, und ein wenig tröpfelt es noch immer. Als der Sachverständige aus dem Auto steigt, erweist er sich als jünger, als sie erwartet hat. Er trägt eine schwarze Baseballkappe und eine Jacke mit dem Schriftzug Metsäliitto. Sie geht nach draußen und begrüßt ihn. Der Regen hat den Schnee noch weiter zusammensinken lassen, der Himmel ist grau und sieht genauso matt aus, wie sie sich fühlt. Sie fahren mit seinem Auto zum Forstwendeplatz im Wald, der Wagen hat Vierradantrieb und wird nicht stecken bleiben.

Auch der Wald gehört jetzt ihr. Auch er erfordert Pflege, Fürsorge, Entscheidungen. Sie muss eine Inventur machen, den Wert des Walds ermitteln lassen, falls sie verkauft.

Der Sachverständige des Waldbesitzerverbandes war schon einmal hier und hat sich mit den Gegebenheiten vertraut gemacht. Er weiß, wie sie gehen müssen, und navigiert zusätzlich mit einer detaillierten Karten-Handy-App.

Er kommentiert die unterschiedlichen Baumbestände, an denen sie vorübergehen, beantwortet geduldig ihre Fragen. Sie schämt sich dafür, wie wenig sie weiß und kann. Zumal mit einer Forstmeisterin als Mutter. Sie erzählt dem Sachverständigen nicht von Tilia. Dann würde er nur denken, sie müsste die ganzen Fachbegriffe verstehen, die er verwendet. Er deutet auf kleine Kiefern, die dicht an dicht am Wegrand wachsen, und sagt, die müssten gerodet werden. Als sie den Hügel erreichen, wo Doris, Lovisa und sie immer Preiselbeeren gepflückt haben, sagt er, dieses Waldstück sei bald fällig zur Abholzung.

Preiselbeersträucher recken ihre Zweige aus dem Märzschnee, immergrüne Blätter, ein paar verschrumpelte Beeren sitzen noch daran. Nach Lovisas Tod haben nur noch Doris und sie hier Preiselbeeren gepflückt. Sie hatten immer einen ganzen Tag eingeplant, eine Thermoskanne mit Kaffee, Butterbrote und ein paar Wecken mitgenommen. Dann hatte sie Björn geheiratet, und Anna war geboren worden. Als Anna klein war, waren sie ganz selten mal nach Nevabacka gefahren. Björns Eltern hatten ein Sommerhaus in Ost-Nyland, am Meer, nur eine gute Autostunde von Helsinki entfernt, und sie begannen, den Sommer dort zu verbringen. Das Sommerhaus gehört jetzt Anna. Björns Eltern hatten es ihr in ihrem Testament vermacht. Anna und Sam sind oft dort. Sam liebt Boote, sie haben ein Motorboot und ein Segelboot. Und Anna angelt gern, sie hat es von Björns Eltern gelernt.

Nevabacka liegt nicht einmal an einem See.

Den Preiselbeerhügel will der Sachverständige des Waldbesitzerverbandes roden lassen, zur Abholzung freigeben. Forstmaschinen werden anrücken, Krähenbeeren und Preiselbeersträucher niederwalzen, sich die Kiefernstämme einverleiben. Als Nächstes wird der Boden umgegraben, Baumsetzlinge gepflanzt werden. Preiselbeeren wird es nicht mehr geben, viele Jahre nicht. Er betrachtet die Bäume, taxierend. Sie sind über hundert Jahre alt, sagt er. Aus ihnen wird wohl Papiermaische, denkt Stina. Er nennt den Preis, den sie für das Holz bekommen könnte. Es ist keine große Summe. Österbottnische Kiefern wachsen langsam auf steinigen Hügeln, sie werden nicht groß. Nicht einmal in hundert Jahren. Trotzdem ist es Geld.

«Muss man alles abholzen? Könnte man nicht ... einen Teil der Bäume stehen lassen, damit der Wald sich selbst erneuern kann?» Ihre Mutter hat erzählt, dass man es früher so gemacht hat. Aber sie erinnert sich an keine Fachbegriffe. Sie hört selbst, dass sie wie eine unwissende Städterin klingt.

«Einzelstammwirtschaft», sagt der Sachverständige und legt die Stirn in Falten. «Diese Methode wurde unlängst legalisiert. Aber auf Boden wie diesem ist es schwierig, eine kontinuierliche Forstwirtschaft durchzuführen. Kiefern wachsen nicht, wenn sie als Jungpflanzen nicht genügend Licht bekommen.»

Er weiß, wo der alte Teermeiler liegt. Er hat schon in seiner App markiert, dass der Ort seiner Meinung nach geschützt werden muss. Sie gehen dorthin, bewundern die gewaltigen Fichten, die sehr alt sein müssen. In einen der Stämme hat ein Tier von allen Seiten frische Löcher gehackt. Ein Schwarzspecht vielleicht. Jetzt wird die Fichte kaum weiterleben können, denkt sie. Aber wenn sie umstürzt, soll sie hier liegen bleiben dürfen. Zu Nahrung für Insekten, Moose und Larven werden. Ein wichtiger Teil des Kreislaufs.

Dann wird ihr bewusst, dass sie, wenn sie verkauft, keine Entscheidungsgewalt darüber hat, was mit der Fichte geschieht. Oder mit irgendetwas anderem. Der Preiselbeerhügel würde möglicherweise abgeholzt, und sie hätte keinerlei Mitspracherecht.

Ihre Kindheit und Jugend sind phasenweise stürmisch verlaufen. Papa war in ihrer Teenagerzeit von zu Hause ausgezogen. Er hatte mehrere Jahre in einem Ein-Zimmer-Apartment in einem anderen Stadtteil von Helsinki gewohnt. Aber ihre Eltern hatten sich nie scheiden lassen, und kurz bevor sie von zu Hause auszog, zog er wieder ein. In seiner Abwesenheit hatte er mehrere Freundinnen gehabt. Darüber wurde nie gesprochen. Weder damals noch später. Aber neue Menschen traten in ihr Leben und verschwanden wieder daraus, und das, was ihr früher Stabilität und Sicherheit gegeben hatte, wurde ihr entrissen, ohne jemals richtig wiederzukehren. Das Einzige, was Bestand hatte, war Nevabacka. Die Wege dort. Die Senke mit den Stiefmütterchen. Die Fliederlaube. Die Orte lagen da, wo sie immer gelegen hatten, nahmen sie auf mit ihrer Vertrautheit, forderten nichts von ihr. Ihr Verhältnis zu ihnen war unkompliziert und unbelastet.

Der Gedanke, nie mehr hierher zurückzukommen, nie mehr auf diesem Hügel Preiselbeeren zu pflücken, schmerzt sie mehr, als sie geglaubt hat.

Als sie weitergehen, auf die andere Seite des Teermeilers, wo das Unterholz wuchert und wohin sie noch nie einen Fuß gesetzt hat, sieht sie zum ersten Mal die Stelle, an der früher der Teer aufgefangen wurde. Die Holzstruktur der Rinne ist noch vorhanden. Wie alt mag sie sein? Dreihundert Jahre? Wann hat man mit der Teerbrennerei aufgehört? Wie hart sie sich abrackern mussten, denkt sie. All die Leute, die hier einst gelebt und gearbeitet haben. Sie hat gehört, dass Nevabacka als «Neubau» gilt, weil es erst in der zweiten Hälfte des 17. Jahrhunderts errichtet wurde, nicht im 16. Jahrhundert wie die ältesten Höfe in der Umgebung.

Keuchend springt sie über die Gräben. Der Sachverständige geht vorneweg, auf langen, jungen Beinen. Sie laufen ein wenig im Unterholz hinter der Teermeilergrube umher, dann kehren sie auf einem Forstweg zurück, der quer durch ihr Waldstück verläuft.

«Sollen wir um den See herumgehen? Haben Sie Zeit?», fragt der Sachverständige.

Sie hat Zeit, und sie ist froh, auf dem Weg um den See Gesellschaft zu haben. Sie wünschte, sie würde zu den Menschen gehören, die gern allein durch Wald und Flur streifen, ihre Mutter war immerhin Forstmeisterin, und als Kind und Jugendliche ist sie viel im Wald gewesen. Aber es ist wie mit der Dunkelheit. Im Alter hat sie Angst bekommen, und sie schämt sich dafür. Hier gibt es Bären und vielleicht auch Wölfe. Bei den Wölfen vertraut sie darauf, dass sie zu scheu sind, um sich blicken zu lassen. Aber ein Bärenweibchen mit Jungen ... Sie fragt den Sachverständigen, ob er viele Tiere gesehen habe, als er sich neulich im Wald umgesehen hat.

«Elche», sagt er. «Sonst nichts. Aber ich habe einen Freund, der Hubschrauberpilot ist und die Bärenpopulation dokumentiert. Er sagt, wenn die Leute wüssten, wie viele Bären tatsächlich hier leben, würde sich niemand mehr in den Wald trauen.»

Stina blickt sich beunruhigt um. Doris und sie haben hier einmal Bärenkot gefunden und gesehen, wo das Tier seine scharfen Krallen an einem Baumstamm gewetzt und tiefe Narben in der Rinde hinterlassen hatte.

Doris' Waldanteil – jetzt ihr eigener Wald – ist umfangreich, aber der Großteil davon besteht nicht aus Wald: Es gibt einen Weiher und mehrere ausgedehnte Moorflächen. Die größte davon umfasst etwa zwei Drittel des Gebiets und gehört zu einem großen, weitläufigen Marschland. Es erstreckt sich nach Norden, ist geheimnisvoll und ihr völlig unbekannt. Sie ist nie auf dem Moor gewesen, hat nur an einem seiner äußeren Ränder Moltebeeren gepflückt. Aber sie hat gehört, dass dort Menschen ertrunken sind, vor langer Zeit.

Sie überqueren ein kleineres, mit knorrigen Kiefern bestandenes Moor, steigen eine steile Anhöhe hinauf und scherzen, dass sie sich vorkommen, als wären sie gar nicht mehr in der flachen österbottnischen Ebene. Oben auf der Anhöhe befindet sich ein Steinkreis. Er ist in der Mitte eingesunken, und im Zentrum der Senke ragt ein großer Ameisenhügel auf. Es könnte ein Hügelgrab sein, überlegt sie laut, und der Sachverständige meint, ihm sei derselbe Gedanke gekommen. Die Lage passt, oben auf einer Anhöhe. Und nicht weit von hier wurde eine steinzeitliche Wallburg entdeckt.

Sie steigen die Anhöhe wieder hinunter. Die Sonne ist hervorgekommen. Sie zieht ihren Pullover aus und bindet ihn unter der Jacke um die Hüfte, sie schwitzt in ihrer Bluse. Dem Sachverständigen zeigt sie die beiden Feuerstellen, die auf dieser Seite des Sees liegen. Irgendwelche Leute haben sie gebaut und Feuerholz und platt gedrückte Bierdosen zurückgelassen. Das ist besonders ärgerlich, wenn man bedenkt, dass die umstehenden Bäume nach dem Waldbrand, der in einem trockenen Sommer ein paar Jahre vor Doris' Tod hier gewütet hat, noch immer schwarz und verrußt sind. Trotz Waldbrandwarnung hatte irgendjemand ein Feuer gemacht und es hinterher nicht sorgfältig gelöscht. Danach hatte Pekka die Wildkamera angebracht und sie so programmiert, dass die Aufnahmen an ihre E-Mail-Adresse geschickt werden. Doris hatte keinen Computer. Die Kamera fängt viele Menschen ein, Hunde und einmal auch ein paar junge Männer, die verbotenerweise Feuer gemacht hatten, aber das war im Herbst gewesen und der Untergrund wenigstens feucht.

Bilder von Wildtieren bekommt sie nur wenige. Ein paar Vögel, die vorbeifliegen oder direkt vor der Kamera rütteln, auch ein Hase war einmal zu sehen, seine Augen hatten im Kamerablitz geleuchtet. Die besten Aufnahmen sind von den Kranichen, die sich im Frühjahr hier im Wald aufhalten. Manchmal einzeln, manchmal zu zweit. Mit ihren gebeugten Hälsen und langen Schnäbeln wirken die stattlichen Vögel wie Urzeittiere.

Ihr ist aufgefallen, dass sie die Erste ist, die dieses Land, diesen Hof besitzt, ohne hier zu wohnen. Sie nimmt keinen Anteil am täglichen Leben im Wald oder unten im Ort. Als Jugendliche hat sie die Sommer hier verbracht, und viele der älteren Dorfbewohner kennen sie. Aber die jüngeren Generationen haben keine Ahnung, wer sie ist. Sie ist eine Fremde. Eine Auswärtige. Für die Menschen wie für den Wald.

Aber die Wildkamera bringt ihr den Wald nach Hause. Sie betrachtet die Aufnahmen ausgiebig, als suche sie etwas. Die Antwort auf eine Frage, die sie nicht formulieren kann. Auf dem Großteil der Bilder ist nichts zu erkennen. Der Bewegungssensor der Kamera hat auf einen vorüberflatternden Vogel reagiert oder auf Sonnenstrahlen, die in einem bestimmten Winkel auf die Linse gefallen sind. Alles, was auf den körnigen Aufnahmen zu erkennen ist, sind Kiefernstämme, kleine Espen und ein Zipfel des Moors. Trotzdem betrachtet sie sie lange. Sucht nach dem, was den Sensor der Kamera möglicherweise ausgelöst hat. Ist da nicht doch ein Tier? Dieser spitzohrige Schatten, ist das nicht ein Fuchs? Jedes Mal, wenn die Kamera ein Lebewesen eingefangen hat, und sei es nur ein streunender Hund, schießt Adrenalin durch ihren Körper. Sie sitzt zu Hause in Tölö an ihrem Schreibtisch und sieht, während draußen die Straßenbahnen vorbeirattern, sechshundert Kilometer weiter nördlich einen Kranich über einen Weiher spähen. Der Wald betritt ihre Wohnung.

Sie setzen sich eine Weile an die illegal errichtete Feuerstelle, und sie bietet dem Sachverständigen Kaffee aus ihrer Thermoskanne an. Eine zweite Tasse hat sie dabei. Sie diskutieren unterschiedliche Wildkameramodelle und ob es eine gute Idee wäre, an einem Ufer des Sees einen Windschutz aufzustellen. Sie erkundigt sich nach seiner Karten-App. Wie man sie benutzt, wie detailliert man den Wald sieht. Er zeigt es ihr und erklärt, empfiehlt andere Kartendienste mit ergänzenden Inhalten. Es gebe eine App, die auch Informationen zu historischen Ereignissen in der Region liefert, sagt er.

Sie hat eine ganze Anzahl ähnlicher Apps auf ihrem Telefon. Eine, die Vogelstimmen identifiziert, und eine, die Pflanzen erkennt. Aber das erzählt sie ihm nicht. Sie hat das Gefühl, sie müsste diese Dinge eigentlich von sich aus beherrschen. Den Ruf des Grauspechts erkennen und wissen, wie ein so gewöhnliches Unkraut wie Gänsefingerkraut aussieht. Aber sie kann es nun mal nicht. In ihrer Schulzeit hat sie Pflanzen in Herbarien gepresst, aber die Namen weiß sie nicht mehr, weder die schwedischen noch die lateinischen.

Doch mit Hilfe der Apps hat sie angefangen, es zu lernen.

Sie gehen nicht bis zum großen Moor, aber sie erzählt dem Sachverständigen, dass ihre Mutter sich als kleines Mädchen auf dem Moor verlaufen und einen Bären gesehen hat. Und dass dort eine gelbe Orchidee wächst, deren Namen sie nicht kennt.

Zuallerletzt kommen sie an etwas vorbei, von dessen Existenz sie nichts gewusst hat, obwohl es sich unweit des Forstwendeplatzes befindet: sechs kleine Gesteinsfelder aus der Eiszeit. Auch sie sind in der App des Waldbesitzerverbandes verzeichnet und markiert: als Schutzobjekte.

«Die darf man nicht zerstören», sagt der Sachverständige.

Gerade sind nur Teile von ihnen zu sehen, das meiste liegt noch unter Schnee. Stina macht mit ihrem Handy ein Foto und denkt, natürlich darf man sie nicht zerstören. Sie stellt sich die gewaltigen Eismassen vor, die die Gesteinsbrocken mit sich geführt haben, meterdickes, nein, bestimmt kilometerdickes Eis!

Sie waren drei Stunden lang unterwegs. Zurück auf dem Hof, hat sie einen Bärenhunger und ist vollkommen erschöpft. Sie wärmt sich Suppe auf, und nachdem sie gegessen hat, liegt sie halb tot auf der Küchenbank.

Sie denkt an das Moor. An die Kraniche, die dort tanzen und ihre schlanken Hälse heben und neigen. Ob die Wildkamera sie nun auf einem Bild einfängt oder nicht, sie sind da. Und die Kulturdenkmäler: die von Menschenhand errichteten wie die von der Natur erschaffenen. Hügelgräber, Gesteinsfelder, Teermeiler. Sie sind da, ob sie nun an sie denkt oder nicht. Unabhängig von ihr. Der Wald kommt allein zurecht. Er braucht sie nicht. Ihre Pflege, ihre Fürsorge, ihre Obhut. Er fordert nichts von ihr. Anders als das Haus, als der Hof. Sie besitzt das Haus, und das Haus besitzt sie. Aber sie und der Wald, sie können in einem freien Verhältnis zueinander stehen.

Sie setzt sich auf und denkt, einmal muss sie ja irgendwo anfangen. Wahllos öffnet sie die Speisekammertür, sieht Packungen und Tüten durch, sucht nach Lebensmitteln, deren Verfallsdatum längst abgelaufen ist. Sie holt einen Müllbeutel und beginnt damit, Dinge wegzuwerfen. Als sie eine uralte Packung Zwieback entdeckt, stellt sie den Müllbeutel beiseite, steigt in Doris' Holzschuhe, die an der Küchentür stehen, und geht hinaus. Kohlmeisen flattern in der Fliederlaube umher und suchen unter hellem, luftigem Tschilpen nach Futter. Eine Elster krächzt in dem großen Apfelbaum neben dem Schuppen. Dorthin geht sie, zerkrümelt die Zwiebackscheiben und streut die Krümel unter dem Apfelbaum in den Schnee. Damit füttert sie nicht nur die Vögel, sondern auch die Ratten, das weiß sie, aber vielleicht gibt es hier nicht so viele Ratten wie in dicht besiedelten Ortschaften. Sie denkt daran, wie man früher Hauswichteln, Waldgeistern oder dem Schutzbaum des Hofs Opfergaben dargebracht hat. Vielleicht ist es das, was sie hier tut. Eine Gabe. Ein Gebet um Verständnis und Vergebung. Sie schüttet die letzten Krümel aus, begleitet vom neugierigen Krächzen der Elster, die auf dem Stalldach Zuflucht gesucht hat. Dann knüllt sie die Packung zusammen und schaut sich um, betrachtet all das, was jetzt, in diesem Moment, ihr gehört. Das Wohnhaus. Das Neue Haus. Der Holzschuppen. Der Stall, die Vorratsschuppen. Die alten Korndarren und Scheunen. Der Erdkeller, aus dem Rut Doris' Kartoffeln und Mohrrüben geholt hat. Die vielen Werkzeuge und Geräte, die da sind, all die vielen Dinge.

Die vielen Bürden.

Ich darf verkaufen, denkt sie. Das ist erlaubt. Ich darf diese Bürde ablegen. Ich muss Nevabacka nicht behalten, nur weil Doris es mir vermacht hat. Ich muss nicht weitermachen, nur weil der Hof so lange im Familienbesitz gewesen ist. Das Haus will vielleicht niemand haben, aber für das Land wird sich ein Käufer finden, wegen des Waldes. Das steht fest. Und wäre es so schlimm, wenn das Haus leer steht?

Sie sieht vor sich, wie der Wald immer näher rückt, wie er die verwilderte Wiese am Haus endgültig zurückerobert, wie Bäume durch das eingesunkene Dach des Neuen Hauses wachsen, wie Tiere sich in den leeren Räumen einnisten, wie das Moos alles mit seiner grünen Patina bedeckt. Die Sauna verfallen. Die Veranda von Gestrüpp umwuchert.

Von Erde bist du genommen, zu Erde sollst du wieder werden. Nichts ist von Dauer. In ganz Österbotten stehen aufgegebene, verlassene Höfe.

Stina spinnt den Gedanken weiter. Was, wenn die Menschheit von der Erde verschwände, wenn wir nicht mehr hier wären, um zu pflegen, zurechtzustutzen und zu bestimmen. Würde dieser Ort uns vermissen?

Sie sieht den gepflegten Nutzwald verwildern, weil niemand mehr Holz schlägt. Sie sieht die Entwässerungsgräben um Vittermåsa zuwachsen, sie sieht den Wasserpegel steigen, Windbruch an Ort und Stelle vermodern, die Insektenpopulation gedeihen, sie sieht, wie der Schwarzspecht sich an Käfern und Larven gütlich tut. Die Waldrene, die Doris einmal gesehen hat, schreiten mit langen Schritten durch das Moos.

Wir könnten verschwinden. Vielleicht sind wir längst dabei, es zu tun. So viele andere Arten haben es schließlich getan. Warum sollten wir Menschen anders sein? Aber dieser Ort verschwindet nicht. Er verändert sich, aber er bleibt.

Sie blickt auf die Wiese, die unter einer müden, löchrigen Schneedecke liegt. Noch nicht vollständig überwuchert. Groß genug für zwei Fußballtore. Einen Aufstellpool vielleicht.

In einem Jahr könnte sie Adrian mit hierhernehmen. In den Winterferien, wenn Anna und Sam arbeiten müssen. Bei ihrem Eintreffen hat Rut wie jetzt die Heizung angedreht, aber trotzdem ist es in den Räumen kühl. Sie macht Feuer in der Küche und in der Stube, während Adrian, noch in der Jacke, auf einem Stuhl sitzt, seine Mutter anruft und ihr erzählt, dass sie gut angekommen sind. Dann packt sie die mitgebrachten Lebensmittel aus, stellt sie in den Kühlschrank, der läuft und brummt. Ein paar Grundnahrungsmittel sind schon vorhanden. Butter und Preiselbeermarmelade, von ihr gekocht, aus Beeren vom Preiselbeerhügel, der nicht abgeholzt ist. Zum Abendessen essen sie Grütze mit Preiselbeermarmelade. Für Adrian macht sie eine Matratze auf dem Boden von Doris' Kammer zurecht. Das Trichtergrammophon ist noch da und die Bilder an der Wand, aber sie hat eine neue Matratze und neue Kissen gekauft, Doris' Kleider aus den Schränken genommen und ihre eigenen hineingehängt, die hier auf sie warten, damit sie nicht jedes Mal so viel Gepäck mitnehmen muss. Abends, wenn Adrian schläft, sitzt sie mit einem Glas Whisky am Küchentisch und betrachtet die Aufnahmen der Wildkamera aus einem schwarz-weißen Nachtwald. Ein Rabe ist auf dem Bild zu sehen. Oder vielleicht, ganz vielleicht, ein Waldren. Es ist in seine alte Heimat zurückgekehrt. In der Nacht kriecht Adrian zu ihr ins Bett, sie schlafen dicht nebeneinander. Es ist dunkel, aber sie hat sich daran gewöhnt. An die Dunkelheit oder an die Angst.

Am Morgen zieht sie für Adrian auf der Wiese eine Langlaufspur. Der Junge fällt hin, aber Oma hilft ihm wieder auf, und er macht einen neuen Versuch. Adrian ist ein beharrliches Kind. Er weigert sich aufzugeben, und am Ende kann er es. Auf Nevabacka bekommt er endlich reinen, weißen Schnee zu sehen, Unmengen davon. Nicht diesen schmutzig-braunen Matsch, der von Zeit zu Zeit ein paar Tage auf den Straßen der Hauptstadt liegen bleibt. Am Abend heizen sie die Sauna an, malen Schnee-Engel in den Schnee und staunen gemeinsam über den funkelnden Sternenhimmel. Sie zeigt Adrian ihre Steinsammlung im Fenster der Sauna. Im Sommer darfst du einen eigenen Stein dazulegen, verspricht sie. Wenn wir in den Sommerferien herkommen. Dann zeige ich dir die besten Badestellen.

Beide Gedanken sind gleichermaßen möglich. Der aufgegebene Hof. Und der Hof, der ihr gehört.

Es ist ihre freie Entscheidung.

Anweisungen

Haltet den Leichenschmaus
in der Heimatstube
Granholms Bäckerei macht gute
Sandwichtorten
Champagner soll es sein
etwas Gutes zu essen
Aber veranstaltet keinen großen Zirkus!
Ihr sollt euch erinnern, nicht trauern
Keine Begonien auf meinem Grab
sonst komme ich und spuke!
Einäscherung, bitte.

Du weißt, dass du Nevabacka nicht verkaufen
darfst

Öffne die Ofenklappe
die Sommerklappe
und die Abluftklappe
leere die Asche aus, wenn welche da ist
schließe die Sommerklappe vorsichtig, sobald
das Feuer brennt
Das Holz sollte für einige Jahre reichen
wenn du nicht so oft hier bist –
obwohl ich natürlich das Gegenteil
hoffe

Der Schlüssel zum Keller liegt in der rechten
Küchenschublade
Im Neuen Haus regnet es wieder durch.

Das Dach muss erneuert werden,
wenn das Haus überhaupt noch zu retten ist
Die Batterie für den Grastrimmer liegt im
Schuppen
Der Rasenmäher funktioniert noch
er braucht nur eine feste Hand
und vielleicht einen Tropfen Öl
aber ich habe schon lange überlegt, ob es
vielleicht an der Zeit ist, die Rasenflächen
dranzugeben
und sie in Wiesen umzuwandeln
Biodiversität und Insekten und all das
und weniger Arbeit

Nicht die Schutz-Eberesche fällen,
das bringt Unheil
Lass einmal im Jahr den Schornsteinfeger
kommen
Die Nummer des Jagdvereins steht im
Hoftagebuch in der Kommode
Als Waldbesitzerin bist du
mehrwertsteuerpflichtig
Anders hat die Schlüssel für den
Schlagbaum
Johannes Oskarsson ist Vorsitzender der
Wegeeigentümergemeinschaft

Hannele S. hat die Felder gepachtet
Bitte sie, dass die Wiese am Haus eine Wiese
bleiben darf
Ich habe da jede Menge Wildblumen gesät
Wiesenkümmel wächst dort auch

irgendwer muss ihn früher einmal
angepflanzt haben
Die Schwalben sind zurück,
sie nisten im Stall
Das haben wir der Wiese zu verdanken,
da bin ich sicher
jetzt gibt es genügend Insekten

Der Bücherbus kommt jeden zweiten
Donnerstag
Vergiss nicht, mein Konto beim Landhandel
zu kündigen
Wenn du meine alten Platten loswerden willst,
ruf Tomas an
er sammelt so was

Ich schulde Anders eine Flasche Whisky
weil er mir mit dem Holz geholfen hat
Ihr dürft gerne auf mich anstoßen

Sei vorsichtig, wenn du in den Beeten
Unkraut jätest
außen rechts wachsen Lilien
und an der Wand Schwertlilien
Doris hat sie ausgesät
Hinter der Scheune stehen
wilde Johannisbeeren
Irgendjemand hat dort vor langer Zeit viele
Beerensträucher angepflanzt

Bevor du wieder heimfährst:
Zieh den Stecker des Boilers raus

Dreh die Heizkörper auf zehn Grad herunter
Bring Müll und Kompost hinaus
Vergiss nicht, vor dem Winter
die Wassertonnen zu leeren

Ich habe den Wald unter Naturschutz
stellen lassen
zehn Jahre darf dort kein Holz
geschlagen werden
Die Waldrene sind dort zu Hause
und die Dachse
und diese seltene Orchidee
Im Windbruch leben Insekten und Pilze

Aber du machst, wie du es möchtest
mit allem
Jetzt bist du an der Reihe
Ich hoffe, du wirst dich hier wohlfühlen